SÉNECA. Una visión del Imperio.

SÉNECA. Una visión del Imperio. *Recuerdos de infancia.*

JUAN RAMÍREZ BALTUILLE.

SÉNECA. Una visión del Imperio.

HISTORIA Y NOVELA.

1.- Recuerdos de infancia.

SÉNECA. Una visión del Imperio. *Recuerdos de infancia.*

A mi mujer Victoria, por su ánimo.

Editorial: BoD · Books on Demand, Calle de Manzanares, 4, 28005 Madrid, bod@bod.com.es
Impresión: Libri Plureos GmbH, Friedensallee 273, 22763 Hamburg (Alemania)
ISBN: 978-84-1092-046-0

CONTENIDO

SÉNECA. Una visión del Imperio. *Recuerdos de infancia.*

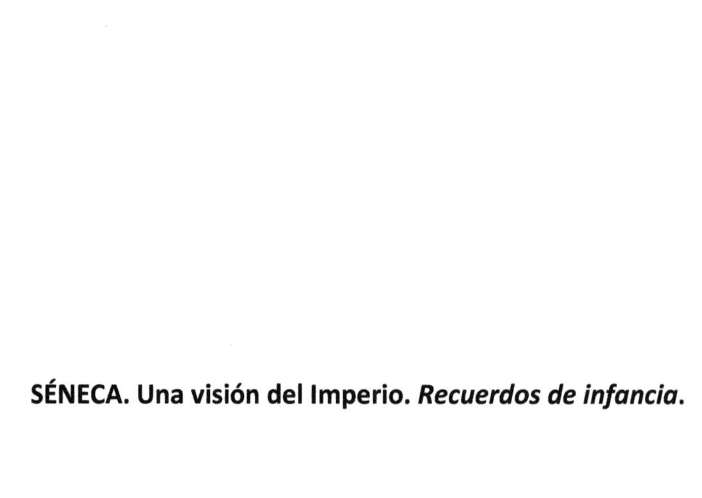

SÉNECA. Una visión del Imperio. *Recuerdos de infancia.*

PRÓLOGO

Historia y novela.

El subtítulo adoptado, "Historia y novela", responde a la habitual disyuntiva entre los dos géneros. Se produce al pretender describir; una época, una biografía o simplemente el relato de, unos hechos que trascurren en un tiempo concreto.

La historia debe hacer referencia a lo constatado, o aceptado por la mayoría. Los hechos recientes suelen ofrecer datos de distintos tipos; documentos, fotografías, pinturas, monumentos, relatos de testigos, videos, relatos de periodistas, de historiadores... Todas estas fuentes no aseguran la claridad de lo sucedido, ya que podemos encontrar versiones diferentes cuando no contradictorias. A medida que nos alejamos en el tiempo, del hecho en cuestión, los datos son menores y las fuentes más escasas. En la distancia temporal, al existir menos testimonios, es difícil establecer una postura mayoritaria. Podemos encontrar solo dos testimonios y estos ser completamente contrapuestos. Nos encontramos también con muchos "huecos". No es que no tengamos seguridad del hecho, es que simplemente no lo conocemos. Como consecuencia, la historia nos hace una descripción fría y, si es fiel a lo que se conoce fidedignamente, con muchas dudas y espacios no cubiertos.

Cuando hablamos de una novela, no tenemos limitaciones históricas, limitaciones por la realidad. Nos consideramos completamente libres para realizar la narración deseada sin ningún tipo de ataduras.

Otra cuestión es cuando hablamos de "novelas históricas"

Éstas presentan un relato atractivo, descriptivo y sin huecos. Bajo este epígrafe encontramos novelas totalmente ficticias, que distorsionan lo histórico sin ningún pudor, y otras que pretenden ser lo más fieles a los hechos que se consideran probados. Podríamos llamar a las primeras "de ambiente histórico" y a las segundas "históricas".

Las de este segundo apartado; "novelas históricas", cuando se realizan con rigor, relatan hechos ciertos y la ficción se centra en aquellos aspectos que no pueden conocerse y que hay que completar para poder mantener el hilo de una narración. Estos aspectos pueden ser muy variados, pero principalmente son los referidos a; conversaciones, pensamientos, descripciones del entorno, tiempo meteorológico, vestidos, personajes accesorios y, en general, una serie de datos que no han sido considerados trascendentes para que las fuentes históricas los describan, pero que sí son necesarios para dar fluidez y mejor comprensión a un relato.

¿Qué condiciones deben cumplir estos aspectos?

- Congruencia con los datos históricos disponibles.
- No alterar los hechos ciertos.

Además, podemos decir;

- Las conversaciones no es necesario que se queden en las estrictas para hilar la historia. Se pueden utilizar para describir situaciones del momento y así ofrecer datos complementarios.
- Es obligado que los personajes históricos hayan tenido relación con otros muchos personajes de los que no han quedado registros. Igual que en el caso anterior, debe recurrirse a ellos manteniéndolos dentro de los límites señalados en las condiciones anteriores.

Con todo lo indicado se puede lograr una "novela histórica" que sea "historia novelada", es decir, que todo lo indicado sea estrictamente histórico, o que no haya distorsionado en nada los datos aceptados como tales. Además, lo que se haya supuesto no debe ser algo trascendental ya que, si así lo fuera, habría sido un hecho del que quedaría constancia.

En nuestro caso hemos pretendido esta última posibilidad. Para dar mayor claridad, todos los capítulos se componen de dos partes. Una primera parte novelada y una segunda de aclaración o complemento de los hechos narrados. En ella se indican cuáles son los hechos y personajes ciertos, es decir los históricos, y cuáles los supuestos o ficticios.

Como esta información se va facilitando en cada capítulo, se ha añadido un índice de estos contenidos al final. En él, se señala el concepto tratado y el o los capítulos en los que se cita.

Otra cuestión a tratar es la datación. Los clásicos, siguiendo el uso habitual en Roma, tomaban como origen de su cronología el año de la fundación de la ciudad, "ad urbe condita", que identificamos como el 753 a.C. También utilizaban con mucha frecuencia la referencia al consulado de un personaje concreto, sin indicar el año. Hay que señalar que los consulados no coincidían con el año natural y además se fueron adaptando a los intereses del momento.

Por otra parte, la forma de medir los años ha ido cambiando a lo largo de la historia, así como la duración considerada. Un año no tiene un número exacto de días y la forma de cuadrarlos ha variado. Todo ello ha llevado, a lo largo de la historia, a la duda por falta de coincidencia de una serie de datos temporales. Baste decir que, hoy, se estima que el nacimiento de Cristo, pudo producirse en el año 6 antes de nuestra era, o lo que es lo mismo seis años antes de su nacimiento.

Si en fechas tan fundamentales tenemos dudas, ¿qué podemos decir de todas las demás? Para la narración hay que concretar una fecha. El criterio que hemos seguido es adoptar las que dentro del margen aceptado sean coherentes unas con otras.

Parte I; Recuerdos de infancia.

Otro tema que aclarar, es la indicación de que se trata de la primera parte de un relato. La idea inicial era realizar una fiel biografía novelada de Séneca. El problema surge a medida que conocemos al personaje.

Consideremos la máxima de Ortega; "yo soy yo y mi circunstancia". El pensador hace referencia a los condicionantes que la vida impone al individuo y que modifican la que podría ser su forma de pensar o actuar en otros casos. Pues bien, algunos individuos además de ser condicionados por las circunstancias, también ellos han modificado de forma trascendental las circunstancias de sus semejantes.

En el caso de Séneca hay una gran interrelación entre el personaje y las circunstancias. Séneca, como todo humano, sufrió los condicionantes en que le tocó vivir, pero podemos decir que estas circunstancias también se vieron afectadas muy considerablemente por el personaje.

La influencia de Séneca en la historia está reservada a unos pocos que tuvieron influencia directa en su desarrollo, pero también en los tiempos posteriores. Además su influencia actúa a través de canales muy diferentes;

- Filosofía. Séneca es la cumbre, junto con Marco Aurelio, del pensamiento estoico. La filosofía estoica impregnó el pensamiento occidental durante siglos y todavía hoy manifiesta su vigencia en tratados y estudios que se realizan constantemente sobre él.
- Moral. La filosofía estoica no queda en un plano teórico. Es una filosofía que pretende ofrecer modos de encarar la vida, de enseñar a afrontar hechos tanto positivos como negativos. Muchos de los escritos de Séneca que se conservan, como las "consolaciones", son textos que aplican sus razonamientos a hechos concretos que han sucedido a los destinatarios de su escrito.
- Ciencia. La naturaleza, etnografía, religión y superstición... también fueron objeto de sus estudios.
- Literatura. Escribió sátiras y tragedias, siempre incluyendo sus opiniones sobre cómo encarar las circunstancias que sufren sus personajes.
- Bética. Tanto Séneca como su familia pertenecían al potente grupo de influencia bético (e hispano en general).

SÉNECA. Una visión del Imperio. *Recuerdos de infancia.*

- Política. Vivió en una época convulsa, trascendente para el Imperio y para la civilización occidental. Participó activamente en la política en los reinados de Tiberio, Calígula, Claudio y Nerón.
- Gobierno. Tras ser preceptor de Nerón, como tutor en la minoría de edad, tuvo el poder en Roma.
- Religión. Coincide la vida de Séneca con la gran expansión del cristianismo. San Pablo fue denunciado en Corinto por grupos judíos ante el gobernador de Roma. Este gobernador era el hermano mayor de Séneca. Muchos pensadores cristianos incluyeron en sus escritos ideas provenientes de Séneca. Esta cercanía llevó a una serie de cartas cruzadas con Pablo y hoy consideradas falsas, pero que muestran el interés despertado en la iglesia primitiva.

Por lo tanto la figura de Séneca, obliga a estudiar;

- Imperio. La vida de Séneca comienza con el considerado primer emperador (Augusto) y fundador de la dinastía Julia-Claudia. Finaliza con el último de esta primera dinastía (Nerón).
- Bética. Fue decisiva en la vida de Séneca la pertenencia a la primera región romanizada del imperio y, dentro de ella, a una de las familias destacadas de su capital (Corduba), con grandes influencias e intereses en la capital imperial.
- Estoicismo. No se puede comprender a Séneca sin contemplar esta escuela filosófica de la que es una de sus principales figuras.
- Cristianismo. En la misma época se expande. Su influencia en el Imperio crece constantemente. Es histórico el juicio de Pablo por Galion y parece obvio el trasvase de ideas entre cristianismo y estoicismo.

SÉNECA. Una visión del Imperio. *Recuerdos de infancia.*

- Religión romana. La religión clásica de Roma tuvo gran influencia en el desarrollo del Imperio. Los augures formaban parte de las decisiones imperiales.
- Judaísmo. El judaísmo se constituyó en el mayor enemigo del cristianismo y, en Roma, costaba comprender sus diferencias, creándose confusión.
- Otras religiones. Roma era tolerante con otras religiones, siempre que estas aceptaran los cultos romanos y reconocieran a dioses como el propio emperador. El mazdeísmo tras diversas variaciones, en esta época, se decantaba por el dios supremo Mitra. Los pitagóricos, mezcla de ciencia y secta religiosa. Serapis en Egipto, como síntesis de religión tradicional egipcia y griega...

Como antes se dijo; la época influye en al protagonista y viceversa. Nos encontramos con otra singularidad. Los siglos primero antes y después del inicio de nuestra era influyen y nos marcan a todos los humanos actuales, como ninguna otra época ha hecho con igual trascendencia y duración.

Es la época en la que se consolida el Imperio. Esta consolidación da lugar a;

- Concepto de derecho tal como se entiende en la mayor parte de los estados actuales.
- Estructuras de organización de la sociedad mediante lo que después se llamaría separación de poderes, que con todos los cambios o matices que se han ido incorporando tienen su origen en un parlamento, un ejecutivo y un judicial. Con todos los aspectos diferentes que la distancia temporal supone, se da un contrapeso entre ellos.
- Obras Públicas al servicio de la comunidad. Los imperios anteriores no habían sido constructores o lo habían limitado al empleo militar, religioso o de expresión del poder y disfrute del

mandatario. El Imperio Romano construye; calzadas, acueductos, puertos, baños, teatros, recintos deportivos... no sólo para el disfrute del monarca sino que lo extiende a una amplia capa de población.

- Religión. Es el inicio del cambio de religión politeísta a una nueva religión monoteísta que se extiende con rapidez. Esta religión junto con la originaria (judaísmo) y la que después se derivó de ambas (mahometismo) han supuesto le creencia de la mayor parte de la población mundial durante siglos.

Todo lo dicho conlleva a que para hablar de Séneca, es preciso hablar de toda una compleja época y de todas sus circunstancias. Esto significa dedicar un tiempo significativo a la documentación y que a poco que se quiera detallar lo narrado, precise no de un volumen sino de varios y amplios.

Este primero se dedica a la infancia de Séneca. Poco conocemos sobre ella como de la de cualquier personaje histórico menor de seis años, que es cuando se traslada a Roma. Por ello, este tomo se dedica a narrar cómo era la familia de los Anneos, la situación de Corduba, la de Roma, las actividades... es decir describe el mundo en el que crece el protagonista.

Marco Anneo Séneca.

El papel de protagonista se lo tiene que dejar Séneca a su padre; Marco Anneo Séneca, que será a través de quien conozcamos el mundo en el que se desarrolla.

Marco Anneo Séneca, o si queremos Séneca "el viejo", o también Séneca "el rétor", es una figura de enorme dimensión histórica, injustamente opacado por su hijo. Su carácter fue menos teórico. No consideraba positivo que su hijo tendiese a la filosofía por considerarla poco práctica.

Su vida, en inicio, estaba enfocada a los negocios y a todo lo que los rodeaba o podía influir. Este carácter práctico, junto a los cambios de la República hacia el Imperio, hizo que se fuese acercando a la política. Por su edad, consideró que lo más conveniente era que fuesen sus hijos los que se adentrasen en ese mundo y dedicó sus esfuerzos a prepararlos. Así fue; un gran retórico, un gran abogado, un gran empresario, un gran historiador, un gran educador...

Respecto a la retórica, recordemos las posturas de Platón y Aristóteles sobre el objeto del diálogo. Platón consideraba que el objetivo del mismo era plantear cuestiones para debatir sobre ellas y alcanzar la verdad. No se trataba de convencer, sino de reflexionar. Aristóteles defiende la retórica con el objetivo de convencer, de defender las ideas propias.

A este segundo aspecto; la retórica, es al que se dedica Marco en primer lugar. Es un instrumento para lograr éxitos en los juicios, en la política, en los negocios... No tiene interés en la especulación, sino en el objetivo práctico.

Una derivación, extrema y deformada, la representaban los sofistas. Su objetivo era imponer unas ideas independientemente de la verdad. Mientras un retórico reflexiona y discute basándose en hechos, aunque resaltando lo que le favorece sobre lo que no, un sofista deforma la realidad, si es necesario, para presentarla como le interesa y lograr sus objetivos.

Al final de su vida, y por petición de sus hijos, dedicó gran parte de su tiempo a escribir. Entre otros;

"Controversias y Suasorias", recoge ejemplos de hechos sucedidos para enseñar el arte de la retórica. Son casos sobre los que se discute para convencer al contrario de cuál es la acción correcta.

"Historia de Roma". No se conserva, pero es citada por autores posteriores de manera constante y respetuosa.

Lectura.

SÉNECA. Una visión del Imperio. *Recuerdos de infancia.*

Como se ha comentado, todos los capítulos contienen una parte correspondiente al texto novelado y una segunda correspondiente a anotaciones históricas o aclaraciones sobre el texto anterior.

Se aportan datos que complementan al texto del mismo capítulo. No obstante, puede ocurrir que se desee información sobre alguna cuestión que haya aparecido en capítulos anteriores. Para ello se aporta un índice gráfico donde se pueden ver las referencias que figuran en cada capítulo.

Se recomienda consultar los datos que han aparecido en capítulos anteriores, pero no los siguientes, ya que se aportan a medida que son necesarios en el texto novelado.

<u>1.-Cerca de Roma. 12 abril 65. Vuelta a casa.</u>

La carruca avanzaba con parsimonia. El carruaje era cubierto ya que, aunque la primavera se encaminaba hacia épocas de más calor, la debilitada salud de Séneca aconsejaba no someterla ni al frío de la mañana ni al sol del mediodía.

Había pasado una temporada en una de sus villas preferidas, cercana a Capua. Ahora, acompañado por su esposa Pompeya Paulina, regresaba a Roma por la Vía Apia que unía ambas ciudades separadas menos de 200 km.

Los acompañaba Estacio Anneo, su médico, que en los últimos tiempos resultaba imprescindible.

Ya cerca de Roma, se les habían unido Publio Anneo y Aniceto Anneo, ambos muy ligados a Séneca. Eran hijos de libertos de su padre Marco; Publio residía habitualmente en Corduba y se dedicaba a la explotación de los olivares de la familia de Séneca en la Bética, Aniceto se encargaba del comercio del aceite desde Roma.

A Séneca le gustaba que le informasen cada temporada de los trabajos realizados. Había finalizado la recogida de la aceituna, la elaboración del aceite y transporte a Roma de gran parte de la producción. Ahora que se realizaba su venta y distribución, era el momento de una reunión de las habituales con Publio y Aniceto, que por otra parte eran sus amigos.

La carruca era de gran calidad; sólida y sobria, pero confortable, rápida; tirada por ocho caballos. No obstante, pese a realizar el viaje alojándose en las mejores condiciones que ofrecían las mansiones situadas a lo largo de la Vía Apia dispuestas para el descanso de los viajeros, el estado físico de Séneca requería reposo.

Tras la carruca, circulaba otro carruaje; una rheda. Si bien más rústica, era también sólida y empleada para transportar los equipajes y a seis esclavos con la función de carga y descarga, asistencia y vigilancia. Era tirada por ocho mulas.

SÉNECA. Una visión del Imperio. *Recuerdos de infancia.*

Séneca contemplaba los campos que lo rodeaban. Finalizaba el viaje de vuelta a su villa situada al norte de Roma. Aquellos campos y las noticias que le relataba Publio, le recordaban su niñez y lo que le habían contado sobre ella y su familia...

Séneca. Viaje de Capua a Roma. *A partir del año 62 y ya alejado de Nerón, Séneca dedica su tiempo a escribir, principalmente sobre naturaleza y sobre todo "Cartas a Lucilio". Realiza distintos viajes con su mujer Pompeya Paulina, alejándose de la actividad pública. El viaje de Capua a Roma y la fecha de 12 de abril del 65 son estrictamente históricos. Es la fecha de su muerte ordenada por Nerón.*

Séneca. Negocios. *Séneca llegó a alcanzar una enorme riqueza. Ya su familia, tanto por parte de padre como de madre, la tenían y el la aumentó. Hay que suponer que el origen de la riqueza familiar, igual que el de las familias destacadas de la Bética, sería la agricultura (principalmente aceite o vino) y la minería en Sierra Morena. Sus cargos políticos, y como consecuencia los favores del emperador, dispararon sus ingresos. Aunque el final tumultuoso, de su relación con Nerón, supuso graves perjuicios, no hay duda de que conservaba un alto nivel. Por todo ello es más que lógico suponer que la familia mantenía grandes intereses en la Bética y que estos fueran los tradicionales de la región.*

Séneca. Salud. *Lucio Anneo Séneca, tuvo desde niño problemas respiratorios. En ocasiones se acentuaban creando graves problemas de salud. Probablemente se trataba de asma.*

Nomen Anneo. *El nomen era, en la época, equivalente a nuestros apellidos. Se citan en el texto tres personajes de nomen Anneo; Estacio, Publio y Aniceto. El primero es histórico y fue medicus de Séneca en sus últimos tiempos. Los otros dos son ficticios. Era costumbre que los libertos, esclavos a los que se concedía la libertad, recibieran el nomen del antiguo amo. Este nomen lo recibían también sus descendientes.*

SÉNECA. Una visión del Imperio. *Recuerdos de infancia.*

Posiblemente este fue el origen en el caso de Estacio y en el texto se otorga igual origen a Publio y Aniceto.

Los Anneo son de origen itálico, establecidos en Corduba en el S II a.C., y fusionados con turdetanos nativos. Fueron, posiblemente, veteranos de las legiones de Marco Claudio Marcelo. Tenían la Ciudadanía Romana y mantenían conexión con otros clanes béticos y del sur de Francia.

Estacio Anneo. *Personaje histórico. Se conocen pocos datos sobre él. Se especula que no siendo Estacio un prenomen habitual en los Anneo, pudiera ser un liberto. En cualquier caso fue médico y atendió a Séneca en sus últimos tiempos. Lo asistió en su muerte.*

Publio Anneo. *Personaje ficticio. En el texto aparecen dos personajes de igual nombre. El padre es un esclavo, después liberto, de Marco Anneo Séneca. Tanto él como su hijo fueron los responsables de la comercialización de los negocios de los Anneo. En este capítulo se cita al hijo.*

Aniceto Anneo. *Personaje ficticio. En el texto aparecen dos personajes de igual nombre. El padre es un esclavo, después liberto, de Marco Anneo Séneca. Tanto él como su hijo fueron los responsables de la producción de los negocios de los Anneo. En este capítulo se cita al hijo.*

Carruajes. *Citamos distintos tipos habituales en la época;*

Cuadriga (Biga). Dos ruedas y cuatro (o dos) caballos en línea. Más que medio de trasporte eran honoríficas, utilizadas por ejemplo en triunfos. También carreras...

Esseda. Dos ruedas con caballos o mulas. Ligera, dos asientos, guiada por el dueño.

Birotus. Variante del anterior. Preparado para peso adicional de unos 70kg. Utilizado en cursus publicus y por viajeros con poco equipaje.

Carpetum. Dos ruedas, cubierto. Dignatarios, jueces... Muy usado por mujeres.

Rheda y Carruca. Cuatro ruedas. Ocho mulas o caballos. Altos funcionarios, senadores, emperador... Ligeras diferencias entre ambas.

SÉNECA. Una visión del Imperio. *Recuerdos de infancia.*

Pompeya Paulina. *Fue la segunda esposa de Séneca. Contrajeron matrimonio el año 50. Era de una destacada familia ecuestre originaria de Arelate.*

Los Anneo mantenían estrechas relaciones con familias de la Galia Narbonensis y se especula con posibles vínculos familiares en el origen.

Calzadas. Vía Apia. *Fue ordenada construir por Apio Claudio, de quien recibe el nombre. Su longitud total es de 548 km. El primer tramo de 195 km se inició en el 312 a.C.; Roma, Montes Albanos, Llanura Pontina, Capua. El segundo tramo de 291 a.C. supuso la prolongación a Tarento. El tercer tramo la llevó a Bríndisi.*

Villas. *Las villas eran edificaciones dedicadas al trabajo del campo. Incluían las instalaciones necesarias para el trabajo agrícola y para la transformación de los productos. En aquellas cercanas a las ciudades o a zonas costeras, fue en muchos casos predominando el aspecto residencial, convirtiéndose en lujosos lugares de descanso.*

SÉNECA. Una visión del Imperio. *Recuerdos de infancia.*

Todos en la domus, residencia de Marco Anneo Séneca, estaban expectantes. Su mujer, Helvia, estaba a punto de dar a luz a su segundo hijo.

No es que hubiese dudas sobre el acogimiento que al niño realizaría Marco. No era propio de él exponer una criatura, expulsándola de la domus, por muy legal y habitual que fuera. No lo había hecho nunca con los hijos de sus esclavos y mucho menos lo haría con sus hijos. No obstante, y aunque era el segundo hijo de Helvia, el trance del nacimiento suponía siempre un riesgo no despreciable.

Marco se encontraba en el tablinum, leyendo el correo recibido de Roma. Era de Lucio Junio Galión, el joven a quien había tutelado cuando se trasladó de Corduba a Roma. Le mantenía informado de las novedades cuando él pasaba una temporada en la Bética.

El tablinum suponía para Marco un remanso de paz; donde disfrutar de la lectura, escribir a sus múltiples conocidos (ya fuera por amistad o por relaciones de poder o negocios) y en general poder pensar con calma. Cuando allí estaba, todos sabían que no se le debía molestar sin un motivo suficiente.

Era la hora décima cuando entró el atriense;

-Dime, Besadio.-

-Ya ha nacido.-

Marco se puso en pie y en tensión preguntó;

-¿Están bien? -

-Parece fuerte y sano. Es un niño. Helvia cansada, pero bien-

Marco pasó al atrio. Al mismo tiempo, la partera salía del cubiculum de Helvia con el niño.

Marco lo cogió y, aunque la ceremonia oficial no sería hasta el noveno día, adelantó;

-Bien venido a casa; Lucio Anneo Séneca-

Se dirigió con el niño a ver a su esposa, Helvia mostraba cansancio, agotamiento, pero también felicidad. Sus veinticinco años le permitirían recobrarse pronto y le permitirían reincorporarse a sus labores en breve. Ella llevaba el peso del control de los negocios familiares ya que Marco tenía que desplazarse y residir con frecuencia en Roma.

-¡Papá, papá!-, llegó Novato que con sus dos años era el hijo mayor del matrimonio, -¡Mamá!- exclamó al ver el aspecto de su madre.

Con los niños sobre la lectus, la familia disfrutaba del momento.

Tras un tiempo de compañía, volvieron a dejar a Helvia para que le sirvieran algo ligero como cena, y la prepararan para pasar una noche de recuperación.

Marco pensaba en su matrimonio. Como la mayor parte de los acostumbrados entre miembros de familias destacadas, había sido por razones económicas y de poder. Además le llevaba a Helvia treinta años.

Pese a ello, primero la amistad y después el amor se habían consolidado entre ellos. Eran felices, sin que por ello no hubiera discusiones.

Helvia le había demostrado su inteligencia y deseo de saber… demasiado para lo que era propio de una matrona romana. No podía apoyar algo que podía situarlos como objeto de crítica de la sociedad a la que pertenecían. No obstante, sabía apreciar su capacidad tanto en el aprendizaje de cualquier disciplina como en la gestión del patrimonio de ambos.

Por todo ello, sin apoyar directamente sus estudios, no era estricto en su negativa. Helvia, sin poder desarrollar todas sus capacidades por las trabas que la costumbre le imponía, tenía conocimientos en distintas disciplinas superiores a sus iguales.

Tanto por la capacidad de que hacía gala, como por las prolongadas estancias de Marco en Roma, era ella quien llevaba el peso diario de los negocios familiares. En cierta forma, Marco era quien llevaba las relaciones tanto económicas como políticas en la capital del Imperio y

Helvia quien se ocupaba desde Corduba de los negocios y de los hijos (hasta ahora de Novato y desde ahora también de Séneca).

Matrimonio. "Sine manu". *En este tipo de matrimonio, la esposa mantenía la dependencia del padre, no del marido, en asuntos económicos.*

Matrimonio. Ley "Ius trius liberorum". *Al final de la República, se aprobó la ley "Ius trius liberorum", que suponía la independencia económica total al tener el tercer hijo.*

Marco Anneo Séneca. *Padre de Lucio Anneo Séneca. No se conoce la fecha exacta de nacimiento. En la novela se adopta 55 a.C. Su fallecimiento fue en el 39. Pertenecía a una influyente familia ecuestre de Corduba, con posibles raíces iberas, y romanizada hacia el 200 a.C. Aunque su prenomen no se conoce con exactitud, se suele suponer Marco. Fue orador, escritor y abogado. Era contrario al lenguaje afectado y tuvo como orador ideal a Cicerón. En la época de las Guerras Civiles residió en Corduba y le quedó incumplido el deseo de oírlo directamente. Dada la posición de Corduba fue posiblemente partidario de Pompeyo. Con residencia en Roma, aunque con frecuentes estancias en Corduba, perteneció al influyente grupo de béticos instalados en la capital. Grandes relaciones entre ellos y en general con las élites romanas.*

Helvia Albina. *La madre de Lucio Anneo Séneca nació en Urgavo (actual Arjona). No es segura la fecha de su nacimiento, en la novela la estimamos en el 45 a.C. Su padre era Marco Helvio Novato. Era de familia de rango ecuestre y ocupó un puesto designado por Augusto, posiblemente diumbiro (alcalde/gobernador). Poseía una gran riqueza. No quiso aspirar, aunque pudo a la clase senatorial, posiblemente por los negocios que gestionaba. La madre de Helvia murió cuando nació ésta. Esta circunstancia llevó a su padre a contraer nuevo matrimonio. En su vida fue muy importante Marcia (mujer de gran riqueza), que suele designarse como hermanastra. No se sabe cuál es el parentesco* *exacto entre ambas mujeres. En la novela se especula con esta vinculación y se adopta la reflejada en la Lámina 9 "Genealogía de los Anneo". Marco y Helvia contrajeron matrimonio hacia el 6 a.C., siendo ella treinta años más joven que su marido. Fue el matrimonio normal, de conveniencia, entre familias destacadas. Parece no obstante que fue bien avenido. Contrajeron matrimonio "sine manu". La época final de la República tuvo tendencia a la emancipación femenina. Se consideraba que la esposa podía y debía tener cierta cultura, pero sin actividad político-social. Helvia no se conformaba con ello y se adentró (dentro de lo posible) en la literatura y la filosofía. Lucio Anneo Séneca elogió su cultura, valores, inteligencia y honorabilidad. Séneca la denominó "mater óptima" en Consolaciones.*

Domus. *Vivienda de la clase acomodada. Ver lámina 7.*

Séneca. Nacimiento. *No se conoce la fecha exacta del nacimiento de Séneca. Sí parece, que se puede acotar con certeza, entre el 4 a.C. y el 2 de nuestra era. En el texto se adopta el 1 a.C. situado en el centro de ese margen.*

Séneca. Padres y hermanos. *Respecto al padre, es seguro el nomen y cognomen; Anneo Séneca. El prenomen es objeto de discusión entre Marco o Lucio, aunque la mayor parte de los estudios se inclinan por el primero. La madre era Helvia Albina. Cuando nace Lucio Anneo Séneca, ya tenía un hermano; Lucio Anneo Novato unos dos años mayor.*

Acogimiento del hijo. *El hecho biológico del nacimiento tenía poco valor en la época. Lo que importaba era el "acogimiento" o reconocimiento como hijo, por el páter familias (padre de la familia). El páter familias tenía pleno derecho, aunque aceptara que era hijo biológico, a no acoger al recién nacido. En este caso, se dejaba a la puerta de la domus, donde podía ser tomado en condición de esclavo. El acogimiento, o no, se extendía a la familia en sentido amplio y por supuesto a los esclavos.*

Páter familias. *La autoridad del padre de familia era total (patria potestad) sobre todo aquel que viviera bajo su techo. Esta autoridad se* *extendía al cónyuge, a los hijos, a los hijos y cónyuges de estos y a los esclavos. En caso de fallecer, su estatus era heredado por el varón mayor.*

Tablinum. *Esta pieza de la domus, normalmente al fondo del atrio y al lado opuesto del vestíbulo, era en origen el dormitorio principal. Después fue uniendo su función a lugar de estudio o despacho del páter familias. Finalmente, esta función se impuso y, las familias pudientes disponían de otros dormitorios (cubiculum) para el matrimonio y para los cónyuges por separado.*

Lucio Junio Galion. *Personaje histórico. Marco actuó como su tutor cuando llegó a Roma. La influyente familia de los Junio, cordobesa, encargó, al patriarca de los Anneo, la tutoría del joven y su educación. Gran amigo de Marco Anneo Séneca y de sus hijos. Senador, orador, declamador. Gran influencia política. Amigo personal de Tiberio.*

El tiempo. Las horas. *Las horas tenían una duración variable. Señalaban la parte del día según la posición del sol. El día se dividía en doce partes iguales, la hora prima comenzaba al amanecer, la sexta finalizaba al mediodía, la séptima comenzaba al mediodía y la duodécima finalizaba a la puesta de sol. La noche se dividía en cuatro vigilias iguales. La duración dependía de la época del año, siendo en verano más grandes las horas y más pequeñas las vigilias.*

Atriense. *Era el esclavo principal de una domus. Tenía a su cargo la organización y la relación directa con la familia. Su nombre proviene de su permanencia preferente en el atrio como lugar de control de las actividades.*

Lectus (cama). *Recibían distintos nombres según su uso; cubicularis (en el cubículo, para dormir), genialis (de matrimonio, muy decorada), triclinaris (para la charla o la comida), lucubratorius (para el estudio), funebris (traslado del cadáver a la pira)...*

SÉNECA. Una visión del Imperio. *Recuerdos de infancia.*

3.-Corduba. 9 mayo 1 a.C. Visita a Lucio Junio Cato.

Aquel día, la salutatio, el acostumbrado ritual de mañana por parte de los clientes de los Anneos, para saludar, informar y rendir pleitesía al pater familias, se abrevió al máximo con la comprensión por parte de todos. Además con objeto de evitar ruidos y molestias a Helvia, se celebró en el vestibulum, en la entrada, en vez de en el atrio delante del tablinum, usado como despacho.

Marco, después de la salutatio, continuó la lectura de la carta de Galión enviada desde Roma, interrumpida por el nacimiento de su hijo. Por la noche, había utilizado su cubiculum (dormitorio) separado del de Helvia para que descansara plenamente. Ella estaba atendida por dos esclavas que velaban por su bienestar. Ya le habían dicho que había pasado muy buena noche y ahora dormía profundamente. El niño también estaba bien, pero le costaba respirar. Debía tener alguna mucosidad que no lograba eliminar.

El atriense, acompañado de otro esclavo, le llevó al tablinum un somero ientaculum; huevos de codorniz, dulces de frutos secos, pan, leche y agua. Dejaron los alimentos sobre una mensa cercana y se retiraron.

Finalizada la lectura de la carta de Galión, se acercó al cubiculum de Helvia. Advertido por una de las esclavas de que todo iba bien y que reposaban, decidió no entrar y salir de casa para realizar una visita ya prevista.

Era la hora tertia. El atriense, salió a su paso;

-¿Deben acompañarle? "¿Desea lectica o sella? -

-No Besadio, voy cerca, vuelvo pronto y deseo pasear-.

Pese a contar con más de cincuenta años, Marco disfrutaba caminando por su ciudad. Era incluso mal visto por los conciudadanos de su posición, e incluso inferiores, que no salían sin ser llevados por esclavos en litera (lectica) o silla (sella), en cuanto se superaba una pequeña distancia.

SÉNECA. Una visión del Imperio. *Recuerdos de infancia.*

Besadio le franqueó la puerta de la domus. Marco salió, giró a la izquierda, y se dirigió hacia el foro. Esta calle tenía la ventaja de tener menos tabernae (negocios) que el Decumano Máximo, al que era paralela. El Decumano Máximo se encontraba rodeado por insulae (viviendas plurifamiliares) de hasta seis plantas, que utilizaban los bajos para negocios. En ella siempre había una gran concentración de gente de todos los niveles, circulación de carros y griterío.

Llegó hasta el Cardo Máximo, lo cruzó, bordeó el templo de Júpiter junto al foro, y poco después llegó a la domus de los Junios. Era la casa de Lucio Junio Cato, padre de Galión, de quien había recibido noticias de Roma.

En el ostium (zona cubierta antes de la entrada) se encontraba al atriense que despedía a alguien. Inmediatamente se volvió hacia Marco, con gran respeto y también afecto.

El "clan bético" llevaba tiempo funcionando y asentándose en la Capital del Imperio. Uno de los contactos importantes con la élite de Roma lo realizó el padre de Marco, que fue amigo de Asinio Polión.

Fue cuando éste, todavía en tiempos de César, detentaba el cargo de Gobernador de Hispania Ulterior en el 44 a.C. y residía en Corduba. Antes había sido Tribuno de la Plebe en el 47 a.C.

Tras el asesinato de César, Asinio con su mediación, influyó de manera trascendental para que se formase el segundo triunvirato; Octavio, Marco Antonio y Lépido. Era, por lo tanto, una figura destacadísima dentro del Mundo Romano y cónsul en el año 42 a.C. Fue entonces, cuando Marco, con su amigo también cordobés Porcio Latrón, se desplazó a Roma bajo el amparo ofrecido por Asinio Polión.

Dentro de este grupo bético, destacaba la familia de los Junio. Lucio Junio Cato, se acercaba a los setenta años. Tenía distintas dolencias que iban dificultando su vida y le impedían moverse por sí solo. Cada vez procuraba más la vida tranquila, apartándose de la vida política y social. Ello no incluía a su gran amigo Marco Anneo Séneca, el cual siempre era recibido con alegría.

SÉNECA. Una visión del Imperio. *Recuerdos de infancia*.

Lucio Junio, perteneciente al orden senatorial, había dejado la política activa mucho tiempo atrás, cuando todavía joven había empezado a tener problemas para andar. Desde entonces, había residido en Corduba. Desde allí mantenía sus destacadas relaciones epistolares con personas influyentes, no ya de la Bética donde era sobradamente conocido, sino también de Roma. Dentro de esta forma de actuar, no dudó en enviar a su hijo, Lucio Junio Galión en el 16 a.C., a Roma para que se formase bajo la tutoría de Marco Anneo Séneca. Éste, ya por entonces, formaba parte de los círculos políticos y culturales del momento.

No eran los únicos destacados cordobeses a caballo entre Roma y la Bética, pero sí eran de gran importancia. Cuando Marco se encontraba en Corduba, no faltaba a sus reuniones con Lucio Junio que en parte servían para coordinar las acciones del grupo.

Clientes. Denominación que reciben las personas vinculadas (subordinadas) al pater familias. Puede ser por razón de negocios, por su condición de libertos con el antiguo amo etc...

Salutatio. Se denominaba así a un protocolo habitual de saludo al comienzo del día por parte de los clientes al pater familias. Saludo y reporte de novedades por los clientes y obsequio por parte del pater.

Mensa. Mesa utilizada para depositar los alimentos ante el triclinum. Bajas, de tres pies y ornamentadas.

Abacus. Tablones sobre apoyos a modo de mesa, para trabajar.

Ientaculum. Las comidas solían ser; un desayuno (ientaculum), una comida rápida e informal (prandium) y una cena más reposada y en ocasiones de muy larga duración.

En el ientaculum se tomaban tradicionalmente tortas planas y redondas de farro (cereal) con algo de sal; en las clases altas también había huevos, queso, miel, leche y fruta. En el período imperial pan de trigo, solo o humedecido con vino, aceitunas, queso, galletas o uvas.

SÉNECA. Una visión del Imperio. *Recuerdos de infancia.*

Lectica. *Litera urbana, cerrada o abierta, portada por entre seis y ocho esclavos. Podían ser particulares, pero también las había públicas (alquiler).*

Sella. *Silla de mano portada por dos esclavos.*

Cardo y Documano. *La disposición habitual de los campamentos, y de las ciudades que de ellos derivaban, era la cuadrícula. Las calles dirección norte-sur eran cardos. Las calles este-oeste; documanos. En el foro cruzaban el Cardo Máximo y el Documano Máximo.*

Foro. *Lugar central de la ciudad romana donde solía concentrarse la actividad pública; política, judicial, religiosa... y en general la social. Solían cruzarse en él las calles principales de la ciudad; cardo y documano máximo.*

Tabernae. *Taberna (singular). Las domus solían albergar espacios, a ambos lados de la entrada, conectados a la calle no a la vivienda. Solían emplearse como negocios. En familias de rango elevado, no existían tabernae, sino que estos espacios estaban conectados al atrio como dependencias de la vivienda; almacenes, lugar para literas o sillas, u otros usos auxiliares.*

Insulae. *Insula (singular). Viviendas plurifamiliares en altura.*

Aunque la domus, vivienda unifamiliar de una planta, era la tradicional en los primeros tiempos, a medida que las ciudades crecían y escaseaba el espacio, proliferaron estas viviendas plurifamiliares. La domus pasó a ser la vivienda de familias de cierto nivel y las insulae las viviendas populares.

Lucio Junio Cato. *Padre de Lucio Junio Galión, importante personaje histórico. Era amigo del padre de Marco Anneo Séneca y también de éste, pero no hay datos sobre el mismo. Se sabe que era senador. En este sentido, el nombre completo que le asignamos es de ficción.*

Cuando envió a su hijo Lucio Junio Galión a estudiar a Roma, se lo confió a Marco.

Ostium. *Entrada cubierta desde la calle a la domus. Situado antes de la jauna (puerta).*

SÉNECA. Una visión del Imperio. *Recuerdos de infancia.*

Cayo Asinio Polión. *Personaje histórico, amigo del padre de Marco Anneo Seneca. Tuteló en Roma a Marco Anneo Séneca, cuando llegó allí de joven.*

Tribuno de la Plebe (47 a.C.). Legado en Hispania y después gobernador (44 a.C.) con residencia en Corduba. Amigo de César. Relacionado con Cicerón. Amigo de Marco Antonio y Octavio. Actuó como enlace entre ellos para formar el segundo triunvirato.

Crea la primera biblioteca pública en Roma. Participó con Mesala en su círculo literario y formó el suyo propio. Gran posición en la vida política y cultural de Roma. No obstante sus relaciones con los distintos personajes citados, mantuvo su predilección por la República.

Marco Porcio Latrón. *Personaje histórico (58 a.C. / 4 a.C.). Nace en Corduba, aunque algunos opinan que fue en Tarraco. Se desplaza a Roma (40 a.C.) junto con Marco Anneo Séneca. Abrió una escuela de declamación (30 a.C.), a la que asistieron entre otros; Ovidio, Floro, Fulvio Esparso, Abronio Silón... Declama ante Augusto y Agripa (17 a.C.).*

Viajó mucho y mantiene contacto con Hispania. Marco Anneo Seneca lo sitúa como uno de los cuatro grandes retóricos de la época, junto a Galión.

SÉNECA. Una visión del Imperio. *Recuerdos de infancia.*

4.-Corduba. 9 mayo 1 a.C. Situación política.

Lucio se encontraba en la exedra. La zona empleada para conversar, estaba situada en el peristilo. Era una parte resguardada y abrigada, junto a sus bellos jardines. Cálida en invierno y fresca en verano.

Sentado, hizo un gesto para incorporarse. Marco lo impidió abrazándose a su amigo.

-Marco, ¡hacía tiempo que no venías! Ya sé de la noticia del nacimiento de tu segundo hijo. Mi enhorabuena.-

-Así es. Estamos felices y parece un niño sano.

Lucio, me tienes que perdonar, pero he demorado mi cita ante la incertidumbre del nacimiento. Aun así, mi visita no será muy larga, pues casi no he estado con Helvia dejándola que descansara. Me iré pronto.

He recibido carta de tu hijo y me decía que también a ti te escribió recientemente. Tenemos que comentar…-

Lucio señaló a Marco un solium, invitándolo a tomar asiento.

-Sí, hace casi un mes que me llegó su carta. Esperaba tu visita para conocer tu opinión, ya que también me indicaba que te escribiría.-

-Lucio, sabes que llevo más de un año en Corduba. Vine por el mal estado de Marco Porcio Latrón, al que pude visitar poco antes de su fallecimiento. Tengo que volver lo antes posible a Roma y no puedo perder información de cómo van las cosas por allí. Aunque hay apariencia de tranquilidad, se intuye mar de fondo-.

-Sí, Tiberio sigue retirado en Rodas, desengañado por el afecto que muestra Octavio Augusto por sus nietos; Lucio y Cayo, y por supuesto, por su decisión de adoptarlos. Parece que su posición de hijastro, también adoptado por Octavio, no acaba de tranquilizarle sobre su situación y expectativas de futuro.-

-Tu hijo Galión, es un gran amigo de Tiberio, lo admira como orador y declamador. Comparte con él, el gusto por la manera de expresarse sencilla y sin afectación.

¡Siendo mi amigo, no tenía más remedio!-

SÉNECA. Una visión del Imperio. Recuerdos de infancia.

Bromeó Marco, ante el gesto de confirmación de Lucio.

-Si añadimos su rango de senador, es para mí una gran fuente de información para conocer el pulso de Roma.

El alejamiento de Tiberio, de los centros de decisión, no le conviene. Esperemos que se decida a volver a Roma.-

-Si no me equivoco, Livia, como madre y también por deseo de mantenerse cerca del poder, hará todo lo que esté en su mano por atraerlo a Roma. Livia, aunque no es mucho más joven que Octavio, espera sobrevivirlo. Su ansia de poder es todavía mayor que la del Príceps y no podría soportar que los sucesores fueran Lucio o Cayo. Quiere seguir en el poder y eso lo lograría a través de su hijo Tiberio como emperador.-

La conversación siguió por derroteros similares. Tanto Marco como Lucio, y la mayor parte de los cordobeses influyentes, eran partidarios de la República.

En los inicios de la República, el poder lo tenía el Senado, formado por representantes de las familias fundadoras de la ciudad (patricios). También existían las asambleas populares que elegían los magistrados de cada año.

Con el tiempo y al ampliarse el poder y la población de Roma, también se diluyó el concepto de patricio. En un principio, los senadores eran los patricios, y todos mantenían intereses comunes. Al aumentar y disgregarse las familias patricias, fue dejándose de discutir por el bien de Roma y aparecieron distintas tendencias en el Senado que defendían intereses particulares de cada grupo.

Hubo dos facciones principales; optimates y populares.

Los optimates defendían el predominio de las familias patricias. Hubo distintas tendencias; desde los que lo hacían entendiendo que mantenían la esencia de Roma y sus virtudes, que daban lugar al bien común y los que buscaban la defensa del dominio económico y social propio, a costa del resto de la población.

SÉNECA. Una visión del Imperio. *Recuerdos de infancia.*

Los populares defendían la entrada en el Senado de representantes de otras capas de la población e incluso de representantes de otras regiones a las que se había expandido Roma. Dentro de ellos, unos buscaban un régimen más justo para la realidad del estado y otros lo utilizaban como medio de lograr poder y riquezas con el apoyo del pueblo.

Tras treinta años de guerras civiles, entre ambas facciones, se produjo la toma del poder absoluto por César como dictador perpetuo.

Después vino su asesinato y nuevos enfrentamientos. Hacía ya casi treinta años que Octavio se había impuesto a sus compañeros del triunvirato surgido tras César. No había asumido el poder absoluto de su tío abuelo, sino que adoptó el título de príynceps; es decir, el primero de los senadores y al menos de manera nominal, compartía el poder con el Senado.

Octavio había logrado una estabilidad muy satisfactoria; "Pax Romana", dentro y fuera de los límites del Imperio.

En tiempos republicanos, Corduba, por tradición, había estado del lado de la facción de los optimates (Sila, Metelo, Pompeyo) durante las Guerras Civiles y en contra del bando popular (Graco, Mario, Sertorio, César). El resultado fue la destrucción de la ciudad por César en las últimas fases de la Guerra.

Parecía que un príynceps con contrapesos, que es lo que en teoría había establecido Octavio, podía ser una solución práctica y duradera. La realidad es que le había retirado la capacidad a las comitia (asambleas del pueblo) de realizar el nombramiento de magistrados, bajo la coartada de que se les daba el poder de ratificarlos. Este poder lo tenía directamente el príynceps a través del censor y la ratificación venía obligada por el control que se ejercía sobre las comitia. El Senado también tenía el derecho de ratificar los nombramientos del príynceps, pero de hecho como el príynceps tenía que aceptar el nombramiento de senadores, el control era total.

SÉNECA. Una visión del Imperio. *Recuerdos de infancia.*

Otro problema que se acentuaba con el paso del tiempo, ya que Octavio había pasado los sesenta años, era qué sucedería después de él. Existía un imperio sin normas claras de sucesión. Octavio había realizado distintos movimientos para situar a sus elegidos en posición de sucederle, pero los problemas se multiplicaban.

En un principio se valió de su hija Julia, casándola con Marco Claudio Marcelo, a su vez sobrino del mismo Octavio. Marcelo murió con diecinueve años y sin descendencia.

De nuevo fue Julia, la designada para ofrecer sucesor mediante matrimonio. Esta vez desposó con Marco Vipsanio Agripa, el gran colaborador de Octavio. Sus hijos, nacidos en el 20 a.C. (Cayo César) y en el 17 a.C. (Julio César), fueron adoptados por su abuelo Octavio.

Por otra parte, Octavio se casó por tercera vez en el 27 a.C. con Livia Drusila, que tenía dos hijos de su anterior matrimonio; Tiberio, nacido el 42 a.C., y Druso del 38 a.C., que también fueron adoptados por Octavio. Druso murió en el 9 a.C.

Por lo tanto en el tiempo que nace Séneca, existen tres aspirantes a la sucesión; Cayo y Julio (nietos de Octavio) y Tiberio (hijastro de Octavio). Los tres, adoptados por el Prínc, generaban una situación preocupante y que creaba confusión y tensiones. Los preferidos; Cayo y Julio, eran todavía demasiados jóvenes y, Livia Drusila, esposa de Octavio, maniobraba a favor de su hijo Tiberio.

Ahora bien, como decía Lucio;

-Séneca, hay que adaptarse a los tiempos sin alejarse de nuestros principios. Tu familia abandonó las aspiraciones políticas, desengañada por las malas experiencias. No obstante, es necesario volver a ellas, por vuestro bien y el de Corduba.

Los Anneos, siempre pertenecisteis a la clase ecuestre y no quisisteis ir más allá, aunque posibilidades habéis tenido y tenéis sobradas. Todavía se encuentran monedas acuñadas aquí, con el nombre del magistrado Lucius Cnaeus Iulius de hace ochenta años. Todavía se recuerda a Annio Escapula, cuando ante la huida de Sexto Pompeyo ante César, quedó al frente de la defensa de la ciudad, hace casi cincuenta años y aceptó su digna muerte. Podía seguir citando ejemplos de tu estirpe, pero lo necesario es tu decisión en participar en los destinos del estado-

-Quizás tengas razón Lucio, pero creo que ya es tarde para mí. Eso sí, creo que tengo que preparar a mis hijos para esa labor. Si voy adelante, sin duda tendré que contar con vosotros; los amigos de Corduba-.

Exedra. A principios de la República, las domus, se organizaban alrededor de un patio central (atrio). Hacia el siglo II a.C., las clases pudientes añadieron otro cuerpo a la vivienda, de inspiración griega. Este segundo patio ajardinado (perystilum) cobró mayor importancia, rodeado de una serie de elementos de descanso. Entre ellos se encontraba la exedra, lugar tranquilo, ajardinado o cercano a jardines donde conversar sin molestias.

Ver Lámina 7.

Solium. Asiento con respaldo y brazos. Los tronos eran solium de mayor o menor lujo.

Dictador. Dentro de las diversas magistraturas que se designaban en Roma, estaba la de cónsul. El cónsul era el ejecutor de las disposiciones del Senado.

En casos de situaciones excepcionales, graves y de emergencia, se nombraba un dictador. El dictador acumulaba todos los poderes por un tiempo determinado.

La designación de César como Dictador Perpetuo significa, de hecho, el paso al Imperio.

Cayo Julio <u>César</u>. Nació en el 100 a.C. en el seno de una familia patricia, emparentada con los grandes líderes populares (Cayo Mario, casado con su tía Julia).

A los 16 años es nombrado Flamen Dialis por influencia de Mario.

Contrae matrimonio con Cornelia, hija de Cinna, líder popular. Le supone enfrentarse al poderoso Sila, líder optimate. Tiene que salir de Roma.

SÉNECA. Una visión del Imperio. *Recuerdos de infancia.*

Tras una etapa militar, vuelve a la muerte de Sila, en el 78 a.C. y ejerce como abogado.

En el 73 a.C. es nombrado Pontífice. Se produce el acercamiento al optimate Pompeyo y a Craso, considerado el personaje más rico de Roma. Esw el denominado Primer Triunvirato.

En el 70 a.C. cuestor en Hispania y edil curul en Roma.

En el 63 a.C. pretor urbano y Pontifex Maximus.

En el 59 a.C. propretor en Hispania y después cónsul, con apoyo de Pompeyo y Craso.

En el 58 a.C. procónsul en la Galia. Guerra de las Galias.

En el 49 a.C. intento del senado (Pompeyo) de despojarle de poder. Paso del Rubicón e inicio de Guerra Civil. Triunfos de Farsalia, Tapso y Munda.

En el 45 a.C. cónsul y dictador perpetuo.

En el 44 a.C. asesinato el 15 de marzo.

Triunvirato. *Se da este nombre al acuerdo de tres personajes para el control de Roma.*

El primero fue el formado por César, Pompeyo y Craso. Resuelto a favor de César.

El segundo fue el de Octavio, Marco Antonio y Lépido. Resuelto a favor de Octavio Augusto.

Pax Romana. *También **Pax Augusta**. Período de estabilidad (relativa) del Imperio Romano. Gran desarrollo económico y territorial.*

Se suele limitar entre la toma de poder de Augusto (27 a.C.), hasta el final de la dinastía de los Antoninos (Cómodo 192).

Cayo Octavio Augusto. *(63 a.C. / 14 d.C.). Considerado el primer emperador de Roma (27 a.C. /14), aunque la denominación que adoptó fue prínceps. Tuvo una hija de Escribonia, su segunda esposa. Esta hija, Julia Mayor, le dio varios descendientes con su segundo esposo (Marco Vipsanio Agripa). Entre ellos Cayo Cesar y Lucio Cesar. A su vez, la tercera esposa de Augusto (Livia Drusila Julia Augusta) tenía de anterior matrimonio dos hijos; Tiberio Claudio Nerón y Nerón Claudio*

Druso Germánico. Augusto adoptó en distintos momentos a los cuatro, señalándolos como posibles herederos.

Ver lámina 9. Genealogía simplificada de Augusto y descendientes.

***Livia** Drusila Julia Augusta. (59 a.C. / 29). Tercera esposa de Augusto. Hija de Marco Livio Druso Claudiano quien se suicidó en Filipos luchando con Casio y Bruto, contra Octavio.*

Casada (-42) con su primo Tiberio Claudio Nerón, (que también luchó con Casio y Bruto y después con Marco Antonio). La familia huye de Italia tras la derrota en el -40. Tuvo dos hijos varones de este matrimonio; Tiberio Claudio Nerón (futuro emperador), y Druso, gran general.

En el 38 a.C. se divorció y se casó con Augusto. Su anterior marido; Tiberio Claudio Nerón asiste a la boda. No tuvieron hijos.

En el 35 a. C., Augusto permitió a Livia administrar sus propias finanzas, creando un círculo de clientes. Colocó protegidos en puestos oficiales, (como al abuelo de Otón y a Galba).

***Tiberio** Claudio Nerón. Nació el 42 a.C. Hijo de Tiberio Claudio Nerón y Livia Drusila.*

El 39 a.C., Livia se divorcia y casa con Octavio Augusto.

Tiberio se convierte en hijastro del Príceps, que después lo adopta.

Notable formación y brillante ejecutoria militar.

En el 13 a.C. es obligado por el Príceps a divorciarse de Vipsania (matrimonio muy bien avenido) y casarse con Julia Mayor.

El 7 a.C. es nombrado cónsul y reorganiza Germania.

El 6 a.C. se pretende se haga cargo del este del Imperio. Renuncia y se retira a Rodas. Motivos no claros, entre los que estarían la ascensión de Lucio y Julio César como posibles herederos de Augusto.

***Nerón Claudio Druso** Germánico. También conocido como Druso el Mayor, nació en el 39 a.C. y murió en el 9 a.C. Hermano de Tiberio. Hijo de Tiberio Claudio Nerón y Livia Drusila. Nacido poco antes del divorcio de sus padres y del matrimonio de Livia con Octavio, se especula sobre* *su paternidad biológica. Esta duda se acrecienta por el favoritismo que mostró Octavio hacia él.*

Brillante militar logra el sobrenombre de "germánico" en el 12 a.C. Fallece tras las heridas producidas al caer del caballo en el 9 a.C.

Julia la Mayor. *Hija de Octavio Augusto y su segunda esposa; Escribonia. Nació en el año 39 a.C.*

Fue muy querida por su padre, lo que no obvió una educación rígida y anticuada y su utilización para generar una dinastía.

Con catorce años, en el 25 a.C., fue casada con **Marco Claudio Marcelo**. *Hijo de la hermana de Augusto; Octavia y de Cayo Claudio Marcelo. Muere en el 23 a.C., posiblemente envenenado. Augusto con este matrimonio lo había señalado como sucesor.*

En el 22 a.C., casada con **Marco Vipsanio Agripa,** *gran colaborador de Augusto y veinticuatro años mayor que ella. Tienen tres hijos; Cayo César, Lucio César y Agripa Póstumo, y dos hijas; Julia Menor y Agripina. Agripa muere en el 13 a.C.*

En el 13 a.C., Augusto obliga a Tiberio a divorciarse de Vipsania y lo casa con Julia Mayor. Matrimonio enfrentado y sin hijos. El 6 a.C. Tiberio deja Roma y marcha a Rodas.

Con tantas vicisitudes, su vida fue desordenada y escandalosa. Fue desterrada por Augusto a la Isla Pandataria hacia el 2 a.C. Muere en el 14.

Marco Claudio Marcelo. *De las principales familias de Roma, perteneciente a la rama plebeya de la Gens Claudia. Varios fueron los destacados personajes con este nombre. Pueden verse varios ejemplos en el capítulo 7.*

Lucio César. *Nacido el 20 a.C.*

Ahijado y nieto de Augusto. Hijo de Agripa y de Julia Mayor, hija de Augusto.

Uno de los favoritos para la sucesión.

Cayo César. *Nacido el 17 a.C.*

SÉNECA. Una visión del Imperio. *Recuerdos de infancia.*

Ahijado y nieto de Augusto. Hijo de Agripa y de Julia Mayor, hija de Augusto.

Uno de los favoritos para la sucesión.

Lucius Cnaeus Iulius. *Este nombre aparece en las primeras monedas acuñadas en Corduba (80 a.C.). En el texto se especula sobre el nomen Cnaeus como posible origen de Anneo.*

Annio Escapula. *Tras el triunfo en la Batalla de Munda (45 a.C.) de César sobre Cneo Pompeyo (hijo), Corduba queda al mando de Sexto Pompeyo también hijo de Cneo Pompeyo Magno. Ante el peligro, Sexto huye, quedando Corduba al mando del équite cordobés Annio Escapula. Al hacerse la situación insostenible, se quita la vida. En el texto se especula sobre el nomen Annio como posible origen de Anneo y originado en Cnaeus.*

Patricios. Clase senatorial. Clase ecuestre. *Eran las dos clases de la nobleza romana. Cuando la fundación de la ciudad (753 a.C.), los pater familias de cada tribu tenían el privilegio de formar parte del Senado. Eran denominados patricios. Formaban la clase senatorial. Cuando Roma fue creciendo, las familias fundadoras fueron dividiéndose y separándose. El Senado se amplió a más miembros y entraron destacados militares y magistrados. Después entraron representantes destacados de otros territorios de Italia y del resto del Imperio. Todos ellos formaban la clase senatorial. Sus descendientes, a través del llamado cursus honorum (una especie de carrera administrativa) también tenían opción de entrar en el Senado.*

Por otra parte estaban los caballeros (équites) que formaban la clase ecuestre. Eran miembros de destacadas familias de los distintos territorios o destacados militares.

La pertenencia, tanto una clase como otra, tenía que ser reconocida por el estado. Aunque se consideraba la clase senatorial por encima de ecuestre, no siempre interesaba el paso de una a otra, ya que las obligaciones eran distintas. No era conveniente para muchas familias

SÉNECA. Una visión del Imperio. *Recuerdos de infancia.*

destacadas de las provincias, que acumulaban grandes riquezas a través de negocios y no estaban interesadas por la política.

Había una serie de actividades prohibidas a los senadores, por ejemplo contratos de obra pública, para evitar auto adjudicaciones.

Los équites podían acceder a un cursus honorum, que no era idéntico al senatorial, que permitía acceder a altos cargos y también al Senado (pasando a clase senatorial).

Optimates y populares. *Además de la clase social, hay que citar la división política que se dio en el senado y la sociedad romana. Desde el comienzo del siglo II a.C. la República se vio, en mayor o menor medida, sacudida por el enfrentamiento e incluso la guerra civil entre los optimates y los populares.*

Los optimates eran partidarios de conservar los privilegios de las familias patricias. Los populares de conferir poderes a capas más amplias de la población.

El sistema inicial; Senado compuesto por representantes de las familias patricias, había sido eficaz y representativo de la mayoría de la población.

Al aumentar la población y extensión de Roma, el sistema entra en crisis y se cuestiona el ampliar o no la forma de representación.

Comitia. *Las asambleas del pueblo tuvieron mucha importancia durante la República, con una serie de prerrogativas que fueron variando en el tiempo.*

A medida que la población crecía y abarcaba otros territorios, fueron más difíciles de convocar y utilizar.

Perdieron progresivamente su influencia tras pasar un periodo en el que poseían un poder más teórico que real.

SÉNECA. Una visión del Imperio. *Recuerdos de infancia.*

<u>5.-Corduba. 16 mayo 1 a.C. Una visita esperada.</u>

Era la hora undécima cuando Helvia y Marco se encontraban en el peristilo de la domus, charlando tranquilamente y aprovechando la magnífica tarde de la primavera cordobesa.

-Me preocupa el niño. Está bien, pero no deja esas dificultades para respirar que tiene desde que nació-, decía Helvia, -No es que esté mal, pero tampoco puede descansar bien por esa causa-.

-El medicus dice que no es importante. Esperemos que a medida que crezca se vaya curando-, quería tranquilizarla Marco.

-Dice que esta dolencia suele cambiar durante el año. Tiene épocas de más o menos intensidad e incluso a lo largo del tiempo puede desaparecer por completo y volver, o no, tiempo después.-

Lo cierto es que el pequeño, aunque no de manera constante, mostraba dificultades para respirar y emitía sonidos, a modo de pitidos, que preocupaban a sus padres.

Novato llegó corriendo seguido de su cuidadora: -¡Ha venido, ha venido!-

-Ha llegado la domina Marcia-, aclaró la esclava.

Helvia corrió, llena de alegría, hacia el atrio y se abrazó a su hermanastra; -¡Marcia, qué alegría! Gracias por venir. Yo no podía ir a Urgavo y, ya sabes que, tengo que verte con frecuencia.-

-¿Cómo no iba a venir? En cuanto me enteré de que volvías a ser madre, dejé todo y me puse en camino. ¡Y todavía no he visto al niño!-

-Ven enseguida por aquí-

-Espera que no he saludado a Marco. Mis mayores felicitaciones también a ti. Ya tienes dos herederos. ¡Dame un abrazo!-

-Marcia, sabes que todos queremos veros con frecuencia. ¿Cómo están Cayo y Aulo?-

-¿Cayo? Ahora está en Roma. Se ha ido hace menos de un mes. Sabes que, como procurador, es responsable de la mejora de la Vía Augusta por toda la Cordubensis. Además parece que es un empeño especial del prínceps hacer una gran obra que deje la Vía Augusta a gran nivel.

SÉNECA. Una visión del Imperio. *Recuerdos de infancia.*

Tiene que realizar los trabajos y enviar constantes informes a Roma, cuando no ir personalmente.

En cuanto a mi padre sigue en Roma y hace mucho que no lo veo. Quizás más que tú. Aunque como senador sigue atendiendo sus obligaciones, a lo que dedica realmente el tiempo es a escribir. Siempre que me llegan noticias de él, me habla de la historia que está escribiendo sobre las guerras civiles. En fin…-

Mientras, Helvia había mandado que trajeran al niño. Marcia lo tomo en brazos y empezó a hacerle arrumacos.

-¡Uy! Me parece que está acatarrado-.

-No, es otra causa. No sabemos exactamente qué, pero nos preocupa-

---

Domina. Dominus o domina era el tratamiento habitual hacia alguien superior.

Marcia. Solo se conocen datos a través del escrito de Lucio Anneo Seneca; "Consolación a Marcia". No obstante, poca información nos ha llegado.

Su familia, muy rica, era cercana a la de Helvia, probablemente de Urgavo. Ambas mantuvieron una gran unión, se llamaban hermanas o hermanastras, pero no es fácil saber cuál es el vínculo exacto. Estuvo casada con Cayo Galerio. Fue hija (o ahijada) de Aulo Cremucio Cordo. La madre de Helvia murió al nacer ésta. Su padre contrajo un segundo matrimonio. Esta madrastra es la que pone en contacto a Marcia y Helvia. En el texto hemos supuesto (para poder cuadrar los datos); que la madrastra de Helvia era hermana de la madre de Marcia. Asimismo, que la madre de Marcia casó en nuevo matrimonio con Aulo Cremucio Cordo y éste la adoptó. (Ver la lámina 9; "Genealogía anneos, adoptada en la novela").

Gayo Galerio. Perteneciente al orden ecuestre. Llegó a ocupar muy altos cargos en la administración romana. Casado con Marcia.

SÉNECA. Una visión del Imperio. *Recuerdos de infancia.*

Aulo Cremucio Cordo. *Senador e Historiador. Quedan unos pocos fragmentos de su obra, que principalmente cubren las guerras civiles y la etapa de Augusto.*

Calzadas. Vía Augusta. *Origen muy antiguo y llamada Hercúlea. Recorría, de Cádiz a Roma, el borde del Mediterráneo. Unía colonias y factorías fenicias (sur y sureste) y después pasaba por las griegas de levante. Empedrada por romanos en el S II a.C. Añade un trazado paralelo, en la zona sur, que conectando en Cartago Nova deriva hacia el Guadalquivir. Conecta; Castulo (Linares), Obulco (Porcuna), Baena, Ucubi (Espejo), Ategua (Sta. Cruz), Corduba, Astigi (Écija), Hispalis (Sevilla) y Gades (Cádiz). Otro ramal; Baria (Villaricos - Almería) a Peal de Becerro y Castulo. En la Bética hay varias vías que se apoyan en las ramas citadas de la Vía Augusta; Desde Hispalis y desde Corduba a Anticaria (Antequera) y desde allí a Malaca. También desde Obulco (Porcuna) ¿por Ucubi? a Ulia, cerca Montemayor, donde enlazaba con la anterior de Corduba a Anticaria.*

Augusto impulsó grandes reformas y mejoras.

Corduba. Cordubensis, convento de la Bética. *Augusto dividió Hispania en tres provincias (27 a.C.), Tarraconense (capital Tarraco), Bética (capital Corduba) y Lusitania (capital Emérita Augusta). Dentro de cada provincia existían los llamados conventos. Eran reuniones de romanos e indígenas para asesoramiento al gobernador. Se distinguían por su capital que era donde se realizaban las reuniones. En la Bética; Corduba, Hispalis, Gades y Astigi.*

Séneca. Enfermedad. *Durante toda su vida tuvo problemas respiratorios. Por lo que conocemos, pudo ser asma crónica. Posteriormente le recomendaron un clima más seco y parece que su estancia en Egipto le benefició. Esta mejora puede haber sido por el clima seco o porque el tipo de elemento que le producía el asma no existía allí ¿polen de olivo?*

SÉNECA. Una visión del Imperio. *Recuerdos de infancia.*

6.-Corduba. 17 mayo 1 a.C. El acogimiento.

A la hora secunda, la domus de los Anneos hervía de actividad. Era el día del acogimiento. Marco iba a hacer coincidir el acto con la salutatio, y así se les había comunicado a todos los clientes, además de a la familia y a los amigos invitados.

Marco lucía, sobre su túnica, la toga trabea, propia de su condición de équite. De igual modo, todos los asistentes portaban las mejores galas según su condición.

Recibidos los asistentes en el atrio, Marco conversó con aquellos que veía con menor frecuencia. Familiares de Helvia, provenientes de la zona de Urgavo, amigos de Corduba, que llevaba más tiempo sin ver, clientes, encargados de sus negocios de fuera de la ciudad; minería en la sierra, olivares, ejecutores de obra pública...

Tras la salutatio en el atrio, Marco pidió a los asistentes que circularan hacia el perystilum. Tras el tablinum y la biblioteca que separaban ambos patios, se encontraba el lalarium. Todos se situaron frente al altar en el que resplandecida la llama perpetua y que estaba engalanado con flores y guirnaldas.

Varios esclavos dispusieron varios pebeteros junto al lalarium y tras los invitados y aromatizaron el lugar con incienso.

Una esclava trajo al niño y, con gran delicadeza, lo dejó en el suelo ante Marco.

Marco elevó al niño con los dos brazos;

-¡Salve dioses del hogar, salve Manes, salve Lares! Y especialmente, ¡Salve Nundina, protector del nacimiento y el desarrollo, Cunaría, protectora de los infantes en sus sueños, Abeona, protégelo en sus primeros pasos, Fabulinus, enséñale a hablar!-

-A vosotros, ¡oh dioses! Os presento a mi hijo; Lucio Anneo Seneca- y volviéndose hacia los asistentes; -Y a vosotros, familia, amigos y clientes; ¡este es mi segundo hijo!-.

Los presentes mostraron su alegría y felicitaron a los padres, mostrando a ellos y al recién nacido los mejores deseos.

SÉNECA. Una visión del Imperio. *Recuerdos de infancia*.

A continuación, Marco, entregó el niño a su cuidadora y, tras un gesto al atriense, varios esclavos dispusieron una serie de mensas y sobre ellas todo lo correspondiente a un completísimo ientaculum; tortas solas o humedecidas con vino, huevos, quesos de varios tipos, miel, leche, aceitunas, galletas, uvas pasas...

Nombres. Los prenomen se otorgaban a las niñas el octavo día después del nacimiento y el noveno a los niños. Este día era denominado dies lustricus y en él, el recién nacido era legitimado por su padre ante el hogar doméstico; esto se realizaba mediante la ceremonia de alzar al recién nacido del suelo (tollere filium) y tomarlo en brazos. En ese momento, tras purificarlos (lustrare), a los niños se les daba el prenomen, equivalente a nuestro nombre propio, siempre coincidente con el de alguno de sus antepasados.

A niños y niñas se les daba tambien su nomen, equivalente al apellido, y siempre coincidente con el de su clan (gens).

Para distinguir a las niñas, se añadían las palabras menor, mayor, tertia... según su orden de nacimiento.

Los varones de edad adulta, y de clase noble, disponían de los tría nomina ('los tres nombres'): el citado prenomen, el nomen, correspondiente a su gens, y un cognomen. El uso de los tría nomina para designar al ciudadano romano aparece a finales del siglo II a. C. Sin embargo, el prenomen deja de usarse en el siglo II d. C..., y el nomen en los siglos IV y V d C. El cognomen especificaba la rama de la familia a la que se pertenecía, o bien, era el apodo de un individuo en particular.

Túnica. Era la vestimenta más habitual en Roma. Prenda amplia y larga con mangas. Cubre desde cuello a piernas. La usaban todas las clases sociales; los ciudadanos llevaban sobre ella la toga, los militares la armadura. Estaba formada por dos telas rectangulares, unidas, que dejaban tres aberturas; la parte central para la cabeza y otras dos para los brazos. Se utilizaba cinturón para ceñirla. Las de alto nivel eran de

SÉNECA. Una visión del Imperio. *Recuerdos de infancia.*

una sola pieza, incluso las mangas. Había distintos tipos que distinguían la función de quien la llevaba.

Toga. *Prenda formal. Exclusivo su uso para los ciudadanos romanos mayores de edad (gens togata). Símbolo social que señala la categoría del portador y varía en función de ésta. Utilizada en el foro, circo, asambleas, desempeño de las magistraturas, ceremonias religiosas…*

Toga trabea. *Utilizada por los équites. Toga corta. Blanca con tiras de púrpura llamadas trabes o virgae según eran éstas más o menos estrechas.*

Religión. Cultos del hogar. *Los hogares tenían un altar;* **Lalarium.** *Normalmente se situaba en el atrio y, en él, se mantenía siempre una llama encendida. Los cultos eran oficiados por el pater familias, aunque podía delegar el culto y el cuidado del lalarium en otro miembro de la familia e incluso en un esclavo. Se celebraban normalmente durante la cena.*

Religión. Dioses del hogar. *Había varios grupos de dioses;*

Lares. *Dioses que cuidaban de la salud y prosperidad del hogar.*

Nundina. *Nacimiento y desarrollo de los nacidos.*

Cunaria. *Guardaba los niños en la cuna.*

Abeona. *Enseñaba a andar.*

Fabulinus. *Enseñaba a hablar.*

Manes. *Espíritus de los antepasados.*

Penates. *Cuidaban la despensa.*

Genio. *Espíritu tutelar del pater familias.*

Lémures. *Fantasmas negativos.*

7.-Corduba. 5 agosto 1 a.C. La despedida.

A medida que, pasada la primavera, entraba el calor fuerte en Corduba, Lucio parecía mejorar. El niño seguía teniendo algún problema respiratorio, pero el malestar ya no era constante.

Esta mejora, junto con la necesidad de volver a Roma, hizo que Marco se decidiera al viaje. Era cierto que dejar a Helvia, y a los niños, no lo satisfacía en absoluto, pero también lo era la necesidad de mantener sus contactos políticos y culturales, así como velar por la parte de los negocios que se gestionaban desde la capital del Imperio.

Por otra parte, la capacidad de su mujer lo dejaba totalmente tranquilo, tanto en cuanto al cuidado del patrimonio familiar, como al de los niños. También estaba tranquilo en cuanto a la enseñanza que pronto habría que empezar a dar a éstos, ya que a la responsabilidad de Helvia, se sumaba el gusto que tenía por la cultura y el saber.

Quiso llevarse en el recuerdo a su ciudad y le propuso a Helvia dar un paseo por Corduba. Dada la época del año, se dispusieron a ello siendo la hora secunda, antes de que el sol fuese abrasador.

Tras el ientaculum, y acompañados de cuatro esclavos se dirigieron primero hacia el cercano Decumano Máximo y se sumergieron en su ruidoso gentío alrededor de las tabernae. Aprovecharían para realizar algunas compras y que dos esclavos volviesen a la domus con ellas.

El primer lugar donde pararon, fue en un almacén de aceites. Era de la familia y en él se vendía aceite producido por los Anneo.

-Helvia, ¿cuánto llevamos?, ¿nos hace falta?-

-Sí, llevamos de óleum omphacium dos ánforas. Ya sabes que no es el que más me gusta, pero hace falta para las ofrendas en el lalarium. Del flos , voy a llevar veinte que es el que consumimos y diez de acerbum para las lucernas.-

Marco se dirigió al encargado;

-Manda eso a la domus. ¿Cómo van las ventas?-

SÉNECA. Una visión del Imperio. *Recuerdos de infancia.*

-Dominus, ya sabe que cuanto más demandan de Roma el aceite de calidad, aquí se pone más caro, y más lo quieren todos. Dentro de poco tengo que pedir que manden más mercancías.-

-Eso está bien. Ya sabes, cuando lo necesites, envías un mensaje al atriense con lo que quieras y él lo trasmitirá. No te pases, que tener aquí acumulado no es bueno, es más seguro tenerlo en el campo-.

-Aún no hace mucho, empezó aquí cerca a arder una taberna en la que vendían ropa. En la buhardilla tenían almacenado mucho género y empezó a extenderse el fuego. Tuvimos suerte porque el viento iba hacia allí y nos protegía. No sé cómo, pero los vigiles llegaron muy rápido y pudieron contenerlo sin que se extendiese a otras insulae. La verdad es que cada vez funcionan mejor.-

-Por eso debemos tener cuidado. Te repito, cualquier cosa que haga falta, se lo dices a Besadio el atriense. Yo me voy a ir una temporada, pero la domina queda a cargo de todo y ella actuará.-

Helvia y Marco siguieron su paseo por el Documano Máximo hacia su extremo oriental. Pararon en tabernae de frutas, de carne, vinos y otros elementos. Dos esclavos volvieron a la domus con lo adquirido.

-Ven Helvia, vamos a entrar aquí y nos aseguramos de que todo vaya bien con el barco.-

Aquella tabernae tenía mejor aspecto que las anteriores. El interior era limpio y, en vez de estar ocupado por mercancías, estaba ocupado por dos amplios abaci (mesas de trabajo) y alguna sella.

-Oh, Marco Anneo Seneca. El Dominus no está." indicó el esclavo al mando. "Estuvo y me dejó encargado que le dijese, si venía, que está todo en orden. El barco estará dispuesto a la hora prima de pasado mañana. Dijo que, si no venía, él pasaría en persona por su domus a indicarlo.-

-Bien, no hará falta.-

La taberna era de un conocido de Marco; Turo, quien se dedicaba a todo tipo de trasportes. Era con quien Marco realizaba todos los

SÉNECA. Una visión del Imperio. *Recuerdos de infancia.*

trasiegos de las mercancías que producían sus negocios y también lo requería para organizar sus frecuentes viajes entre Roma y Corduba.

En el sentido en que iban caminando, el Documano Máximo acababa en la muralla. Era la puerta por la que se accedía a la Vía Augusta en su continuación hacia Obulco y Castulo.

-Helvia ¿estás cansada o te parece bien seguir paseando?-.

-Vamos a seguir. Me apetece, y a ti te vendrá bien irte a Roma empapado con el ambiente de Corduba-.

Siguieron la muralla hacia el sur, hasta llegar al teatro.

-Cuando hablo de nuestro teatro allí, creen que exagero. No se creen que es casi igual que el Teatro Marcelo de Roma.-

-Sí, y el Príynceps no deja de mejorar su ornato. No dejan de trabajar en él. Es espectacular.-

Pasaron por delante del teatro y llegaron al Cardo Máximo, en la zona donde se encontraba la antigua puerta sur, derribada junto a este lienzo de la muralla para construir el ensanche de la ciudad, hasta el río. Por él se dirigieron hacia el norte, hacia el foro.

En el foro, en el centro de la plaza porticada, pasaron junto a una lectica cubierta llevada por seis esclavos.

Llamó el ocupante, -¡Séneca, Séneca!-, descorriendo las cortinas que cerraban la litera.

-Helvia, es Lucio Junio Cato.

No, no te bajes.-

Le dijo Marco a su amigo que ya había ordenado depositar la lectica sobre sus soportes en el suelo.

-Veo que vienes de dar un paseo. Me alegro. Debes salir de vez en cuando.-

-No te creas. Es el medicus, que me obliga a hacerlo, diciendo que en los baños tienen un ungüento que me es muy necesario. Afirma que tiene que ser allí, donde me lo administren, para que esté bien conservado. Como ves una tontería para obligar a que salga de la domus, que es donde estoy bien.-

-Pues me alegro de todos modos-

SÉNECA. Una visión del Imperio. *Recuerdos de infancia.*

-Helvia, no te había saludado, disculpa, pero tu marido no me deja ser cortés.-

-Yo también me alegro mucho de verte en la calle. Debes hacerlo más y te sentará bien.-

-Marco, dale un abrazo a mi hijo cuando llegues a Roma.-

-Así lo haré-

Era ya la hora cuarta y el calor comenzaba a apretar. Pasaron por delante de la curia de la ciudad y por el templo de Júpiter y se encaminaron de nuevo hacia la domus.

Aceite. Calidades. Óleum omphacium, de aceitunas aún verdes. Se elaboraba en septiembre. Se destinaba a las ofrendas religiosas y la fabricación de perfumes. Óleum viride, de aceitunas entre el verde y el negro. Se elaboraba en diciembre. Empleado en gastronomía. Flos obtenido con la primera presión (nuestro aceite virgen extra). Sequens, segunda presión. Cibarium, de tercera y siguientes prensadas. Óleum acerbum. Aceitunas recogidas del suelo. Inferior calidad.

Vigiles. Singular vigil. Augusto instituyó en Roma en el año 6; las Cohortes Vigilum. Anteriormente vigiles y, en la República, triunviros nocturnos. Su cometido principal era el de vigilancia de incendios (sobre todo nocturna) y, de forma secundaria, vigilancia. Es de suponer que en las ciudades importantes del Imperio habría organizaciones similares.

Teatro Marcelo de Roma. Dedicado por Augusto a su sobrino y yerno; Marco Claudio Marcelo.

Era hijo de Octavia, hermana de Augusto, y de Marco Claudio Marcelo. Casado con Julia Mayor, hija de Augusto.

Preferido para la sucesión, muere joven.

Iniciada la construcción por César, como réplica al teatro Pompeyo. Terminado el 11 a.C. Su capacidad estaba entre quince y veinte mil espectadores. Sólo por detrás del de Pompeyo.

SÉNECA. Una visión del Imperio. *Recuerdos de infancia.*

Marco Claudio Marcelo. *De las principales familias de Roma, perteneciente a la rama plebeya de la Gens Claudia. Varios fueron los destacados personajes con este nombre;*

Marco Claudio Marcelo (abuelo). 270 a.C.-208 a.C. Fue cónsul cinco veces. Héroe de la Segunda Guerra Púnica. Luchó con Aníbal en Italia y murió en una emboscada númida. Aníbal le rindió honores mostrando su respeto.

Marco Claudio Marcelo (padre). 239a.C.-177a.C. Fue cónsul y otras varias magistraturas. Sufrió heridas en la emboscada en la que muere su padre. Aníbal le entrega sus cenizas.

Marco Claudio Marcelo 209a.C.-148a.C. Sucede a su padre como Pontifex en 177 a.C. En el 169 a.C., Pretor de Hispania.

Fue cónsul tres veces;

166 a.C. Primer consulado. Vence a los galos. Triunfo.

155 a.C. Segundo consulado. Vence a los ligures. Triunfo.

152 a.C. Tercer consulado. Rebelión celtíbera. La supera con mezcla de fuerza y de negociación. Estancia en Corduba.

151 a.C. En el Templo de Honor y Virtud, Marco Claudio colocó tres estatuas, la suya, la de su padre y la de su abuelo, con la inscripción "Tres Marcelli novies consules", «Los tres Marcelo, que fueron nueve veces cónsules».

148 a.C. Viaje a Numidia como embajador. Naufragio y muerte.

Corduba mantiene una viva imagen positiva de su periodo en la ciudad.

Besadio. *Personaje ficticio. Atriense en la domus de Corduba de los Anneo.*

Turo. *Personaje ficticio. Su negocio era el transporte de mercancías y personas.*

Corduba. Reconstrucción por Augusto. *Corduba había sufrido una gran destrucción al final de las guerras civiles.*

En el año 27 a.C., Augusto reorganiza las provincias y hace capital de la Hispania Ulterior a la Colonia Patricia Corduba.

En el 26 a.C. visita la ciudad junto a Marcelo y Agripa.

SÉNECA. Una visión del Imperio. *Recuerdos de infancia.*

En el 25 a.C. otorga el deductio (estatuto colonial) e inicia una serie de obras de mejora de la ciudad; la estructura de la misma era la heredada del campamento militar inicial. Para permitir la expansión hasta el río, derriba la muralla sur y prolonga el cardo hasta el río.

La dota de un teatro de más de 15.000 espectadores, similar al teatro Marcelo de Roma, y de anfiteatro.

Para el abastecimiento, construye el acueducto "Aqua Augusta" que trae el agua de la sierra a más de 16 km. La comunicación, hacia el sur, la resuelve con la construcción sobre el Betis del puente de 331m y 17 arcos.

Ver la lámina 13; "Esquema de Corduba S I".

SÉNECA. Una visión del Imperio. *Recuerdos de infancia.*

8.-Corduba. 7 agosto 1 a.C. Viaje de Marco a Roma.

Helvia y Marco pasaron la noche entre el dolor de la despedida y el amor entre ambos. Aunque no era nuevo tener que separarse, no por ello se hacía menos duro.

Todavía no era la hora prima, cuando el atriense llamó desde fuera del cubiculum a Marco, tal y como lo tenía ordenado. Marco se levantó, abrazó y besó a Helvia. No era correcta una despedida afectuosa ante los esclavos. Salió y se dirigió a los baños situados en la zona del peristilo. Tras el breve aseo, consumió un ientaculum de mayor contundencia de lo que solía. El día podía ser duro.

Junto con Helvia, se dirigió al cubiculum donde dormían los dos pequeños, siempre bajo el atento cuidado de una esclava. Sin despertarlos, los besó, y teniendo dispuesta en la calle un sella con dos esclavos preparados para portarla, se despidió de Helvia en el vestibulum y salió al exterior.

Poco antes, habían salido de la domus dos esclavos con un birotus tirado por dos mulas para trasportar el equipaje, principalmente documentos.

Entre las primeras luces del alba, que se atisbaban por oriente, la sella partió hacia el Cardo Máximo y lo siguió hacia el río. Llegaron al lugar donde estaba la antigua puerta sur, ahora derribada junto al lienzo de muralla correspondiente. A la izquierda se veía el teatro.

El Cardo, hacia un pequeño quiebro hacia el suroeste y después ya, enfilaba claramente el sur. Al final se encontraba la nueva muralla y su puerta meridional , junto al río, y por ella se accedía al magnífico puente que, hacía ya más de veinte años, Augusto había ordenado construir. La gran obra resplandecía con los primeros rayos solares, con sus 330 m y sus 17 arcos sobre el Betis. Por ella pasaba el ramal que derivaba de la Vía Augusta y que la conectaba con Astigi (Écija) y después Malaca (Málaga). Sin entrar en el puente, siguieron por la orilla del Betis en el sentido de las aguas y llegaron al puerto fluvial de Corduba.

SÉNECA. Una visión del Imperio. *Recuerdos de infancia.*

Pese a ser verano, no era de los años en los que el caudal disminuía de forma alarmante. La navegación hacia Híspalis era buena, y no precisaba ayuda desde tierra. Todo el año se mantenía el comercio fluvial hacia otras poblaciones de la Bética, pero era más importante el que conectaba con el comercio marítimo hacia Roma. Lo producción de aceite se concentraba de diciembre a abril. Cuando el invierno era muy duro, y el mar no aconsejaba arriesgarse en demasía, se atrasaban los envíos hasta junio con las complicaciones de almacenamiento que en origen se producían. La disminución estival del comercio del aceite, se compensaba con el de cereales, y ya en octubre con el del vino. También desde la costa, se cargaba garum, la salsa que no podía faltar en las mesas romanas.

Las oscilaciones en carga, de aceite, cereales y vino, se compensaban con el mineral extraído en Sierra Morena. De esta manera, siempre había ocupación para las embarcaciones que hacían la ruta hacia la capital imperial.

La vuelta era menos productiva. El gran volumen que se trasladaba hacia Roma no podía ser compensado por el tráfico inverso, consistente en elementos de lujo para las cada vez más opulentas clases altas de la Bética. Estos objetos exóticos (sedas, especias, marfil…) llegaban a Roma desde oriente mediante la Ruta de la Seda.

En general, el trayecto de Corduba a Roma era más definido que el de vuelta. En este último se repartían mercancías por la costa europea y del norte de África.

En el puerto de Corduba se veían, atracadas o entrando y saliendo, gran cantidad y variedad de embarcaciones.

Antes de las mejoras para la navegación de Augusto, abundaban las monoxylois, embarcaciones simples formadas por un tronco en el que se horadaba un hueco para contener una o dos personas y un mínimo de carga. Ahora en Corduba se veían de forma esporádica, si bien todavía eran útiles para entrar por pequeños arroyos que confluían en el Betis o para desembarcar en lugares sin puerto o embarcadero.

SÉNECA. Una visión del Imperio. *Recuerdos de infancia.*

Eran más abundantes las rates, balsas de troncos unidos entre sí. Venían de aguas arriba, de lugares donde el calado era escaso. Tenían gran uso en la bajada de minerales desde la sierra. También se podían ver Scapha, barcas realizadas con tablones ensamblados. Pequeñas, solían auxiliar a barcos de más porte. Con similar sistema constructivo, estaban las lyntres. Eran de mayor tamaño que las anteriores, alargadas, estrechas, sin velas, ni puente, ni quilla. Portaban viajeros y animales.

A Marco le habían dispuesto una codiciare. Eran embarcaciones que tenían Corduba como límite de navegación. Subir más arriba por el río, salvo en momentos muy concretos, les era difícil por su calado. Tenían capacidad de hasta 18Tm, para personas o mercancías, y eran frecuentes entre puertos fluviales. Tenían el casco redondeado, con frecuencia cubierta y bodega. El fondo era plano, la popa alta y curva, la proa esbelta. Disponían de remos laterales, puente y cabina en popa.

Era habitual que dispusieran de un mástil delantero para poder tirar desde tierra y conducirlas en lugares angostos del río. Este sistema de arrastre o sirga, se realizaba mediante cuerdas a las dos orillas, donde varios hombres tiraban de la embarcación, desde caminos habilitados para ello. No obstante tras las mejoras realizadas, el trayecto entre Corduba e Hispalis no precisaba de esta asistencia.

Cuando Marco llegó junto a la embarcación, los esclavos ya habían subido a bordo el equipaje que habían transportado en el carruaje.

Marco y dos de sus esclavos eran los únicos pasajeros. La tripulación estaba formada por el timonel y cuatro remeros. La carga consistía en lingotes de cobre que habían llegado, mediante balsas de troncos, bajando de la sierra hasta el Betis, aguas arriba de Corduba. Las balsas también se habían desecho y los troncos se transportaban para ser empleados en las atarazanas de Híspalis.

SÉNECA. Una visión del Imperio. *Recuerdos de infancia.*

***Carruajes. Birotus.** Carruaje de dos ruedas tirado por caballos o mulas. Ligero, con dos asientos. Una variante era la **esseda**, con menos capacidad de equipaje.*

***Navegación fluvial. Embarcaciones.** Eran muy variadas dependiendo de las condiciones de la navegación y del objeto de la misma. Citaremos algunas de las más habituales. Para aguas de escaso calado; Monoxylois (barca de un tronco), Rates (balsas de troncos).*

En zonas de más calado; Scapha (barca de piezas ensambladas, normalmente auxiliar de barcos mayores). Lyntres (barca piezas ensambladas, sin velas, puente, ni quilla, para viajeros y animales, alargada y estrecha, algo mayor que anterior). Codicariae, transporte personas o mercancías (hasta 18 Tm) entre puertos fluviales, pequeñas, casco redondeado, normalmente cubierta, bodega y mástil delantero (no fijo), destinado al arrastre desde tierra (sirga), fondo plano, popa alta y curva, proa esbelta, remos laterales, puente y cabina en popa).

***Astigi. (Écija).** Con base en un poblado ibero, Augusto fundó en el 14 a.C. la Colonia Augusta Firma Astigi. Situada junto al Singilis (Genil).*

Fue capital del convento Astigitano, uno de los cuatro en que se dividió la Bética (junto con el de Corduba, Hispalis y Gades). Gran importancia en las comunicaciones de la Bética y situada en la Vía Augusta. Papel trascendental en el comercio del aceite. La riqueza la dotó de monumentales edificios públicos.

***Malaca. (Málaga).** Población de origen fenicio. Tras la conquista de Hispania por Roma, obtuvo el régimen de "ciudad federada", con cierta autonomía. Sigue en tiempo romano su tradición comercial hacia todo el Mediterráneo Occidental, y la de elaboración de salazones. Situada sobre la Vía Hercúlea, después Augusta, mantuvo la romanización y así en tiempos de Augusto se construyó el teatro.*

SÉNECA. Una visión del Imperio. *Recuerdos de infancia.*

9.-Corduba. 7 agosto 1 a.C. Salida hacia Híspalis.

Acabando la hora prima, emprendieron la navegación. Este primer tramo del Guadalquivir era el más complicado y tanto el timonel como los remeros debían emplearse a fondo.

Nada más comenzar la navegación se pasaba por la zona donde existía un antiguo vado del Betis. Quizás ésta fuese la razón por la que allí estuvo ubicado inicialmente el poblado turdetano, ya absorbido por la nueva Corduba. Marco reflexionaba sobre los orígenes de su querida Corduba, y el establecimiento de Roma en la Bética.

En el 206 a.C. se produjo la batalla de Ilipa Magna. En ella, Publio Cornelio Escipión, El Africano, se enfrentó a los cartagineses al mando de Asdrúbal Giscón y Magón Barca. Su victoria dentro de la segunda guerra púnica supuso el final del dominio cartaginés en Hispania. El inicio del control romano tuvo consecuencias inmediatas en la Bética, así por ejemplo, se fundó Itálica para los legionarios retirados tras la campaña contra Cartago.

También hubo consecuencias en Corduba. En el 200 a.C. el anterior campamento romano se hizo estable, situándose al noroeste del poblado turdetano. Era un lugar estratégico; vado del río, control de las incursiones lusitanas por el valle del Guadiato y apoyo a la extracción minera de la sierra. Las dos poblaciones; nativa y romana, convivieron de manera colaborativa. Con el tiempo, el campamento se convirtió en ciudad y fue absorbiendo a la población indígena, dando lugar a la definitiva Corduba.

Ahora, las obras realizadas bajo el gobierno de Octavio mantenían un canal navegable, salvo en muy contadas ocasiones de sequía. El vado ya no era necesario, sustituido por el gran puente construido poco antes. No obstante como se ha dicho, había que mantener las embarcaciones dentro de un limitado margen de navegación y exigía del esfuerzo de las tripulaciones.

Poco después, por la izquierda entraba el río Salsum, y de nuevo había que prestar atención ante las oscilaciones que se producían. Además

SÉNECA. Una visión del Imperio. *Recuerdos de infancia.*

este curso permitía el acceso de lyntres, en muchas ocasiones, hasta Ategua y había que tener cuidado para evitar colisiones.

La navegación siguió sin complicaciones. Los remeros se turnaban de dos en dos, puesto que no era necesaria más participación, dada la escasa corriente del río en esta época del año.

A la hora quinta, la temperatura ya era elevada. Marco disponía de una litera en la zona posterior, junto al castillete desde el que el timonel manejaba la nave. Un toldo sujeto a la parte elevada de la cubierta le ofrecía cierto cobijo. No obstante no era agradable y con el paso del tiempo el bochorno se hizo insoportable. Aprovechó para tomar algún alimento y agua que le sirvieron sus esclavos.

A la hora décima, avistaron sobre el río el montículo de Carbula y el timonel dio las órdenes pertinentes para atracar en su embarcadero. No tenían especial urgencia en avanzar hacia Hispalis y era preferible hacer noche sin navegar, amparados en la seguridad de la orilla.

Era un embarcadero construido recientemente. Se había excavado muy cerca de la orilla para situar grandes rocas en el fondo y sobre ellas la obra realizada con grandes piezas talladas. Finalmente se retiró la tierra hasta dejar la estructura en contacto con el río. Ahora tenía gran uso en la época de transporte de aceite, pero en verano podía utilizarse para pasar la noche.

Marco prefirió quedar a bordo ya que no le atraían las deficientes instalaciones cercanas para pernoctar. Eso sí, se permitió enviar a los esclavos por buenas viandas en vez de utilizar las disponibles en la nave, más preparadas para su conservación que para deleitarse con su consumo.

No fue una noche cómoda y, gran parte de la misma, la pasó Marco añorando su Corduba natal que dejaba atrás con su familia, amigos y recuerdos. Desde que cumplió los trece años e hizo su primer viaje a Roma, éste era el décimo que hacía y no por ello dejaba de percibir esa sensación de pesar.

SÉNECA. Una visión del Imperio. *Recuerdos de infancia.*

ipa Magna. (Alcalá del Río). Origen ibérico. Durante la Segunda Guerra Púnica, en el 206 a.C., tuvo lugar la batalla que decantó la contienda a favor de Roma. Los generales fueron; Magón Barca, hijo de Amílcar y hermano de Aníbal, y Publio Cornelio Escipión Emiliano "el Africano". Por su posición estratégica, sobre un meandro del Betis, fue fortificada y amurallada. Contó con un acueducto de diecisiete kilómetros desde la sierra.

Salsum. (Río Guadajoz). Era el nombre del actual río Guadajoz. Afluente por la derecha del Guadalquivir de unos 170 km. Su nombre hace referencia a la salinidad que le da el arroyo Salado de Priego, aunque ésta va disminuyendo al recibir otros afluentes. Nace por las aportaciones de las sierras de Jaén y Priego. Desemboca, aguas abajo, a poca distancia de Corduba. En tiempos de Roma, y según la época del año, permitía pequeñas embarcaciones hasta Ategua.

Ategua. (Cerca de Santa Cruz). Ver reseña en el capítulo cincuenta y siete. Situada, en las cercanías de la actual Santa Cruz, en un cerro sobre el río Guadajoz.

Carbula. (Almodóvar del Río). Fue un poblado fortificado adscrito a Corduba dada su situación estratégica sobre el Guadalquivir.

Publio Cornelio Escipión "El Africano". Nació en el 236 a.C.

En 218 a.C. comienza la Segunda Guerra Púnica con el avance de Aníbal Barca.

En 216 a.C., Batalla de Cannas. Gran derrota de Roma ante los cartagineses dirigidos por Aníbal que avanza por Italia. Parece que Escipión participó y fue de los pocos supervivientes.

En 205 a.C. Es nombrado cónsul.

En 209 a.C. Comandante en Hispania, toma Cartago Nova.

En 208 a.C. Derrota a Asdrúbal Barca en Baecula.

En 206 a.C. Vence a Magón Barca y Asdrúbal, hijo de Giscon, en Ilipa. Control de Hispania por Roma.

SÉNECA. Una visión del Imperio. *Recuerdos de infancia.*

En 203 a.C. Victoria en África. Control de Numidia. Cartago hace regresar a Aníbal desde Italia.

En 202 a.C. Batalla de Zama. Derrota a Aníbal. Fin de la guerra, cesión de Hispania.

En 199 a.C. Nombrado Censor y Princeps Senatus.

190 a.C. Batalla de Magnesia. Derrota de Antíoco III en Siria.

184 a.C. Acusado de malversación. Se niega a defenderse y se exilia.

183 a.C. Muere en su villa de Campania.

Los Barcas. *Una de las principales familias de Cartago.*

Amílcar. *(275-228 a.C.). General durante la Primera Guerra Púnica. Tras la derrota, expansión por Iberia. Tuvo tres hijas y tres hijos. Una hija se casó con Bomílcar, destacado general cartaginés. Otra con un importante jefe númida. Otra con Asdrúbal.*

Asdrúbal *(yerno) (270-221 a.C.). Extendió los dominios en Iberia. Fundó Qhart Hadast (Cartagena) y la convirtió en capital. Pactó con Roma el límite en el Ebro.*

Aníbal *(hijo mayor) (247-182 a.C.). Uno de los más grandes generales de la antigüedad. Venció en Cannas (216 a.C.) tras cruzar los Alpes y penetró en Italia. Derrotado en Zama (202 a.C.)*

Asdrúbal *(segundo hijo) (245-207 a.C.). Quedo al mando de Iberia cuando Aníbal partió hacia Italia. Derrotado en Metauro (207 a.C.) al acudir a Italia.*

Magón *(tercer hijo) (243-203 a.C.). Segundo de Aníbal en gran parte de las batallas.*

Navegación fluvial. *Pese al buen estado de las calzadas, por el constante cuidado impuesto por Augusto, el transporte fluvial de mercancías resultaba más rápido y económico que el terrestre. Incluso para el viajero sin equipaje, resultaba interesante. Suelen darse cifras similares a las de la tabla siguiente sobre el transporte en la época que nos ocupa.*

SÉNECA *ancia.*

	CAPACIDAD	KM/DÍA	COSTE
TIERRA	1	20	60
RÍO	10 - 20	40	6
MAR	100 - 400	60	1

<u>10.-Río Betis. 9 y 10 agosto 1 a.C. Llegada a Híspalis.</u>

El siguiente día, hacia la hora décima, llegaron a la confluencia con el Singilis, el importante afluente que entraba por la izquierda en el Betis y que era perfectamente navegable hasta Astigi (Écija).

Astigi estaba distante del Betis, pero su importancia se notaba por la gran cantidad de embarcaciones que se desviaban hacia allí.

El Singilis tenía como ventaja, ante otros afluentes, contar con un caudal muy regular. En épocas de lluvia recogía una amplia cuenca y, en épocas de subida de la temperatura, mantenía su caudal, gracias al deshielo procedente de la elevada sierra en la que nacía. En aquellos momentos estaba en mínimos y aun así era suficiente para un tráfico que en esta época del año era más reducido.

Desde la confluencia del Singilis, el caudal del Betis se hacía más estable en todas las épocas y la navegación más cómoda. Es más, llevando acopios de víveres y agua, no se hacía necesario detenerse de noche y podía lograrse un avance del orden de 40 km al día. La magnífica noche de luna llena, sin duda, ayudaba a ello.

Marco, aquella noche, logró conciliar el sueño de manera gratificante. Las primeras luces del amanecer lo despertaron, sin llegar a hacerlo completamente.

En esta situación placentera, percibía el suave giro del barco en el codo que hacía el Betis. Allí, el río dejaba el trazado este – oeste, de la mayor parte del valle, y se dirigía al sur, hacia el mar.

De esta manera, cuando amanecía el día 10, pasaron por delante de Itálica, situada junto al río y amparada por los escarpes situados tras la misma. Brillaba por el sol naciente. Su puerto, más destinado al pasaje que al comercio de mercancías, mostraba un aspecto sereno, alejado de los gritos y suciedad propios de estas instalaciones. Su antiguo origen residencial, para retiro de legionarios, se trasmitía por el sosiego que mostraba.

SÉNECA. Una visión del Imperio. *Recuerdos de infancia.*

Junto al puerto de Itálica se veían unas obras en las que trabajaban gran cantidad de operarios. Llamó la atención de Marco aquella febril actividad y preguntó al timonel qué era aquello.

-Dominus, tengo entendido que es un templo dedicado a Isis. Parece que los impulsores son unos ricos mercaderes orientales, sin problemas para financiarlo.-

Marco pensó en la utilidad de la religión romana que incorporaba todas las creencias de los pueblos anexionados. Era una forma de unificar a los pueblos y dar cohesión al Imperio. Eso sí, siempre que no negasen a los dioses originarios de Roma.

Poco después, vislumbraban Híspalis. Los meandros, que hacía el río en la zona y los distintos brazos de éste, antes de llegar al puerto, reclamaban la atención de la tripulación. La población fue fundada, en un antiquísimo pasado fenicio de hacía más de ochocientos años, en un medio lacustre. Posiblemente esta situación fue muy favorable para la defensa del poblado inicial, pero, a medida que el río colmataba con sus arrastres la zona y se fue consolidando el suelo, los habitantes cambiaron progresivamente sus viviendas sobre palafitos por otras más convencionales. Ya durante la fase tartésica se había olvidado ese comienzo, si bien quedó el nombre de Spal, derivado de los palos que inicialmente servían para mantener las construcciones. Ahora el nombre había evolucionado y se conocía como Híspalis (más que por el oficial de Iulia Romula Híspalis).

Marco se aseó, dentro de lo posible a bordo, y se dispuso a desembarcar.

El puerto era un hervidero de actividad. En él confluían los tráficos fluviales con los marítimos, sirviendo de enlace entre ambos. En la parte norte recalaban las embarcaciones de menor calado, dejando la parte sur para las mayores.

En primer lugar, se hizo la descarga del equipaje de Marco. Le esperaban dos carruajes para trasladarlo a la domus de Turo.

SÉNECA. Una visión del Imperio. *Recuerdos de infancia.*

El propietario de los transportes la mantenía para los clientes de calidad. Allí pasaría los dos días previstos para la salida hacia Roma y que pensaba emplear en visitar a algún amigo y recorrer Híspalis.

Convento jurídico. Las regiones estaban divididas a efectos de administración de justicia. Convento jurídico era el territorio cuyos habitantes recibían justicia en una misma población, sede del convento. En la Bética correspondían a los de sede en Gades, Híspalis, Corduba y Astigi.

Singilis. Así conocían los romanos al río Genil. El nombre, parece ser de origen turdetano, existiendo muchas opiniones sobre su significado.

Los árabes derivaron su nombre a Sinnil (mil Nilo), o anteponiendo "río"; Guad el Sinnil. De ahí a Guadalgenil o simplemente Genil.

Su cuenca recoge grandes precipitaciones invernales y el deshielo cuando aumenta la temperatura. Tuvo gran importancia en la Bética, proporcionando una fácil navegación hasta Astigi que actuaba como centro comercial.

Astigi. Fue en origen un poblado turdetano. Augusto en el año 14 a. C. le dio el rango de colonia; Colonia Augusta Firma Astigi. Se convirtió en uno de los cuatro conventos jurídicos en que se dividía la Bética, teniendo los otros tres capital en Gades, Híspalis y Corduba.

Sus buenas accesos, fluviales (Singilis – Betis) y terrestres, eran aprovechadas en Astigi que era un importante núcleo de comunicaciones.

Además de disponer de un puerto fluvial, en el Singilis, por tierra estaba comunicada con Corduba mediante un ramal de la Vía Augusta. Otro ramal salía hacia; Ulia (Montemayor), Ucubi (Espejo), Obulco (Porcuna), y Castulo (Linares). Otro hacia Híspalis por Carmo (Carmona).

Todo ello hacía que, en época de recogida agrícola, sobre todo aceituna y uva, hubiera una gran confluencia hacia esta ciudad para embarcar la mercancía hacia Híspalis.

SÉNECA. Una visión del Imperio. *Recuerdos de infancia.*

Su trazado era el tradicional romano; en retícula, con vías de comunicaciones, edificios públicos administrativos, templos, basílica, anfiteatro, estanque, domus de gran nivel,... Su máximo esplendor fue en el S II. Y comenzó su declive en la segunda mitad S III.

Itálica. *Fue la primera ciudad romana fundada fuera de territorio italiano.*

En el 206 a.C., al finalizar la Segunda Guerra Púnica en Hispania, Publio Cornelio Escipión, el Africano, asentó a los soldados heridos, procedentes de unidades italianas, en una ciudad turdetana preexistente.

El nombre original se desconoce. Está ubicada en la zona alta del Aljarafe, en la ribera oeste del río Betis. A medio camino entre las también ciudades turdetanas de Hispalis (Sevilla) e Ilipa (Alcalá del Río).

Como era habitual, su forma original fue de campamento tradicional.

Su estatus cambió en el tiempo; Primero; colonia latina. Hacia el año 45 a.C. con César; municipium cicium romanorum. En época de Augusto comienza a acuñar moneda.

El mayor esplendor lo alcanza a finales del siglo I y durante el siglo II. Trajano y Adriano, nacidos en Itálica y vinculados al grupo de presión hispano del Senado, ampliaron y revitalizaron su economía y la embellecieron con excelentes edificios públicos.

Esta expansión, se produjo hacia la parte alta, al norte. A petición propia, cambia con Adriano el estatuto a colonia; Colonia Aelia Augusta Itálica.

No resulta fácil de entender la espléndida existencia de esta parte durante el S II; mansiones, mosaicos...

Edificios públicos; enormes templos y termas, anfiteatro (cuarto del Imperio)... todos ellos sobredimensionados para el tamaño de la ciudad en que se encontraban.

La posible explicación pasa por entender una suerte de ciudad conmemorativa de la grandeza de los emperadores allí nacidos. Su

SÉNECA. Una visión del Imperio. *Recuerdos de infancia.*

función, más que residencial, era la de celebrar grandes actos de exaltación. Posiblemente en estos casos si había la necesaria asistencia para justificar las dimensiones de los edificios públicos.

La ciudad alta es el actual conjunto arqueológico. La baja se encuentra bajo las construcciones de Santiponce y emerge de manera destacada el teatro.

Se ha descubierto en el patio anexo al teatro una construcción dedicada a Isis. Lo que parecía un pequeño edificio, se ha descubierto muy recientemente que era, solo, la entrada a un gran templo dedicada a la diosa.

Religión. Isis. *Deidad femenina egipcia, muy importante también durante el Periodo Ptolemáico. Con la entrada de Roma en Egipto (30 a.C.), su culto helenizado se difundió por todo el Imperio.*

Isis es protectora de Horus que se identifica con los faraones. Es pues, protectora del faraón. Posteriormente añadió caracteres de otras diosas. En el periodo helenístico su culto se extendió por todo el Mediterráneo junto al de Serapis. Con Roma (S I a.C.) su culto se añadió al de los dioses romanos. Fue minoritario pero extendido por el Imperio.

Religión. Mito de Osiris. *Seth mata a su hermano Osiris. Isis, esposa de Osiris, restaura su cuerpo y concibe postumamente a Horus. Horus derrota a Seth y restura el orden.*

Híspalis. *La leyenda atribuye la fundación (S VIII a.C.) al fenicio Melkart de Tiro, después de fundar Gades. Fue conocido como Heracles y Hércules por griegos y romanos. Situada en zona lacustre y construida sobre troncos clavados en el terreno. Su nombre original, Spal y después Híspalis, parece derivar de esta circunstancia; palos.*

Capital de Tartessos, originada con mezcla de sociedad nativa y fenicia. Tenía su principal santuario en El Carambolo. La Biblia denomina Tarsis a esta zona y los romanos Turdetania.

En el 216 a.C., los cartagineses de Asdrúbal Barca la toman, tras la batalla de Osqua cerca de Villanueva de la Concepción.

SÉNECA. Una visión del Imperio. *Recuerdos de infancia.*

En el 206 a. C., Escipión Emiliano, tras la segunda guerra púnica, conquista la zona y la población se denomina Híspalis.

Del 49 al 45.C., se desarrolla la Guerra Civil entre los partidarios de César y los de Pompeyo. Para entonces contaba con muralla, foro y un puerto con actividad comercial.

César dejó como gobernador de la provincia a Quinto Casio Longino con cuatro legiones. Su gestión estuvo llena de abusos. El malestar produce su apuñalamiento en Corduba. Sobrevivió al mismo. La dura represión consecuente hace que la mayor parte de la Bética opte por los hijos del ya muerto Pompeyo. La situación se define en la Batalla de Munda (17 de marzo 45 a. C.). Triunfo de César que deja una guarnición en Hispalis. Sin embargo, aún se produce una revuelta por los restos de los seguidores pompeyanos. Al mando de Cecilio Nigro, pasaron a cuchillo a la guarnición cesariana y prendieron fuego a los barcos. Los de Nigro se retiraron, pero más tarde fueron diezmados por la caballería cesariana.

En el 44 a.C. se le concedió el estatuto de colonia; Iulia Rómula Híspalis por Asinio Polión, gobernador de la Bética.

Hispalis fue una ciudad hispano-romana comercial. Itálica pasó a ser una ciudad residencial puramente romana.

SÉNECA. Una visión del Imperio. *Recuerdos de infancia.*

11.-Híspalis. 12 agosto 1 a.C. Comienza la navegación marítima.

La embarcación dispuesta para el viaje era una corbita recién construida en las atarazanas de Sevilla.

Magnífica embarcación con capacidad para unas 200Tm de carga y una eslora de 35m. En popa, contaba con cinco cámaras para pasajeros rematadas hacia el mar con una figura de cuello de cisne de color dorado.

Estaba dotada con un mástil central que soportaba una vela cuadrada. La proa lucía un mascarón a modo de delfín, simbolizando a Neptuno del que buscaba protección.

Pese a estar fuera ya de la época, sus bodegas estaban llenas con un cargamento de aceite. Cerca de cinco mil ánforas, cada una de las cuales contenía unos veinte kilos. Eran propiedad de Marco que aprovechaba su último envío de la temporada para realizar el viaje.

El mando de la nave estaba a cargo de Agrario Turis. Era un liberto, que comenzó como esclavo en los servicios más básicos de los trabajos de marinería. Destacó rápidamente hasta el punto de que su amo le concedió la libertad, para que quedase al mando de sus naves y como formador y jefe de otros capitanes.

La navegación comenzaba bajando el pequeño tramo de río, que rápidamente aumentaba su anchura y, que al poco se convertía en el gran lago que llevaba desde Hispalis hasta cerca de Gades.

Era el Lago Ligustinus, cuya gran anchura hacía difícil ver las orillas en muchos puntos de la navegación. Marco entabló conversación con Agrario que no parecía tener preocupaciones en aquella gran masa de agua.

-No Dominus, aquí no hay peligro. Aunque sea un lago, es como si fuera mar abierto pero sin oleaje peligroso-.

-Observo que casi no prestáis atención al resto de las embarcaciones-

-Están muy marcadas las partes que debe ocupar cada tipo de tráfico y de embarcación. Son mínimos los cuidados. Además podéis observar

SÉNECA. Una visión del Imperio. *Recuerdos de infancia.*

que el viento es suave y constante y nos permite movernos con un buen ritmo-

-Cerca de las orillas se ven muchas embarcaciones pequeñas, ¿pescan?-

-Sí, es una zona muy rica. De joven estuve en alguno de esos barcos, ya que el amo también se dedicaba en parte a la pesca. De todas formas está cambiando mucho, antes había menos zonas de estero y de marisma, ahora cada vez avanzan más hacia el centro. Por un lado dificulta la navegación, pero por otra aumenta la cría de muchos peces.-

-Entonces, hasta el mar, no tienes muchas más preocupaciones, ¿no?-

-Hay un punto a tener en cuenta. El final del lago no es abierto. No tiene solo una salida y hay varias posibilidades.

Hay una zona de marismas muy consolidadas, muy antiguas.

Si las dejamos a estribor, el caño nos lleva directamente a Gades. Pero, aunque es ancho tiene poco calado y, solo permite el paso de pequeñas embarcaciones. Nosotros y más con la carga que llevamos, no podemos usarlo.

Dejándolas a babor, la boca no es muy ancha pero con calado sobrado. El inconveniente es que concentra la mayor parte del tráfico, sobre todo de naves mayores, y hay que tener especial atención.

Es el principal desagüe del lago. Nosotros tenemos que aprovechar la bajada de marea y dejar que nos arrastre. Después hay que buscar la manera de acercarse a la costa, hacia Gades.-

-¿Por qué es tan problemático?-

-No, no es que sea un gran problema, pero no se puede dejar de tener en cuenta. Al ser la salida estrecha, en proporción a la anchura del lago, cuando baja la marea la corriente es muy fuerte. Nos ayuda a cruzar rápido, pero nos aleja de la costa. Por otra parte si llegamos en un momento de subida de marea, no tenemos más remedio que esperar, no podemos ir contra ella.-

-Supongo que lo has tenido en cuenta.-

SÉNECA. Una visión del Imperio. *Recuerdos de infancia.*

-Claro, por eso hemos salido a la vigilia secunda. Por medio del lago no se nota mucho, pero ahora que estamos cerca del final, notaremos el comienzo del flujo de salida-.

Hacia la hora secunda, se encontraron pasando por la boca de salida. Ésta era amplia, aunque con tráfico, como previó Agrario. Contra lo que ocurría en el resto de las orillas, aquí se podían ver arenosas y limpias.

- En el mar, domina la corriente de poniente y suele hacer bastante viento. Por eso se forman esas barras arenosas a estribor. Como la corriente aquí es fuerte tampoco avanza la marisma-. Aclaró Agrario.

Ya en mar abierto estabilizaron la marcha hacia levante.

-Allí al fondo puede ver Gades-. Y dos horas después; -Pasamos delante del templo de Hércules-.

Marco aunque había repetido el viaje en varias ocasiones, nunca dejaba de admirarse al pasar delante de aquel islote. En él, César se había mostrado desolado ante un busto de Alejandro, al considerarse un fracasado en comparación a los logros del macedonio a su edad.

Había sido, en la remota antigüedad, un templo fenicio dedicado a Melkart. Además, cerca, se situaban las columnas de Hércules, límite del Mare Nostrum. Para una persona que dedicó parte de su vida a escribir una gran historia de Roma, todas estas circunstancias le reportaban una profunda emoción.

Navegación marítima. Corbita. Nave mercante muy común. De casco redondo y proa y popa curvas. Capacidad 70 a 350 toneladas, y eslora de 16 a 40 m. Eran lentas; navegaban a una media de 3,5 nudos y una máxima de 6. Muy seguras. Las grandes cargaban del orden de 200 Tm, se dedicaban al transporte de grano Egipto y aceite de Hispania (hasta 5,000 ánforas de unos 26 litros, el envase pesaba del orden de 18). Si realizaban un viaje para pasaje, llevaban más de seiscientas personas. En popa, habitáculos y elementos decorativos (cuello de cisne). La proa y las velas se decoraban con alusiones a divinidades

SÉNECA. Una visión del Imperio. *Recuerdos de infancia.*

protectoras. Hasta el S III se construía primero el forro externo y después se reforzaba con cuadernas. Con el tiempo se fue ensayando el sistema contrario; cuadernas de estructura y después forro que se impondría hacia el final del Imperio.

Las ánforas de aceite eran de unos 25 kg (26 l) y el peso del envase de unos 18 kg. Las mayores, por lo tanto llevaban hasta 200 Tm de carga. El viaje Híspalis Roma duraba del orden de 8 días.

Timones; dos grandes remos a popa con una caña, manejados por un solo hombre. Vela cuadra y un único mástil. Desde S I pequeña vela en mástil inclinado en la proa. (Algunos mosaicos tres velas cuadras y vela de gavia triangular). Anclas de madera con cepo, zuncho y uñas de plomo.

Lacus Ligustinus. *Ver Lámina 13. En el Cenozoico o Era Terciaria, la placa africana (hace 60 millones de años) empujaba los sedimentos de la fosa existente entre ella y la europea. Surgen las Sierras Béticas que limitan los restos de la fosa por el sur. Al norte de la fosa está Sierra Morena. Poco a poco se estrecha esta fosa que por otra parte va recibiendo los arrastres por la erosión de las sierras de sus bordes. Va encajándose lo que será el Guadalquivir. Al comienzo de nuestra era, el río llegaba hasta poco después de Hispalis. Allí empezaba el Lago Ligustinus.*

Había una gran isla cerca de la salida al mar. Comprendía lo que hoy es Sanlúcar, Chipiona, Rota, El Puerto, Jerez... El lago ha ido colmatándose y produciendo las marismas actuales. El proceso continúa y los depósitos en la zona, si bien, limitados por los embalses que retienen arrastres de la cuenca.

Gades. *Su nombre fenicio de origen; Gadir. Se considera la ciudad más antigua de occidente, fundada el siglo VIII a.C.*

En la época que nos ocupa era la capital de Conventus Gaditanus que se extendía desde la desembocadura del Bertis hasta la actual Almería. Situada en una isla completamente separada del continente.

SÉNECA. Una visión del Imperio. *Recuerdos de infancia.*

***Sancti Petri.** La isla de Sancti Petri, se encuentra en el municipio de Chiclana (Cádiz). Existió un templo a Melkart construido por los fenicios (¿S VIII a.C.?).*

En tiempos de Roma, estaba dedicado a Hércules. En él existía un busto de Alejandro Magno y la tradición cuenta que Julio César, siendo (69 a.C.) cuestor en Hispania Ulterior lo visitó. Tenía 32 años y se lamentó de que Alejandro a su edad ya había conquistado el mundo.

***Columnas de Hércules.** Así se denominaba a unos promontorios rocosos, situados a los dos lados del Estrecho; Gibraltar. Se consideraron durante tiempo el límite de lo conocido y en la época que nos ocupa límite del Mare Nostrum.*

***Agrario Turis.** Personaje de ficción. Capitán de barco y maestro de otros.*

Era normal la situación descrita; un esclavo que logra la libertad por sus buenos oficios y porque el amo considera que le será más rentable desde la posición de liberto.

***Religión. Melkart.** Forma particular de Baal, dios de diversas culturas, en la ciudad fenicia de Tiro.*

***Religión. Hércules.** Nombre romano del Heracles griego. Hijo de padre dios (Júpiter o Zeus, según Roma o Grecia) y madre mortal. Se le atribuía una gran fuerza física.*

SÉNECA. Una visión del Imperio. *Recuerdos de infancia.*

12.-Roma. 20 agosto 1 a.C. Llegada a Roma.

-¡Dominus, Dominus!-, llamaba uno de los tripulantes delante de la cámara de Marco.

Tal como había pedido Marco, le avisaban de la proximidad de la costa italiana. Era el final de la cuarta vigilia y aunque el sol permanecía oculto, la claridad se notaba marcando el horizonte de tierra.

El viaje no había presentado ninguna dificultad. Tras costear Hispania hasta la altura de Lucentum (Alicante), pusieron proa hacia levante.

Se adentraron en el Mare Nostrum y dejaron Ebussus (Ibiza) a babor.

En esta primera travesía en mar abierto, habían disfrutado de un tiempo soleado y una agradable temperatura mantenida por un ligero viento del noreste. Solamente habían avistado dos trirremes de la Classis Misenensis que se dirigían hacia el sur, posiblemente en una rutinaria singladura.

A partir de aquí, el viento roló progresivamente a poniente. Aparecieron nubes altas y dispersas y se elevó algo la temperatura. La navegación era rápida y sin complicaciones.

Esta segunda travesía los llevó hasta el extremo sur de Sardinia (Cerdeña), la que bordearon para orientarse al noreste, hacia Roma. El viento se mantuvo de levante, pero con mucha menos intensidad, lo cual retrasó algo su llegada. Además, al atardecer, se veían nubes que presagiaban la formación de tormentas.

Ahora se intuían, en el horizonte, bajo el clarear del día, Ostia y su puerto. Situada junto a la desembocadura del Tíber, la ciudad, destruida en distintas circunstancias, había sido recuperada en tiempos de Cicerón. No eran unas instalaciones portuarias a la altura de las que precisaba la capital del Imperio. La utilizaban barcos fluviales que eran los encargados de remontar el Tíber hasta la capital. Los grandes barcos no podían sino fondear frente a la costa y trasladar su carga a otros más pequeños.

Esta operación se realizaba, solo, cuando las condiciones meteorológicas lo permitían. En caso contrario había que recurrir al

SÉNECA. Una visión del Imperio. *Recuerdos de infancia.*

puerto de Puteolum (Pozzuoli) y desde allí hacer el largo traslado por tierra.

El tiempo acompañaba y una docena de codiciare estaban preparadas. La primera fue acercándose al lugar donde fondeaba la corbita. Traía a ocho hombres, que saltaron a cubierta, con objeto de descargar las ánforas transportadas. En este mismo barco subieron Marco y los dos esclavos que le acompañaban y que antes trasladaron el equipaje.

Tres hombres bajaron a las bodegas, otros tres permanecieron en cubierta y dos se hicieron cargo del cabestrante que permitía elevar la carga. Los de la bodega colocaban la carga sobre la plataforma que mediante el cabestrante se elevaba a cubierta. Los tres de cubierta estaban encargados de tomar las ánforas y llevarlas hasta el codiciare, donde los miembros de la tripulación de éste las colocaban como correspondiese.

A la hora secunda, se apartaron de la corbita y, se dirigieron a la boca del Tíber. Desde allí a Roma quedaban 35km. La travesía exigía remontar el río con embarcaciones cargadas y había que recurrir a animales de tiro que desde la orilla arrastraban la nave. Era una operación lenta y que exigía también el esfuerzo de los tripulantes para con sus remos mantener la dirección correcta.

Marco optó por desembarcar en Ostia. La ciudad no era acogedora pues había pasado por múltiples desgracias. Mario la había destruido dentro de la guerra civil, hacía ya más de ochenta años. Los piratas la saquearon, hacía unos 70 años. Después Cicerón rehízo sus murallas, pero Ostia no había conseguido salir de su postración. El puerto, insuficiente, se veía desbordado por las necesidades de suministro a la Capital del Imperio.

Si había mejorado el transporte por el río. Augusto había dispuesto la figura del *Curator alvei et riparum Tiberis* que gestionaba el buen estado del cauce para la navegación. Prueba del interés que tenía fue el designar para el puesto a su amigo, hombre de confianza, yerno y gran gestor Marco Vipsanio Agripa. Agripa había fallecido hacía doce años, pero su labor, y la de los sucesores, fue eficaz, logrando mantener las riberas estables y limpias, los caminos de apoyo en condiciones y, en resumen, todo aquello que favorecía la navegación fluvial.

Marco se desplazó hasta la oficina y almacén de que disponía en Ostia. Al frente de los trámites comerciales tenía a Aniceto, liberto que había demostrado su destreza para la comercialización y la gestión general del negocio del aceite en Roma. Cuando entró en las dependencias se creó la confusión.

-Dominus, no sabíamos de su visita-, balbuceó el esclavo que estaba al frente de la oficina, -Aniceto, no está, se encuentra en Roma preparando el almacenaje de la partida de aceite que acaba de llegar. Ya tuvo muchas dificultades para lograr las embarcaciones que remontan el río. Cada vez son más escasas.-

-Pasaré la noche aquí y mañana partiré hacia Roma. Prepara un cubiculum para mí y sitio para mis esclavos. Están en el puerto, manda allí un carruaje para poder cargar mi equipaje-.

Al día siguiente una carruca le trasladó a su domus en Roma. Salió muy temprano, poco antes del amanecer. Sólo hicieron un cambio de caballos y los dos esclavos se turnaron cada cinco horas en el manejo del carruaje. Era la hora duodécima, y el sol se ponía, cuando finalizaron el trayecto.

La domus de Marco se encontraba en el Aventinus. Cuando todavía no tenía dieciocho años, pero ya conocía suficientemente Roma, adquirió esta propiedad. Se encontraba en una de las elevaciones del barrio, desde donde se podía contemplar el Tíber y su isla cercana al puerto. Posiblemente, y de manera inconsciente, la eligió porque contemplar el río y el puerto, le unía en cierta forma a su añorada Corduba.

Había pertenecido a un rico mercader que había construido, en la parte posterior del peristilum, una segunda planta a modo de torre de observación desde donde contemplaba la entrada y salida de sus mercancías.

SÉNECA. Una visión del Imperio. *Recuerdos de infancia.*

Desde aquel lugar se podía observar una muestra de lo próspero del negocio del aceite en Roma. Entre el Aventinus y el Tíber, estaban empezando a apilar los restos de las ánforas, que trasladaban el aceite a Roma. Se habían convertido en un problema ya que, una vez vaciadas a otros recipientes mayores, eran tiradas y creaban un problema importante de suciedad. Se había decidido romperlas y apilarlas en un lugar señalado a tal fin. Una vez rotas se cubrían con cal para evitar olores.

Acababa de llegar a Roma y ya añoraba la cercanía de Helvia y la de los niños, pero al día siguiente tenía que reanudar sus ocupaciones en la capital del Imperio y se retiró a descansar.

__Navegación marítima. Travesía desde Hispania hacia Italia.__ Se hacía por diversas latitudes según el viento dominante; era habitual desde __Lucentum__ (Alicante) hacia el sur de __Ebussus__ (Ibiza) y después sur de __Sardinia__ (Cerdeña), también la que costeaba el norte de África y a la altura de Túnez giraba hacia el norte, y una tercera a la altura de __Tarraco__ (Tarragona) hacia el norte de __Corsica__ (Córcega) y después al sur. La vuelta era más habitual costeando África o el sur de Francia, ya que solía realizar más escalas. Todo lo dicho vale para el periodo de navegación, ya que cuando se acercaba el invierno se detenía la actividad hasta la llegada del buen tiempo.

__Puerto de Ostia. Río Tíber.__ Ostia era la ciudad situada junto a la desembocadura del Tíber a 35km de Roma. El Tíber se bifurca en dos brazos, el sur más amplio y el norte más angosto. Era el punto más cercano a Roma con calado suficiente para grandes barcos. Esta característica estratégica fue su gran ventaja y también su gran problema.

<u>Cayo Mario</u>. El líder de los populares arrasó Ostia en el año 87 a.C. contra <u>Lucio Cornelio Sila Félix</u> (líder optimate), dentro de la Guerra Civil.

SÉNECA. Una visión del Imperio. *Recuerdos de infancia.*

En el año 67 a.C. fue saqueada por piratas, dando lugar a la guerra dirigida por _Gneo Pompeyo Magno_ para su eliminación.

En el 63 a.C. _Cicerón_ (líder optimate) reconstruyó sus murallas. _Augusto,_ nombró a un magistrado específico para mantenimiento del cauce; _Curator alvei et riparum Tiberis. Marco Vipsanio Agripa_ fue el primero.

Tiberio construyó su primer foro. El puerto seguía siendo pequeño y de poca profundidad, no apto barcos de gran calado. Había que realizar el trasvase de mercancías en alta mar a pequeños barcos auxiliares. Esta operación provocaba a menudo naufragios y siempre sobrecostes y accidentes. Los barcos de menor calado desembarcaban en Ostia y las mercancías se trasladaban por tierra o ascendían los 35 km de río a Roma. En este último caso, había que recurrir al tiro de bestias desde la orilla (sirga). La opción para evitar este complicado proceso era dirigirse a _Puteolum_ (Pozzuoli), cerca de Nápoles, y transportar por tierra (250 km).

En el 42, _Claudio_ inicia las obras que serían inauguradas por _Nerón_ del Portus Augusto Ostiensis. El puerto lo formaban dos muelles semicirculares, excavados cuatro km al norte y que ya sí, permite grandes naves. También se le dotó de mejoras como un faro. En el 62, una gran tormenta superó las defensas del puerto y hundió doscientas embarcaciones cargadas de trigo.

113. _Trajano,_ construye defensas de forma hexagonal, más apartado de la costa y unido al precedente y al Tíber por la Fosa de Trajano, el actual canal de Fiumicino.

Roma. Puerto. Foro Boario. Emporium. A principios siglo II a. C. el viejo puerto fluvial del Foro Boario, se había quedado completamente insuficiente para la creciente actividad, por la demanda de suministros, y no podía ser ampliado debido a su cercanía a las colinas. En el 193 a.C. los ediles Marco Emilio Lépido y Lucio Emilio Paolo construyen nuevo puerto; el Emporium, situado, en una zona libre, en el límite de

SÉNECA. Una visión del Imperio. _Recuerdos de infancia._

la ciudad, al sur del Aventinus. También construyen el Porticus Emilia para facilitar la comunicación.

En el 174 a.C. el Emporium fue pavimentado en piedra y subdividido por barreras con escalinatas que descendían al Tíber. Este era el punto de desembarque de las mercancías y materias primas (principalmente mármol, grano, vino y aceite) que, llegadas por mar al puerto de Ostia, remontaban el Tíber en barcazas remolcadas por búfalos (camino de sirga).

Roma. Isla Tiberina. *Ubicada en el río Tíber, cerca de la Colina Capitolina. Albergaba el Templo de Esculapio, el dios romano de la medicina. Forma similar a barca, 270 m de largo y 67m en su parte más ancha. Revestimientos en travertino con formas de proa y popa. Contiene un obelisco en el medio de la isla para representar el mástil de un barco. Se rodeó la isla con muros, lo que la hacía parecer un barco verdadero.*

Roma. Monte Testacio, *A partir del S I, los fragmentos de las ánforas que transportaban aceite se acumularon en una montaña, «monte de los fragmentos». El número de las ánforas acumuladas se estima en unos 25 millones. Estaba (y está) situado cerca del Emporium y bajo el Aventinus.*

Roma. Aventinus. *Ver Lámina 10; Las siete colinas de Roma. La situada más al sur de las siete colinas originales de Roma. Toma su nombre de un rey de Alba Longa, de carácter mitológico.*

Aniceto Anneo. *Personaje ficticio. En el texto aparecen dos personajes de igual nombre. El padre es un esclavo, después liberto, de Marco Anneo Séneca. Tanto él como su hijo fueron los responsables de la producción de los negocios de los Anneo.*

En este capítulo se cita al padre.

Mare Nostrum. *Llamado así, el Mediterráneo, por los romanos en época imperial. También frecuentemente Mare Internum.*

Fue un lago romano desde César hasta la caída del Imperio. Principal vía de transporte, garantizada por las clasis o armadas romanas.

SÉNECA. Una visión del Imperio. *Recuerdos de infancia.*

Armada Romana. Classis. *Classis es en latín flota. En el año 27 a.C. se crearon; Classis Misenensis. Con base en Miseno para el control del Mediterráneo Occidental. Classis Ravennatis. Base en Rávena para el Mediterráneo Oriental. En el 330, esta classis se trasladó a Constantinopla.*

Armada Romana. Mandos. *Al frente de cada flota estaba el Praefectus Classis. Se elegía de clase ecuestre y bajo él distintas graduaciones. Cada nave estaba al mando de un trierarca, equivalente a un centurión.*

Armada Romana. Embarcaciones. *<u>Liburnia.</u> Tenía un orden de remos. Fue muy utilizada por los piratas. Era ligera y maniobrable. Por la armada fue utilizada principalmente como escolta y anti piratas.*

<u>Birreme, Trirreme, Cuadrirreme y Quinquerreme.</u> Según los órdenes de remos con los que contaban. En general varían de más maniobrabilidad a más velocidad.   <u>Hexarreme.</u> Buques de representación. Gran porte.

Armada Romana. Innovaciones. *Roma baso su expansión inicial en sus legiones, su poder en tierra. Las Guerras Púnicas, contra una gran potencia marítima, fueron obligándole al desarrollo del poder naval. Dentro de este cambio aportaron diversas soluciones bélicas;*

Recubrimiento de plomo. Mediante ellas protegían los laterales de las embarcaciones, defendiéndolas de fuego y embestidas (leves).

Corvus. Se denominaba sí a una pasarela que se desplegaba para acceder a otra nave y realizar los abordajes. Tras clavar el espolón en la otra nave se desplegaba el corvus.

Arpax. Un tipo de catapulta que arrojaba garfios sobre la nave a atracar. Una vez enganchada, se tiraba para acercarla y abordar. Se atribuye a Marco Vipsanio Agripa.

SÉNECA. Una visión del Imperio. ***Recuerdos de infancia.***

13.-Roma. 22 agosto 1 a.C. Vuelve la actividad normal.

A la hora prima, Marco estaba tomando el ientaculum y preparándose para una jornada que preveía intensa. Deseaba retomar cuanto antes la actividad en Roma.

Los tiempos iban rápidos: No estar en los círculos necesarios suponía un alejamiento de las posibilidades, de todo tipo, que ofrecía la capital. La salutatio, aquel día, sería importante. Si bien no todos habrían tenido noticia de su vuelta a Roma, los que viniesen deberían completar las informaciones, que habían sido epistolares en el último periodo, con datos de viva voz.

Con quien primero conversó fue con Aniceto;

-Dominus, siento no haber estado para recibirte en Ostia. Dejé instrucciones de que si se producía tu llegada estuviese todo dispuesto-.

-No te preocupes. Todo estuvo bien y tú tienes que hacer tu trabajo-.

-Lo cierto es que cada vez estoy más tiempo en Roma. La oficina de aquí se queda pequeña y estoy buscando dónde instalarnos con más sitio-.

-Esa es una buena señal, Aniceto-.

-Todo marcha bien, el aceite se demanda cada vez más. La población de Roma sigue creciendo y pidiendo suministros de todo tipo-.

-Pronto hablaré con el Curator alvei et riparum Tiberis y me interesaré por su trabajo. Necesitamos que se facilite el transporte, sino será imposible abastecer Roma en un plazo no muy largo-.

-Así es. Todavía podemos traer las mercancías, pero no se puede posponer demasiado el adoptar otras soluciones.

Dominus, traigo conmigo a mi hijo Aniceto que ya tiene dieciocho años y su ayuda es cada vez más importante para mí. También viene con nosotros el hijo de Publio, que aunque muy joven está enterándose de los negocios en Roma. -

-Cierto, su padre me dijo en Corduba que lo había enviado contigo. Cuanto más colaboréis, Publio con la producción y tú con la venta, mejor nos irá a todos-.

Los jóvenes hicieron una reverencia ante Marco y éste les dio un abrazo.

-Aniceto, te traigo un recuerdo de Corduba-. Marco entregó a Aniceto un medallón de oro, finamente ornamentado que reproducía el puente sobre el Betis.

-Gracias Dominus, por su valor y sobre todo, por traerme un recuerdo de Hispania-.

La salutatio se prolongó hasta final de la hora prima.

Marco, contra su costumbre habitual, mandó que dispusieran una litera. Aunque había descansado bien, el largo viaje desde Corduba todavía se hacía notar.

El camino no era cómodo para los porteadores que tenían que hacer frente a la fuerte pendiente descendente. El irregular y sucio suelo no colaboraba en su trabajo.

Bajaron el Aventino y dejaron a la derecha el Circo Máximo.

Aquel día no había espectáculo. Ello, según el momento de la celebración, podía hacer intransitable aquella parte de Roma, debido al inmenso gentío que allí se acumulaba. No obstante, estos días libres, se utilizaban para practicar los ejercicios. Además la superficie sobrante del recinto, se utilizaba como un mercado más.

En consecuencia, los porteadores cambiaban la pendiente por el gentío.

Tras contornear el Circo, giraron hacia la derecha, entrando en el Foro Boario.

El Foro Boario, aunque había perdido la importancia de antaño, mantenía un activo mercado. Si en las cercanías del Circo tuvieron que transitar entre el gentío, aquí se hacía imposible caminar a buen ritmo.

SÉNECA. Una visión del Imperio. *Recuerdos de infancia.*

Lo rodearon y entraron en el foro. El ambiente, totalmente distinto, les hizo pasar del griterío a unas formas más contenidas. Dejaron a la izquierda el Templo de Marte.

Duró poco la tranquilidad y pronto se sumergieron en el, activo y peligroso según las horas, barrio de la Subura. Aquí todo era un caos de gritos, peleas, y ruido proveniente de las tabernas situadas en los bajos de las altas y desordenadas insulae. Los esclavos, que además de los porteadores acompañaban a Marco, iban a abriendo paso entre la multitud.

Aunque conocía la dificultad, Marco pidió que se apresuraran pues iba justo de tiempo. Al poco comenzaron a subir hacia el Esquilino.

Los porteadores tenían ahora que enfrentarse a una severa subida. La vista al fondo la Muralla Serviana, final de su trayecto, les servía de estímulo.

Roma. Las siete colinas. Ver lámina 10. *"Roma. Las siete colinas."*

Roma. Circo Máximo. Estadio para carreras de carros y otras celebraciones. Entre el Aventino y el Palatino. Longitud de 621 m, ancho 118m, 150.000 espectadores.

Roma. Foro Boario. Ubicado entre le Tíber, el Aventino y el Circo Máximo. Era el mercado de la ciudad antigua. Su posición venía dada por ser el punto de encuentro de los caminos griegos de Etruria y Campania. La Isla Tiberina facilitaba el cruce del río. Esta situación es la que marca posiblemente el origen de Roma, independientemente de razones mitológicas.

Además, era la zona del puerto de Roma (Portus Tiberinus). Para ser más útil al comercio se dejó fuera de las murallas.

Ya en el siglo III a. C. se había transformado desde el antiguo mercado, a uno más distinguido con comercios más nobles y estables.

Roma. Subura. Barrio popular situado en la zona baja entre las colinas Palatina, Capitolina, Quirinal, Esquilino y Viminal. La parte baja del valle se ocupó durante la primera mitad del S I a.C.

SÉNECA. Una visión del Imperio. *Recuerdos de infancia.*

Dada su cercanía a las zonas monumentales, que fueron construyéndose, el barrio se rodeó de una muralla. Sus funciones eran dos; separarlo de la zona monumental y evitar la expansión de incendios.

La densidad, la mala calidad de las edificaciones y las actividades que se realizaban provocaban frecuentes incendios. A medida que subía por las laderas, el barrio era menos conflictivo. Entre otros habitantes, allí tuvo la domus Julio César.

Roma. Muralla Serviana*. Construida al principio del siglo IV a. C. Anchura de 3,6 metros y una longitud de unos 11 kilómetros, con más de una docena de puertas. El nombre hace referencia al rey Servio Tulio. Con el aumento del poder de Roma, perdieron utilidad y, fueron derribadas parcialmente para permitir la expansión de la ciudad.*

SÉNECA. Una visión del Imperio. *Recuerdos de infancia.*

14.-Roma. 22 agosto 1 a.C. Horti Maecenatis.

Marco se dirigía a la Horti Maecenatis. Ya desde lejos se podía observar la exuberancia de los magníficos jardines que rodeaban e incluían los distintos edificios del gran complejo palaciego.

Cayo Mecenas, a su muerte, hacía ya ocho años, había dejado su horti a su amigo Octavio Augusto. Lejos de desatenderla, además de tomarla como parte de las residencias imperiales, la había destinado a uso público. Entre estos usos había procurado que las asociaciones o círculos culturales que habían florecido en los últimos tiempos no se debilitasen.

De ellos destacaba el del propio Mecenas, el de Gayo Asinio Polion y también el Círculo de Mesala, que aún se mantenía en activo. Estaban perdiendo resplandor, uno tras la muerte de Mecenas, otro con la avanzada edad de Polion y el tercero con la pérdida de facultades de Mesala.

Augusto ofreció el Horti Maecenatis, de gran capacidad, para reuniones con gran asistencia. Aunque era frecuente que los distintos círculos tuvieran miembros comunes, una vez al mes, los distintos componentes solían reunirse allí de manera conjunta. Pese a tener distintos enfoques, los distintos círculos coincidían en el alto nivel cultural y en la influencia de sus componentes.

Polion era un convencido republicano radical y mantenía una relación fría con Augusto. Había propiciado el acuerdo con Marco Antonio que dio lugar al segundo triunvirato, pero no quiso implicarse en el triunfo final de Octavio. Su labor en el círculo era de escuchar la exposición de nuevas composiciones y juzgarlas. Su fama era de gran dureza y, aunque admiraba la literatura tradicional, sus críticas alcanzaron a Cicerón, Cesar, Salustio y Tito Livio siendo muchas en vida de los aludidos.

Mecenas había sido el gran compañero de Augusto en su ascenso al poder junto con Marco Vipsanio Agripa. Ya como gobernantes, Agripa se había dedicado a las grandes infraestructuras de la época y Mecenas a la labor cultural. Dentro de esta labor, su círculo era fundamental. Los valores que defendía eran los del nuevo estado; el Principado encarnado por Augusto junto con las grandes glorias de los tiempos pasados y todo ello basado en el estoicismo.

Por otra parte Mesala defendía los valores republicanos, aunque se había unido al partido de Augusto cuando se produjo el enfrentamiento que llevó al nuevo orden. No obstante dio a su círculo un carácter apolítico poniendo al poeta Tibulo al frente del mismo y siendo la poesía su enfoque predominante. Tibulo había fallecido hacía cerca de veinte años y aunque se mantuvo su orientación, había decaído la fuerza de la asociación.

Marco fue conducido a un enorme salón apoyado sobre las murallas. Aunque ya había estado en anteriores ocasiones, nunca dejaba de asombrarle su gusto y magnificencia.

Era rectangular con un canal que la dividía a lo largo. El agua provenía de la parte frontal donde finalizaba uno de los nuevos acueductos que servían a Roma. Cayendo por una serie de gradas semicirculares, el agua convergía en una gran piscina que al rebosar alimentaba aquel río artificial.

La escalinata era de un blanco inmaculado formada por el mármol más seleccionado que podía encontrarse. La piscina inferior, de igual material, estaba coronada en su parte central por un vertedero que permitía la salida del agua a través del salón.

El conjunto no estaba cubierto totalmente sino que dejaba zonas protegidas del sol y otras por la que penetraban sus rayos tamizados por árboles que se situaban bajo ellas. Rodeando estos árboles unas canaletas, de igual mármol blanco, aseguraban que el agua de la lluvia se recogería hacia el canal central. Varias fuentes repartidas por el conjunto vertían también a las citadas canaletas.

Salvo las canaletas y el canal, el resto del salón se encontraba pavimentado geométricamente con mármoles en los que predominaban los tonos oscuros, realzando más la parte hidráulica.

SÉNECA. Una visión del Imperio. *Recuerdos de infancia.*

Tras la piscina y apoyada en las gradas, un espacio en forma de concha permitía que un orador se dirigiese a los asistentes desde este lugar privilegiado. Se comunicaba con el salón mediante dos pequeños puentes laterales esculpidos con motivos mitológicos. El agua era regulable. Se podía dejar entrar en gran cantidad, y su ruido difuminaba las conversaciones, o limitarla a un pequeño flujo, que no ocultaba lo expuesto desde el escenario.

Junto a las paredes longitudinales se disponían cuatro gradas a modo de asientos. Desde estas gradas hasta la cubierta, frescos con motivos de caza, guerreros, mitológicos, pastoriles... ornamentaban espectacularmente el recinto.

Sobre el canal y las canaletas secundarias, varios puentecillos de madera (tallados con decoración vegetal policromada) permitían el fácil acceso entre las partes.

Desde la cubierta pendían grandes luminarias con un sistema de poleas para su manejo. La iluminación se completaba con soportes que, llegando desde el suelo hasta una altura suficiente, permitían mantener otra capa de iluminación más cercana a los asistentes y que aseguraba poder utilizar la instalación hasta muy tarde.

Repartidas por el conjunto, estatuas de mármol de distintos temas completaban el armónico conjunto. Predominaban las mitológicas pero la que más deslumbraba era una de cuerpo entero de Octavio Augusto en bronce. Se encontraba tras el escenario en un soporte a modo de isla sobre las gradas por las que caía el agua. Su tamaño era del orden de dos veces el real e impresionaba desde la altura donde estaba situada. Como contrapunto, en el extremo opuesto de la sala, figuraba una del propio Mecenas, si bien en mármol y de tamaño normal.

El lugar estaba previsto para uso en tiempo de calor. La circulación del agua, la vegetación, la altura y las partes descubiertas ofrecían un ambiente acogedor en verano, pero no así en invierno.

SÉNECA. Una visión del Imperio. *Recuerdos de infancia.*

Desde el centro de los dos lados de mayor longitud, unas escaleras descendían a dos salas, de tamaño más reducido pero aun así amplísimas. En cada una de ellas dos grandes chimeneas aseguraban el confort invernal. Se comunicaba en varios puntos con un pórtico exterior que permitía la entrada de luz natural y protegía de las inclemencias del tiempo. La decoración era similar a la de la sala superior si bien adaptada a las dimensiones tanto en superficie como en altura de estos recintos.

Marco llegó justo a tiempo para el inicio oficial de la reunión.

Roma. Horti. Se denominaban horti a los jardines-palacio construidos alrededor del centro de Roma. Inició la moda Luculo. Llegaron a ocupar la décima parte de Roma, al rededor del centro. Eran lugares de recreo que permitían la vida aislada de la Ciudad estando en ella. Necesitaban gran cantidad de agua; vegetación, fuentes, ninfeos,...

Roma. Jardines de Mecenas (Horti Maecenatis). Descripción. La horti de Mecenas, estaba en el Esquilino. Su centro era una lujosa villa con estilo de inspiración persa, rodeada por varios edificios y pabellones con arquitectura helenística.

El Auditorio constaba de una larga sala rectangular, con un canal que atravesando el centro partía de una fuente con siete escalones monumentalizados y revestidos de mármol.

Era un ábside semicircular dotado de gradas que recuerdan a un auditorio. Los orificios hallados en las tuberías indican que se trata de la cascada de una fuente. El edificio era frecuentado principalmente en la época estival, bien resguardado del sol y refrescado por la cascada.

Roma. Jardines de Mecenas (Horti Maecenatis). Desarrollo. El lugar, en la parte alta de la Muralla Serviniana, no resultaba en inicio atractivo. Tras las murallas, se encontraba un cementerio de fosas descubiertas destinadas a los pobres. Allí se ejecutaba a los criminales, quedando los cuerpos a merced de las alimañas.

SÉNECA. Una visión del Imperio. *Recuerdos de infancia.*

En el 40 a.C., Mecenas reforma los cementerios públicos, que deben alejarse de la Ciudad de manera considerable.

Ya en el 38 a.C., el Senado prohíbe la incineración de cadáveres al aire libre en las cercanías de la Ciudad. Estas disposiciones permiten el desarrollo de la zona.

Hacia el 30 a.C., Mecenas adquirió los terrenos e inició la construcción.

Roma. Jardines de Mecenas (Horti Maecenatis). Historia. *Augusto prefería residir en los jardines de su amigo cada vez que se ponía enfermo. Cuando Mecenas murió en el año 8 a. C., legó los jardines a Augusto, y a partir de entonces se convirtieron en parte de las residencias imperiales romanas. Tiberio vivió allí tras su regreso a Roma en el año 2. Nerón la conectó con el Palatino a través de su Domus Transitoria y se afirma que vio el incendio desde aquel punto elevado.*

Círculos. *Los círculos tuvieron una gran influencia, sobre todo en la primera época del principado. Tuvieron gran importancia los de Mecenas, Mesala y Polion.*

En principio eran asociaciones culturales, pero dada la presencia de grandes figuras no solo culturales sino también políticas, no fueron ajenos a esta actividad.

Mecenas fue el gran colaborador de Augusto, junto con Agripa y su círculo era un apoyo intelectual a la labor del Princeps.

Mesala se restringía a la actividad poética, aunque Mesala tenía una clara tendencia republicana.

Polión era un claro defensor de la República, aunque comprendía los aportes del principado.

Cayo Mecenas. *(-78 / -8). De origen etrusco, fue un gran colaborador de Octavio desde el 44 a.C. Impulsor con él de la formación de su ejército. Hizo una gran labor de mediación entre los componentes del segundo triunvirato; Augusto, Lépido y Marco Antonio. Una vez asentado el régimen se ocupó de la parte cultural.*

Hasta el 23 a.C. se mantiene como el gran colaborador de Octavio junto a Marco Vipsanio Agripa. En esta época se produce un cierto

SÉNECA. Una visión del Imperio. *Recuerdos de infancia.*

alejamiento quizás por el interés de Octavio hacia la esposa de Mecenas; Terencia.

Su círculo supuso un gran apoyo para la consolidación del régimen de Augusto y la afirmación de las antiguas glorias de Roma, con cercanía a los valores estoicos.

Entre los poetas que fueron protegidos del círculo; Horacio, Virgilio, Propercio, Rufo...

Marco Valerio Mesala Corvino. *(-64/8). Hijo del senador Marco Valerio Mesala Rufo. Educación inicial en Atenas con Horacio y el hijo de Cicerón. Republicano, discreto ante Octavio. Se une al partido de Octavio (-36). Crea su Círculo con carácter apolítico y deja su dirección a Tibulo. Participan; Tibulo, Horacio, Ovidio.... Se perdieron sus obras, aunque se sabe escribió sobre la Guerra Civil, poemas bucólicos, versos satíricos y eróticos, gramática... Fue un orador con el estilo de Cicerón pero más afectado y artificial. Tiberio lo toma como modelo.*

Marco Antonio. *(-83/-30). Formó parte del Segundo Triunvirato, tras el asesinato de César, que gobernó Roma (-43/-38), junto a Octavio y Lépido. Desde el 31a.C. aliado con Cleopatra, entró en guerra abierta con Octavio. Derrotado en Actium, regresó a Alejandría y se suicida.*

Marco Vipsanio Agripa. *(-63/-12). Pertenecía a familia de rango ecuestre. De talento sobresaliente conoce a Octavio y Mecenas durante su educación.*

Dirigió la flota en la victoria de Accio (-31) sobre Marco Antonio y Cleopatra. Asentado Octavio en el poder, se dedicó a las grandes infraestructuras del Imperio. También dirigió la elaboración del Mapa del Mundo Antiguo. Escribió su autobiografía, pero no se conserva.

Su tercera esposa fue Julia (hija de Augusto). Padre de Agripina, a su vez madre de Calígula y abuela de Nerón.

Era Cayo Asinio Polion quien, ayudado por dos esclavos, subía a la concha, estrado de los oradores, para dirigirse a los asistentes. Era, en esta ocasión, el encargado de la organización y la dirección de la reunión. Polion contaba con setenta y cinco años de edad y, aunque sus facultades mentales estaban indemnes, la capacidad física hacía que requiriese de ayuda para subir las escaleras, como ahora hacía.

Los esclavos situaron un sella y el senador Polion comenzó a hablar desde el asiento.

-¡Romanos! ¡Romanos de todos los lugares de Roma!

Nos reunimos de nuevo para intercambiar nuestros pensamientos sobre la cultura en general. Y es así, porque lo que fueron los círculos en épocas recientes está girando a una labor no menos provechosa. Antes eran lugares para la presentación y discusión de obras literarias, históricas o políticas concretas. Ahora son lugares más de debate general que de crítica particular.

A algunos os habrá sorprendido el inicio de mi intervención. No ha sido premeditado, sino la inspiración repentina al ver a un gran romano que no esperaba encontrar aquí, mientras subía a esta tribuna.

Me refiero a Marco, Marco Anneo Seneca. ¡Mi gran amigo Marco!-

Marco hizo un gesto de agradecimiento y todas las miradas giraron hacia él.

-Cuando fui Gobernador de la Bética en Corduba y su padre me recibió en su domus como uno más de la familia, Marco, un niño de no más de diez años, me llamó la atención por su viveza. No me equivoqué ni en cuanto a la bondad de la familia ni en cuanto a la capacidad del muchacho. Desde entonces el afecto que nos profesamos ha ido en aumento y hoy me enorgullezco por contar entre nosotros con uno de los más brillantes oradores de los que Roma dispone.

Todo esto lo debemos a la gran visión que en aquellos tiempos tuvo Cesar y que me permitió que diera lugar a una población estable en Corduba. Esta visión la prolongó Augusto y, con Agripa y Marcelo, le

SÉNECA. Una visión del Imperio. *Recuerdos de infancia.*

dio a la población el estatuto de Colonia Patricia, junto con la capitalidad de la Hispania Ulterior.

La integración, como romanos de pleno derecho, de todos los habitantes del Imperio que lo son de sentimiento, es una necesidad, una ventaja y una obligación para nuestra gran nación.-

Y dirigiéndose a Marco;

-Por cierto, como he dicho, no esperaba verte aquí. Creí que seguías en la Bética.-

Marco, poniéndose en pie, dijo;

-Agradezco al Senador las palabras que me dirige y que honran a Hispania, a mi familia y en particular a mí. Es un gran honor recibirlas, no ya por ellas mismas sino también, por quien las pronuncia.

Si Cayo, acabo de llegar de Corduba. En concreto ayer. Sabes que fui allí, hace poco más de dos años, ante el mal estado de nuestro gran amigo Marco Porcio Latron. Lo pude visitar en sus últimos momentos. Te diré, os diré a los presentes, que de las últimas conversaciones que tuvimos más de una versó sobre estos círculos y sobre muchos de los que ahora me oís. Os llevaba en el recuerdo.-

Los presentes fueron poniéndose en pie aplaudiendo el recuerdo de Latron así como las palabras de Marco.

Continuó Polion;

-Honramos la memoria de Marco Porcio Latron. Ninguno de los que lo hemos conocido, olvidaremos su capacidad declamatoria y su capacidad para hacer a los demás partícipes de esta cualidad.

Parece que hoy nos concentraremos en los cordobeses, porque está prevista a continuación la participación de otro ilustre miembro del grupo bético. Me refiero a Sextilio Ena que nos deleitará con una nueva composición poética.

No voy a entreteneros más, pero antes de dejaros con Ena, me gustaría recalcar unas ideas que vienen dadas por lo hasta ahora hablado.

La República Romana, articulada por el Senado, ha llevado la gloria de la Ciudad y a la expansión de su mando por territorios antes ignotos.

SÉNECA. Una visión del Imperio. *Recuerdos de infancia.*

El Senado ha permitido, el intercambio de ideas, la defensa de los diferentes criterios, y en suma, alcanzar un equilibrio que otras naciones no tienen, bien debido a carecer de una estructura o por el contrario por estar sometidas al mando fanático de un reyezuelo.

Ocurre, sin embargo, que la expansión territorial y demográfica supone, además de grandes beneficios y gloria, la aparición de problemas antes inexistentes.

En un principio todas las familias estaban representadas, tanto en el Senado como en los comicios. Pero como toda obra humana, el sistema tiene peligros y defectos. La aparición de partidos antagonistas, que en un principio defendían ideas diferentes pero nobles, fue dando lugar a asociaciones que aspiraban, como principal fin, a perpetuar a sus miembros en el poder y así lograr la preponderancia para sí y sus familias, no el bien para el pueblo en general.

Este envilecimiento del sistema nos llevó a repetidas guerras civiles. Se intentó un equilibrio mediante el control por César, Pompeyo y Craso. Era difícil mantener una labor coherente cuando los responsables son irreconciliables.

La muerte de Craso, al frente de las legiones, la lucha de Pompeyo y César, el fin del primero y el asesinato del segundo, dieron al traste con el intento. Tuvimos una segunda oportunidad con Antonio, Lépido y Octavio. Tras una nueva contienda llegamos a la situación actual.

Cayo Octavio, nuestro Augusto, ha logrado la pacificación, desde su función de Prínceps, desde hace ya treinta años. Nunca habíamos visto tal periodo de calma. Pero... no es fácil tal labor. El Augusto se encuentra sobrellevando un difícil equilibrio entre los deseos del Senado de ser la representación del Pueblo de Roma y el peligro de que distintas facciones impongan en él, como sucedió en el pasado, sus conveniencias particulares.

Cuando Roma era sólo Roma, era fácil dar representación a todas las familias en una institución. A medida que la población crece, las

SÉNECA. Una visión del Imperio. *Recuerdos de infancia.*

familias originales se amplían hasta dejar ser una y convertirse en varias subfamilias, que pueden tener intereses contrapuestos. Por otra parte, los nuevos territorios, que se adhieren a la Ciudad, también tienen sus propios intereses. No es fácil logar que el Senado, y menos los comicios, represente correctamente al conjunto de la población.

En su posición, es difícil no dejar que los intereses privados puedan volver a controlar el Senado y las decisiones de Roma y al tiempo, en el afán de impedirlo, no atacar toda posibilidad de representación y derivar hacia la monarquía.

¡Que Castor y Pólux apoyen al Augusto en su misión! Sin más os dejo con Sextilio Ena.-

Inició la bajada desde el puesto de orador mientras escuchaba una nutrida ovación. Marco se acercó rápidamente y se dieron un cálido abrazo.

-Ahora no tenemos ocasión, pero al final hablaremos.-

-Así será-.

Marco volvió a su posición anterior y tomo asiento, cuando Ena comenzaba su intervención.

-Como Cayo Asinio Polion ha tenido a bien anunciar, mi intención es declamar una nueva composición. Es una composición elegíaca sin ningún contenido político... espero-.

Hubo murmullos entre los asistentes, y Ena continuó; -Sí, sé que algunos recordáis una intervención que tuve hace ya quince años, ante Mesala y Polion. Fue considerada ofensiva por parte de Cayo Asinio Polion. Hemos tenido ocasión de hablar y de llevar la cuestión a su justo término. Pero, dado que hoy ha coincido que me ha presentado ante muchos de los que estuvieron aquel día y aunque desgraciadamente muchos otros ya no están entre nosotros, creo que es un buen momento para matizar mis palabras ante similar audiencia. Nunca he ocultado mi admiración por Marco Tulio Cicerón. Es cierto que falleció cuando yo era un niño pero ello no resta para que, a través

SÉNECA. Una visión del Imperio. *Recuerdos de infancia.*

de sus escritos y de los testimonios que han quedado, yo haya formado una imagen certera sobre su grandeza.

Cuando digo admiración, preciso, me refiero a su faceta cultural. Nunca he participado de forma activa en política y son cuestiones que muchas veces superan mi entendimiento.

En aquella ocasión dije; "Hay que llorar a Cicerón y el silencio de la lengua del Lacio".

Dos cuestiones tengo que precisar ante esta afirmación; la primera, ratificando lo ya dicho, es un homenaje a su capacidad oratoria, a su estilo de prosa, a sus conocimientos filosóficos... no hace referencia a su actividad política que no tendré la osadía ni de criticar ni de aplaudir y que, como he dicho, supera mi capacidad.

La segunda se refiere a la figura literaria que me permití. El silencio de la Lengua del Lacio destaca la pérdida de una de las grandes figuras de nuestra lengua. Nunca supone un ataque contra otros autores ni afirma que todos los grandes hayan desparecido. Prueba de ello es la asistencia a esta reunión de grandes figuras de la misma y, entre ellas, la de Cayo Asinio Polion. Creo que con ello contesto a la pregunta que aquel día me hizo "¿es que acaso soy mudo?".

Aunque a nivel personal ya habíamos aclarado muestras divergencias, nunca es tarde, aún después de tanto tiempo, para hacerlo en circunstancias similares a las que se dieron cuando se produjo la pretendida ofensa-.

Polion hizo un significativo gesto de aceptación, desde el lugar que ocupaba y un nuevo conjunto de aplausos se produjo en el auditorio. Ena comenzó a declamar.

Cayo Asinio Polion. Gran amigo del padre de Marco Anneo Seneca. Fue tribuno de la Plebe en el 47 a.C. Legado en Hispania y gobernador en el 44 a.C., residió en Corduba y un tiempo en la domus de los Anneo. Amigo de César. Relacionado con Cicerón. Amigo de Marco Antonio y Octavio. Fundamental para la formación del segundo triunvirato

SÉNECA. Una visión del Imperio. *Recuerdos de infancia.*

(Octavio, Marco Antonio y Lepido). Actor cultural de primer orden; crea la primera biblioteca pública de Roma. Tuvo gran influencia el Círculo por él creado. Severo crítico literario, no dejó fuera de sus comentarios a Cicerón, Cesar, Salustio y Tito. Le gustaba la literatura antigua. No se conservan sus obras, aunque se conoce que escribió entre otras muchas; Historia Guerras Civiles. Gran posición en la vida política y cultural de Roma. Su ideología de republicano radical le situaba en una relación distante con Augusto.

Sextilio Ena. *Es el primer poeta natural de Corduba, del que se tiene noticia. Se sabe (no se conserva) que escribió un poema épico sobre las Guerras Civiles. Se considera que pudo ser la inspiración de Farsalia que después escribiría Lucano. Elogió a Cicerón públicamente en la tertulia de Mesala (año 15 a.C.) creando una gran tensión dada la situación política. "Hay que llorar a Cicerón y el silencio de la lengua del Lacio". "Dellendus Cicero est Latiaeque silentia linguae". Polion preguntó; "¿acaso soy mudo?".*

SÉNECA. Una visión del Imperio. *Recuerdos de infancia.*

<u>16.-Roma. 22 agosto 1 a.C. Participación del Prínceps.</u>

Cuando estaba finalizando Ena, se sintió un tumulto en el exterior. De forma inmediata entraron en el salón cuatro pretorianos dando escolta a Octavio Augusto, que iba acompañado por Cayo Cesar y Julio Cesar, sus nietos e hijos adoptados.

Todos los asistentes se pusieron en pie.

-¡Amigos!, no quiero interrumpir la reunión, antes bien lo que pretendo es que sea fructífera. Mi deseo era asistir desde el comienzo, pero me ha sido imposible, y ahora he querido al menos pasar por ella y saludaros. En primer lugar os ruego que os sentéis, el Príceps lo es en el Senado, aquí solo soy un compañero más, convocado por el deseo de resaltar la importancia de los diversos aspectos de la cultura que representáis y que tan importantes son para el devenir de nuestra amada Roma. Para mí es de tal importancia esta actividad que supone una satisfacción el que Cayo y Julio también se vean atraídos por ella y me acompañen.

Sin embargo, he tenido conocimiento de algunos de los comentarios que hoy se han hecho aquí y me gustaría puntualizar.

No tengas prevención, mi querido Asinio, se respetará la función del Senado. Como tú has afirmado, se precisa una moderación de las tensiones que puedan darse en el mismo, sobre todo cuando se convierten en crónicas, pero el Príceps es garante de su libertad para la exposición de ideas y la definición de las medidas resultantes.

No quiero extenderme más allá de esta afirmación, pues en ningún caso quiero ser protagonista. Por favor proseguir la reunión-.

Augusto tomo asiento y así lo hicieron todos los asistentes. Hubo otros oradores, hasta que Polion declaró el fin de las intervenciones. Entraron varios esclavos que repartieron mensas por el salón, después fueron entrando otros con distintos alimentos ligeros a modo de prandium (almuerzo).

SÉNECA. Una visión del Imperio. *Recuerdos de infancia.*

Cayo Asinio Polion, como coordinador de la reunión, y Marco Valerio Mesala Corvino, como otro de los aglutinadores de los círculos, se acercaron a cumplimentar a Augusto.

Marco se encontraba conversando con Sextilio Ena y Aurelio Fusco, cuando alguien se acercó por detrás;

-Marco, ¿no me saludas?-

Quien así hablaba no era otro que Lucio Junio Galion, el hijo de su gran amigo de Corduba.

-¡Junio!, un abrazo. Me extrañó, pero no te había viso por aquí-

-Acabo de llegar. Un asunto me retuvo, se me hizo tarde, y entré detrás del Augusto-

-Tú siempre tan oportuno-

-Ya ves, hay que acercarse al poder- rio Galion.

-Hablando de poder, ahí viene- señaló con un gesto hacia detrás de Seneca.

Efectivamente, Polion, Mesala y el propio Augusto se acercaban a ellos.

-El Prínceps me hablaba de la gran importancia que tiene Corduba para Roma - dijo Polion - Y miro, y aquí estáis Galion y tú- le dijo a Marco.

-Galion, a ti te veo con frecuencia en el Senado pero no a ti Marco. Ya sé que tu ocupación son los negocios, además de tu labor intelectual; abogado, historiador... pero debías interesarte también por la política-

-Augusto, cada uno tiene su lugar en la vida. Aunque ahora lo quisiese, no me veo con edad para iniciarme en tan duro oficio. Además, el honor que se me dispensa en este momento, pudiendo compartir impresiones con el Prínceps y tres destacados miembros del Senado, no me deja más aspiraciones por cubrir-

-Realmente eres un gran retórico- rio Augusto - En fin, aunque la compañía es muy grata, debo ya retirarme- dijo con un gesto de despedida.

El jefe de los pretorianos, atento a sus señales, lo acompañó e inmediatamente rodeado del resto de la guardia salió de la estancia.

SÉNECA. Una visión del Imperio. *Recuerdos de infancia.*

Marco pidió a Polion y a Galion que aquella noche lo acompañasen a cenar, como forma de poder comentar la actualidad de manera más discreta.

Cayo Julio Cesar Octavio Augusto. (-63 / 14). Ver lámina 11; "Genealogía simplificada de Augusto y descendientes."
Octaviano se considera el fundador del Imperio. Gobernó del -27 hasta su muerte. Inició el culto imperial así como una era asociada con la paz. Sobrino nieto e hijo adoptivo de César. Heredero tras el asesinato de éste en el -44.
Cayo Julio Cesar Octavio Augusto. Segundo Triunvirato. En el -43, junto con Marco Antonio y Lépido, instaura una dictadura militar conocida como Segundo Triunvirato.
El triunvirato se rompería ante las ambiciones: Lépido es obligado a exiliarse y Marco Antonio se suicida tras su derrota en la batalla naval de Accio frente a la armada octaviana al mando de Marco Vipsanio Agripa en -31.
Octavio gobernó Roma y sus provincias, como un autócrata, haciéndose con el poder consular y haciéndose reelegir todos los años. Oficialmente restauró los principios de la República, es decir; poder gubernamental residente en el Senado. En la práctica, retendría su poder autocrático.
Fue Cónsul hasta -23. Logra un gran poder económico por los recursos obtenidos de sus conquistas, creando relaciones de clientela a lo largo del Imperio romano, y lealtad de muchos soldados y veteranos militares, así como el respeto de la gente. El control de la mayoría de las legiones supuso una amenaza armada contra el Senado, permitiéndole coaccionarlo. El Senado pasó a adoptar un perfil dócil hacia su estatus soberano. Su reinado por medio del clientelismo, el poder militar y la acumulación de los cargos propios de la extinta República, se convirtió en el modelo a seguir para los posteriores gobernantes.
Cayo Julio Cesar Octavio Augusto. Principado. Es el nombre que recibiría el régimen resultante. Augusto, por ley, contaba con poderes

SÉNECA. Una visión del Imperio. *Recuerdos de infancia.*

perpetuos conferidos por el Senado, incluyendo aquellos relativos al tribuno de la plebe y al censor.

Murió en 14, probablemente de causas naturales. Rumores persistentes, sustanciados en alguna medida por muertes en la familia imperial, han afirmado que fue envenenado por su esposa Livia. Tras su muerte, el Senado lo divinizó. Sus nombres «César» y «Augusto» serían adoptados por todos los emperadores posteriores.

Livia Drusila Julia Augusta. *Nació el 59 a.C.*

En el 39 a.C. se divorció y se casó con Augusto. Su anterior marido; Tiberio Claudio Nerón, en señal de aceptación, asiste a la boda.

En el 35 a. C., Augusto permitió a Livia administrar sus propias finanzas, creando un círculo propio de clientes. Su poder se acrecentó enormemente.

Las sospechosas muertes de otros miembros de la familia imperial, que incluyen al propio Augusto, e imputadas a ella por algunos, facilitaron el camino de su hijo Tiberio como posible sucesor de Octavio.

Aurelio Fusco. *Retórico de la época de Augusto. Oriundo Asia Menor. Dominaba el griego y el latín.*

Marco Anneo Seneca opinó sobre él; "más brillante que sólido".

Lucio Junio Galion. *Natural de Corduba.*

La influyente familia de los Junio encargó a Marco Anneo Seneca la tutoría del joven y su educación cuando se desplazó a Roma. Gran amigo de Marco y sus hijos.

Senador, orador, declamador. Tuvo una gran influencia política.

Amigo personal de Tiberio. En el año 33 pierde su confianza y es desterrado a Lesbos.

Se consideraba uno de los mejores oradores del Imperio. Se dedicó con éxito a la carrera política y gozó de gran influencia en época de Tiberio por su amistad con el emperador, hasta su cambio de criterio.

Adoptó, a la muerte de Marco a su hijo Lucio Anneo Novato, hacia el 39.

Gayo Cesar. *(-20 / 1) Hijo de Marco Vipsanio Agripa y de su tercera esposa Julia la Mayor.*

SÉNECA. Una visión del Imperio. *Recuerdos de infancia.*

Nieto e hijo adoptivo de Augusto. Cónsul (-1) antes de la edad legal. Encargado del conflicto armenio (1) con el rey parto Fraataces. Llegó a un acuerdo con éste. La posterior muerte del rey reavivó el conflicto. Cayo sufrió una herida que no curó bien y a consecuencia de la cual murió poco después.

Se rumoreó entonces que Livia estaba detrás del suceso.

Lucio Cesar. *(-17 / 2) Hijo de Marco Vipsanio Agripa y de su tercera esposa Julia la Mayor.*

Nieto e hijo adoptivo de Augusto. Designado cónsul para el año 4, murió el 20 de agosto de 2 d. C. en Marsella, camino a Hispania a donde se le enviaba para ganar experiencia militar. Quizá de una enfermedad contagiosa.

Se rumoreó entonces que Livia estaba detrás del suceso.

Marco Vipsanio Agripa Póstumo. *Hijo menor de Marco Vipsanio Agripa y de su tercera esposa Julia la Mayor. No fue adoptado por Augusto, como hizo con sus hermanos, para que Agripa (fallecido) tuviera descendencia legal.*

De extraño carácter, Augusto lo destierra a la Isla de Pianosa (6). Parece que lo visita en el 13. Despúes Muere.

Se rumoreó entonces que Livia estaba detrás del suceso.

Acababa la décima hora cuando llegó Lucio Junio Galion a la domus de Seneca y poco después fue seguido por Cayo Asinio Polion.

Era curiosa la confianza y amistad que se profesaban los tres hombres, siendo de tres generaciones diferentes. Lucio contaba con unos treinta años, Marco estaba en los cincuenta y cinco y Cayo alcanzaba los setenta y cinco.

Realmente, la relación surgió entre Cayo y el padre de Marco, cuando el primero fue gobernador en Corduba. La amistad se extendió a toda la familia y cuando Marco fue enviado a continuar su formación a Roma, Cayo lo recibió con los brazos abiertos. En su tiempo, en la Bética, Cayo también había conocido y entablado amistad con los Junio, muy relacionados con los Anneo, pero el vínculo no fue tan intenso.

Cuando Lucio también se trasladó a Roma, correspondió a Marco asistirlo y ampararlo en su nueva vida.

Además, aunque el primero era de origen italiano, los tres también estaban unidos en el amor por Corduba. Formaban parte del fructífero "Clan Bético", constituido por aquellos residentes en la capital con gran vínculo con la región.

Reunidos en el triclinum, se enfrentaron a una buena cena, pero sin excesos. Acabada la misma, y como acostumbraban en estas reuniones, se trasladaron al perystilum, y más concretamente a la exedra. Ésta se situaba junto a la torre de observación del Tíber y era un lugar de toda tranquilidad y discreción para conversar.

-Pues sí, Marco. Como te decía en mi última carta enviada a Corduba, la situación aquí es de calma tensa. Hoy has podido ver como la política surge constantemente.- comentó Galion.

-No se trata de una cuestión concreta, sino de un cúmulo de circunstancias que crean inestabilidad- afirmó Polion.

- Se nota la tensión - apuntó Marco - pero, por favor, no os quedéis en circunloquios e intentad definir la situación.-

SÉNECA. Una visión del Imperio. *Recuerdos de infancia.*

-Pues si os parece, como soy el más viejo, empezaré-

Polion se sentó en una de las cátedras que había en la exedra, tomó aire y se dispuso a hablar, mientras los otros dos también se sentaban.

- No pretendo tener razón por mi edad, sino porque los razonamientos que os exponga, sean convincentes. Hay una parte constatable, y por lo tanto que entiendo no discutiremos, y otra que resulta de aplicar la forma que tiene cada uno de ver el mundo. Nuestra forma de ver la realidad no es idéntica, pero sé que somos personas que aplicamos la razón a las distintas cuestiones. Por ello llegaremos a muchos puntos de coincidencia, aunque en alguno difiramos.-

Polion sorbió un poco de vino con miel y se dispuso a seguir.

- Os pido que seáis indulgentes con mi edad y si recuerdo mal alguna cuestión corregidme. Y no lo seáis, en cuanto a interrumpirme, para plantear algún disenso.

Creo que podemos resumir los problemas que tensionan Roma en dos apartados; el primero es de política actual y se refiere al papel del Prínceps y del Senado y como consecuencia a las distintas tendencias que existen, el segundo es de futuro ¿qué o quién vendrá cuando falte Augusto?

No os voy a aburrir con historias antiguas, pero tengo que decir como introducción que, sabéis de mi gran amistad con Julio César. De aquella viene mi vinculación con la familia de Marco y con Corduba, pues me nombró gobernador de Hispania y allí residí.

Esto no quita que me pareciera un despropósito su nombramiento como Dictador Perpetuo.

Puedo comprender la justificación de designar un dictador para una situación excepcional. Pero si lo declaras perpetuo, estás contradiciendo la propia justificación basada en la excepción.

Es por lo tanto la figura del Dictador Perpetuo un absurdo en sí misma.

Mi cercanía a César no impidió que mantuviera buenas relaciones con su enemigo Cicerón, ni que fuese amigo de Marco Antonio y Octavio.

SÉNECA. Una visión del Imperio. *Recuerdos de infancia.*

Tras el asesinato de César, luché contra sus enemigos y, aunque tuve muchas presiones para apoyar al Senado, mantuve mi idea de que en aquel momento era preferible un gobierno fuerte. Después sabéis como de nuevo se desataron las hostilidades. Mi papel fue unir a los contendientes y realmente colaboré para lograr el segundo triunvirato.

Nuevamente se inicia la lucha, e intento participar lo menos posible. En el año 31 a.C., Octavio me pidió que participase en la batalla de Actium contra Marco Antonio y me disculpé lo mejor posible.

Desde entonces, he preferido dedicarme a la actividad cultural y abandonar la política activa. Instituí la primera biblioteca pública de la Ciudad y formé el Círculo en el que se intenta tratar de cultura, aunque es imposible soslayar otras cuestiones. Me he dedicado a escribir la "Historia de las Guerras Civiles" y he llegado a una altura de mi vida en la que no debo aspirar a muchas más novedades.-

Pese a su edad, se levantó y comenzó a caminar lentamente mientras hablaba.

- Todo esto viene a cuento porque es el origen de la situación en que nos encontramos. La realidad, en estos momentos, es que tenemos un Senado con unos poderes nominales y un Prínceps que declara que sólo es el primero de los senadores.

En la República, los comicios elegían a los magistrados, generalmente entre los senadores, y eran ratificados por el Senado.

Ahora es el Prínceps quien mediante el nombramiento de censores hace que el Senado nombre a los magistrados y los comicios los confirman. Además, los senadores tienen que ser sumamente complacientes con Augusto pues sus posibles magistraturas vienen dadas por el Prínceps. Igualmente podemos decir de los comicios. Están manipulados mediante la forma de la convocatoria y en fin, por la toma de decisiones por el poder central.

Lo comentado sucede en las provincias senatoriales, pero las trascendentales, las que cuentan con legiones, son Provincias

SÉNECA. Una visión del Imperio. Recuerdos de infancia.

Imperiales y allí sólo Augusto nombra magistrados. Por si fuera poco, ha creado la Guardia Pretoriana como única fuerza militar en Roma, y totalmente fiel a sus designios.-

Intervino Galion;

- Cayo; tú siempre has sido defensor de la república tradicional. También cuentas que viste, en su momento, el interés de que hubiera un gobierno fuerte, según qué circunstancias. Ahora has planteado la situación, pero no te has definido ante el problema. ¿Cuál es tu postura?-

- Dentro del primer punto que decía que había que considerar, estaba la relación del Senado con el Prínceps y también, qué partidarios se posicionan en cada forma de ver la situación.-

Continuó Polion;

-No estamos, supongo que afortunadamente, en la tensa situación que llevó al enfrentamiento entre optimates y populares. La situación es ahora diferente, y lo es principalmente, porque no hay posturas tan definidas. Tú mismo, cuando me calificas, hablas de un republicano convencido y al tiempo de alguien que comprendió la necesidad de fortalecer el gobierno. Esta posición me ha llevado desde un punto de gran cercanía a Augusto a una posición mucho más fría, pero no enfrentada. Es fácil elegir entre el blanco y el negro, pero los matices grises no son fáciles de encuadrar.

El gran problema es que es muy fácil que el Prínceps pueda desviarse hacia un gobierno autócrata, incluso despótico, pero también que deje que predomine el Senado, no como institución representativa sino, como patio en el que dos facciones luchen por el poder, alejadas de la búsqueda del bien del estado.

Aquí es donde entra la cuestión que planteaba; ¿dónde está cada cuál, quienes son los partidarios de cada forma de gobierno?-

Seneca intervino;

-Siempre me he considerado partidario de la esencia de Roma que creo que es la representada por la República. Unos comicios populares que

SÉNECA. Una visión del Imperio. *Recuerdos de infancia.*

eligen las altas magistraturas, un poder moderador del Senado, y la actuación de éste como cogobernante con los cónsules. Por supuesto, estos últimos con un corto periodo de poder, nunca eternizados.-

-Sí, Marco- prosiguió Polion –Pero, ¿esto significa que el Prínceps está usurpando el poder o lo consideramos solo como un moderador? ¿Consideramos que su posición de moderador la ejerce con ponderación, o que acumula tantas prerrogativas, influencias y poder militar que su figura intimida y obliga a una actuación plegada a sus deseos? ¿Tiene el Senado autonomía real, no teórica, para mantener sus opiniones?-

Ahora fue Galion quien también se puso en pie;

-Distingamos la figura que puede ser el Prínceps de la que pueda estar desempeñando Octavio. Cualquier sistema por muy loable que sea, puede distorsionarse si se hace un mal uso de él. Sin ir mar lejos, acabamos de hablar de la República como el sistema óptimo. Sin embargo hemos visto que acabó consumiéndose en guerras fratricidas debido al mal uso que hicieron los senadores, convirtiéndose en miembros de asociaciones que buscaban el bien particular, no el bien común.

En cuanto a mí, no oculto mi amistad con Tiberio. Siempre que he tratado estos temas con él, me ha mostrado una firme convicción en el papel que el Senado, como poder del estado, debe tener y en el Prínceps como poder moderador y respetuoso. Espero fervientemente que vuelva de su exilio, que considero injusto, y pueda situarse como el principal candidato a sustituir a Augusto cuando llegue su hora-

Séneca invitó a sentarse a los amigos.

-Sigamos hablando sentados que es la manera de hacerlo sosegadamente. Estamos afirmando lo mismo; puede ser un buen sistema el Senado con un poder moderador. El riesgo es la desviación hacia una u otra postura extrema, tanto de los grupos del Senado como del presunto moderador.

SÉNECA. Una visión del Imperio. *Recuerdos de infancia.*

Estoy con la idea que esbozó Cayo en el Círculo y que intento concretar;

Primero. La democracia instituida en las ciudades griegas era representativa. Todos los ciudadanos de un modo u otro, podían manifestar su opinión y tras la discusión alcanzar un consenso.

Segundo. La Roma de inicio de la República funcionaba de modo similar. Existían los comicios, que se reunían para la toma de decisiones fundamentales y el Senado que era un órgano permanente, legislaba y gobernaba, bien directamente, bien a través de magistrados, sobre todo los cónsules.

Tercero. Roma fue creciendo. Las familias originales o patricias, ya no eran representables por unas pocas personas, pues habían crecido en número de miembros y se habían dividido dando lugar a infinidad de subfamilias. Los comicios eran representativos, pero cada vez menos por la dificultad de lograr una participación real de todos los ciudadanos.

Cuarto. Cualquier polis griega no sería más que una pequeña aldea comparando su tamaño con el de Roma. Además la ciudadanía ya no está solo en la Ciudad sino que cada vez se extiende a más territorios. Es imposible conseguir asambleas que representen a todo el pueblo romano, tanto por su tamaño, como por su lejanía en el territorio.

Quinto. Una vez que el Senado se vuelve inútil como imagen de la ciudadanía, los miembros de la cámara se agrupan cada vez más, buscando una mayoría que respalde sus intereses. Ya no son los intereses del pueblo sino los de los grupos de la clase senatorial.

Dos son las maneras de actuar. Unos, los optimates, intentan mantener sus privilegios de manera directa. Otros, los populares, lo intentan arrogándose la capacidad de representar a las clases menos favorecidas.

Sexto. Unos y otros, como grupo, son defensores de intereses particulares. Como individuos, en ambos bandos, hay hombres

SÉNECA. Una visión del Imperio. *Recuerdos de infancia.*

honrados que buscan el bien de la mayoría. Las posturas se radicalizan progresivamente.

El objetivo es que venza uno u otro grupo y esto nos llevó a las Guerras Civiles. Después a los dictadores perpetuos, triunviratos y ahora al experimento del Príynceps.

Séptimo. El sistema actual tiene la ventaja, respecto a una dictadura, de que no está completamente definido. Mantiene la duda entre los poderes del Príceps y del Senado, al menos de manera teórica. Esto hace que no sea atacable de manera contundente, pues no existe un culpable indiscutible.

Octavo. La indefinición se extiende también a los posibles seguidores de las distintas posturas. Como decía Polion; "¿dónde está cada cuál, quienes son los partidarios de cada forma de gobierno?". Y también; "¿qué o quién vendrá cuando falte Augusto?"-

-Desde luego, mi querido Marco, dices que no eres político pero, tu análisis es de una gran clarividencia- Afirmó Polion.

-Para no haber estado en la Ciudad en los últimos tiempos, has tenido que aprovechar muy a fondo las cartas que te enviaba. ¡Qué barbaridad, como has concretado! -

Rio Galion. Después, pasó a mostrar su opinión.

-Déjame que empiece a contestar las últimas cuestiones sobre las personas, al menos sobre aquellas que nos son cercanas.

Considero que nuestro amigo Cayo es un republicano clásico. Sin embargo aquí nos ha mostrado sus dudas.

Publio Ovidio Nasón. Mantiene cercanía a Augusto, aunque lo suyo es la poesía.

Aulo Cremucio Cordo. Cercano a ti como padre de tu cuñada Marcia. Es claramente republicano. Es más, en su obra histórica muestra demasiado claro su ideal. Esperemos que no le suponga un inconveniente.

Mesala siempre ha sido, también, claramente republicano. Sin embargo sus derroteros han sido por la cultura y no por la política.

SÉNECA. Una visión del Imperio. Recuerdos de infancia.

Como consecuencia dejar que me refiera a su postura como una "cercanía lejana" con el Prínceps. En cualquier caso, cada vez que estoy con él, lo veo más deteriorado intelectualmente, y creo que no podrá aportar su sabiduría.

Tu Marco, creo que eres un republicano clásico. No obstante tienes dos circunstancias que te salvan; una que te declaras no político y otra tu discreción.

En cuanto a mí, por orígenes familiares y por propia convicción soy también republicano. No obstante, como todos, veo alguna bondad en la mezcla de un Senado fuerte con un Prínceps coordinador. Si se consigue el equilibrio puede funcionar. Ya lo dije, y lo repito, creo que hasta que no se defina el sistema con claridad, será fundamental que la persona que ocupe el puesto de Prínceps actúe con la mayor corrección en la busca del equilibrio. No oculto mis preferencias para el futuro hacia Tiberio.-

Habló Polion;

-Al final, con vuestra clara exposición, nos encontramos de nuevo en las dudas del principio.

Ansiamos el ideal republicano pero sabemos que ya no es posible. Puede funcionar el principado, pero para ello ha de definirse. Para que pueda avanzar, se precisa que tengamos la fortuna de que el cargo sea ocupado por personas honradas y capaces, al menos hasta que se definan claramente cuáles son sus prerrogativas.

Aunque Galion ya se ha definido, aquí tenemos de nuevo el punto que nos falta; ¿Quiénes son las personas honradas y capaces?-

---

Augusto y descendientes. Ver lámina 11, de igual nombre.

Cátedra (cathedra). Silla (sella) de respaldo alto.

Vino. El vino solía ser muy fuerte y de origen variado. Como alternativa se diluía con agua y se le añadían substancias como la miel.

Dictador. El Senado podía designar a un magistrado investido con poder absoluto, y de manera temporal, para labores concretas de

SÉNECA. Una visión del Imperio. *Recuerdos de infancia.*

emergencia. César fue nombrado dictador varias veces y con plazos progresivamente mayores. En el -44 la declaración fue como Dictador Perpetuo.

***Marco Tulio Cicerón.** (-106 / -43) Político republicano a ultranza combatió a César. Filósofo eclético, introdujo la filosofía griega en Roma. Escritor. Abogado. Orador, gran retórico y estilista. Tuvo cambios, adaptándose según las circunstancias, lo que hizo que Asinio Polion escribiera; "¡Ojalá hubiera sido capaz de soportar la prosperidad con mayor autocontrol y la adversidad con mayor energía!".*

Tras la muerte de César, se opuso a Marco Antonio, fue proscrito por el Segundo Triunvirato y muerto en el -43.

***Segundo Triunvirato.** Año -43. Alianza, por cinco años, entre Marco Antonio, Octavio y Marco Emilio Lépido, tras el asesinato de Julio César.*

Año -37. Renuevan el pacto Octavio y Antonio por otros cinco años. Octavio gobernó en Roma. Marco Antonio, en Egipto con Cleopatra, abandonó sus obligaciones.

Año -31. El Senado declaró a Marco Antonio enemigo público y la guerra. Marco Antonio y Cleopatra fueron derrotados en Accio. Octavio pasó a denominarse Augusto y se convirtió, de hecho, en el primer emperador romano.

***Patricios.** Eran los descendientes y representantes de las treinta curias primitivas. Eran los Padres de Roma, los senadores por excelencia. La República representaba el ideal democrático. En el Senado se tomaban las decisiones por mayoría, y en principio estaban representadas todas las familias fundadoras de la Ciudad. A lo largo del tiempo, y con las Guerras Civiles, se acentuaron las diferencias entre las dos tendencias existentes en el Senado; Optimates y Populares.*

***Optimates.** Defendían el derecho exclusivo de los patricios a formar parte del Senado y por lo tanto a decidir. Entre los líderes optimates durante las Guerras Civiles citamos a Lucio Cornelio Sila Félix, Pompeyo*

Magno, y Sexto y Gneo Pompeyo, sus hijos. Los optimates se opusieron a la extensión de la ciudadanía romana a naturales de territorios situados fuera de la Península Itálica, incluso a nacidos en la misma. Favorecieron tipos de interés altos. Se opusieron a la expansión de la cultura helenística. Trataron de proveer de tierras a los soldados licenciados, creyendo que así era menos probable que apoyasen a sectores rebeldes.

Populares. *Buscaban dar entrada a más capas de la población, no sólo a la romana sino también a la del resto del Imperio. Entre los populares Tiberio y Cayo Sempronio Graco, Cayo Mario, Lucio Cornelio Cinna, Gneo Papirio, Cayo Mario (el joven), Sertorio, Julio César... Eran jefes aristocráticos romanos que buscaban usar las asambleas populares para acabar con el dominio que ejercían los optimates en la vida política. Objetivos; Movilidad de los ciudadanos mediante colonias para romanizar los pueblos conquistados. Extensión de la ciudadanía a toda la Península Itálica. Modificación del reparto de grano para favorecer al pueblo. Deflación de la moneda para abaratar el precio de las mercancías. Extensión de la cultura helenística entre los romanos. Aunque bajo el punto de vista actual, los populares representan una tendencia más democrática, ya que amplían las decisiones a más parte de la población, es Julio César, quien los dirige durante la Segunda Guerra Civil, quien se inviste de poderes personales extraordinarios en detrimento del Senado, dando lugar al Imperio que se considera que comienza con Octavio, su sucesor.*

Publio Ovidio Nasón. *(-43/17). Nace cerca de Roma en el 43 a.C. Educación retórica con Higinio, Fusco, Latron... Después se centra en la poesía y tiene participación activa en los Círculos de Mesala y Mecenas. En el 8 se enfrenta con Augusto, posiblemente por causa de la crítica al comportamiento de su hija Julia. Como consecuencia, tiene que exiliarse en el Ponto Euxino (Mar Negro). Muere en destierro en el 17.*

SÉNECA. Una visión del Imperio. Recuerdos de infancia.

Entre otras obras se conservan; "Ars Amandi" (-2/2) sobre arte amatoria y "Las Metamorfosis" (8) que relata el paso de los mitos griegos a romanos.

Aulo Cremucio Cordo. *(-42/25). Senador e Historiador. Quedan pocos fragmentos de su obra que principalmente cubren las guerras civiles y la etapa de Augusto. Gran defensor de la República. Fue acusado, en el 25, del delito de laesa maiestas (agravio a la majestad) por elogiar a Casio y Bruto en sus obras. A punto de ser juzgado y condenado a muerte, por instigación de Sejano, se dejó morir de hambre. El Senado mandó quemar sus obras.*

Su hija Marcia (cuñada de Séneca) logró salvar algunos fragmentos.

Guardia Pretoriana. *Guardia personal del Prínceps, organizada por Augusto, potenciada en tiempos de Tiberio a través de Sejano, y disuelta por Constantino (S IV). Fue utilizada como un arma de poder por los emperadores que en ocasiones se volvió contra ellos.*

Llegó a ser un ente que impuso y destituyó emperadores en el trono.

Lucio Elio Sejano. *(-20/31) Familia de orden ecuestre con grandes relaciones. Su padre Lucio Seyo Estrabón mantenía amistad con Mecenas. Entra en el Pretorio entre el año 2 y el 6. En el 14 es nombrado Prefecto del Pretorio sustituyendo a su padre que pasa ese año a ser Gobernador de Egipto. Mantendrá su cargo hasta su muerte. Robustece de gran forma a la institución y genera un régimen despótico, aprovechando al retiro de Tiberio en Capri. Aumenta su ambición hasta que, Tiberio se ve forzado a intervenir y, es juzgado y ejecutado.*

Tiberio. *(-42/37). Ver lámina 11; "Genealogía simplificada de Augusto y descendientes".*

De nacimiento Tiberio Claudio Nerón. Hijo de Tiberio Claudio Nerón y Livia Drusila. Perteneciente a la gens Claudia. Su madre, Livia, se divorció y se casó con Augusto. Tiberio pasó a ser hijastro del Prínceps. Después, para reforzar su posición (-12), fue obligado a divorciarse de Vipsania Agripa y a casarse con la hija de Augusto, Julia la Mayor.

SÉNECA. Una visión del Imperio. *Recuerdos de infancia.*

El 26 de junio del año 4, fue adoptado por Augusto. Pasó a pertenecer a la gens Julia.

Tras la adopción, se le concedieron poderes tribunicios por diez años. Reorganizó el ejército, ley militar y nuevas legiones. Estableció el tiempo en filas en veinte años, salvo pretorianos que cumplían con 16. Tras el servicio se obtenía una paga que provenía de impuesto del 5 % sobre herencias.

Probablemente por la cuestión sucesoria, Tiberio se enemistó con Augusto, y se exilió voluntariamente en Rodas. Tras la muerte de los nietos de Augusto; Cayo César y Lucio César, y el destierro de Agripa Póstumo, vuelve y es nombrado sucesor.

En el año 13, los poderes de Augusto y de Tiberio fueron prorrogados por diez años.

Augusto murió (19 de agosto de 14) y sus poderes son transferidos a Tiberio sin plazo.

Emperador del 17 de septiembre del año 14 hasta su muerte en 37. Unía las gens Julia y Claudia, dando nombre a la dinastía.

Tiberio fue uno de los más grandes generales de Roma y con sus campañas en Panonia, Ilírico, Recia y Germania, asentó la frontera norte.

Después, fue un recluido y sombrío gobernante, que no quiso ser emperador. Plinio el Viejo lo define como; tristissimus hominum, «el más triste de los hombres».

En el 23, muere su hijo y sucesor Druso el Joven. Su gobierno declinó y terminó en terror.

En el 26, Tiberio se autoexilió de Roma y dejó la administración en manos de sus dos prefectos pretorianos; Sejano y Macrón.

En el 31, Sejano es juzgado y ejecutado.

En el 35, apuntó a Calígula, sobrino nieto, y Tiberio Gemelo, su nieto, como sus sucesores.

Muere en el 37 ¿asesinado por Calígula y Macrón?

SÉNECA. Una visión del Imperio. *Recuerdos de infancia.*

18.-Roma. 22 agosto 1 a.C. Domus de Marco. ¡Que los dioses protejan Roma!

La pregunta había quedado en el aire. ¿Quién es honrado y capaz?, o mejor dicho y todavía más complicado; ¿quién lo será en el futuro?

La cuestión tiene un aspecto vinculado a la adivinación. Se trata de un futurible, es completamente opinable y variable según quién se plantee la respuesta. Los tres guardaron un incómodo silencio. Al fin y al cabo, no se trataba de razonar, sino sólo de mostrar una simpatía o esperanza personal. Había que definirse y eso nunca ha sido placentero.

Como más joven y en consonancia más arriesgado, Galion se lanzó al debate;

-Como no he ocultado mis simpatías por Tiberio, tengo más libertad para expresarme y opinar sobre los méritos para la sucesión.-

Le cortó Polion;

-Me parece bien que seas el primero en opinar, pero ten en cuenta que el principal escollo es, que al menos de derecho, no estamos en una monarquía, ni electiva ni hereditaria. Ni siquiera está definida la figura del Prínceps. En principio, Augusto como una forma de esquivar definiciones; dictador, rey, emperador, cónsul perpetuo u otras que podrían soliviantar a los puros republicanos, ha acuñado el término de príncenps, sin concretarlo, como solución de compromiso.-

-Cierto, y además se produce la contradicción de que nadie va a querer concretar esa figura.

La monarquía quedó completamente postergada del ideal de Roma y ahora estamos en el proceso de formular una república, no ya con un rey sino, con un emperador.

¡La tarea es de entrada sorprendente!-

Exclamó Marco.

-Bien, estamos de acuerdo en las contradicciones con las que nos encontramos- siguió Galion -Pero también con que los hechos son tercos y no hay más remedio que darles una salida. También acordamos que, en un futuro cercano, la única posibilidad de éxito es que tengamos al frente a una persona capaz de realizar la tareas, sin estar tentado por el poder absoluto y con la suficiente capacidad política para dar a cada uno su sitio en el entramado actual de poderes, para no vernos en un nuevo enfrentamiento civil.

Repasemos por lo tanto quienes son las personas que pueden postularse a realizar el papel de Augusto, si queréis, no como herederos pero sí como nuevos prínceps. Para empezar hay que decir que, nos guste o no, será alguien a quien designe Augusto. Ya sé que el título de prínceps no es heredable, pero tiene que contar con la simpatía del actual Prínceps.

El control del Senado, de los comicios y de los magistrados es total por parte de Octavio y aunque se produzca su final, durante un tiempo seguirán estrictamente sus deseos. Todos prefieren ser vistos como afines.

Cuando la mayoría se declara partidaria de una postura, salir del camino es un riesgo inasumible para el que espera ser aceptado por dicha mayoría.

Como podréis observar, he sido muy delicado al no insistir en la ascendencia de Augusto sobre las legiones y sobre la Guardia Pretoriana. Además, por si fuera poco, ahora está formando las Cohortes Urbanas.

Partamos pues de que el siguiente Prínceps será a quien designe, o al menos no rechace, Augusto.

Aunque decimos que no se produce la herencia del título, siendo prácticos, veamos cuales son los descendientes de Augusto.

Directos sólo tiene a través de su hija Julia por su matrimonio con nada menos que Marco Vipsanio Agripa. Su única hija y su más cercano colaborador; Agripa. ¡Qué más se puede pedir!

Pero... analicemos. Vipsania y Agripina son sus nietas. Los nietos son; Cayo César, Lucio César y Agripa Póstumo, de 20, 17 y 12 años.

SÉNECA. Una visión del Imperio. *Recuerdos de infancia.*

A Octavio le da miedo que Agripa Póstumo figure como aspirante. Dos son las razones; la primera su edad ya que podría llegar al final de Augusto siendo excesivamente joven. Además, no parece tener un carácter adecuado y cada vez se rumorean más salidas de tono del muchacho.

La manera de retirarle ha sido adoptar a Cayo y Lucio que han pasado a ser nietos e hijos del Prínceps. Justificó que no adoptaba a Póstumo porque así Agripa mantenía una línea de descendencia. Por lo tanto, por esta vía, tenemos a dos candidatos; Cayo César y Lucio César.

Pero... abramos más el espacio y nos encontraremos con la, según se dice, todopoderosa; Livia Drusila Julia Augusta.

Augusto no ha tenido hijos con ella, pero la presión de Livia es fuerte hacia sus hijos del anterior matrimonio. Los dos; Tiberio y Druso, además de hijastros también, son hijos por adopción del Augusto. Tiberio cuenta con 42 años y quedó como único candidato tras el fallecimiento de su hermano Druso.

Por lo tanto; Cayo, Lucio y Tiberio. ¡Tenemos tres!

Fijémonos en ellos porque, todo parece indicar que, uno será el futuro Prínceps.

Trabajemos en analizarlos;

Los dos primeros parecen ser los favoritos actualmente. Augusto hace que, en distintos actos públicos, lo acompañen. No contento con solo eso, hace un año hizo que Cayo fuese designado cónsul, pese a no cumplir la edad legal.

En cuanto al hijastro e hijo adoptado, es decir Tiberio, se ha enfrentado a muchos vaivenes en el aprecio del augusto.

Tiberio Claudio Nerón tiene un largo recorrido en muchos ámbitos. Ha podido hacer mucho más que sus rivales y aunque solo fuese por su edad; 42 años, tiene mucha más experiencia. Su cultura es muy amplia; arte militar, oratoria, retórica, derecho, griego, latín, cultura en general. Se relaciona con Mecenas, Horacio, Virgilio, Propercio...

SÉNECA. Una visión del Imperio. *Recuerdos de infancia.*

En la crisis del grano de hace veinticinco años, demostró sus cualidades gestionando el suministro de trigo. Fue legado en Armenia, en el conflicto con Artaxias. También acompañó a Octavio en la reorganización de la Galia y actuó en los conflictos de Germania. Celebró, hace ya quince años, un triunfo por sus éxitos en Germania junto a su hermano Druso, también destacado militar.

Augusto siempre demostró predilección por Druso en menoscabo de Tiberio.

No se puede dudar de la gran capacidad de Druso en todos los aspectos, pero tampoco se puede impedir que la gente dude sobre su paternidad. Druso nació pocos días antes de que Livia se divorciase y se comprometiera con Octavio. Muchos piensan que el aprecio de Octavio por Druso, no se debía solo a sus cualidades y que, puede tener causas paternales.

Sea como fuere, y algunos ven maniobras de Livia, Octavio también obligó a Tiberio a divorciarse de su verdadero amor; Vipsania, hija de Agripa, y a casarse con su hija Julia.

De esta manera, además de hijastro e hijo adoptivo, se convirtió en yerno del Príceps.

Coincidiendo en el tiempo con la muerte de Agripa, Tiberio es enviado a diversas campañas militares que culmina con éxito. Es posible que la ausencia influyera, pero la relación con Julia siempre fue tormentosa.

Tanto Druso como Tiberio prosiguen exitosas campañas militares, hasta que en hace nueve años muere Druso. Cae del caballo y parece que fue tratado negligentemente.

Nuevamente los rumores corren. Druso era el preferido de Octavio, pero por otra parte era también un republicano convencido. Consideraba que el Senado debe mantener su poder, aun en contra de sus intereses personales.

Pero... ¿cuáles eran los deseos de Livia?

¿Anteponía que uno de sus hijos fuese el candidato perfecto, o prefería dos hijos candidatos?

SÉNECA. Una visión del Imperio. *Recuerdos de infancia.*

¿Quería además que su poder, al llegar un hijo a Augusto, fuese omnímodo?

¿Prefería concentrar todas las opciones en un único hijo, más proclive a seguir sus indicaciones, que en dos, siendo uno; Druso, menos manejable?

Sea como fuere, al desparecer Druso, los intereses de Octavio se concentran en Cayo y Lucio y cada vez son más los motivos para que Tiberio se considere relegado. Tanto es así que hace seis años, como sabéis, abandona la vida pública y se retira a Rodas.

Así, hoy nos encontramos a Cayo y Lucio con poca preparación y excesiva juventud y Tiberio, en mi criterio capaz y preparado, retirado en Rodas.-

De nuevo Polion manifestó sus opiniones;

-Galion, tu juventud te hace ver la situación desde un punto, que no digo que no sea acertado, pero que difiere necesariamente del mío. Tengo más de una decena de años más que Augusto. No digo que tenga que ser así, pero si dura lo mismo que yo, cuando lleguemos a la sustitución, los muchachos tendrán del orden de treinta años, y la edad ya no será un problema.

El exilio voluntario de Tiberio, cuanto más dure, más lo perjudicará. Irá perdiendo influencia y popularidad.

Si creo que es muy importante la figura de Livia. Todo, lo que oigo, me hace ver que su poder sobre Augusto va en aumento y su capacidad de influir crece constantemente. Además ha tejido una red de poder paralela a la de su marido que la hace una temible rival.

Esto nos lleva a una contradicción que no sé si no has notado o preferido no notar. Dijiste que Tiberio, sin llegar al extremo del republicanismo de su hermano desaparecido, es partidario de respetar al Senado y actuar sólo como moderador. Pero su futuro parece depender en gran parte de su madre y ella, desde luego, no parece querer respetar a nadie que no sea la misma Livia.-

SÉNECA. Una visión del Imperio. *Recuerdos de infancia.*

-En cualquier caso las probabilidades, de unos u otro, parecen que están condicionadas por el tiempo que se mantenga Augusto como PríNceps.-

Dijo Marco, y continuó;

–Si Augusto desaparece pronto, Tiberio será el vencedor, pues sus rivales serían excesivamente jóvenes.

Si se alarga su vida, ganan Cayo y Lucio. Tendrían la edad precisa y Augusto los habrá colocado en honores y popularidad como le convenga.-

-Hay que añadir el factor Livia, - aportó Cayo- si la sucesión es inmediata, habrá situado a su hijo, ya sin su hermano, como único candidato y por lo tanto con las máximas probabilidades.

Si por el contrario se alarga el plazo, tendrá tiempo de maniobrar y socavar la buena fama que Augusto pretenda otorgar a sus rivales.

¿Ganará Livia o Augusto?-

Marco volvió a intervenir;

-Lo que creo que podemos afirmar es que, ni Cayo ni yo estamos en edad de llevar el protagonismo. Es tu generación, Lucio, la que se va a enfrentar a la definición perdurable del estado-

-Marco, es cierto que Cayo ha tenido una vida política muy activa, al menos hasta que decidió retirarse y quedarse con la parcela cultural. Pero tú te has mantenido siempre, aunque con claras opiniones, alejado de la contienda. Todavía podrías ofrecer grandes servicios a Roma- se dirigió Galion a Seneca.

-No hace mucho, hablando con tu padre en Corduba, afirmé que mi vida se ha centrado en los negocios y la abogacía y que ya ha pasado mi momento. También le dije que la situación obligará a las nuevas generaciones a participar. Ya tengo dos hijos y, si lo desean, les apoyaré para que desarrollen esta labor. Intentaré que sean impulsados por los influyentes amigos que poseo y entre ellos estás tú en un lugar muy destacado-

SÉNECA. Una visión del Imperio. *Recuerdos de infancia.*

-Sabes Marco que puedes contar con ello en todo lo que pueda ofrecer. Para también será importante la riqueza y sé que los negocios no tienen secretos para ti. Quizás sea esa tu labor-

-Pues adelante y que ¡Los dioses protejan Roma!- , exclamó Marco.

-Y hablando de negocios. He estado fuera y no estoy al tanto de todos los cargos. Me interesa conocer y hablar con el Curator alvei et riparum Tiberis, actual. Sé que Agripa lo fue hasta su muerte, pero después le he perdido la pista y no conozco quién ejerce el cargo.-

Lucio estalló en carcajadas. —No lo tienes muy lejos, al menos en funciones-

-¡No me digas que eres tú!-

-Verás Marco, tras la muerte de Agripa, se han ido cambiando con frecuencia los curatores. Normalmente cada año. Ahora mismo estamos en un intermedio entre dos mandatos. Parece que el predestinado por Augusto, no sé quién era, ha caído en desgracia. En resumen, mientras se aclara la situación, sin nombramiento oficial y de forma provisional, el encargado soy yo.-

Marco habló con toda la ceremonia y empleando el modo de dirigirse a los senadores;

-Pues aprovecho para pedirle, al vir clarissimus, una reunión a la que asistiré, si tiene a bien aceptarlo, con Aniceto a quien tengo como responsable de la comercialización de mi aceite-

Finalizó de hablar de manera engolada y explicó;

-Tenemos muchas dudas de qué mejoras se pueden producir en el Tíber. Nos harían optar por transporte por tierra o por río, embarcaciones de un tipo u otro, almacenes en Ostia o Roma y otra serie de posturas que determinarían la rentabilidad del negocio-

-A tu disposición, Marco-

Ya era tarde y se prepararon para retirarse.

Vir clarissimus. El plural corresponde a viri clarissimi. Título honorario de los senadores. Clarissimus designaba la dignitas de ciertos

SÉNECA. Una visión del Imperio. *Recuerdos de infancia.*

senadores y su familia inmediata, incluidas las mujeres. Por encima del simple vir clarissimus estaba el spectabilis y el ilustris.

Cohortes Urbanas. *Unidad de élite creada por Augusto. Su función era la de mantener el orden en la Ciudad. También existieron en otras poblaciones. Es posible que como motivo secundario fueran creadas como contrapeso a la Guardia Pretoriana.*

Cohortes Vigilum. *También creadas por Augusto, tenían como objetivo la lucha contra los incendios y la vigilancia nocturna.*

Artaxias II. *Artaxias II, rey de Armenia, se alió con los partos contra Roma. Aprovechando las luchas internas, Augusto colocó como rey a Tigranes III, hermano del anterior. Su hijo Tigranes IV volvió a la lucha con Roma y fue muerto. El intento de proclamar reina a su esposa terminó con el dominio de Roma y el fin de la dinastía.*

<u>19.-Corduba. 5 diciembre 1 a.C. Domus de los Anneo. Negocios.</u>

Helvia releía la carta recibida de Marco hacía ya un mes. En concreto releía los comentarios que le hacía sobre el futuro inmediato del Tíber, sobre las obras previstas y los cambios que producirían.

Aunque se hablaba de un puerto en Ostia para sustituir al obsoleto actual, no estaba previsto que se construyese en un futuro inmediato. Sin embargo, las mejoras realizadas por Agripa para el cauce entre Ostia y Roma, y su constante mantenimiento, iban a continuar de forma decidida.

En aquellos años, el transporte habitual era llegar hasta la costa frente a Ostia con grandes barcos (marítimos), y allí trasbordar a barcos de poco calado. Después las opciones eran dos; llegar a Roma con los barcos que habían recibido la mercancía, apoyándose en los caminos de sirga, o bien desembarcar y mediante carros hacer el trayecto a la Ciudad.

Si se construía el gran puerto añorado, en el que pudiesen atracar los grandes navíos empleados en el mar, el transporte terrestre se vería muy potenciado. No sería necesario el paso intermedio de trasvasar la mercancía a barcos pequeños que llevasen la mercancía de los grandes al puerto existente.

Por el contrario, si no se contaba con el gran puerto, habría que seguir usando los barcos pequeños. Una vez que la mercancía se encontrara en los barcos fluviales, con las mejoras que se realizaban en el cauce, sería más conveniente seguir por vía fluvial a Roma, evitando un nuevo trasvase.

Las dudas que había sobre el futuro, habían retraído la construcción de barcos fluviales para el trayecto Ostia-Roma. Se había notado; eran escasos y habían subido el precio de su servicio. Como consecuencia había aumentado el transporte por tierra.

Marco insinuaba como actuar, pero animaba su esposa a tantear distintas posibilidades y a que actuase en consecuencia dando por hecho su pleno respaldo.

SÉNECA. Una visión del Imperio. *Recuerdos de infancia.*

Tras varios días de reflexión y conversaciones discretas con su familia de Urgavo, así como con otras familias del negocio del aceite, había citado en la domus a Turo.

Turo era quien organizó el viaje de Marco a Roma. Mantenía una pequeña empresa de transporte por barco. Era muy eficaz para las necesidades de los Anneo pues aparte de los transportes de personas realizaba la mayor parte del de mercancías. Era una empresa pequeña, no tenía muchas embarcaciones en propiedad, pero estaba muy introducido en el negocio y contrataba con terceros las embarcaciones necesarias de forma competitiva.

Besadio, el atriense, se acercó;

-Domina, Turo desea verla-

-Hazle pasar al tablinum-

Era la primera vez que Turo entraba, tanto en el atrio como en el tablinum, y se veía desconcertado por la magnificencia, no ostentosa, de la domus Anneo. Las columnas que bordeaban el impluvium eran de mármol blanco sin una sola veta grisácea. Las paredes, que resguardadas por el pórtico perimetral separaban otras estancias, estaban decoradas con frescos de paisajes de la zona. El pavimento era un mosaico con motivos vegetales...

Helvia lo esperaba en el triclinum, sentada en un solium magníficamente tallado situado en el centro de una de las paredes laterales.

El fresco que tenía a sus espaldas representaba a la diosa Minerva sosteniendo una paloma. Era la patrona de los artesanos, de la sabiduría, la justicia y del estado. También del desarrollo, la medicina, las artes, y la paz.

Y también de la industria y el comercio.

Turo penetró en la estancia y realizó una profunda reverencia.

-La domina me ha hecho llamar-

Era un hombre de unos veinticinco años que en el trato denotaba energía e inteligencia natural.

SÉNECA. Una visión del Imperio. *Recuerdos de infancia.*

-Sí, así es. Siéntate- y le señaló una sella.

-Turo, hace tiempo que Marco y yo confiamos en tus servicios. Siempre hemos quedado satisfechos, pero no es suficiente.-

-Domina, mejoraré en lo que indiques- afirmó Turo, con cierto grado de zozobra.

-Lo que haces, lo haces muy bien, pero tu empresa no tiene la capacidad suficiente. Cierto que consigues darnos el servicio que te pedimos, pero según mis informaciones sólo posees, en el Betis, cuatro o cincos barcos de río entre lyntres y codiciare y otros dos aptos para navegación marina.

El negocio del aceite crece rápidamente, vamos a aumentar nuestras necesidades y precisamos alguien que nos ofrezca la seguridad de contar con una flota potente, tanto de mar como de río. Por mucho interés que pongas, dependes de otros con los que acuerdas sus servicios para poder atender nuestra demanda. Eso no nos asegura que cubras nuestras necesidades, dependes de otras voluntades-

Turo miró hacia el suelo, solo un momento, y levantó de nuevo la mirada hacia Helvia;

-Domina, estoy dispuesto a hacer todo lo que esté en mi mano, más de ello no puedo ofrecer-

-Me llega con ello- le sorprendió Helvia.

-Domina, no entiendo lo que me indicas. Me dices que no es suficiente lo que puedo ofrecer y por otra parte me dices que te llega- Exclamó Turo.

-Me llega tu disposición, pero no tus medios. Necesitamos una gran capacidad de transporte controlada por nosotros. Nosotros tenemos capacidad económica para montarla y tu no. Pero tú tienes grandes conocimientos del negocio y nosotros no. Parece clara la conclusión ¿entiendes Turo?-

-Perdona domina. Pero no alcanzo a comprender a dónde quieres llegar.- Murmuró Turo.

SÉNECA. Una visión del Imperio. *Recuerdos de infancia.*

Helvia se puso en pie y Turo saltó inmediatamente del asiento manteniéndose en actitud respetuosa. -Vamos a constituir una empresa naviera. Nosotros pondremos el capital. Tú pondrás la gestión, el trabajo y tus conocimientos. Llegaremos fácilmente a un acuerdo de cómo se retribuirá cada cuestión. Nuestro interés es, en primer lugar, asegurar un transporte eficaz a un precio contenido, más que lograr un rendimiento directo.-

-Domina, no se expresaros el honor y el agradecimiento que corresponde. Siempre he estado, y ahora más, a la disposición de la familia de los Anneo. Lo que digáis se hará-

-Verás, lo primero que tendrás que hacer es lograr una flota potente que haga el servicio desde Ostia a Roma. Después nos centraremos en la flota marítima y por último en la del Betis. Será sobrada para cubrir todas nuestras necesidades a un precio acordado y la capacidad de transporte sobrante has de cubrirla con otros clientes-

-Así se hará domina pero, permíteme decir que, las embarcaciones del Tíber están disminuyendo porque se espera la construcción de un gran puerto en Ostia- Alegó con humildad Turo.

-Esa información, que tienes, es la que circula en el sector. Te habrás dado cuenta de que lo primero que te he dicho es que consigas una flota para el Tíber. Por algo será...-

-Claro domina. A esa parte del trabajo que seguro que domináis yo no tengo alcance-

-Así es Turo. Nosotros nos encargaremos de estas cuestiones. Los detalles del trato los hablaré con Besadio y él te los trasmitirá. Por supuesto no tengo que aclararte que es necesaria la discreción. Debemos lograr ventaja con los datos de que disponemos, si son de dominio general perderán su valor-

Turo asintió, mientras reflexionaba sobre la potencia de la familia con la que trataba.

Helvia levantó la vista hacia el mural de la pared lateral y dijo;

SÉNECA. Una visión del Imperio. *Recuerdos de infancia.*

-¡Por Minerva!, protectora de la industria y el comercio, todo irá bien- y dio por finalizada la reunión.

Tras retirarse Turo, se dirigió al peristilo, donde la encargada cuidaba a los niños. Novato era al que había que vigilar más. Con sus tres años no paraba y podía ocurrírsele cualquier cosa inoportuna. Séneca, de meses, se controlaba bien. Le habían desaparecido los síntomas de la enfermedad que tanto preocuparon a sus padres. Respiraba bien y aunque el medicus advertía que podía ser una mejora temporal, era motivo de alegría. La vista de sus hijos y la reunión con Turo, que consideraba satisfactoria, le dejaron satisfecha. Tenía que dar instrucciones a Besadio sobre cómo concretar los asuntos con él. Después, y ya con los detalles, escribiría a Marco para coordinar las gestiones.

El matrimonio de Helvia y Marco era *sine manu*. Esto significaba que quedaba vinculada al padre no al marido. No era motivo de ninguna discusión. Helvia tenía capacidad sobrada para actuar que, junto a lo aprendido del padre y de sus múltiples negocios, además de su formación cultural, la situaba en una posición de plena confianza ante Marco. Marco y ella repartían sus funciones y tampoco había injerencias por parte del padre de Helvia, Marco Helvio Novato, que conocía sobradamente la capacidad de su hija. Todo ello no quitaba que el intercambio de opiniones entre todos ellos se produjera con total fluidez.

Urgavo. Actual Arjona (Jaen).

Religión. Minerva. Formaba parte de la llamada Tríada Capitolina, junto a Júpiter y Juno. El templo de Júpiter Máximo, en la Colina Capitolina, albergaba a los tres dioses. Era trasposición de la griega Atenea. Patrona de los artesanos. Diosa de la sabiduría, la civilización, la justicia, el estado, la educación, la medicina, el comercio, las artes, la habilidad, la industria, los inventos, el desarrollo y la paz.

SÉNECA. Una visión del Imperio. *Recuerdos de infancia.*

20.-Belén. 26 diciembre 1 a.C. Posada cercana.

El frío era muy intenso. En la modesta fonda, se apretujaban gentes a la busca de alimento y calor.

Principalmente eran mercaderes que, en vez de dormir en sus tiendas, tenían que refugiarse cuando el tiempo lo imponía y sacrificar parte de sus beneficios.

La mayoría negociaba con incienso. Desde oriente y a través de Yemen, llegaba a Petra y desde allí se llevaba a Damasco o bien a través de Judea hacia el Mediterráneo.

El griterío era elevado y los olores de la cocina se mezclaban con los de la suciedad de los allí reunidos.

Aunque muchos desearían alimentos más selectos, sólo había la posibilidad de acudir a lo que se cocinaba en una gran olla. La marmita permanecía en la chimenea, que hacía las veces de cocina y de suministro de calor. El alimento que se cocinaba era un conjunto formado por legumbres, en su mayor parte garbanzos, algunos granos de trigo y un trozo de buey muy viejo.

El tabernero había dado instrucciones de que la carne no se sirviese, sino que se cociese repetidamente en la hoya. Cuando alguna pequeña hebra se soltaba, pasaba a ser un tesoro para el afortunado receptor.

Acababa la primera vigilia y se moderaba el ruido de las conversaciones. De repente, se hizo un silencio casi absoluto. Unos personajes, lujosamente vestidos a la manera oriental, habían entrado en el recinto. No era normal ver aquel tipo de viajeros, ni allí, ni a aquellas horas, y el asombro provocó el silencio expectante.

Uno de ellos dijo;

-No queremos molestar, solo pedir una información. Venimos buscando un niño que, según nuestros estudios, tiene que nacer por esta zona. No es un niño cualquiera. Lo podéis comprobar; la estrella, que hace días resplandece de forma tan llamativa, parece ahora detenida en el cielo.-

SÉNECA. Una visión del Imperio. *Recuerdos de infancia.*

Uno de los mercaderes dijo;

-¿Cómo vamos a saber si ha nacido un niño? ¿Qué tiene de especial?-

Y rio de manera estruendosa.

-Alguna señal especial tiene que haber mostrado y vosotros, que vais de camino, tenéis más posibilidades de haberlo notado-

Afirmó otro de los recién llegados.

Un segundo mercader se puso en pie y como avergonzado dijo;

-Yo no hice caso, pero viniendo hoy hacia aquí, nos encontramos a unos pastores que decían que venían de ver a un niño.

Contaban cosas muy extrañas sobre luces y voces que les condujeron a un lugar cercano donde se encontraba un recién nacido con sus padres.

Por alguna razón, le habían dado como regalo lo poco que llevaban. Decían que nunca se habían sentido tan bien.-

-Tened la bondad de indicarnos por dónde fue eso-

***Religión, Jesús de Galilea. Nacimiento de Cristo.** Los datos existentes, en los evangelios, sobre la fecha del nacimiento, son contradictorios y nos lo sitúan dentro de una horquilla de 10 años.*

Se dice que nació durante el reinado de Herodes Agripa y que éste reinó al menos dos años más, esto situaría el nacimiento en el 6 a.C. También se dice que se produjo durante el censo ordenado por Octavio. Esto lo sitúa en el 6. A efectos del relato mantendremos la fecha que marca la tradición, como origen de nuestra era, si bien existe la incompatibilidad indicada.

21.-Corduba. 5 junio. Año 2. Marco en Corduba.

Hacía tres años que el matrimonio no se veía. La emoción fue más intensa que el día en que habían contraído matrimonio. Las obligadas y largas separaciones, lejos de alejarlos, intensificaban su amor. Su felicidad era intensa aunque, de nuevo, había una sombra que había obligado a adelantar la venida de Marco. El pequeño Lucio había tenido, hacía algo más de un mes, una grave crisis en su dolencia respiratoria. Una noche llegó al extremo de que, tanto Helvia como el medicus, habían temido seriamente por su vida. Poco a poco y con recaídas había ido mejorando. Ahora, coincidiendo con la llegada de Marco, parecía recuperado por completo.

-Es así, Marco- explicaba Helvia –tiene épocas de mejora y de repente empeora. De todas formas, esta vez ha sido peor. Creí que no viviría.- Sollozó.

-Los dioses no lo permitan- decía Marco –Ahora lo veo tan bien, tan alegre y vivo que no puedo imaginar lo que has pasado-

Mientras, Séneca correteaba con los tres años recién cumplidos, y su hermano Novato, con cinco, hacía que lo perseguía. -Los veo muy bien. Novato parece muy inteligente, ¿cómo lo ves en su educación?- preguntó Marco.

-Ya sabes que todos los días me pongo con él después del ientaculum a enseñarle. Lo antepongo a cualquier otra obligación, no quiero que cuando empiece con un magister note el salto. Es muy responsable y atiende a las explicaciones. – Contestó Helvia – Pero aunque no lo creas, me sorprende más Lucio-

-¿Lucio, pero le enseñas ya algo?-

-No lo pretendo, pero cuando le enseño a Novato, se acerca, atiende y hasta pregunta cosas con mucho sentido para su edad-

-Mejor así. Ya sabes que pienso que el futuro de ellos estará ligado, en parte, a la política y para avanzar en ella han de estar preparados. Es donde todo se decide y, sin abandonar nuestros intereses, tendrán que participar por el bien propio y por el de Roma-

SÉNECA. Una visión del Imperio. Recuerdos de infancia.

-Tranquilo Marco- rio Helvia - ¡Son unos niños!-

Fueron unos días felices que aprovecharon para pasear y disfrutar de aquella amable primavera de Corduba. Marco no dejó de visitar a sus amigos, y como no podía faltar a Lucio, el padre de Galion, al que sintió encontrar muy avejentado. También, junto con Helvia, trató cuestiones económicas como la creación de la empresa de navegación con Turo. Ya había dado sus primeros pasos en Roma, con el establecimiento de unos almacenes y oficinas en la zona del Foro Boario, desde donde se coordinaba y comercializaba la todavía pequeña flota de embarcaciones fluviales que hacían el servicio hasta Ostia.

Turo había pasado, en el último año, la mayor parte del tiempo en Roma, pero coincidió en Corduba con Marco estos días. Había estado por la mañana en la salutación; -Dominus, me alegro de coincidir en Corduba contigo. Ya sabes lo que estamos haciendo en Roma. Aquí estoy preparando también almacén y oficina en la zona del puerto. Aunque, siguiendo las indicaciones de Helvia, damos prioridad a la flota del Tíber, no podemos abandonar Corduba. Como habíais previsto, cada vez es mayor la demanda en el Tíber. Esto produce que nos pidan el servicio completo desde la Bética y por ello tendremos que ir mejorando nuestra capacidad aquí. Espero que veas correcto lo que hacemos- Dijo Turo con el máximo respeto.

-Creo que estás haciendo una gran labor, tal como esperábamos. Eres uno más de los Anneo.-

Marco tomó un ancla, con detalles en oro e incrustaciones en piedras y se la entregó a Turo. -Toma este presente como muestra de nuestro aprecio, Turo Anneo-

Turo, desconcertado, realizó una gran reverencia e inclinado dijo; -Dominus, domina, el regalo que me hacéis no tiene parangón con el honor de permitirme usar el nomen de los Anneo. Lo llevaré honrándolo en todo lo que de mí dependa. ¡Que los dioses protejan esta casa!-

SÉNECA. Una visión del Imperio. *Recuerdos de infancia.*

Pasado algo más de un mes, Marco tenía que regresar a Roma. Quería aprovechar el viaje de vuelta para visitar a los parientes lejanos que los Anneo tenían en el sur de la Galia. Sería una visita familiar y también de negocios. Como siempre la despedida fue dura, pero esta vez les quedaba el consuelo de que concretaron que Helvia iría a Roma tras la temporada de recogida de aceituna.

__Turo Anneo.__ Es un personaje ficticio, que ya se citó en el capítulo 7. Los Anneo tenían negocios diversificados en la Bética. No sería extraño que uno de ellos fuese para colaborar en el transporte de sus productos a Roma; una naviera. Cuando se producía una vinculación intensa entre una persona con otra de nivel social superior, era normal que la primera, que se denominaba cliente, recibiera el nomen de la familia principal. El cliente lo podía ser por razones económicas, o cualquier otra que implicase una dependencia. Era habitual que los libertos pasasen a ser clientes del antiguo amo.

__Educación. Magister.__ La educación en tiempos de la República, y del inicio del Imperio, se restringía al ámbito privado. No existían disposiciones estatales. La madre era la maestra en casa, hasta que el niño cumplía siete años. El contenido era en gran parte moral, reforzando los ideales que deberían dirigir su vida. A partir de esa edad, el niño dependía del padre y las niñas de la madre. Los primeros recibían educación pensando en la vida pública y las segundas en el hogar. Existían escuelas pero las clases altas utilizaban sus propios maestros (magister, en plural magistri) en la domus. Hay que señalar la gran presencia de maestros griegos en la educación de la nobleza. Se les consideraba dignos de protección pública y se les eximió del pago de impuestos. Los destacados conseguían tener por discípulos a miembros de las grandes familias y el consecuente acercamiento al poder.

22.-Arelate. 15 agosto. Año 2. Negocios en Arelate. Marco se hizo acompañar por Turo cuando navegó hasta Massilia. Tanto el trayecto fluvial del Betis como el marítimo, lo realizaron en nuevos navíos de la flamante flota que estaban poniendo en marcha.

Admiró el puerto de Massilia con sana envidia. Situado en un entrante natural en el centro de la ciudad, permitía atracar estando al refugio de los embates del mar.

Le llamaron la atención dos trirremes dentro del puerto y otros dos fondeados en su exterior.

No obstante no iba a permanecer en Massilia. Su destino era Arelate, a unos 50 km de distancia. Hicieron el trayecto por la Vía Julia Augusta y tras dos días llegaron a la ciudad amurallada.

Se dirigieron a la domus de Publio Pompeyo. No se conocían en persona, pero Marco le había anunciado su visita por escrito desde Corduba.

-Marco, es una alegría conocerte y abrazarte. Mi padre siempre hablaba de Corduba y de su amigo y pariente Marco, tu padre.-

-Me pasa lo mismo Publio. Es una situación que me emociona, pues como tú dices me recuerda a mi padre- Afirmó Marco.

-Te presento a Turo Anneo. Es quien dirige nuestra empresa de navegación y del que también te hablé en mi carta-

-¡Bienvenidos Turo y Marco!-

Era tarde y después de presentar a su familia y tomar algo, Publio les obligó a que se hospedasen en su domus.

El padre de Publio había pertenecido a la Legio VI ferrata. Esta unidad había sido fundada por Pompeyo Magno en Corduba. De joven, destacó en ella y pronto fue praefectus castrorum, o sea superior de todos los centuriones. Tras diversas campañas, con otros veteranos retirados, le enviaron a la colonia de Arelate. Allí formó su familia y prosperaron los negocios.

Al día siguiente conversaron sobre el motivo del viaje;

-Como te anuncié, además de mi interés en conocerte, mi visita tenía por objeto hablar sobre tus actividades y buscar formas de colaborar. Vengo con Turo que, como te dije, está al frente de nuestra actividad naviera. Estamos potenciando, sobre todo, los servicios fluviales.

Roma no está bien servida, el puerto de Ostia es muy deficiente. No admite naves de altura y exige que se realice en el mar un trasvase a naves menores. Después o bien dejan la mercancía en tierra para seguir a Roma o suben por el Tíber hasta allí.

Con el aumento de las mercancías se crea un gran problema, pero sabemos que no hay previsto construir un gran puerto, al menos en breve plazo. Por ello nos hemos propuesto lograr una flota fluvial eficiente.

Vosotros aquí tenéis el Ródano. Sé que es muy importante para el comercio hacia el norte y venimos a ver si puede ser interesante emprender algún negocio relacionado con ello.-

Publio guardo un momento de silencio y, tras reflexionar, les dijo;

-Veréis, las dificultades, aquí, son diferentes de las que indicáis para el Tíber.

Vamos a coger el carpetum y nos desplazamos a un lugar que quiero que veáis.-

Publio gobernaba el carruaje y junto a él se sentó Marco. Turo hubo de acomodarse en la parte interior. En poco tiempo llegaron junto al río.

-Os he traído hasta aquí porque es donde se puede ver la peculiaridad del Ródano.

Fijaros; aquí se divide en dos brazos. Ya sé que el Tíber también lo hace, pero mucho más cerca del mar.

¿Qué ocasiona esto?

Desde aquí hasta el mar los dos brazos tienen muy poca corriente, Hay zonas donde se acumula la tierra y se dificulta la navegación, describe curvas constantes.

El brazo oriental se mejoró y se convirtió en canal. No obstante no eliminó todos los problemas.

SÉNECA. Una visión del Imperio. *Recuerdos de infancia.*

Río arriba, por el contrario, el cauce es más despejado.

La consecuencia es que cuando el río trae poca agua, es fácil la navegación de Arelate hacia el norte y difícil de aquí hacia el mar, al menos en embarcaciones de cierto tamaño.

Cuando es época de gran caudal nos encontramos con lo contrario. Las acumulaciones de tierra de aquí a la costa no son gran problema y sin embargo la corriente dificulta el dirigirse hacia el interior.

Hay épocas, normalmente con el deshielo, en que el caudal es todavía mayor. Entonces los dos brazos se desbordan, ocupan la llanura, y producen daños en todas las instalaciones de ribera. Hacia el interior es tan violento que imposibilita por completo su uso.-

Ahora fue Marco el que pensó un momento, antes de seguir;

-Veo otras diferencias importantes.

En Corduba tenemos un buen puerto fluvial, pero el marítimo se encuentra a más de 100 km, en Híspalis. De todas formas no hay alternativa, pues la distancia por tierra es similar.

En Roma es insuficiente el puerto fluvial y el marítimo casi no existe.

Aquí el puerto marítimo es el de Massilia. Los arrastres del Ródano no permiten que exista otro en su desembocadura. Además la distancia entre Massilia y la desembocadura no es pequeña. Si no me equivoco al menos 50 km.

Por lo tanto, independiente de las circunstancias en que se encuentre el Ródano, tenemos que pensar que el puerto marítimo se encuentra a 50 km del rio. Realizar esa navegación por el mar, con barcos de rio, no es nada aconsejable.

Pensemos pues en un transporte terrestre de Massilia a Arelate. La distancia es inferior a ir de Massilia a la desembocadura y desde allí hasta Arelate.

En Arelate embarcaremos las mercancías que sigan hacia el norte.-

Publio corroboró;

-Sí, es cierto. Las mercancías, con destino a distancia considerable, han de pasar por Massilia.-

SÉNECA. Una visión del Imperio. *Recuerdos de infancia.*

-Tu negocio principal es el vino ¿es así?- inquirió Marco.

-Sí tenemos tierras al norte de Arelate y tres villas donde elaboramos el vino. La mayor parte lo enviamos a Roma y otra parte hacia el norte.-

-Si no me equivoco, esa época de fin de la vendimia es buena para navegar, pero ¿lo trasportas en ese momento o cuando ya se ha criado?-

-Vamos a nuestra villa más cercana y allí os lo explico- dijo Publio.

Tanto Marco como Turo se mostraron de acuerdo. Aunque en la Bética se cultivaba y se producía vino, ellos no eran expertos y les interesaba conocer todo lo relacionado, además cada lugar tenía sus peculiaridades.

Montaron en el carruaje y pasaron por un lugar cercano al Ródano donde se veía una pequeña nave que por él transitaba. Marco recordó su llegada a Massilia y se dirigió a Publio;

-Me llamó la atención el puerto de Massilia. Es magnífico, pero me extrañó ver varios trirremes. ¿Es normal el uso militar?-

-No. Es cierto que a veces se detienen navíos de la escuadra, por reparaciones o aprovisionamiento, pero no es habitual. Los que has visto tienen como destino Tarraco. Me han dicho que en ellos va Lucio César, el sobrino e hijo adoptado de Augusto. Provienen de la base de Miseno y no se la razón de la escala.-

Siguieron avanzando y cuando ya oscurecía, Publio señaló;

-¡Mira allí esta nuestra villa más cercana!-

A lo lejos se podía contemplar un paisaje ondulado orientado al sur. Las colinas estaban cubiertas de vides y en el centro se veía un grupo de edificaciones. Por el centro de la vegetación se veía un camino que se adentraba en el conjunto construido.

Al percatarse de la llegada del señor, se produjo un pequeño alboroto que decreció cuando salió a saludarlo el responsable de la villa.

–Dominus, no estábamos avisados de tu visita, dispondremos todo lo necesario.-

Así fue, y en poco tiempo disponían de una reconfortante cena acompañada de una serie de vinos diferentes. Publio les dijo que procurasen recordarlos, pues al día siguiente haría referencia a ellos.

Gallia Narbonensis. Romana desde 123 a.C. con el nombre de Gallia Transalpina, con capital en Narbo, actual Narbona.

Con Augusto fue considerada provincial senatorial gobernada por un procónsul.

Fueron ciudades destacadas; Narbo (Narbona), Colonia Forum Iulium (Frejus), Massilia (Marsella), Arelate (Arlés), Nemaussus (Nimes), Arausio (Orange), Tolosa...

Massilia. Sabemos que los Anneo tenían vínculos con destacadas familias de la zona de Tarraco y de Massilia. Massilia es la actual Marsella.

Los griegos de Focea establecieron, en el 600 a.C., un almacén (Massalia) en la zona. Desde él, subiendo el Ródano y conectando con el Danubio, comerciaron con tribus celtas. Massalia fundó después Emporion (Ampurias) y Hemeroscopio (probablemente Denia). Difundieron su civilización, lengua y culto principal; Artemisa. También Apolo y Atenea. Parece que influyeron en las costumbres de los druidas. Fue una polis principal en la influencia griega en Europa Occidental. Aliada de Roma contra etruscos, celtas y cartagineses, tuvo gran importancia comercial entre Roma y la Galia Transalpina; vinos, esclavos... En la zona se cultivaba la vid desde el S IV a.C. En la Guerra Civil apoyó a Pompeyo. Tras su derrota fue anexionada a Roma dentro de la Galia Narbonensis con el nombre de Massilia.

Arelate. Actual Arlés. También de origen griego. Fue pronto romanizada y en 104 a.C. se construyó un canal que la comunicaba con el mar. En la Guerra Civil, apoyó a César. Tras su triunfo, logró gran desarrollo. Se establecieron en ella los retirados de la Legión VI Ferrata. En ella el Ródano se divide en dos brazos que rodean la Camarga.

Publio Pompeyo. (-42/18). Personaje ficticio. Se sabe que los Anneo tenían familia en la zona de Arelate. La segunda mujer de Lucio Anneo

Séneca; Pompeya Paulina era de Arelate. Partiendo de este nombre, se elabora el nombre de Publio Pompeyo, como padre de Paulina. La razón del nomen es que conocemos el de su hija y que Arelate fue (-45) colonia para veteranos de la Legio VI, que fue fundada en Hispania por Pompeyo. Parece lógico vincular la relación entre las dos familias a este origen y el nomen que provenga del de Pompeyo Magno.

Legiones. Organización de una legión. Legión tipo. *En tiempos de Augusto existían 25 legiones, con Septimio Severo pasaron a ser 33. El número normal de efectivos era de unos 6.000 hombres en cada una, aparte de caballería y tropas auxiliares. Estaban divididas en 10 cohortes y cada una en 6 centurias de unos 80 hombres. Sin embargo, la cohorte primera tenía el doble de efectivos en cada centuria. Cada cohorte se dividía en 10 contubernios (salvo la 1 que tenía 20), de 8 legionarios cada uno. Eran los hombres que cabían en una tienda.*

<u>Centurión.</u> Al mando de una centuria. Le era concedida la orden ecuestre.

<u>Centurión Pilus Prior.</u> Al mando de una cohorte, es decir seis centurias.

<u>Centurión Primus Pilus.</u> Al mando de la primera cohorte, doble de efectivos.

<u>Praefectus Castrorum.</u> Al mando directo de los centuriones. Era soldado profesional que por méritos ascendía en toda la cadena de mando.

<u>Tribuno angusticlavio.</u> Oficiales jóvenes de orden ecuestre, uno por cada dos cohortes.

<u>Tribuno Lacticlavio.</u> De orden senatorial actuaba como asesor del legado.

<u>Legado.</u> El mando superior de la legión.

Legiones. Legio VI Ferrata *«acorazada». Formada en el año 65 a. C. Existió hasta 215.*

65 a.C. La VI, VII, VIII y IX fueron fundadas por Pompeyo en Hispania.

58 a.C. Enviadas por César a la Guerra de las Galias.

SÉNECA. Una visión del Imperio. *Recuerdos de infancia.*

48 a.C. Farsalia, con César derrota de Pompeyo. Sitio de Alejandría contra Cleopatra. Muchas bajas, perdiendo dos tercios. César triunfó con refuerzos de Mitríades de Pérgamo.

47 a.C. Siria y Ponto. Recompensa y honores en Roma.

46 a.C. con Escipión, deserción total y paso al bando de César.

*45 a.C. enviados a colonia veteranos en **Arelate**.*

44 a.C. rehecha por Lépido pasa al mando de Marco Antonio.

41 a.C. nueva colonia veteranos en Benevento. Resto legión con Marco Antonio en Judea. Octavio duplica numeración y crea Legio VI Victrix.

36 a.C. Ferrata en Partia.

31 a.C. Accio. Ferrata, derrota ante Octavio (con Victrix). Nueva colonia en Iliria. Resto Siria y Judea. Victrix a Hispania.

55 a 68 d.C. Ferrata con Corbulón contra partos.

69 d.C. Vespasiano y Tito en Judea.

***Carruajes. Carpetum.** Dos ruedas. Cubierto. Dignatarios, jueces...*

***Vía Julia Augusta.** Recorría la costa uniendo la Galia Cisalpina y Trasalpina.*

SÉNECA. Una visión del Imperio. *Recuerdos de infancia.*

<u>**23.- Arelate. 17 agosto. Año 2. El vino.**</u>

Ya durante el ientaculum, Publio comenzó a detallar el negocio del vino.

-Sabéis que estamos en una zona que conecta el Mare Nostrum con las tierras del norte. Tierras de costumbres distintas por su origen. Son las tierras de los galos, de los germanos...

En el interior, la costumbre era beber cerveza.

Los galos, desde la llegada de Roma, se han ido decantando por el vino. Los germanos, más allá del limes siguen sus costumbres pero, no obstante van aceptando el vino y demandándolo. Es más, comienzan su cultivo en lugares propicios, por ejemplo, en las zonas abrigadas de las orillas del Rin. Allí, en pendiente hacia el valle y orientadas al sur, las vides están protegidas del viento norte y reciben más sol.-

Marco preguntó; -¿Te favorece o te perjudica?-

-En general es bueno. Aumenta más la demanda que la producción. Además son, en general, vinos menos fuertes pero, blancos, que ya sabéis que se prefieren en Roma. Muchas veces les compro o incluso intercambio.

Aparte del tipo de vino hay otra cuestión curiosa. Para la cerveza siempre se han utilizado toneles de madera y esto ha llevado a dos recipientes distintos. En el Mare Nostrum se emplean ánforas, algo menores que las del aceite y en el norte barriles.

Lo toneles tienen la ventaja de ser menos pesados que las ánforas. Por el contrario sufren más roturas y son mayores. Eso supone perder mucho vino, cuando sufren un golpe.

Hay más diferencias; las ánforas cierran por completo la entrada de aire, van con tapa y selladas, los barriles son menos estancos. La cerveza tolera mejor el aire, pero el vino se estropea. Además hacia el norte las temperaturas son más bajas, en Roma, y en general en el Mare Nostrum, el calor es mucho mayor.

Bueno, ya que hemos recuperado fuerzas, venid y os enseño esto.-

SÉNECA. Una visión del Imperio. *Recuerdos de infancia.*

Publio se levantó, seguido por los otros dos hombres. Salieron del edificio principal, que era como una domus de ciudad, y atravesaron un amplio patio.

Enfrente de la domus, había una construcción sin pared en el frontal. Era la herrería.

-Aquí se mantienen las herramientas y se fabrican las nuevas. Es fundamental disponer de buen material, sino se encarecen todos los trabajos. Aquellos aros que veis al fondo, son para ceñir las tablas de los barriles-

Publio salió de la estancia donde el calor de la fragua era muy molesto en un día que se notaba ya caluroso a esas horas.

-Voy a ir deprisa para que podamos pasar por todas las dependencias-

Salió hacia una ladera. El río se veía a unos quinientos metros y un camino bajaba hacia él.

En el borde de la ladera, una edificación mucho mayor, cerrada, aunque con un gran portalón se veía a corta distancia.

-Ahora entramos en el centro de la producción.

Las uvas, una vez recogidas, se traen a este lugar. Se le quitan los tallos más gruesos, que pueden haber quedado, y se echan en ese recipiente.-

Señaló una especie de tanque plano como de tres por tres metros.

-Ahí se pisan. Podéis ver que el suelo está inclinado hacia ese otro depósito. Ahí se acumula el mosto.

Solemos coger el primero que sale, más limpio, y se mezcla con miel. Es el mulsum que se cotiza muy caro para el inicio de los banquetes.

El resto lo traemos con cubos hasta aquí.-

Se desplazó hacia la parte interior del edificio. Se veían, en el suelo, las bocas de unas enormes vasijas de barro. Estaban selladas.

-Se llenan con el mosto y se sellan. Están bajo tierra y en esta parte, no les da el sol. Además al otro lado de la pared también hay tierra. Es decir, están cubiertas por todas partes. Mantienen la temperatura todo el año.-

SÉNECA. Una visión del Imperio. *Recuerdos de infancia.*

Marco preguntó

-No conozco los procesos, pero hay vinos blancos, tintos y otra serie de variedades. ¿Cuál haces?-

-Como dices, Marco, se pueden realizar muchas variedades. El origen es el mosto, aunque es cierto que la variedad de uva dirige hacia uno u otro tipo, el proceso que se siga con él también cuenta y mucho.

Como te dije, en el norte, la uva es en general más blanca y hacia ese tipo de vino suele dirigirse la producción.

No obstante, aquí que tenemos uva negra, también puede elaborarse vino blanco.

Los tintos se blanquean. Se puede emplear cola de pez, polvo de mármol, clara de huevo, gelatina...

También se puede ahumar situándolo en la salida de humos.-

Publio, al tiempo que realizaba este comentario, señaló una gran chimenea junto a una pared lateral.

-También se pueden dejar madurar. Aumentan su contenido en alcohol y sabor.-

Y señaló dos ánforas de la esquina.

-Aquellos están cerca de los quince años.

Además, los gustos no acaban aquí. Nunca los he hecho, pero sabéis que son muy apreciados los conditum. Se obtienen macerando las uvas con especies aromáticas.

También podemos hablar de los cocidos. Se cuecen y eliminan agua concentrándose. El destino habitual es la repostería.-

Ahora fue Turo el que habló.

-Por lo que dices, hay que ser muy cuidadoso para que no se estropee. Pero alguna vez pasará...-

-Sí, claro, es inevitable. Cuando se altera, se avinagra. Podemos utilizarlo como vinagre o pasarlo a posca mezclándolo con agua. Ya sabéis que los legionarios lo consideran ideal para eliminar la sed.

SÉNECA. Una visión del Imperio. *Recuerdos de infancia.*

También puede pasar que el vino sea de muy poca calidad, bien porque las uvas vengas sucias o podridas o porque sea el último mosto en obtener y salga más de la madera que de la uva.

Obtenemos el deuterio, que a veces es imbebible a poco exigente que sea el paladar del que lo degusta. Lo vendemos muy barato y siempre hay alguien interesado. Ya se sabe que cuando alguno lleva varias jarras bebidas, no distingue si la tercera es vino o cualquier brebaje.-

-Publio, desde aquí se ve el río y un camino que baja. Parece que hay un embarcadero. ¿Lleváis el vino por barco a Arelate?-

Inquirió Marco.

-Se usa muy poco. Salvo ocasiones muy raras, el vino a Arelate y también hasta Massilia, se envía por tierra. Además la uva que llega, viene desde nuestra tierra alrededor de la villa y en carro.

Ahora bien, en ocasiones está saturada la producción de las otras villas. Entonces mandan sus excedentes por río. Igual pasa, si esta se satura, que envía uva a las otras villas.-

-¿Y para enviar vino hacia el norte?-

-Entonces si se usan embarcaciones, pero se envía desde otra villa, la situada más río arriba.- contestó Publio.

Emplearon el resto del tiempo en ver otras instalaciones; almacenes de ánforas y toneles, cuadras, zona de recogida de estiércol para abonado, almacenes de pienso, bodegas...

Cuando el sol empezó a bajar, iniciaron el camino de regreso a Arelate.

-¿Publio, las otras dos villas son similares esta?-

-Sí, son muy parecidas en tipo y tamaño.-

-Tienes unas propiedades magníficas, ¿Qué superficie tienes?-

-Las tres son latifundia, suman unas 2.000 iugera.-

-¿Cómo organizas el transporte?-

-Contrato todo pero cada vez tengo más problemas y son más caros-

Marco exclamó;

-¡Ahí quería yo llegar!

SÉNECA. Una visión del Imperio. *Recuerdos de infancia.*

Sean cuales sean las peculiaridades de cada lugar, cada vez hay más demanda de transporte. La consecuencia es que el servicio es peor y cada vez nos cuesta más.

Como te dije, hemos montado una empresa de transporte. Hemos empezado pensando en el Tíber, el Betis, y la comunicación por mar de la Bética a Roma.

La idea es darnos servicios a nosotros mismos en primer lugar, pero también ir a otros posibles usuarios. Para ser competitivos, en el tamaño de flota que pensamos, precisamos volumen y opciones de carga.

Si solo pensamos en llevar aceite de la Bética a Roma, a la vuelta tendremos vacíos los barcos.

Además habrá épocas de mucha ocupación y otras de poca.-

Marco se detuvo y hablando lentamente dijo;

-Completar el negocio con el vino de la Galia, el transporte por el Ródano y tomar Massilia como otro puerto base, nos da el complemento ideal.-

Muy serio miró a Publio;

-¡Únete a nosotros!

-Marco, creo que puede ser una gran idea, pero haría falta definir gran cantidad de detalles.-

-Sin duda-

Dijo Marco, volviéndose hacia Turo;

-Te toca quedarte en Arelate, estudiarlo y hacer un encaje que nos beneficie a todos.-

Tras un rato de silencio,- Siguió Marco,

-Te propongo más cosas. Estoy separando mis negocios. Por una parte llevo la producción de aceite, por otro estoy montando el transporte, y por otro tengo la comercialización. Creo que tú vendes y envías tu producto a un mayorista. Yo prefiero tener mi propia organización para la venta, separada de la producción. Piénsalo y podemos unirnos para comercializar nuestros productos. Al frente tengo a Aniceto que es serio y responsable. Seguro que podría ponerse al frente de todo el trabajo.-

Ya llegando a Arelate, Turo pensó en voz alta;

-Creo haber entendido que la navegación de Arelate hacia el norte es bastante sencilla. No obstante también he oído que cuando hay crecida, el Ródano invade los terrenos de la ribera.

No podemos tener los barcos en los embarcaderos con el riesgo de perderlos con frecuencia.-

-Los barcos del río suelen subirlos a una zona resguardada cuando hay riesgo de riada- explicó Publio.

-Eso pensaba que harían. En la villa que hemos estado, el camino que sube desde el río puede adaptarse con facilidad para ponerlos a resguardo.

También podemos pensar si nos interesa transportar el vino en barricas hasta Massilia. Si lo hacemos en época en que el calor no sea excesivo, no se estropeará, y es mucho más fácil. Creo que aumentaríamos mucho la capacidad de carga útil de los barcos. Después en Roma o en el destino que sea, se pueden pasar a ánforas para distribuirlo sin prisas.

Tendremos que completar nuestra flota con carros para los tramos por tierra.-

-Todo eso es lo que quiero que pienses- dijo Marco con alegría, -confío en tus conocimientos-

-Me estáis haciendo pensar también a mí- rio Publio –Quizás deba reestructurar también la producción, concentrando los trabajos y no teniendo triplicado todo el proceso.-

-Pues yo también os diré algo-, completó Marco, -Entre aquellos que quieren mostrar sus riquezas en Roma, se está extendiendo la ridícula costumbre de manejar el vino en recipientes de vidrio. Se rompen, son pesados... pero son caros y eso les gusta. Una parte del que llevemos allí podemos envasarlo de esta manera y de paso cobrarlo mejor. Le diré a Aniceto que piense en ello y lo hablamos.-

SÉNECA. Una visión del Imperio. *Recuerdos de infancia.*

La euforia fue aumentando entre los tres mientras se acercaban a Arelate.

El vino. La vid cultivada más antigua que se conoce es del 11,000 a.C. El cultivo se inició en Asia y parece que en dos puntos notoriamente separados; Sudeste y Mesopotamia.

Roma entra en contacto con el vino hacia el 200 a.C. Aportan a esta cultura la técnica del injerto. Es posible que al contactar con distintos lugares de cultivo, con distintas especies de vides, surgió el interés por tener en distintos puntos otras variedades. El injerto fue una solución mucho más adecuada que el trasladar plantas completas.

Roma extendió el cultivo por Europa, llegando al norte; Normandía, Flandes, Norte de Alemania, Países Bálticos...

Fue sustituyendo a otras bebidas alcohólicas como el hidromiel (agua y miel). La cerveza se mantenía en el norte y no tenía gran expansión en el Imperio.

El vino. Envases. El envase era la vasija de barro, de menor tamaño que la habitual del aceite. Su empleo se tomó de Egipto. Iban selladas para el correcto mantenimiento.

Sin embargo, en el S I, empezó a utilizarse otro envase. Los pueblos nórdicos, consumían cerveza y la transportaban en barriles de madera. Al llegar el vino, mantuvieron su tipo de envase y emplearon el tonel también para él.

Tenía la ventaja de ser más ligero que las ánforas, aunque al ser menos hermético mantenía menos tiempo el vino en buenas condiciones. Su uso en el clima frío de centro Europa no presentaba dificultades.

En el S I, comenzó a utilizarse otro envase; la botella de vidrio. Se cerraban con yeso y después con corcho. Eran toscas y poco útiles pero fueron consideradas lujosas y muestra de distinción.

Algo parecido sucedía con las copas y vasos, si bien los normales eran de madera o metal.

SÉNECA. Una visión del Imperio. *Recuerdos de infancia.*

El vino. Tipos. <u>*Mulsum.*</u> *Primer mosto con miel. Utilizado al comienzo de los banquetes. El resto del mosto, se dejaba fermentar en grandes tinajas de barro (dolium), enterradas hasta la parte superior para mantener mejor la temperatura.* <u>*Blanco.*</u> *El preferido en Roma. Los tintos se blanqueaban usando; cola de pez, polvo de mármol, clara de huevo, gelatina...*

<u>*Ahumado.*</u> *Envejecía en ánforas cerca de la salida de una chimenea, para ahumarlo.*

<u>*Aromáticos.*</u> *Vinum conditum. Equivalente al actual vermut. Macerados con hierbas aromáticas; enula, mirto, ajenjo...*

<u>*Maduros.*</u> *Algunos se dejaban en ánforas, entre 15 y 20 años.*

<u>*Posca.*</u> *Mezcla de agua y vinagre. A veces provenían de vinos de poca calidad que se avinagraban. Usada por los legionarios contra la sed. En el evangelio figura que fue ofrecido a Jesús en la cruz.*

Menstruum. Mezclas. Los vinos eran de alta graduación, frecuentemente se hacía una mezcla de dos partes de agua y una de vino. El cellarius era la persona encargada de la mezcla antes de servirlos, a veces se añadían semillas de hinojo.

<u>*Cocido.*</u> *Reducía el volumen con la cocción; Sapa (2/3), defrutum (1/2), carenum (1/3). Uso en repostería.*

<u>*Deuterio.*</u> *Vino tinto grosero y de poca duración. Clases bajas. Etimológicamente; el segundo.*

El vino. Procedencia. *Italianos. Falerno (envejecido 25 años, variedad seca y dulce), Albano (quince años). Sorrento (color verde). Priverno. Fornio, Tifoli. Setia (muy demandado). Herburus.*

Griegos. Muy cotizados; Coos, Somenon, Loucochro, Tehla...

Hispania. Muy difundidos, se han encontrado ánforas en la muralla de Adriano.

Galos. Se inicia el cultivo y el comercio por Marsella. Uso de barricas (origen cerveza). No lo mezclan con agua (merum). A veces lo hacen con aloe vera; amargo.

SÉNECA. Una visión del Imperio. *Recuerdos de infancia.*

__Iugera. Yugada.__ Era una medida de superficie. Como otras muchas dela antigüedad, venía definida por el trabajo realizable en una jornada. Como consecuencia, en función de las condiciones del terreno, variaba la superficie a la que se refería.

En un terreno llano sin excesivas dificultades se puede considerar equivalente a un cuarto de hectárea. Sin embargo, en ocasiones la superficie considerada es notablemente mayor.

La derivación a yugada, en español, parece venir del terreno arable por una yunta de bueyes.

SÉNECA. Una visión del Imperio. _Recuerdos de infancia._

24.-Massilia. 20 agosto. Año 2. Sucesos trascendentales.

Marco se disponía a embarcar hacia Roma.

Había llegado el día anterior a Massilia y había aprovechado para conocer la ciudad. También tenía parientes allí, con origen similar al de Publio, y realizó unas rápidas visitas. Tanto en sus conversaciones, como en el ambiente de la ciudad, se manifestaba un gran desasosiego.

Como ya habían dicho a Marco, los trirremes, que vio en el puerto, habían hecho escala llevando a Lucio César. Se dirigía a Hispania donde obtendría experiencia militar. Aunque las Guerras Cántabras habían finalizado hacía veinte años, en ellas había participado su padre Agripa y su abuelo y padre adoptivo Augusto, todavía se producían pequeñas revueltas.

El desembarco se había producido hacía ya diez días y, desde entonces, ni se le había visto, ni había participado en ningún acto.

Los rumores sobre una grave, y rara, enfermedad se habían extendido y, aunque también se decía que estaba muy bien atendido y que pronto se recuperaría, aquello no acababa de finalizar.

A la hora sexta, Marco embarcó. Cuando la nave salía hacia la bocana del puerto, se produjo una gran agitación a bordo de los trirremes al lado de los que pasaban. También se veía movimiento en el palacio donde Lucio César se alojaba. Revuelo y acumulación de gente.

Todo indicaba lo peor.

Cuando habían salido del puerto y ya costeaban hacia levante, Marco se acercó al capitán de la nave;

-¿Qué has oído de la situación de Lucio César? Yo he llegado ayer a la ciudad y todo era negativo-

El interpelado puso un gesto muy serio.

-Debo contestarte según marcan las normas o, confiando en ti, ¿puedo ser sincero?-

Marco, intrigado, le aseguró que cuanto dijese quedaría allí.

SÉNECA. Una visión del Imperio. *Recuerdos de infancia.*

-Está claro que la flota tuvo que parar por la enfermedad del muchacho. No sólo por la gravedad, sino porque el medicus no entendía qué le pasaba.

Decían que si era un mal u otro, pero no respondía a ningún tratamiento, siendo fuerte y joven.

Y hay otras cosas que se dicen por la ciudad...-

Empezó a decir con muchas precauciones.

-¡Sigue!- le apremió Marco.

-Pues se dice que la mano de Livia está tras su enfermedad.-

-¿Cómo va a ser eso? -Se indignó Marco-

-Dominus, solo repito el rumor que se ha extendido por toda Massilia-

Marco, con gran excitación, se retiró a su cámara. Nadie dudaba del poder de Livia. La emperatriz incluso había creado su propia red clientelar, fuera del control directo de su esposo.

Su hijo Tiberio, exiliado voluntariamente, perdía posibilidades de ser el sucesor. Los dos nuevos ahijados de Augusto; Julio y Cayo César estaban ganando la partida...

¡De ahí, a pensar en crímenes...!

Para todas las referencias, ver lámina 11. "Genealogía simplificada, Augusto y descendientes.

Lucio César. *Fallecido en Massilia el veinte de agosto del año 2. Sobrino nieto de Augusto.*

Cayo César. *Hermano de Lucio César. Ambos fueron adoptados por Augusto.*

Livia Drusila Julia Augusta. *Esposa de Augusto. Existieron rumores sobre su influencia sobre Augusto y sobre maquinaciones para situar a su hijo Tiberio y eliminar a sus competidores. Se había divorciado y aportó al matrimonio dos hijos anteriores; Tiberio y Druso.*

Nerón Claudio Druso Germánico. *Era el gran candidato pero falleció tras heridas en campaña militar. Algunos sugerían que era hijo de Augusto. Nació poco después del matrimonio de Livia y Augusto.*

SÉNECA. Una visión del Imperio. *Recuerdos de infancia.*

Tiberio Claudio Nerón. En un momento dado favorito a la sucesión. Se vio desplazado por la mayor simpatía de Augusto hacia Druso y después hacia Lucio y Cayo.

Despechado se retiró a Rodas. Regresaría poco después de la muerte de Lucio.

SÉNECA. Una visión del Imperio. *Recuerdos de infancia.*

25.-Roma. 16 enero. Año 3. Helvia llega a Roma.

Tal como habían quedado, Helvia vendría a Roma tras el grueso de la recogida de la aceituna. Y así fue...

Los niños; Marco y Lucio, habían quedaron en Urgavo con Marcia que, había tenido una hija hacía unos meses y, había insistido en quedarse con sus sobrinos.

Habían convenido con antelación los detalles del viaje.

Llegaría a las oficinas de la empresa de transporte, que se desarrollaba a gran ritmo en Ostia. Allí estaba todo preparado para que dos carruajes y una dotación de esclavos la trasladaran a Roma.

El viaje en aquella época del año no era fácil, pues no se podía realizar una navegación segura. La nave realizaría el viaje costeando y deteniéndose en puerto, siempre que hubiera la menor duda sobre la seguridad de los pequeños trayectos que realizaba.

Sin embargo no habían tenido mayores dificultades y fue un buen viaje y aceptablemente corto. Al frente de la nave, y del traslado a Roma, estuvo Agrario Turis. Era el capitán de corbita, que ya había coincidido con Marco en otros viajes y, que ahora en la nueva empresa era la mano derecha de Turo y persona de toda confianza.

Comenzaba la hora undécima cuando Helvia llegó a la domus. Todos estaban en alerta, encabezados por el atriense.

-Domina, el Dominus está en el foro, en la basílica. Tiene un juicio difícil y, los últimos días, permanece allí preparándolo hasta última hora.

Lo puedo avisar, pero de todas formas ya no tardará.-

-Déjalo, voy a asearme y ya llegará.-

Helvia se dirigió a los baños situados junto al peristilo y asistida por dos esclavas se relajó tras las molestias del viaje. Salía, cuando oyó;

-¡Helvia, Helvia!- Marco acababa de llegar y se apresuraba a encontrarse con ella.

Al día siguiente, con más tranquilidad, y tras la salutatio, Marco le contó con todo detalle el desarrollo que iban teniendo las distintas empresas y describió a los socios y a los colaboradores que tenían en cada una. Asimismo, Marcia relató las mejoras que estaban haciendo en los cultivos del olivar, y en los molinos para la fabricación del aceite. Eran matrimonio y bien avenido, pero tenían una faceta como socios industriales que no descuidaban.

-Pese a todo lo que te cuento, estos días estoy preocupado con un juicio en el que actúo y en el que tengo que tener ciertas prevenciones- Dijo Marco.

-¿A qué te refieres?- preguntó Helvia- Siempre has actuado con la máxima responsabilidad y preparándolos a fondo.-

-Sí, pero ahora hay que añadir, cada vez más, los delicados equilibrios entre defender la verdad y no ofender al poder. Y no ofenderlo no es sólo por precaución hacia uno mismo, sino también, por no perjudicar al defendido. Si se percibe una mínima ofensa o molestia, todas las razones quedan anuladas, ante el sometimiento de todo al poder de Augusto.-

-Siempre has defendido la justicia, ¿tan mal ves la situación?- Se preocupó Helvia.

-Sabes que antes, en el foro, se podía hablar claramente. Se criticaba sin ambages a senadores y cónsules. Era parte de cualquier proceso el poder criticar normas o actuaciones que podían condicionar los hechos juzgados. Poco a poco se han ido adaptando los discursos a una exaltación de Augusto y de la familia. En parte se debe al respeto, o digamos miedo, a incomodar. Otra parte se debe a que los magistrados son designados por el Prínceps y no desean perder su puesto. Hay que darles argumentos para que emitan un fallo favorable, pero que estos argumentos en ningún caso pueden molestar a Augusto.-

Helvia, volvió a preguntar – El caso que te ocupa, supongo que tendrá implicaciones del tipo que indicas ¿no?-

-Ciertamente y además no he podido rechazarlo. Quien me lo ha pedido ha sido Galion, que de manera indirecta está implicado-

-¿Galion implicado?- Se sorprendió Helvia.

SÉNECA. Una visión del Imperio. *Recuerdos de infancia.*

-Sí, pero no te adelantes. Hoy vendrá a cenar Galion y aunque ahora te podré en antecedentes, entonces te enterarás de todo. Uno de los motivos de la cena es que me recuerde todo lo que conoce sobre el asunto. Además ahora con la vuelta de Tiberio, con quien mantiene su amistad, ha aumentado mucho la información que le llega-

En efecto, tras la muerte en agosto de Cayo César, el favorito de Augusto, Livia había insistido repetidamente en la necesidad de la vuelta de Tiberio de su retiro de Rodas.

-Octavio; Roma no puede estar en la indefinición. Tu salud es buena pero nadie estamos a salvo de un contratiempo. Por desgracia lo has comprobado, hace bien poco, con la trágica muerte de Cayo. Lucio es muy joven. No puede ser la única opción y debe haber otras posibles alternativas ante un imprevisto. Y... esas soluciones deben estar presentes, no solo en Roma sino también, en la vida política.-

-Livia, sabes que tengo motivos para no estar satisfecho con Tiberio. Él eligió retirarse y no permanecer disponible. Pese a su enfado, tenía que aceptar las decisiones que se tomasen y mantenerse al servicio de Roma.-

-Un prínceps debe de estar por encima de esas circunstancias personales y regir con inteligencia las situaciones que surgen. Sé que cuando reflexiones con detenimiento, tendrás clara la vuelta de Tiberio.-

Livia se levantó del triclinio en el que se encontraba y tomando una fruta se retiró lentamente.

Los repetidos comentarios de Livia, su insistencia, iban doblegando la posición de Octavio.

Llegó el momento en el que el Prínceps, a regañadientes, había aceptado la vuelta de su hijastro. Por una parte estaba la presión de Livia y por otra la aceptación de la todavía excesiva juventud de su otro nieto; Lucio César. Necesitaba que en Roma estuviese un posible sucesor.

Abogados. En principio, los abogados en Roma, no actuaban directamente en el proceso, ni figuraban como representantes de las partes. Eran asesores y participaban, mediante un discurso en el juicio, defendiendo a su parte. Se consideró una cuestión de honor y no debía recibirse compensación económica. La palabra honorario corresponde a la dádiva agradecida por su participación.

El origen fue en Grecia. El acusado tenía que defenderse, pero podía ser ayudado por algún amigo. Con el tiempo la labor del amigo se fue especializando y cuando se hacía bien, además de a los amigos, se ayudaba a otros acusados. En Roma se convirtió en una labor de prestigio social que permitía el ascenso dentro del cursus honoris. Cada vez tenía más participación en el juicio. El buen abogado, era un buen orador y un gran retórico. Dominaba el arte de la elocuencia destinada a convencer. En tiempos de la República hay que citar a <u>Marco Tulio Cicerón</u>.

Abogados. Honorarios. En tiempos de la República, la Lex Cincia (204 a.C.) prohibía el cobro a los abogados. Se consideraba un deber cívico servir al Estado, y era un honor para el advocatus que lo ejercía. El estipendio que recibía, en principio por agradecimiento, era el honorario. Como consecuencia, sólo podían ejercer este trabajo los que tenían dinero y patrimonio. Claudio (41-54), autorizó el pago de honorarios con máximo de 10.000 sestercios por asunto (del orden de 13.300 €, o una domus pequeña).

Abogados. República / Imperio. La oratoria y la retórica eran los instrumentos del abogado. La crítica era frecuente y abierta no escapando el poder de ella.

Con el Imperio, y el aumento del poder central, las precauciones para no ofender al mismo tomaron un papel dominante. Era necesaria la apología del líder para poder prosperar.

SÉNECA. Una visión del Imperio. *Recuerdos de infancia.*

<u>**26.-Roma. 17 enero. Año 3. Los personajes.**</u>

Tras una cena muy agradable, en la que obviaron tratar el tema principal y, en la que hablaron de Corduba, se trasladaron al peristilo con objeto de entrar en el asunto que les preocupaba. Sólo ensombreció la conversación el recuerdo del padre de Galión. Helvia, tras ser preguntada, no pudo negar que estaba desmejorado y que incluso tenía fallos de memoria importantes.

Sin más preámbulos, Galion tomo la palabra;

-Hablaré de todo el asunto desde el principio, así Helvia, que no lo conoce, también estará enterada. Además, es bueno repetir todo, aunque sea conocido, pueden surgir puntos de vista antes no considerados. Empezaré refiriéndome a la Legio I. En ella sucedieron los hechos que dan lugar a este conflicto.

Ya hace unos veinte años fue situada en Moguntiacum, para proteger la frontera del Rin con Germania. Fue de las que estuvieron al mando de Druso unos años después. Cuando muere Druso hace doce años (9 a.C.), es su hermano Tiberio el que manda el contingente de ocho legiones, incluida la Legio I, contra los marcomanos. Estabilizada, al menos en parte, la región, la Legio I permanece en la zona. No obstante son frecuentes las escaramuzas. Tiberio tras lograr la organización del limes, es enviado a oriente. Y ya sabéis que, entonces, decide retirarse y se traslada a Rodas.

Os presento ahora a las partes en el juicio;

Cayo Claudio Galo.

Este joven patricio fue enviado a la Legio I, el pasado año hacia la mitad del verano, como tribuno lacticlavio y por lo tanto a las órdenes directas del legado de la legión. Contaba con veinte años cuando se producen los hechos. Os hago notar su vinculación con la gens Claudia, aunque muy alejado de la familia de Tiberio.

Lucio Emilio Félix.

Ocupó igual puesto que Cayo en la Legio I, pero hace ya once años. A principios del pasado año, tomó el mando como legado y, por lo tanto, jefe directo de Cayo.-

Galion se detuvo un momento y tomó algo de agua. Se levantó y siguió su relato. -Antes de partir hacia Moguntiacum, Cayo fue recibido por Augusto en una salutación. Yo fui quien le presenté, y hablé a Augusto de las virtudes del joven. Le conozco hace tiempo a él y a su familia. Augusto se encontraba en un buen momento, era poco antes de morir su ahijado Lucio César, y se explayó en sus saludos. Conociendo el destino de Cayo, habló de Germania, citando sobre todo las hazañas realizadas por, quien en aquel momento era su favorito para la sucesión, Druso.

Es cierto que también habló de que tras su muerte, Tiberio, hermano de Druso, había realizado una gran labor organizando la frontera. Fue un buen detalle pues, entonces Tiberio, seguía en su retiro de Rodas con gran enfado por parte del Prínceps. En cualquier caso, lo trascendente en nuestra historia es que siendo lo más textual posible dijo;

"Estimado Cayo, es una región difícil. Sus bosques intrincados, su clima y la determinación de sus habitantes, suponen para Roma un conflicto permanente. No renuncio a la fuerza, pero sería mejor lograr pactos que nos permitan acuerdos con los pueblos germanos, sin el desgaste de una guerra abierta. Si pacificamos la frontera no tendremos que mantener el enorme esfuerzo actual. Prefiero este sistema y a través del contacto y la colaboración, quizás se pueda más tarde incorporarlos pacíficamente. Esto se lo comenté al legado Lucio Emilio Félix, al que tienes que presentarte. No obstante, como legado, es quien tiene que tomar las medidas concretas en cada momento. Es más, te diré que últimamente parece que están aumentando las escaramuzas en la zona. No vas a aburrirte."

A los dos días de la salutación, Cayo partió hacia su destino en Germania, en el limes del Rin.-

SÉNECA. Una visión del Imperio. *Recuerdos de infancia*.

Cayo Claudio Galo. *(-17 / 35). Personaje ficticio. De clase senatorial, tribuno lacticlavio en la Legio I. Tanto los personajes, como los hechos y como el juicio que se describe en el capítulo 26 y siguientes, son totalmente ficticios. Se sabe que Marco Anneo Séneca, fue un destacado abogado que obtuvo una gran consideración apoyado en su brillante retórica. No quedan datos sobre juicios concretos y aquí se describe uno posible y ficticio.*

Lucio Emilio Félix. *(-32 / 18). Personaje ficticio, de clase senatorial, destinado como tribuno lacticlavio en la Legio I y posteriormente legado al mando de la misma. Tanto los personajes, como los hechos y como el juicio que se describe en el capítulo 26 y siguientes, son totalmente ficticios. Se sabe que Marco Anneo Séneca, fue un destacado abogado que obtuvo una gran consideración apoyado en su brillante retórica. No quedan datos sobre juicios concretos y aquí se describe uno posible y ficticio.*

Legiones. *Son la organización tradicional del ejército del Imperio. Contaban aproximadamente con seis mil componentes.*

Legado. Mando supremo, pretor (orden senatorial). A sus órdenes figuraban; Tribuno Lacticlavio (1). Joven de familia de orden senatorial, en uno de sus primeros pasos del cursus honorum. A su mando directo se solía confiar la primera cohorte, que contaba con seis centurias de 160 hombres. Tribuno Angusticlavio (5). Familia de orden ecuestre. También inicio cursus honorum. Tenían a su mando una o dos cohortes de seis centurias de 80 hombres. Praefectus Castrorum (1). El mando militar, no político, más elevado. Al mando de los centuriones. Progresaba a lo largo de su carrera y solía obtener el rango ecuestre. Centurión Primus Pilus (1). Al mando de la primera cohorte, formada por seis centurias de 160. Normalmente obtenía orden ecuestre. Centurión Pilus Prior (5). Al mando de las cohortes normales, formadas por seis centurias de 80 Uds. Centurión Óptimus (6). Al mando de las centurias de la primera cohorte (160 Uds.) Centurión (54). Al mando de las centurias normales (80 Uds.) Fuerzas Auxiliares. Normalmente indígenas. Unos 500 hombres. Solían llevar el armamento propio de su nación. Caballería. No era una fuerza decisiva en la legión. Normalmente se utilizaban en información y comunicación. Al mando de un centurión y dividida entre 4 u 8 "turme" de treinta unidades cada una.

Legiones. Legio I. *Esta antigua legión pasó por muchos destinos. En la Tarraconensis, con el nombre de "Augusta" participó en diversas misiones. En un enfrentamiento con los cántabros (19 a.C.) perdió su estandarte por lo que fue castigada y quedó sin el apelativo citado.Fue trasladada (16 a.C.) al límite germano, con Druso al mando, y se asentó en Maguncia. Tras la muerte de Druso y con otras siete legiones al mando de Tiberio (6 a.C.), luchó contra los marcomanos.El año 7, considerando derrotados a los germanos, se puso el territorio al mando de Publio Quintillo Varo (más organizador que militar). El año 9 se produce la gran derrota de Teotoburgo, donde son aniquiladas las legiones XVII, XVIII y XIX. Esta derrota supone la renuncia de Roma a controlar Germania.Año 16. Germánico organiza las defensas de frontera y derrota diversas revueltas, quedando estables los limes. La Legio I Germánica, permaneció en la frontera del Rin; Bonn, Colonia... En el año 71, con las turbulencias de "los cuatro emperadores", tras el final de la dinastía Julia-Claudia, Vespasiano la integró en la Legio VII Gemina.*

Moguntiacum. *La actual Maguncia, tuvo su origen en fortaleza establecida por Druso hacia el 13 a.C. La ciudad se desarrolló entre la fortaleza y el Rin. Enfrente de la desembocadura del Mainz o Meno. Con el tiempo se convertiría en base de la escuadra; Classis Germanica.*

Marcomanos. *Confederación germánica con centro en la actual Chequia. Atacados por Druso, pasaron posteriormente por fases de integración y de lucha contra el Imperio.*

SÉNECA. Una visión del Imperio. *Recuerdos de infancia.*

<u>27.-Roma. 17 enero. Año 3. Legio I, en Moguntiacum, Julio año 2.</u>

Helvia apuntó;

-Por el momento parece todo desarrollarse positivamente. Un joven noble, con buenas relaciones, parte hacia un destino donde avanzar en su cursus honorum y con una edad muy adecuada para ello ¿veinte años?-

Respondió Galion.

-Si Helvia, no había hasta aquí motivos de preocupación, más allá de los que conlleva una misión en la frontera.

Pero sigo; Cayo se presentó al legado en el pretorio y fue recibido con agrado. El pretor Lucio Emilio Félix, le invitó a sentarse y conversó con él mientras tomaban un buen vino.

Cayo comentó las palabras de Augusto recomendando una actitud no beligerante ante los germanos. El legado mostró su acuerdo, pero hizo referencia a una serie de incursiones agresivas de los pueblos bárbaros atravesando el río, que impedían por el momento llevar a la práctica cualquier intento de colaboración.

Tras la reunión, los días siguientes fueron para Cayo de adaptación a sus funciones. La vida se desarrollaba con normalidad hasta que, trascurridos unos tres meses y acabado el buen tiempo, fue convocado al pretorio junto a los Tribunos Angusticlavios, el Praefectus Castrorum, el Primus Pilus y varios centuriones.

Lucio Emilio Félix, narró algunos ataques de los germanos y manifestó la necesidad de aumentar la represión a los dos lados del limes.

Cayo comentó la posibilidad de intentar conversaciones con los germanos. Ya avanzada la reunión y de forma inesperada, Lucio dijo;

"No son admisibles las posturas tímidas, por no dar otro calificativo a los que proponen que actuemos a la defensiva. ¡Eso se acabó!"

Esta última frase la dijo mirando claramente a Cayo, de manera que para nadie quedó oculto que se refería a él. Cuando todos habían marchado, Cayo volvió al pretorio.

SÉNECA. Una visión del Imperio. *Recuerdos de infancia.*

"Legado; no comprendo esa crítica dirigida a mí ante todos los mandos de la legión"

Lucio, lo miró con desprecio y dijo;

"No estoy dispuesto a que los trepadores intenten acelerar su cursus honorum a mi costa"

Iba a replicar, pero Lucio no lo permitió.

A los dos días fue llamado de nuevo por Lucio;

"Necesito un informe de la situación a lo largo del río; puntos débiles, lugares de cruce más fácil, potencia del enemigo y todo lo que pueda servir para organizar una acción de castigo. No tengo que recordarte que se acabó lo de jugar a ser amigos. Toma los hombres que necesites y vete."

Cayo seguía pensando en las instrucciones de Augusto y no quiso avanzar con un contingente que supusiera una amenaza para el enemigo. Además para cumplir las órdenes de realizar un informe, más valía una fuerza que pudiera desplazarse sin llamar en exceso la atención. Por otra parte tampoco convenía aventurarse a utilizar la navegación del río. En no muchos días el tiempo podría cambiar y dar lugar a grandes ventiscas e incluso a la congelación del agua.

Su mando era sobre la cohorte primera de casi mil hombres. Convocó a su Primus Pilus y al centurión optio de caballería. Pidió al primero que designase a un centurión de la máxima confianza y con experiencia en caballería y al segundo que eligiese una turme experimentada.

Así con treinta efectivos, un guía local que formaba parte de la legión, y el centurión, se dispuso a iniciar la misión.-

28.-Roma. 17 enero. Año 3. Marcha al norte. Final Octubre año 2

Helvia volvió a preguntar

-Has indicado el cambio de actitud del legado, pero no el motivo ¿Cuál era?-

-Espera Helvia- dijo Galion –Todo llegará-

Marco comentó –Creo que nos vamos a alargar bastante- Hizo una seña y trajeron dulces y vinos. –Por favor Galion, sigue-

- Cayo y su destacamento se dirigieron hacia el norte. Se acercaba el invierno, pero os aseguro que no es comparable este período en aquellas tierras con el de Roma.

Bordeaban el Rin por su orilla izquierda y aunque veían en la otra parte algunos bárbaros, éstos se retiraban cuando se percataban de su presencia.

No se observaba ninguna incursión y además el río, con su fuerte caudal y fría agua, no invitaba a su cruce.

En esta zona, aguas abajo de su campamento, el Rin giraba hacia poniente. Era a una zona relativamente llana. Cuando el sol ya se ponía, llegaron a un recodo donde, el Rin retomaba la dirección norte. Se notaba en la vegetación y en la nieve, que aquel lugar ya era más inhóspito

Acompañando a este giro, el río entraba en una zona que sin poderla denominar desfiladero, estaba rodeada de considerables pendientes a los lados. Salvo en las horas centrales del día, el sol se veía tapado por el terreno. Esto, junto con el descenso de las temperaturas, acompañadas por un viento norte que se encajaba en la dirección del río, congelaba a la expedición.

El guía local, con aprensión en la voz, señaló una fuerte elevación en la orilla opuesta.

- ¡Es la roca de Lorelei!-

-Eso, ¿qué significa?- interrogó Cayo.

SÉNECA. Una visión del Imperio. *Recuerdos de infancia.*

-Una extraña mujer de ese nombre, se coloca sobre las rocas del borde del Rin y atrae a los navegantes hacia la zona más peligrosa. Allí se producen grandes desgracias.-

Cayo no respondió, pero observó las rocas que, amenazantes, se podían observar en el estrechamiento del río.

Despúes el viaje se hizo menos penoso y al final del segundo día alcanzaron el campamento de Confluentes. Su situación, en la desembocadura del Mosela en el Rin, hacía de aquel puesto un lugar estratégico para reunir información.

Sin embargo, como pasaba en Moguntiacum, desde el inicio del mal tiempo, la navegación era imposible. La capacidad para observar la otra orilla disminuía. El centurión al mando solo pudo informar sobre pequeños grupos que cruzaban, aprovechando momentos de ligera mejoría. Hacía ya dos meses que no había enfrentamientos y tampoco ellos habían realizado incursiones en terreno de los matiacos, al otro lado del Rin.

El Mosela, tan temible en otras ocasiones, presentaba un nivel aceptable para ser cruzado con las barcazas de que disponía el campamento.

Aquella noche reposaron aceptablemente y al siguiente día siguieron hacia Rigomagus.

La situación era similar allí. La diferencia era el puente de madera, construido inicialmente por César, que permitía realizar alguna incursión de información en terreno bárbaro. Por el contrario precisaba una constante vigilancia en los alrededores para evitar que fuese utilizado por el enemigo. No había señales de que se preparase ningún ataque, pero los densos bosques de la orilla oriental hacían también difícil un avance de las legiones si se quisiera atacar.

Dos días más y llegaron a Bonna. Sus circunstancias eran similares. También contaba con un puente y los informes eran iguales. Aquí eran los catos, los vecinos germanos y un poco más al norte los sicambrios.

SÉNECA. Una visión del Imperio. *Recuerdos de infancia.*

Cayo veía cada vez menos útil su desplazamiento. En aquella época del año, la actividad era mínima y poca la información a conseguir.

Tras otros dos días, llegaron a la Oppidum Ubiorum. Era territorio de los ubios, pueblo germano amigo de Roma. Allí había una pequeña guarnición que habitaba en sintonía con los nativos.

En una isla, en el centro del río, se había construido el Ara Ubiorum. Se pretendía que fuese, en el futuro, altar o templo de una región germana amiga a los dos lados del río. No obstante, por el momento, la orilla este seguía vedada para los romanos.

Las informaciones no fueron tan inocuas como en anteriores puntos. Les hablaron, mediante informaciones de los mismos ubios, de una posición más agresiva por parte de tribus alejadas del río; queruscos y hermundurios.

---

*Rin. **Fuertes en el Rin.** Una serie de fortines o poblaciones fueron establecidos desde los tiempos de Druso, sobre todo entre 13 a.C. y 9 a.C.*

Moguntiacum - Maguncia (13 a.C.). Base de la flota fluvial.

Confluente - Coblenza (9 a.C.). Confluencia estratégica de Rin y Meno.

Rigomagus - Remangen (9 a.C.). Disponía de puente.

Bonna - Bonn (10 a.C.). También disponía de puente.

Oppidum Ubiorum (antigua ciudad de los ubios) - Colonia Claudia Ara Agrippinesium (15) - Colonia

***Rin. Lorelei.** Esta prominencia rocosa se encuentra entre Coblenza y Bingen, en la orilla oriental del Rin. El rio, en esta zona, presenta rocas situadas en aguas poco profundas junto con una fuerte corriente, por el estrechamiento del cauce. Es peligroso para la navegación.*

La consecuencia es la acumulación de naufragios en todas las épocas. Todo ello, junto con el llamativo paisaje, generó antiquísimas leyendas que se aposentaron en la tradición germánica.

SÉNECA. Una visión del Imperio. *Recuerdos de infancia.*

Hablan de una sirena; Lorelei, que llamaba la atención de los marineros y producía su desgracia.

Confluente. *La actual Coblenza nació como uno de los puestos militares establecidos por Druso en el 9 a.C. Su nombre se debe a la confluencia o desembocadura del Mosela en el Rin.*

Rigomagus. *La actual ciudad alemana de Remagen.*

Ha sido siempre un punto estratégico para el cruce del Rin. El primer puente lo construyó César. Desde entonces, estas estructuras siempre han tenido trascendencia en Remagen. Durante la II Guerrra Mundial, el puente Ludendorff fue la causa de la famosa batalla por su control. Curiosamente en la actualidad no existe puente en esta ciudad, y el cruce del Rin es a través de trasbordadores.

Bonna. *Actual Bonn. También contaba con un puente para pasar el Rin, de la época de Druso.*

Oppidum Ubiorum. *Actual Colonia.*

Los pobladores iniciales fueron expulsados por César. Agripa, hacia el 38 a.C., facilitó el asentamiento de los ubios, procedentes de la orilla este del Rin, que quedaron incrustados en territorio dominado por Roma.

Como lugar destacado eligieron una elevación del terreno dentro del Rin. Era el Oppidum Obiorum o Lugar de los Ubios. Oppidum tiene el significado de lugar elevado o protegido.

Roma quiso utilizar este emplazamiento como punto de encuentro germano, tanto de pueblos incorporados al Imperio como de otros externos. En este sentido se construyó el Ara Ubiorum o Altar de los Ubios.

En el año 9, figura como sacerdote del Ara; Segimundo. Era un querusco, pueblo que encabezó ese mismo año, dirigido por Arminius, la derrota romana en Teotoburgo.

Teotoburgo marcó el final de las aspiraciones a realizar una provincia que englobase a gran parte de los pueblos germanos. No obstante el Ara Ubiorum se mantuvo.

SÉNECA. Una visión del Imperio. *Recuerdos de infancia.*

Germánico estableció aquí su cuartel general en el año 13. Nació su hija Agripina en el 15. El lugar recibiría el nombre de Colonia Claudia Ara Agrippinensium.

Claudio le otorgaría el estatuto de ciudad y se convirtió en capital administrativa.

SÉNECA. Una visión del Imperio. *Recuerdos de infancia.*

Seguía la narración de Galion. -Cayo tomó la decisión de cruzar el río. No quería volver, ante Lucio Emilio Félix, con una información tan poco substanciosa. Aprovechando la isla, había un puente de barcas que permitía el paso, y por allí avanzó el destacamento.-

-Una decisión bastante temeraria.- Comentó Helvia.

-Sí, quizás, pero el trato de su legado hacía aumentar el riesgo aceptable por Cayo.- Siguió Galion.

-No obstante, al otro lado, seguía siendo tierra de los ubios. Cayo quería obtener alguna noticia sobre las tribus del interior, de las que se decía que tenían más agresividad. Dada su mayor separación de la frontera, también tenían más capacidad para organizar un ejército con discreción. Aunque su primera intención fue avanzar hacia el este, a poca distancia del Rin, los bosques eran tremendamente cerrados y ello junto con las frecuentes ventiscas no permitían un avance efectivo de la caballería. El guía germano aconsejó seguir el río, ahora ya por la margen derecha. Así lo hicieron. Ya sin el acompañamiento ubio, pasaron una mala noche con una temperatura infernal, agravada por el viento norte que arreciaba. Era la hora sexta del siguiente día cuando se encontraron con una zona pantanosa originada por un pequeño río que vertía en el Rin formando un delta. El germano creía que era el llamado Dussel y dijo que había una pequeña aldea vinculada a los queruscos. Si hasta el momento era difícil el avance, ahora se hizo imposible. Tuvieron que descabalgar y continuar a pie con la esperanza de que el terreno fuera más firme. El guía aconsejó ir hacia una zona más boscosa pero que se separaba del pantano. Así lo hicieron e iban dejando, poco a poco, el terreno fangoso. Por otra parte, la densidad de la vegetación aumentaba y solo permitía un pequeño paso en fila de a uno.

La oscuridad comenzaba a imponerse, cuando de repente... Un terrible griterío invadió el bosque. De los árboles comenzaron a caer guerreros; unos lo hacían por parejas agarrando grandes redes, otros

SÉNECA. Una visión del Imperio. *Recuerdos de infancia.*

caían de uno en uno portando espadas y cuchillos. El desastre fue total. Los cogidos por las redes, eran después muertos por los que bajaban con armas. Los que no habían sido atrapados e intentaban huir, eran asaetados por arqueros situados en una segunda línea de árboles.-

---

Dussel. Este río es un pequeño afluente del Rin. Desemboca en una zona llana e inundable. Como consecuencia, el terreno permanecía húmedo y pantanoso.En su desembocadura en el Rin, se sitúa actualmente Düsseldorf (literalmente aldea del Dussel). La ciudad mantiene canales y lagos recuerdo de esta situación.

SÉNECA. Una visión del Imperio. *Recuerdos de infancia.*

30.-Roma. 17 enero. Año 3. Ante Segimero. Noviembre. Año 2.

-Cayo, que había quedado inconsciente, despertó. Todo le dolía, pero solo tenía heridas superficiales. Había sido apaleado pero respetada su vida. Se encontraba en una cabaña de troncos. También pudo ver al centurión y a tres jinetes más. Todos estaban en el suelo amordazados y atados de pies y manos. Dos germanos permanecían vigilantes dentro de la cabaña. Sin desatarlos, les dieron algo de agua, sin decir nada.

Las heridas, el hambre, la humedad de la tierra sobre el que estaba tirado... no le lastimaban tanto, como la pérdida de hombres y el fracaso de su misión.

La oscuridad era casi total dentro de la cabaña, pero pudo ver que el centurión se encontraba en un estado parecido al del él. Los otros tres hombres parecían tener heridas de más consideración.

No sabía el tiempo que había trascurrido y el que ahora lo hacía, se le hacía eterno.

Otros dos guerreros entraron. Tras desatarles los pies, les hicieron levantarse al centurión y a él. Los sacaron al exterior a empujones.

Estaban muy próximos al Dussel. Fueron conducidos por un camino que ascendía a una pequeña elevación donde se situaban un grupo de cabañas, de mejor aspecto que en la que había estado.

Durante el recorrido, soportó los gritos y golpes de las gentes de la aldea. Llevados delante de una cabaña de mejor apariencia que las restantes, los pararon, ajustaron sus ataduras y los introdujeron en ella.

El suelo estaba cubierto de pequeñas piedras y en el centro ardían unos leños. Aunque el humo escapaba, en parte por el centro de la cubierta, le costó acostumbrarse a aquella atmósfera muy distinta de la del exterior.

Cuando pasaron unos instantes se percató de que, tras la hoguera, sentados en un tronco, lo miraban firmemente tres guerreros. Más le sorprendió ver a su guía local de pie a la derecha de ellos.

SÉNECA. Una visión del Imperio. Recuerdos de infancia.

A un gesto del que parecía el jefe, el guía, actuando como traductor, le habló;

"Cayo Claudio Galo estás ante Segimero, jefe de los queruscos. A su lado los jefes de Usípetes y Sicambrios". Cayo lo cortó;

"¡Traidor! ¿Cómo puedes dirigirte a mí tras tu conjura?"

Sin inmutarse le respondió;

"Sabes que los queruscos somos un pueblo cliente de Roma. Hemos respetado nuestro acuerdo con vosotros. Sin embargo, el legado, antes de nuestra salida de Maguncia, te dio la orden de obtener información para atacar a nuestros pueblos.

No podía permanecer fiel a quien me ataca y, en cuanto tuve ocasión, lo trasmití y os conduje hasta la selva para la emboscada. Ante vuestra incursión, no quedaba otra posible acción que aniquilaros.

Nuestro jefe me ordena decirte que vuestra traición producirá consecuencias muy graves. A tu pueblo y a vosotros. Os ha mantenido con vida para que veas la tortura y muerte que se aplicará a tus compañeros, después quedarás ciego y se te devolverá con los tuyos. Trasmitirás nuestra determinación."

Cayo pensó, rápidamente, qué podía argüir ante aquella acusación. Debía salvar la vida de sus hombres, la suya y reducir la tensión. Y, si era posible, cumplir el objetivo que Augusto había expresado de mantener la paz.

Mirando a Segimero fijamente, con voz alta y habla lenta dijo;

"Segimero ¡Jefe de los queruscos! No dejes que un desgraciado incidente rompa tu amistad con Roma.

He llegado hace muy poco tiempo a la Legio I. Antes de salir de Roma, nuestro Prínceps me despidió diciéndome que trasmitiera al legado de la legión su deseo de paz con los pueblos germánicos.

Cierto es que el legado me sorprendió citando enfrentamientos que se habían producido en la frontera, y ello le llevaba a preparar las defensas, y si era preciso el ataque.

SÉNECA. Una visión del Imperio. *Recuerdos de infancia.*

Cierto es que mi misión era obtener información para, si era necesario, entrar en vuestro territorio.

Cierto es que no se trata de una acción amistosa, pero viene condicionada por escaramuzas con grupos vuestros contra nuestras posiciones."

Sus palabras fueron traducidas a Segimero y a sus acompañantes.

Una nueva sorpresa esperaba a Cayo; Segimero respondió en un latín tosco pero inteligible;

"Has hablado con valentía y has aceptado vuestra acción agresiva. Respetando tu postura ¿me queda alguna posibilidad de no castigaros y preparar la guerra?"

Cayo miró a su centurión y respondió;

"Segimero, si hemos cometido un acto inamistoso, céntralo en mí. Mis hombres solo me acompañaban. Yo era quien tenía que obtener información y trasmitirla.

Déjales vivir, véngate en mí, y que sean ellos los que trasmitan tu postura."

Los tres jefes germanos hablaron entre sí en su lengua. Cayo no pudo entender lo dicho pero le pareció percibir un cambio de actitud.

Segimero, volvió a dirigirse a Cayo;

"Romano, tu actitud te honra. Mis compañeros me confirman que ha habido conflictos en la frontera y que no siempre han sido ocasionados por vosotros."

En su lengua se dirigió a los guerreros que los habían traído y volvieron a llevarlos a la cabaña donde habían estado retenidos.

Algo había cambiado pues, no había trascurrido mucho tiempo cuando, los dos guerreros que los habían conducido antes volvieron a sacar a Cayo y al centurión. Los llevaron a otra cabaña que tenía mejores condiciones de habitabilidad. Los introdujeron y mientras uno de ellos vigilaba con una lanza, otro los desató.

Apareció el intérprete y les comunicó;

SÉNECA. Una visión del Imperio. *Recuerdos de infancia*.

"Segimero ha decidido posponer vuestro castigo. Se os traerá alimento. Vuestros tres compañeros, que están heridos, serán cuidados. Quedareis en esta cabaña sin ataduras aunque, como podéis ver, la entrada quedará bien bloqueada y vigilada. Mañana se os comunicará vuestro destino"

Segimero. Jefe querusco. Participó en las luchas en la época de Nerón Claudio Druso. Los queruscos se convirtieron en pueblo "cliente de Roma".

Padre de Arminius, jefe querusco y de la coalición germana que causaría a Roma el desastre de Teotoburgo.

Germania. Los romanos entraron en contacto con los pueblos germánicos a finales del S II a.C. en la zona del límite actual Suiza – Francia. Denominaban así a un conjunto de pueblos de lengua indoeuropea muy variado. Los primeros fueron los cimbros y los teutones. Hubo diversos enfrentamientos que pusieron en riesgo la existencia de la República Romana.

Citamos algunos hechos trascendentales;

112 y 109 a.C. Derrotas romanas ante los cimbros. Pese a las victorias no avanzan hacia Italia.

105 a.C. Los cimbros derrotan a los romanos. Se desplazan a Hispania. Al tiempo los teutones se sitúan al sur de la Galia.

103 a.C. Se unen cimbros y teutones para atacar Roma. Toman caminos separados hacia el norte de Italia.

102 a.C. Batalla de Aquae Sextiae (sur de la Galia). Primera gran victoria romana dirigida por Cayo Mario, cónsul líder del partido popular, casado con Julia tía de Julio César. Los teutones fueron aniquilados.

Batalla de Varcelas, valle del Po. Los ejércitos de los cónsules Cayo Mario y Quinto Lutacio Cátulo derrotan a los cimbros. Pacificación que dura casi cincuenta años.

58 a.C. Penetración de los suevos. Victoria de César.

SÉNECA. Una visión del Imperio. *Recuerdos de infancia.*

55 a.C. Nuevos ataques de distintas tribus.

53 a.C. Incursión de César más allá del Rin. Sin resultado, se repliega.

52 a.C. Batalla de Alesia. César derrota a Ariovisto y Vercingétorix. Fin de la Guerra de las Galias. Extensión de Roma hasta la desembocadura del Rin. Se introduce en zonas de Bretaña y Germania. Augusto, prosigue la consolidación del territorio. Acciones de guerra y asociaciones con pueblos de la zona.

9. Teotoburgo. Gran derrota de los ejércitos romanos encabezados por el cónsul Publio Quintilio Varo. Coalición germana encabezada por el caudillo querusco Arminius. Las legiones XVII, XVIII y XIX fueron exterminadas en el mayor desastre de la época.

16. Germánico Julio César. El sobrino nieto de Augusto, obtiene diversas victorias y logra la pacificación. Cambia la política y se estabiliza la frontera del Rin de manera casi definitiva.

S II. Guerras Marcomanas. Estas contiendas con pueblos germánicos se desarrollaron en la frontera del Danubio, en tiempos de Marco Aurelio.

SÉNECA. Una visión del Imperio. *Recuerdos de infancia.*

<u>31.-Roma. 17 enero. Año 3. De nuevo Segimero. Noviembre. Año 2.</u>

Pasaron varios días más. Seguían retenidos en la nueva cabaña, pero el trato era correcto.

De nuevo Cayo fue sacado de allí, esta vez sólo. Lo llevaron sin atar, siempre vigilado por dos guerreros que le permitieron tomar su amplia capa. Lo condujeron a la cabaña en la que había estado con Segimero. Entró y los dos guerreros quedaron fuera, junto a la entrada. En esta ocasión el jefe germano estaba solo, y en pie, al fondo de la estancia.

Estaría en los cuarenta años y mostraba un aspecto de gran poderío físico. Ancho de hombros, le sacaba la cabeza a Cayo. Una cicatriz cruzaba la parte derecha de su cara y posiblemente tuviera muchas otras cubiertas por sus vestiduras.

Usaba como acostumbraban los germanos, una braccae, calzones o mallas ajustadas, y una túnica corta en la parte superior, ajustada con un ancho cíngulo cogido con una fíbula. La túnica solo se entreveía pues, dentro de la cabaña con un gran fuego, el calor le obligaba a abrir la amplia capa de pieles que portaba.

Una vez a solas con Cayo, no divagó y, le dijo en su latín particular y de denso acento;

"Romano, tus palabras me han parecido las de un hombre valiente y fiable. Me has hablado de la intención pacífica de tu Prínceps, pero también de las órdenes no tan amistosas que recibiste en la legión.

No tengo por qué dudar de tu palabra. Entre mi gente hay partidarios de convivir con vosotros y también los hay de enfrentarse a vuestra fuerza. Te diré que soy de los primeros.

Esto no quiere decir que me parezca en todo bueno el tener que pactar con vosotros, pero entre esto y una guerra que supondría muerte y hambre durante muchos años, lo asumo."

"Hablas sabiamente, Segimero. Tengo que aceptar que Augusto, nuestro Prínceps, también tiene dudas entre el enfrentamiento y el acuerdo.

SÉNECA. Una visión del Imperio. *Recuerdos de infancia.*

Creo que se puede decir que pensáis de igual manera. Las dos partes somos un inconveniente para la otra, pero mejor es un acuerdo que la guerra.

El camino que considera Augusto como más apropiado es que, a través de acuerdos, Roma pueda expandirse sin el uso de la fuerza. Quiere pactos con los distintos pueblos que habitáis estas tierras. Y... la única forma de que un pacto sea duradero, es que sea conveniente para las dos partes."

SÉNECA. Una visión del Imperio. *Recuerdos de infancia.*

32.-Roma. 17 enero. Año 3. La aldea del Dussel. Noviembre. Año 2.

Tras unos días interminables en que solo los dejaban salir al exterior unos momentos y con férrea vigilancia, fue de nuevo llevado ante Segimero.

Segimero con gesto serio, dijo;

"Cayo Claudio Galo, Tribuno Lacticlavio de la Legio I;

¿Me das tu palabra de que, si salimos y conversamos, no realizarás ningún intento de fuga mientras estemos juntos?".

Tras la confirmación de Cayo, salieron de la cabaña. Segimero ordenó a los guerreros que los dejaran solos e invitó a Cayo a acompañarlo. El tiempo había mejorado sensiblemente, aunque la temperatura seguía siendo baja.

Segimero lo condujo hacia el río Dussel. Había una serie de pequeñas lanchas sobre la tierra y otras pescando.

"En esta desembocadura del Dussel, es muy abundante la pesca. Es el puesto más a poniente que tenemos los queruscos. Ya sabes que la mayor parte de mi pueblo vive más en el interior. No obstante estamos en buenas relaciones con los pueblos de la ribera.

Sus jefes nos avisaron de vuestra incursión, al poco de que pasarais a la orilla derecha del Rin. Ellos os tienen más cerca y tienen más incidentes con vosotros, por eso decidieron atacaros en cuanto os detectaron.

Cabalgué dos días, parando lo menos posible, para intentar suavizar la respuesta. Cuando llegué, ellos, junto con guerreros nuestros establecidos en este poblado, ya os habían interceptado."

Cayo lo miró y le dijo;

"Creo en tu voluntad de paz. Estamos en un mundo difícil en que una chispa puede incendiar toda la frontera."

Segimero le señaló la cicatriza de su cara;

"Ésta, y otras que no ves, las recibí luchando contra los ejércitos de Druso, hace ya diez años. Lo admiré por su bravura y por ser hombre de palabra. Mi pueblo llegó a acuerdos con Roma, que su inesperada muerte pusieron en riesgo. Después vino su hermano Tiberio. No tuve relación con él, pero también buscó acuerdos.

Hace cinco años, se pactaron nuevos tratos, esta vez con Lucio Domicio Enobarbo y se mantuvo una paz relativa. Tanto es así que, con gusto y a la vez obligado, mandé a mis hijos Arminius y Flavio a formarse en Roma. Hoy son ciudadanos romanos de la clase ecuestre y mandos militares.

Pese a todo, hace un año, grupos dispersos de mis guerreros pasaron a la otra orilla del Rin con ocasión de una disputa con una banda rival. Se encontraron con fuerzas romanas que entendieron invadido su territorio y se produjo un grave enfrentamiento.

Como ves, la chispa que indicabas se produce de vez en cuando. Por eso entiendo que vuestra incursión, no debo considerarla una agresión y, debemos dejarla como un mal entendido"

Cayo le contestó;

"Tú tienes poder para lograr mantener la paz. Yo lo único que puedo decir es que en Roma también hay quienes la preferimos a la contienda, salvo cuando es inevitable."

"No creas que es tan grande mi poder. Nuestras naciones viven dispersas, los conflictos son frecuentes entre nosotros mismos, y dentro de cada nación las distintas tribus también viven enfrentamientos. Por eso he hablado contigo, después de despedir a los jefes de los Usípetes y los Sicambrios que el otro día viste conmigo. Les convencí, o si quieres ordené en virtud de los acuerdos que tenemos, de que yo tomaría la decisión que correspondiese.

Cayo; he decidido liberaros."

Cayo agradeció aliviado su postura, en su nombre y en el de sus compañeros.

Finalizaba noviembre. Cayo, el centurión y los tres hombres heridos, escoltados por diez guerreros queruscos iniciaron el regreso. A poca distancia del cruce del Rin, y ya en territorio de los Ubios los dejaron solos.-

SÉNECA. Una visión del Imperio. *Recuerdos de infancia.*

33.-Roma. 17 enero. Año 3. Moguntiacum. Noviembre. Año 2.

-El día que llegaron al campamento hubo grandes muestras de sorpresa por parte de toda la guarnición que los daba por muertos. Cayo se dirigió al pretorio y allí encontró a Lucio Emilio Félix, el legado al mando.

"¿De dónde sales?" Fue el poco caluroso recibimiento. "¿Cumpliste la misión?"

Cayo, tras el saludo formal, se dirigió al legado que seguía sentado ante un abacus lleno de planos extendidos. Informó del recorrido realizado, el ataque recibido y su cautiverio.

"¿Y cómo escapasteis?" Dijo el legado sin mirarlo.

Cayo contestó;

"Al mando de nuestros captores, estaba Segimero caudillo de los queruscos. Se declaró cliente de Roma y mostró su deseo de paz. Después de varios días, le comenté que también Roma desea la paz..."

"¿¡Queeeé!?" Bramó Lucio Emilio Félix.

"¿Qué has dicho? Eran claras tus órdenes de obtener información, no para pactar sino, para preparar el ataque".

Cayo no pudo replicar. El legado llamó a los guardias que estaban en la entrada;

"Llevar a este hombre y encerrarlo." Y volviéndose hacia Cayo;

"Traidor, esta noche quedarás encerrado y mañana partirás para Roma. Emitiré un informe sobre tus artimañas. Acabaré contigo"

A la hora prima le soltaron. Salió del campamento. Cuando llevaba unos minutos cabalgando, un hombre salió de los árboles hacia los que avanzaba. Se puso en guardia temiendo una emboscada pero, pronto, reconoció a Accio Pompeyo.   Era el centurión que lo había acompañado en su aventura, que se le acercó;

"Tribuno, estoy enterado de lo sucedido. Vengo para decirte las últimas noticias de las que me he enterado esta noche.

Lucio Emilio Félix ha sido llamado a Roma, deja el mando de la Legio I. De hecho ya no es su legado, ocupa el puesto provisionalmente hasta

SÉNECA. Una visión del Imperio. *Recuerdos de infancia.*

la llegada de quien le sustituye, que se espera de manera inminente. Se dice que tu marcha, precipitada, se debe a que no quiere que te pongas en contacto con el nuevo mando."

"¿Quién es el nuevo mando?" Inquirió Cayo.

"No sé quién es, pero se dice que es alguien de la confianza de Tiberio."

"¿De Tiberio?", se extrañó Cayo.

"Así es, las cosas cambian muy rápido y parece que Livia, aprovechando la muerte este verano de Lucio César, ha forzado al Prínceps para que haga que Tiberio vuelva a Roma.

Aunque esta vuelta todavía no se ha producido, sí parece que ha habido contacto entre ellos. Se dice que Augusto no está satisfecho con el estado de este limes. Tiberio lo conoce perfectamente, pues lo mandó un tiempo, y Augusto le ha pedido que le indique mandos de su confianza para dirigirlo."

"En cualquier caso, Lucio va a tener tiempo de destrozarme. Gracias centurión".

"Gracias a ti tribuno mantengo la vida. Además he visto tu actuación que como romano me enorgullece. Ojalá pueda corresponderte."

Los dos hombres se separaron tras un fuerte abrazo.

Accio Pompeyo. *Personaje ficticio. Centurión de la Legio I.*

34.-Roma. 17 enero. Año 3. Sigue la reunión.

Galion, se levantó y tomo un largo trago de vino. –Ya no me llega con el agua. ¡Tanto hablar no se ha hecho para mí!- exclamó.

Marco intervino y, riendo, le invitó a que se quedara a pasar la noche en la domus.

-Tienes razón Marco, me quedaré porque todavía nos falta hablar un buen tiempo-

Marco hizo una seña al atriense para que se preparase todo.

-Pues bien- Siguió Galion.

–Cayo, al poco tiempo de su vuelta, tuvo conocimiento de la llegada del informe de Lucio Emilio Félix. No había ahorrado esfuerzos en denigrarlo y criticarlo. Lo acusaba de traición, sin afirmarlo claramente, y de actuar contraviniendo órdenes expresas de su superior. Le culpaba de la muerte de sus hombres por querer satisfacer sus ambiciones por encima de la responsabilidad que tiene un mando militar. Recomendaba que, además del castigo que le correspondiese, fuese apartado de su cursus honorum pues no tenía ni la actitud ni la aptitud necesarias.

Consideraba debía ser excluido de cualquier opción de ser senador. - Helvia intervino asombrada;

-¿Cómo es posible esa inquina? No veo en todo lo narrado ninguna razón para esa reacción desmesurada del legado.-

Galion contestó;

-Has dado con el punto fundamental de esta causa. No hay nada en el comportamiento de Cayo que pueda relacionarse con las acusaciones de que es objeto.

Las causas son externas y se encuentran ligadas a la política que todo lo ocupa.

Te contaré algo más sobre el legado Lucio Emilio Félix. Os dije, al principio de la noche, que, en su inicio de la carrera militar, estuvo también como Tribuno Lacticlavio en la misma Legio I.

Al parecer, tuvo distintos incidentes por no contener sus ataques de furia, cuando había algún momento de especial tensión con los germanos. Estábamos en guerra, pero también se intentaba llegar a acuerdos.

Aunque su legado le había recriminado en privado, sus modos agresivos, no se había producido una reprensión formal.

Al mando de todas las legiones de la zona estaba Druso. Como sabéis, cuando murió hace ya doce años, lo sustituyó su hermano Tiberio.

Al poco de llegar Tiberio, hizo una visita a la Legio I. Habló con el legado, antes de reunirse con los demás mandos, y este le trasmitió su opinión sobre las jefaturas con las que contaba.

Durante la reunión de los jefes con Tiberio, Lucio Emilio Félix se permitió mostrar su agresividad ante la que consideraba excesiva precaución en la actividad de la legión.

El legado se volvió hacia él, indicando que sus órdenes no se discutían.

Tiberio intervino y dijo;

"La principal virtud de un legionario es la disciplina. Las órdenes no se discuten, se aplican."

No contento, Emilio replicó defendiendo la necesidad de atacar y ridiculizando las actitudes conciliadoras.

Tiberio no aguantó aquella arrogancia. Emilio quedó en el ostracismo durante un largo tiempo. Su progresión quedó frenada en seco.

No obstante, la vida da muchas vueltas y, tras ocupaciones de menor rango, llegó su momento. Su hermano tenía gran amistad con el fallecido Cayo César. Esto, junto con la retirada de Tiberio, hizo que llegase al cargo de legado de la Legio I.

No hace falta decir que Tiberio y todo lo relacionado con él fue objeto de odio total.-

Recalcó Galion.

-Y aquí aparezco yo-

Helvia rio, -¡Que apareces tú! ¿Qué quiere decir eso?-

SÉNECA. Una visión del Imperio. *Recuerdos de infancia.*

-Como os dije al principio, mi amistad con Cayo y su familia me llevaron a presentarlo a Augusto. Pues bien, esa fue su maldición. Cuando llegó a oídos de Emilio esta presentación y al considerarme, como así es, amigo de Tiberio, consideró claro que Lucio era un espía enviado para destruirlo.

Lo he hablado con Tiberio y me ha calificado a Lucio como fanfarrón, inepto y muy peligroso. Me dice que estará al tanto y cuente con él en lo que dentro de su situación actual pueda aportar.-

Galion, tomo aire y exclamó;

-¡Queriendo favorecer a Cayo, porque creo que tiene virtudes más que suficientes, le generé un gran problema!-

-Evidentemente no tienes culpa alguna- manifestó Helvia.

-Sí, pero tengo que arreglarlo de alguna forma. Por eso he llamado al mejor abogado de Roma, que casualmente es amigo mío, y le he metido en este lío-

Marco, muy serio, se dirigió a él;

-Aparte de tu halago, has hecho bien. Un abogado actúa en muchos casos que a veces no ve claros. Cuando es uno como éste, hay que intervenir, por la injusticia en la forma de tratar a un muchacho y sobre todo porque no se puede dejar que el estado actúe por impulsos de venganza personal.

Dicho esto, tengo que decir que no deja de ser un gran lío.

Hay que defenderlo sin molestar a Tiberio y por supuesto a Augusto.

Hay que justificar una desobediencia que el legado afirma que se ha producido.

Hay que tener en cuenta lo que se dice para que alguien no lo vincule con la cuestión sucesoria...

En fin, si ¡un gran lío!-

35.-Roma. 20 enero. Año 3. La Basílica Julia.

El día señalado, muy temprano, Marco se dirigió al lugar designado. Aunque la hora prevista de inicio era la tercia, prefirió, al despuntar las primeras luces, dirigirse a la Basílica Julia.

Situado en el foro, el edificio siempre impresionaba a Marco que lo veía como la expresión de la grandeza de la Ley Romana.

La Basílica Sempronia, su antecesora, había sido destruida por un incendio. César había iniciado la construcción de la actual. La había finalizado Augusto que le dio el nombre de Basílica Julia.

Al pensar en esta historia de la basílica, Marco cayó en la cuenta de otra circunstancia marginal paro que habría que cuidar en el juicio. Hubo otro incendio (14 a.C.) que no destruyó el edificio, pero que hubo que reparar y Augusto aprovechó para ampliarlo. El Príneps la designó, tras las obras, como Basílica de Cayo y Lucio César en honor de sus sobrinos nietos, pero toda Roma siguió llamándola Basílica Julia. Ante él, la gran mole, de unos cien por cincuenta metros de blanco mármol, ofrecía un llamativo juego de sombras y luces bajo el inclinado sol naciente de aquel frío pero despejado día de invierno.

Subió los escalones que permitían acceder a las arcadas que, todo a lo largo, conformaban un elegante pórtico sustentado por tres hileras de columnas.

Sobre él, existía una segunda planta, a modo de un segundo pórtico. El centro del edificio lo conformaba una enorme sala de ochenta por veinte metros. Su altura era doble, hasta la cubierta del conjunto. Este gran espacio central podía dividirse en partes, mediante estructuras de madera y cortinajes, según el espacio que se necesitase. Marco observó, no sabiendo si era positivo o negativo para los intereses de su defendido, que se había dejado libre, sin interrupciones, todo el espacio.

Esto significaba que el juicio, que en principio se limitaba a la reclamación de un joven, había ido aumentando el interés de muchos, sin duda porque se consideraba la vertiente política del proceso.

SÉNECA. Una visión del Imperio. *Recuerdos de infancia.*

Entrando a la derecha, es decir en el fondo de poniente, estaban situados tres solium para los magistrados del juicio. Estaban sobre una tarima situada en el centro del frontal. A los lados, fuera de la tarima, varias cátedras para asesores y otros funcionarios auxiliares.

Frente a la presidencia indicada, a unos diez metros, estaban dispuestos dos grupos de sellas. Cada uno de ellos para una de las partes enfrentadas.

Tras una zona libre, de unos cinco metros, se encontraba otra zona de sellas para asistentes de rango. Tras ellas, a una respetable distancia, unas gradas de cinco alturas para el resto del público. Más allá, aun, había espacio libre que solían ocupar los efectivos de seguridad, que variaban en función de lo juzgado y del público previsible.

La luz penetraba por tres grandes entradas laterales que daban al pórtico exterior. También en la parte alta, existían unas ventanas abiertas al paseo superior. Para cuando era necesario, varias lámparas cogidas con poleas al techo, con varias lucernas cada una, se disponían repartidas por la sala.

Marco se sentó en la zona reservada para los colaboradores de Cayo Claudio Galo. Por eso le gustaba llegar con tiempo a los juicios. Allí sentado, se adaptaba al lugar; sonidos, luz, distancias...

Su parte estaba situada frente a la tarima en la parte contraria a la que daba al pórtico. Los jueces lo verían mirando a su derecha y detrás tendrían una pared continua sin aberturas. Esto le satisfizo, ya que cuando la otra parte hablara, tendría la mayor luz detrás y, no se apreciarían los gestos y otras formas de expresión.

Todo podía influir en la forma de considerar las cuestiones.

***Roma. Basílicas. Basílica Julia.** El uso de una basílica era el de alojar reuniones de distinto tipo. Entre ellas los procesos judiciales.*
Situada en el lado sur del Foro Rromano, fue construida en la segunda mitad del S I a.C. Su antecesora, en el mismo lugar, fue la Basílica Sempronia, del año 169 a.C. y destruida por incendio. Estaba alineada

SÉNECA. Una visión del Imperio. *Recuerdos de infancia.*

con los templos de Cástor y Polux y el de Saturno. Reconstruída por César y acabada por Augusto que le dio al edificio el nombre de su padre adoptivo. Se incendió de nuevo en el año 14 a.C. y fue reconstruida y ampliada. Augusto la dedica ahora a Cayo y Lucio César, en el 12 a.C., dentro de su labor para situarlos como herederos. Pese al deseo de Augusto, el edificio siguió siendo conocido como Basilica Iulia.

Era un edificio grande y ornamentado. Alojaba a tribunales, tabernae, oficinas gubernamentales y bancos. Estaba revestida de mármol blanco. Sus dimensiones eran; 101 metros de largo por 49 metros de ancho. Las arcadas exteriores contaban con 18 pilares en los lados más largos y 8 en los más cortos. Las inferiores corintias y las superiores de estilo dórico. Se accedía a los pórticos laterales desde la explanada del Foro por un tramo de escaleras.

La Vía Sacra cruzaba el Foro y bordeaba el lado septentrional de la Basílica, disponiéndose entre uno y siete escalones para salvar la diferencia de nivel. Una doble fila de arcos protegía de la intemperie. Lateralmente unas escaleras daban acceso a la segunda y última planta. Del lado sur se alineaba con una hilera de taberna.

La distribución era;

Planta baja; nave central de 82x16 metros, rodeada por tres hileras de columnas que formaban dos pórticos concéntricos de 7,5 metros de ancho.

La nave central estaba pavimentada con mármoles de color y las alas laterales mármol blanco. Se podía dividir según las necesidades con estructuras de madera y cortinas. La altura era de dos plantas y el techo de madera.

Las naves menores laterales eran abovedadas, con arcos enmarcados por semicolumnas que soportaban el segundo piso.

36.-Roma. 20 enero. Año 3. Los participantes en el juicio.

Desde su asiento pasó a considerar los jueces que habrían de actuar.

Gneo Cornelio Cinna Magno.

Nieto de Gneo Pompeyo Magno, cercano a los optimates, quien gobernó Roma en el primer triunvirato junto a César y Craso. También era nieto de Lucio Cornelio Cinna, el gran líder del partido popular junto a Cayo Mario, suegro de César.

En el segundo triunvirato apoyó a Marco Antonio oponiéndose a Augusto. Cuando éste ya se hacía llamar Prínceps, participó en una conspiración fallida. Augusto lo perdonó y Cornelio se convirtió en su más fiel amigo.

Formaba parte por lo tanto de las dos familias que más peso tuvieron en las últimas guerras civiles. Estuvo contra Augusto pero ahora era su ferviente seguidor... Tenía algo más de cuarenta años y era el juez principal.

Marco Emilio Lépido.

Era el más joven de los tres, no llegaba a los treinta. Miembro de la gens Emilia de rancio abolengo. Nieto del triunviro con Augusto de igual nombre y próximo a César. Sin embargo parecía predominar en él la nostalgia por la República.

Emilio Cecilio Metelo Crético Silano.

De unos treinta años. Descendiente de optimates.

Gran amistad con Germánico Julio César, hijo del fallecido Druso, a su vez sobrino de Tiberio y muy considerado por Augusto. Se decía que Druso pese a su posición en la familia imperial y a haber contado con el favor de Augusto, había mantenido admiración por las formas republicanas. Germánico, posiblemente, pensaba de forma similar. En cualquier caso, el primero había sido hermano y el segundo era sobrino de Tiberio.

Con las ideas políticas de los tres tendría que contar.

Cornelio era incondicional de Augusto, del principado.

Lépido mantenía ideas republicanas.

SÉNECA. Una visión del Imperio. *Recuerdos de infancia.*

Metelo era en cierta forma una incógnita.

En cualquier caso, lo que podía ser más importante era la proximidad a Tiberio; Silano podía considerarse el más próximo y quizás Lépido el más lejano.

En cuanto al abogado principal de la otra parte, el elegido era Aurelio Fusco. De edad similar a la suya, Marco lo admiraba pero consideraba que era más brillante en las formas que en construir un relato consistente.

Tendría que buscar los huecos en su argumentación y entrar por ellos, dejando a un lado las brillantes frases.

En estas consideraciones se encontraba Marco, cuando llegó Galion y se sentó junto a él.

-¿Optimista, Marco?-

-Solo faltaba que no lo fuera. ¡No podría estar aquí!-

Exclamó Marco, mientras veía aproximarse a su defendido.

Los jueces. Los tres jueces que se citan, así como las notas biográficas que se le atribuyen son históricas. El juicio es ficticio y por lo tanto también su participación. Se repiten a continuación las notas ya indicadas en el texto.

Gneo Cornelio Cinna Magno. Personaje real. En el juicio ficticio del relato, tenía algo más de cuarenta años y era el juez principal.

Nieto de Gneo Pompeyo Magno, cercano a los optimates, quien gobernó Roma en el primer triunvirato junto a César y Craso. También era nieto de Lucio Cornelio Cinna, el gran líder del partido popular junto a Cayo Mario, suegro de César.

En el segundo triunvirato apoyó a Marco Antonio oponiéndose a Augusto. Cuando éste ya se hacía llamar Prínceps, participó en una conspiración fallida. Augusto lo perdonó y Cornelio se convirtió en su más fiel amigo.

SÉNECA. Una visión del Imperio. *Recuerdos de infancia.*

Formaba parte por lo tanto de las dos familias que más peso tuvieron en las últimas guerras civiles. Estuvo contra Augusto pero ahora era su ferviente seguidor...

Marco Emilio Lépido. *Personaje real. En el juicio ficticio del relato, era el más joven de los tres jueces, no llegaba a los treinta.*

Miembro de la gens Emilia de rancio abolengo. Nieto del triunviro con Augusto de igual nombre y próximo a César. Sin embargo parecía predominar en él la nostalgia por la República.

Emilio Cecilio Metelo Crético Silano. *Personaje real. De unos treinta años, en la fecha del juicio ficticio que se relata y en el que es uno de los jueces.*

Descendiente de optimates. Gran amistad con Germánico Julio César, hijo del fallecido Druso, a su vez sobrino de Tiberio y muy considerado por Augusto. Se decía que Druso pese a su posición en la familia imperial y a haber contado con el favor de Augusto, había mantenido admiración por las formas republicanas. Germánico pensaba, posiblemente, de forma similar. En cualquier caso, el primero había sido hermano y el segundo era sobrino de Tiberio.

37.-Roma. 20 enero. Año 3. Demanda y respuesta.

Los asistentes fueron llegando. A la hora tercia, uno de los auxiliares del tribunal indicó la llegada de los jueces y los asistentes se pusieron en pie.

Entraron ataviados con toga pretexta, con raya púrpura en el borde, y ocuparon sus solium sobre la tarima. Después, todos tomaron asiento. La fase previa del juicio, en la cual se recogía la documentación correspondiente; acusaciones o defensas, pruebas documentales y todo aquello que las partes consideraran de interés, había finalizado unos días antes. Ahora llegaba la parte que daría lugar a una sentencia. El primer auxiliar de los jueces los presentó, puesto en pie y en alta voz. A continuación, y siguiendo un gesto de Cornelio, juez principal, dio la palabra a un segundo auxiliar, diciendo;

-Procedemos a la lectura de los escritos que las partes han presentado como documentación, sobre lo sucedido, en la fase previa de este juicio.-

El segundo auxiliar se puso en pie y se dispuso a dar lectura a los escritos presentados por las partes en la fase documental del juicio.

Fue una lectura prolija donde se relataban los hechos ocurridos, sin opinar sobre los mismos, si bien cada uno los impregnaba con su forma de ver lo sucedido.

El primer Auxiliar volvió a tomar la palabra para afirmar;

-Procedemos a la lectura de la demanda solicitada por Cayo Claudio Galo y al documento de respuesta por parte de Lucio Emilio Félix.-

Un tercer auxiliar ocupó el lugar de su predecesor y comenzó la lectura;

-Demanda presentada por Cayo Claudio Galo contra el informe rubricado por Lucio Emilio Félix, en su condición de Legado de la Legio I, sobre su actuación en la misma como Tribuno Lacticlavio.

Dice así;

"Destinado como Tribuno Lacticlavio en la Legio I, bajo el mando del Legado Lucio Emilio Félix, desempeñé mis obligaciones durante los últimos meses del pasado año.

Mi última misión fue de información sobre la situación y movimientos de las tribus germánicas en la zona del limes del Rin.

Durante ella, la fuerza que dirigía fue víctima de una emboscada. Ocasionó la pérdida de muchos hombres bajo mi mando y los pocos supervivientes fuimos hechos prisioneros.

Tras un periodo de cautiverio en el que, el jefe germano y yo, nos manifestamos deseos de paz, fuimos puestos en libertad. Regresamos a la Legio I.

Recibido por Lucio Emilio Félix, fui objeto de graves acusaciones y expulsado del campamento.

Posteriormente, el Legado formuló y remitió al Senado un informe sobre mi actuación en el que arroja gravísimas acusaciones. Considero falso e inaceptable lo en él expuesto y exijo junto a su corrección, la rehabilitación de mi prestigio personal.

Todo lo sucedido se detalla en la información presentada en el proceso previo."-

Tras una breve pausa, siguió;

-Respuesta presentada por Lucio Emilio Félix, a la demanda formulada por Cayo Claudio Galo. Dice así;

"Como Legado de la Legio I, acuartelada en Moguntiacum, recibí como Tribuno Lacticlavio a Cayo Claudio Galo. Desde el primer momento, consideré que su forma de pensar era derrotista. No había deseo de victoria, ante las agresiones que realizaban los bárbaros, sino de negociación.

La situación tensa en el limes, aconsejaba conocer lo mejor posible las fuerzas y debilidades del enemigo.

Ordené al Tribuno que realizase esta labor informativa con el dispositivo que considerase. Las órdenes eran claras; se trataba de

SÉNECA. Una visión del Imperio. *Recuerdos de infancia.*

preparar una posible ofensiva con la información que obtuviese, nada de pactos.

Me encontraba en una inspección al sur del acuartelamiento, cuando marchó.

Al volver, me sorprendió la escasa fuerza de que dotó a la misión. No podía sospechar sobre sus intenciones de negociar, como así hizo, en total oposición a las órdenes recibidas.

Su actitud no se podía entender, salvo por sentirse apoyado por alguien a quien consideraba de gran poder y su valedor."

Marco y sus compañeros intercambiaron miradas entre la sorpresa y el asombro por la claridad en que mostraba sus verdaderos objetivos.

"Era más que suficiente para que mi informe calificase al Tribuno como indisciplinado e incapaz para desempeñar cargos de responsabilidad.

Sin embargo, ahora, tras la demanda presentada por Cayo Claudio Galo ante este tribunal, he considerado incorrecto el informe presentado."-

Un murmullo que rápidamente subió de tono se percibió en la sala.

Galion se volvió hacia Marco;

-Parece que ganamos antes de empezar. Va a retirar su informe.-

Marco dirigió una mirada de escepticismo, a él y a Cayo, pero no dijo nada.

-¡Silencio!- Mandó el primer auxiliar ante una mirada del juez principal.

El auxiliar que leía la respuesta de Lucio Emilio Félix, prosiguió;

-"El informe debe de ser modificado y así lo haré ante el Senado. El Tribuno Cayo Claudio Galo, debe ser acusado y condenado por delito de lesa maiestas."-

Esta vez, pese al esfuerzo del auxiliar el estruendo fue máximo. Tardó un tiempo en restablecerse el silencio. Galion de pie y congestionado miraba a Marco que ahora sí dijo algo;

-Creo que nos abren un camino.-

Siguió el auxiliar leyendo la respuesta de Lucio Emilio Félix;

-"Provocó la masacre de una turme de caballería.

SÉNECA. Una visión del Imperio. *Recuerdos de infancia.*

Negoció pese a lo prohibido con el enemigo.

¿Proporcionó información que nos debilita?

Salvó su vida y perdió veintisiete hombres.

Por motivo de todo ello, acuso al Tribuno del delito de Perduelium, según la definición de nuestros antiguos, de lesa maiestas; traición, inteligencia con el enemigo y entrega de ciudadanos romanos."-

Cayo permaneció sentado. Estaba demudado.

Una cosa era un informe tendencioso que hundía su cursus honorum y otra era una acusación de lesa maiestas que le podía suponer el destierro o la muerte.

Marco lo miró y le hizo un gesto de tranquilidad.

Los tres jueces hablaron entre ellos y después el principal, Gneo Cornelio, se dirigió directamente a las partes.

-Este tribunal ha sido designado para tratar la demanda de retirada y enmienda del informe redactado por el Legado de la Legio I, que formula el Tribuno Cayo Claudio Galo. Tiene la capacidad de tratar todo lo concerniente al caso y sus implicaciones.

Esto significa que el juicio prosigue, si bien con un alcance distinto. Sin dejar de juzgar la procedencia del informe citado, se tratará también la acusación de maiestas cursada por Lucio Emilio Félix.

Las acusaciones ahora presentadas son muy diferentes. Como consecuencia, nuestro fallo puede ser de mucho más alcance que el que en inicio podía considerarse.

En virtud de todo ello, se concede a las partes un tiempo para la preparación de la defensa de sus posturas.-

Ante un gesto de Cornelio, se acercó el primer auxiliar. Hubo unas breves indicaciones y se dirigió a los presentes.

-Este juicio continuará dentro de tres días a la hora tercia.-

---

Delito. Lesa Maiestas. Este delito tuvo distinto alcance en las distintas épocas.

SÉNECA. Una visión del Imperio. *Recuerdos de infancia.*

<u>*Monarquía*</u>. *Se definía este delito como la rebelión contra el pueblo romano. Se aplicaba la pena de muerte, con infamia, sobre la memoria del condenado.*

Dos tipos se consideraban;

- *Prodition, traición interior o conspiración contra el Estado.*
- *Perduelion, traición exterior, inteligencia con el enemigo, o entrega de ciudadanos.*

<u>*República*</u>. *Delitos de lesa majestad con pena capital en los siguientes supuestos;*

- *Abandonar al ejército en país enemigo.*
- *Suscitar sediciones.*
- *Administrar mal los negocios o los caudales públicos.*
- *Mancillar la maiestas del pueblo romano.*

<u>*Imperio.*</u> *Ley Julia de César. Persigue todo lo cometido contra la seguridad del estado.*

Incluye la majestad del mando. Redujo esta pena a interdicción, o sea destierro.

Augusto restableció la pena de muerte para los delitos de lesa majestad, sacrilegio y adulterio.

Tiberio, por consejo de Sejano, lo extendió como una ley de rentas, mediante delatores que obtienen beneficios.

Progresivamente se da la identificación de emperador y estado y, se asimila delito contra el estado y contra emperador.

SÉNECA. Una visión del Imperio. *Recuerdos de infancia.*

<u>38.-Roma. 20 enero. Año 3. De nuevo en la domus de los Anneo.</u>

Marco, junto con Galion y Cayo, se trasladó a su domus.

La mañana había sido intensa y necesitaban reponer fuerzas. Marco, que llegó el primero, le mandó al atriense que preparasen algo, para tomar en pequeñas cantidades mientras trabajaban.

Helvia, que había estado el mercado, llegó cuando ya estaban en el tablinum reunidos y nada más entrar observó;

-Os esperaba más tarde. ¿Finalizó el juicio? No os veo satisfechos.-

Marco se levantó y la abrazó;

-No Hevia, no ha habido juicio. Ha cambiado todo y se ha pospuesto.-

-¿Por qué? ¿Es positivo?-

Marco sabía que su esposa no se contentaría con una corta explicación. Le indicó lo más importante y le animó a unirse a ellos para que estuviese al tanto de todo.

-La complejidad del caso ha aumentado mucho. Esto, en principio, es una ventaja para ellos ya que el cambio ha sido por su solicitud y por lo tanto tendrán estudiadas las consecuencias.

Nosotros tenemos que partir casi de cero y tenemos tres días para, al menos, igualar lo que ellos han preparado en un mes.-

Cayo se mostró angustiado aunque sereno;

-Puedo perder la vida o ser desterrado, pero sabéis que confío en vosotros. Sé que haréis todo lo posible y sé que cuento con un gran abogado. ¡Adelante!-

-En primer lugar vamos a hacer dos cosas;

¡Calino!- Llamó Marco.

El atriense se presentó con rapidez.

-Calino, sé que tienes dos compatriotas griegos, muy formados, que colaboran con el profesor Marulus en su escuela. Ve allí y dile de mi parte si nos puede ceder sus servicios durante tres días.-

-Sí Dominus- Dijo Calino, mientras salía a cumplir sus instrucciones.

Marco se volvió hacia Galion;

SÉNECA. Una visión del Imperio. *Recuerdos de infancia.*

-Por otra parte, dijiste que Tiberio está al tanto de este asunto e interesado en el mismo. Habla con él lo antes posible y le explicas como ha trascurrido la sesión de hoy.

Quería dejarlo absolutamente al margen del proceso pero, ahora, es posible que no podamos permitirnos el lujo de no recurrir a él.

Si es posible, que esté dispuesto por si necesitamos algo el próximo día.-

-Estoy seguro de que cuando le diga la prepotencia con la que actuó en su declaración Lucio Emilio Félix, estará dispuesto a apoyarnos en todo lo que pueda hacer falta. Esta claro que quiere denigrar a Cayo porque supone que es próximo a Tiberio y, si puede, hacerle daño a él tambien.-

Marco puntualizó;

-Sabes que en principio no interesa politizar el asunto. Cuando esto pasa, nunca se sabe cómo va a resultar. No lo utilizaremos si no es imprescindible y si no tenemos claro que sea favorable.

Nos interesa conocer lo último sobre el estado de sus relaciones con Augusto.

Sabiendo que el fondo del ataque de Emilio es pretender golpear a los amigos de Tiberio, tiene que estar convencido de que puede permitírselo sin que le acarree graves consecuencias.-

Galion salió a toda prisa hacia el palatino, hacia el palacio de Tiberio.

__Marullus__. Personaje histórico, propietario de una escuela en Roma. Preceptor de Marco Anneo Séneca junto con su compañero Marco Porcio Latron, cuando llegaron a Roma para su formación.

Se cree que era hispano quizás de Corduba. Parece que sus hijos siguieron con la escuela y mantuvieron relaciones con los hijos de Marco.

__Calino__. Personaje ficticio. Atriense en la domus de los Anneo en Roma.

39.-Roma. 23 enero. Año 3. Las posiciones de las partes.

-Tiene la palabra Aurelio Fusco, advocatus, de parte de quien, en tiempos de los hechos que dan lugar al juicio, era Legado de la Legio I, Lucio Emilio Félix. En esta primera intervención fijará la postura de su parte en este juicio-

Anunció el primer auxiliar.

Fusco se levantó. Era algo mayor de edad que Marco, pero mantenía sus condiciones físicas, y por supuesto mentales, en perfectas condiciones. Se colocó correctamente la toga y con gran lentitud se situó justo de frente al juez principal.

-¡Viri clarissimi!-

Gritó teatralmente, con un ampuloso gesto de reconocimiento a la dignidad de los tres jueces.

-Es triste encontrarnos aquí para tratar un comportamiento vil. El comportamiento de un joven de noble familia que ha deshonrado a los suyos y a Roma.

No solo son denigrantes sus hechos, sino peor todavía, la forma de encarar la amonestación y el informe de su superior. Este informe, como veremos claramente, fue considerado con su juventud no queriendo explicitar de forma cruda toda la ignominia de su actuación. Esta aptitud del entonces Tribuno Lacticlavio, a las órdenes de mi patrocinado, es la que nos obliga a que contra su natural benevolencia, Lucio Emilio Félix tenga que clarificar, en toda su crudeza, los hechos acontecidos en un puesto avanzado de las legiones y ante un enemigo acechante.

Repito, su aptitud, no nos ha dejado más opción que la de acusarle de lesa maiestas.-

Miró al suelo, y con la cabeza baja, como meditando, avanzó hasta el extremo donde estaban Marco y el resto de sus oponentes. Al llegar giró y ya dando la espalda a la pared, se puso recto y acompañándose del brazo en alto expresó;

-Los hechos, constitutivos de su delito, se producen en una clara desobediencia a las nítidas órdenes de su superior. Esta desobediencia no es una pequeña indisciplina.-

Fusco gritó hacia Cayo y agitó su mano levantada.

-¡Es en el frente de guerra y ante el enemigo!-

Después volvió a caminar pausadamente hacia el extremo opuesto y se situó de nuevo de espaldas a la pared. Como había previsto Marco, el sol penetraba por una de las entradas que quedaba cercana y hacía que solo se viese su silueta. Su teatralidad quedó amortiguada.

-Su indisciplina le llevó a varios delitos que ofenden la majestad del pueblo romano;

Obligó a los hombres a su mando a actuar contra lo establecido por el mando.

Ocultó la verdadera misión que tenían que cumplir.

Les llevó a actuar de manera sediciosa.

¡Provocar sediciones es una de las razones para juzgar por lesa maiestas!

Su locura, causó la muerte de la mayor parte de su unidad. Si una de las causas de juzgar por lesa maiestas es la mala administración de lo público ¿no será causa la muerte de aquellos hombres, la pérdida de esa fuerza, la pérdida de caballos y pertrechos?

¡No pudo administrar peor los caudales públicos!

Cuando decidió adentrarse en territorio bárbaro con sus hombres, en vez de mantenerse cumpliendo su misión de observación e información, abandonó su legión.

Es otra de las causas de maiestas;

¡Abandono del ejército en pais enemigo!

Esta es la postura de la parte que represento;

¡Cayo Claudio Galo debe ser condenado por el delito de maiestas y a discreción de los dignos jueces ser condenado a muerte o destierro!-

Fusco, ahora con pasos precipitados, regresó a su lugar.

Tras la indicación de Cornelio al auxiliar, éste anunció;

SÉNECA. Una visión del Imperio. *Recuerdos de infancia.*

-Tiene la palabra Marco Anneo Seneca, advocatus de parte de quien, en tiempos de los hechos que dan lugar al juicio, era Tribuno Lacticlavio de la Legio I, Cayo Claudio Galo.

En esta primera intervención fijará la postura de su parte en este juicio- Marco se levantó y girándose ligeramente hacia la izquierda para enfrentarse a los jueces, comenzó su intervención.

-No quiero cansar a los honorables jueces ni al resto de asistentes. No dispongo de una prosa tan florida como la de mi colega...-

Risas amortiguadas se oyeron entre los asistentes.

-Iré directamente al punto central de lo que nos trae hoy aquí. Aurelio Fusco ha expuesto su acusación, nada menos que de lesa maiestas, basando toda su argumentación en una supuesta indisciplina o desobediencia.

Rebatiremos esta afirmación declarando;

Primero; No hubo ninguna desobediencia.

Segundo; Al no haber desobediencia, todos las demás supuestos crímenes desaparecen.

No hubo ningún comportamiento indisciplinado, y por supuesto ninguna incitación a la sedición, ninguna mala administración de los medios ni abandono de su puesto.

Como consecuencia;

¡No hay nada que tenga que ver con indisciplina y mucho menos con lesa maiestas!

Nuestra postura es solicitar a los jueces que;

- Rechacen la acusación de maiestas.
- Ordenen anular el informe emitido por Lucio Emilio Félix.
- Se emita informe sobre la actuación del Tribuno Cayo Claudio Galo, de acuerdo con los hechos que aquí se clarificarán.-

Dicho esto, Marco tomó asiento de nuevo. Tanto Galion como Cayo se volvieron hacia él y Galion, nervioso, le dijo;

-Marco, no has atacado. ¿No ha sido muy débil tu respuesta?-

-Galion; una cuesta ha de subirse con tranquilidad. Sino corres el riesgo de llegar muy fatigado o no llegar.-

---

Legión. Tribuno Lacticlavio. *Era el título que ostentaba el mando de una legión bajo el Legado. Se trataba de un grado en el cursus honorum de la clase senatorial. Usaba una túnica de igual nombre, con una franja púrpura ancha.*

SÉNECA. Una visión del Imperio. *Recuerdos de infancia.*

40.-Roma. 23 enero. Año 3. Desarrollo del juicio.

Tomó la palabra el juez principal, sin recurrir a los ayudantes;

-Una vez concretadas las posturas de las partes, se da inicio al juicio en su parte declarativa, argumentación y conclusiones.

Tengo que recordar que el delito de maiestas, evolucionando desde tiempos antiguos, se puede hoy resumir en ataque al Prínceps, a su familia o a la majestad del Pueblo Romano. Dada la gravedad del mismo, tengo que asegurar que, este juez así como sus colegas lo perseguirán, en caso de darse, con la mayor rigidez.

También tengo que afirmar que su misma gravedad no permite que con él se hagan elucubraciones. De ser, será nítido e irrebatible.-

Tras esta declaración, Cneo Cornelio hizo un gesto al primer auxiliar que prosiguió.

-Procedemos a la fase declarativa. Tiene la palabra Aurelio Fusco.-

De nuevo hizo un recorrido por delante de la presidencia y dirigiéndose a Marco preguntó;

-Mi colega afirma que no se produjo desobediencia por su defendido. ¿Cómo va a demostrar que no hubo desobediencia? ¿Va a poner en duda las órdenes del Legado? ¿Va a contraponer la palabra del Tribuno?

Si las órdenes fueron obtener información sin intentar negociaciones, ¿Cómo es posible que el Tribuno diga que no desobedeció, pero a la vez que negoció?-

Marco se puso en pie y de nuevo desde su lugar habló;

-No negamos las claras órdenes del Legado. Obtener información. No negociar-

Nuevo gesto teatral de Fusco, lanzando la toga para ajustarla sobre su persona.

-Avanzamos. Ha quedado clara la desobediencia.-

La preocupación de Galion aumentaba por momentos y se la hizo saber a Marco.

-¿Cómo aceptas la desobediencia, si es lo que quieres negar?-

SÉNECA. Una visión del Imperio. *Recuerdos de infancia.*

Esta vez Marco salió de su zona y se acercó a Fusco.

-No tergiverses mis palabras Aurelio. He confirmado cuales eran las órdenes recibidas por el Legado, no he aceptado en ningún momento desobediencia. No podría hacerlo pues no se produjo.

Una orden tiene validez en un lugar y momento dado. Si el momento, lugar o circunstancias varían, en la capacidad del receptor de esa orden está su valoración y aplicación a la situación concreta.-

Murmullos y discusiones se percibían entre los asistentes. Sobre todo en la zona reservada para asistentes ilustres. Estos debatían sobre las afirmaciones de Marco y comenzaban a aparecer razonamientos políticos más que jurídicos. ¿Una orden del Legado era interpretable? ¿Y si la orden fuera del Senado? ¿Y del Príncceps?

Fusco, visiblemente alterado, contestó a Marco:

-Estas poniendo en entredicho la sagrada disciplina de las legiones. Nos acercas a la forma de actuar de los bárbaros con su ineficaz anarquía. Desprecias la civilización romana.-

-Comprendo que tu temperamento impulsivo te lleve a tales afirmaciones que contradicen el espíritu de Roma. El espíritu que forjó nuestra grandeza.

¡Tú eres quien desprecias la gloria de Roma!-

Marco había hablado con mucha lentitud y tranquilidad. Este comportamiento había exacerbado a Fusco que se movía nervioso. Y siguió;

 -Hay muchos ejemplos.

Empezaré por Publio Cornelio Escipión Emiliano. Aníbal avanzaba sobre Italia. Todavía muy joven Publio acompañaba a su padre, el cónsul que salió al encuentro de los cartagineses.

Se produjo la batalla de Tesino. Dentro del desastre que supuso para nuestras legiones este encuentro, hay que destacar la acción de Publio.

Las órdenes recibidas eran claras; al mando de una turma de caballería debía mantenerse en retaguardia y sólo intervenir si se le requería. Era una fuerza en reserva cuyo empleo podía ser necesario para una posible acción envolvente.

Su padre fue herido. Publio, con dieciocho años, ordenó el avance. No todos obedecieron ante el riesgo, la carga la realizó él solo. Viéndolo, sus hombres le siguieron, llegaron al cónsul y lo rescataron.

Fue propuesto para la corona cívica, pero la rechazó diciendo que la acción y recuperar a su padre era su recompensa.

Estimado Aurelio; ¿debemos condenar por maiestas a Publio Cornelio Escipión Emiliano, por clara desobediencia de las órdenes recibidas?

Podemos seguir con Cayo Julio César. Todos conocemos la acción realizada en Mitilene. El propretor Marco Minucio Termo le ordenó situarse ante las puertas de Mitilene para impedir la salida del enemigo, sin ponerse en riesgo atacando. Durante el desarrollo de la campaña, viendo que iba a ser cogido entre dos fuerzas enemigas, optó por lanzarse contra las murallas. Tomó la ciudad. Le fue concedida la corona cívica.

Estimado Aurelio; ¿debemos condenar por maiestas a Cayo Julio César, por clara desobediencia de las órdenes recibidas?-

Marco paró unos instantes su argumentación, lo cual le permitió percibir algunas risas entre los asistentes.

-No se trata de repasar nuestra gloriosa historia, sino de destacar que las órdenes, cuando cambian las circunstancias en que se dieron, obligan a interpretarlas con los nuevos parámetros.

Escipión fue uno de los mayores generales de nuestra historia y así actuó.

Igual hemos de calificar a César y no creo que su actuación sea considerada como delito de maiestas por su adoptado Octavio.-

Aquello llevó a que Cneo Cornelio Cinna Magno, interpelase a Marco;

-No consentiré que se valoren los hipotéticos criterios del Prínceps.-

Marco contestó, ya desde su asiento;

-Pido disculpas si así se ha interpretado. Mi deseo era solo resaltar que las posturas relatadas han tenido la general aceptación y el aplauso de todas las personalidades de Roma.-

Fusco, mostrando su nerviosismo y sin haberse sentado en todo el tiempo, prosiguió;

-El advocatus intenta confundirnos y mezcla hechos que nada tienen que ver con el que nos ocupa.

Lo cierto es que el Tribuno acusado, no actuó ante una situación sobrevenida y que le obligó a cambiar su forma de entender las órdenes recibidas. El tribuno salió desde Moguntiacum con una clara determinación de, contra lo ordenado, buscar el contacto con los germanos y negociar.-

-No digo que mienta mi colega pero, lo que dice, espero se deba a una mala información.-

Afirmó Marco desde su asiento.

Rojo de ira, Fusco se acercó a Marco y gritó;

-Lo que digo es cierto. El legado sabe que su intención era esa. El tribuno consideraba que era la mejor estrategia y así lo manifestaba en sus intervenciones en el campamento.-

-Aurelio- dijo Marco en tono condescendiente. -Una cosa es la estrategia que consideraba más adecuada y otra que no saliera de Moguntiacum con la firme determinación de cumplir las órdenes, independientemente de su opinión.-

-¿Cómo pretendes convencernos de ello? Sus manifestaciones fueron claras en favor de la negociación. Los hechos fueron que contactó y negoció. ¿Vas a decirnos que no quiso?-

-Voy a afirmar que salió a su misión para obtener información y que fue capturado.

Las nuevas circunstancias dieron lugar a su conversación con Segimero. Gracias a ellas, salvó la vida de los supervivientes, la suya propia y logró evitar ataques de los germanos.-

Se dirigió al tribunal y dijo;

SÉNECA. Una visión del Imperio. *Recuerdos de infancia.*

-Con la mayor humildad, solicito a los jueces que el Legado Lucio Emilio Félix nos informe si en el tiempo que estuvo en su misión el Tribuno, se produjo algún ataque germano y si tiene noticias de si con posterioridad lo ha habido.-

Lucio sin levantar la mirada habló:

-No se produjo ningún ataque. Pero hay que tener en cuenta que no era una época del año propicia para ello.

Después de mi partida no sé nada sobre la situación en el limes.-

-No se preocupe el Legado. Yo si he pedido información y la calma es total. Respecto a la época del año, en la misma época el año anterior, las escaramuzas fueron constantes.-

El juez principal habló de nuevo;

-Marco, has hablado del posible éxito de las conversaciones. Y has afirmado que el Tribuno no partió con la intención de faltar a sus órdenes. Y que lo vas a demostrar.

Todo ello ha de esperar. Este tribunal señala un receso y a la hora séptima continuará.-

---

Publio Cornelio Escipión Emiliano. El general que destacó en la segunda y tercera Guerra Púnica, enfrentándose a Aníbal. Su primera acción sobresaliente fue, la que se narra en la batalla de Tesino, rescatando a su padre, el cónsul al frente del ejército.

Cayo Julio César. Le fue concedida la corona cívica en la batalla de Mitilene. No se conocen detalles de cuál fue su acción. En su novela "Roma soy yo", Santiago Posteguillo narra unos hechos posibles a los que aquí se hace referencia.

Condecoraciones. Corona Cívica. Otorgada al militar que salvaba la vida a otros. Tambien a fundadores de ciudades. Estaba hecha de ramas de roble.

Era la segunda condecoración más elevada tras la gramínea destinada al que salvaba un ejército completo.

SÉNECA. Una visión del Imperio. *Recuerdos de infancia.*

Pese a seguir siendo un día agradable, el sol invernal y la orientación norte de las entradas no aportaban gran luminosidad. Durante el descanso, se habían incrementado las luminarias que colgaban de los altos techos.

El ambiente del salón resultaba diferente y la sensación de frío era mayor.

El primer auxiliar, indicó;

-Se reanuda el juicio. Continúa la exposición del advocatus Marco Anneo Seneca.-

Ahora Marco se levantó y se dirigió al espacio comprendido entre los asientos de la otra parte y la propia.

-Parece que el ambiente que nos acoge se asimila más, aunque mucho más suavizado, a la oscuridad y al frío que acompañaban al Tribuno, cuando partió de Moguntiacum.

Cayo Claudio Galo partió con una turme de caballería. Aquí se ha mostrado extrañeza por la elección de tan pequeña fuerza y de ahí se pretende concluir el deseo preconcebido de negociar.

Para una misión discreta de información, ¿a alguien se le ocurriría desplegar una gran fuerza?-

Marco miró hacia la presidencia.

-Todo el informe presentado por la otra parte deja constantemente insinuaciones negativas sobre la actuación del Tribuno. Son insinuaciones que no se sostienen, ante una pequeña reflexión, y que sin duda apreciarán los jueces.

Cayo Claudio se mantuvo en la orilla izquierda del Rin intentando descubrir cualquier concentración de fuerzas enemigas, preparativos de cruce de río, rastros de incursiones...

El tiempo infernal, que soportaron él y sus hombres, apenas permitía vislumbrar la otra orilla. La misión no obtenía ningún resultado. Sería un fracaso sino se actuaba de manera más arriesgada.

SÉNECA. Una visión del Imperio. *Recuerdos de infancia.*

El Tribuno decidió asumir un mayor riesgo y, en el territorio de los ubios, pueblo aliado y con su apoyo, decidió cruzar el Rin.

No fue una locura y mucho menos un intento de contactar con el enemigo. Al otro lado del cruce, se extendía también el territorio ubio y siguiendo las indicaciones que le dieron, bordeó el Rin ahora por la orilla de levante.

Evidentemente el riesgo aumentaba a medida que avanzaban hacia el norte y dejaban territorio ubio. No obstante, el Tribuno estaba dispuesto a cumplir con las órdenes recibidas. Quería sondear las posibilidades de una agresión por los pueblos germanos, así como estudiar el terreno, por si se decidía un ataque por nuestra parte.

Una vez que dejaron el territorio ubio, fue el guía germano, que llevaban, quien aconsejó el camino a seguir. Cuando llegaron a la desembocadura del Dussel, fue él quien aconsejó seguirlo. Su camino se adentró en una zona pantanosa y después en el bosque donde fueron atacados. No fue el Tribuno el que buscó el lugar de contacto con el enemigo.

¡Fue el guía quien los condujo al lugar y a la consiguiente emboscada!- Marco se acercó al Legado y le preguntó;

-¿De quién fue la negligencia en la elección del guía? El Tribuno llevaba muy poco tiempo en Moguntiacum. No buscó el guía.

¡Fue el de confianza de la Legio I, mandada por Lucio Emilio Félix!- Dijo Marco encarándose con el Legado.

El Legado, Lucio Emilio Félix, se levantó y señalando a Marco con su mano dijo en voz alta;

-¿Por qué tenemos que creer esa voluntad del Tribuno?

Pretendes ensuciar mi memoria queriendo achacarme culpas que no corresponden. Yo digo que es falso todo lo dicho sobre las intenciones del Tribuno. Toda su intención era contactar y pactar con el enemigo. ¡Como así hizo!

El mando del destacamento era suyo. No tenemos por qué creer que el guía los condujese a lugar del ataque. Yo digo que fue el ansia de

SÉNECA. Una visión del Imperio. *Recuerdos de infancia.*

negociar, desobedeciendo mis órdenes, la que llevó al Tribuno a conducir sus hombres allí.-

Emilio Cecilio Metelo, desde su estrado, intervino;

-Advocatus, ibas a demostrar cuál era la intención por parte del Tribuno y solo tenemos una afirmación tuya y una interpretación de los hechos que te trasmite el interesado. Por razones obvias no podemos preguntar al guía.

¡Pobre argumentación es esa!-

<u>**42.-Roma. 23 enero. Año 3. Un testigo.**</u>

Marco hizo un gesto de acatamiento;

-El juez ha demostrado su perspicacia y atención a lo tratado.

Hubo tiempos, en que la palabra de un hombre era ley. Su valor era sagrado. No había motivo de duda en la afirmación de un romano. Entre beneficiarse con una falsedad o mantener el honor con una verdad, aunque perjudicase, el noble no tenía duda.

Desgraciadamente, esa virtud ha sido abandonada paulatinamente. Hoy, aquellas personas que aun mantienen el honor de su palabra, y su honradez contra las adversidades, no son creidas. Sobre todo cuando sus manifestaciones pueden resultar en beneficio propio.

No basta con afirmaciones o declaraciones de la parte interesada. Es preciso apoyar la veracidad de lo afirmado en pruebas externas o manifestaciones de terceros.

Por todo ello, solicito autorización para convocar a un testigo.-

Fusco, se volvió hacia el Legado y tenso le preguntó. -¿Qué testigo?-

Lucio puso cara de desprecio; -No puede tener ningún testimonio solvente. El centurión que lo acompañó, cercano al final de sus días activos, se retiró al poco tiempo. Nadie en Moguntiacum sabe en dónde se estableció. Dos de los tres legionarios que volvieron con él, lo hicieron con graves heridas y murieron al poco tiempo. El tercer legionario es el único testigo posible. Se recuperó de sus heridas, pero no de los días de cautiverio, y pasa el tiempo borracho de calabozo en calabozo.

¡Valiente testigo!- Gruñó.

Tras el gesto de aceptación por el juez principal, Marco se acercó y habló con el segundo auxiliar, que dirigiéndose a la sala dijo;

-Se llama a declarar a, el que fue en su tiempo, centurión de la Legio I; Accio Pompeyo.-

Fusco se volvió irritado hacia Lucio Emilio Félix.

-¡Nadie sabe dónde está!, decías-

Accio esperaba fuera de la sala, en la entrada más cercana al tribunal. Con paso decidido se situó frente a los jueces y manifestó;

–Soy Accio Pompeyo. De acuerdo con el requerimiento, me presento a declarar.-

Tanto Cayo como Galion se volvieron hacia Marco con asombro.

-¿Cómo lo has localizado?- Susurró Galión.

-Es una pequeña historia que ya os contaré.-

Marco avanzó, hasta situarse entre los jueces y el testigo, y se dirigió a Accio;

-Accio Pompeyo, ¿serviste como centurión en la Legio I?-

-Así es. Los útimos años de mi servicio fueron en la Legio I, en Moguntiacum, desempeñando mi cargo de centurión. A finales del pasado año, una vez cumplida la edad señalada, me fue concedido el retiro y abandoné el limes.-

Marco preguntó de nuevo;

-Centurión; ¿participaste en una misión en territorio enemigo dirigida por el tribuno Cayo Claudio Galo?-

-Fue mi última acción como centurión fuera del campamento y antes de mi retiro.-

---

Accio Pompeyo. *(-48 / 12) Personaje ficticio. Aparece en el juicio que se narra como centurión de la Legio I en Moguntiacum (Maguncia).*

SÉNECA. Una visión del Imperio. *Recuerdos de infancia.*

Ahora, Marco, mirando a los jueces, prosiguió;

-¿Puede el centurión contarnos los hechos más destacados de la misión dirigida por el Tribuno Cayo Claudio Galo y, sobre todo, si sus órdenes se encaminaban a lograr información de la zona?-

-Las órdenes recibidas del Legado eran claras; obtener información de la frontera, sin contactar con los enemigos. Así me trasmitió el Tribuno el objeto de la misión.

Avanzamos hacia el norte sin resultados. El tiempo hacía muy difícil la misión. Al llegar al territorio ubio, el Tribuno consideró que la única manera de intentar cumplir las órdenes era cruzar el Rin. Así lo hicimos apoyándonos en el pueblo amigo de los ubios.

Al otro lado del limes, y acompañados por ubios, seguimos hacia el norte, siempre próximos a la orilla oriental del río. Cuando llegamos al final de su territorio, los ubios nos dejaron. No podían penetrar en otros territorios germanos, que consideraban no amistosos.

Cuando acampamos esa noche, el Tribuno me llamó y me dijo;

"A partir de aquí aumenta el riesgo, pero creo que será la única forma de cumplir lo ordenado e intentar lograr alguna información.

¿Cuál es tu opinión?"

Fui yo quien le dije que preguntáramos al guía para ver si consideraba que el riesgo era asumible o disparatado.

El guía dijo que más al norte desembocaba el Dussel. Aconsejó llegar allí y acercarnos a una pequeña aldea querusca, la más cercana de su territorio. Podíamos observarlos y ver cómo actuaban.

Tanto al Legado como a mí nos pareció un riesgo aceptable y que nos podía acercar al cumplimiento de las órdenes recibidas.-

Marco lo interrumpió;

-La idea de acercarse a los queruscos ¿partió del guía o del Tribuno?-

-Fue el guía quien lo aconsejó. Tanto al Tribuno como a mí nos pareció una forma adecuada de cumplir las órdenes recibidas.-

-¿Manifestó el Tribuno su deseo de parlamentar con los queruscos?-

SÉNECA. Una visión del Imperio. *Recuerdos de infancia.*

-En ningún momento. Siempre mantuvo la postura de que fuéramos atentos y sin hacer ruido. Debíamos evitar cualquier encuentro. Nuestra misión era exclusivamente de información.

Repetidamente recibí estas instrucciones y la orden de trasmitirlas a todos los de la partida.-

-Centurión, prosigue tu relato.-

-Caímos en una feroz emboscada. Fue una masacre. Salvamos la vida, además del Tribuno y yo, tres hombres más, aunque mal heridos. También el guía, que después supimos que estaba de acuerdo con ellos.-

-¿Cómo resumirías las conversaciones que después se produjeron?-

-Estuve en algunas, no en todas. Creo que puedo resumirlas en tres fases;

Una primera de apaciguamiento. Segimero, y sobre todo los otros jefes, habían manifestado muy malas intenciones para nosotros. Querían enviarlo a él, malherido, para que informase y al resto ejecutarnos.

El Tribuno logró ir atrasando esta decisión.

La segunda de confianza. Ya se habían ido los otros jefes y Segimero manifestó la disidencia entre las tribus que deseaban enfrentarse a Roma y las que pretendían cohabitar con ella.

El Tribuno le manifestó que también en Roma había posturas diferentes.-

-¡Traición!-

Bramó el Legado, rojo de ira.

-No se pueden expresar opiniones personales sobre el mando o las órdenes de éste y menos ante el enemigo que puede utilizarlas contra nosotros.-

-Ruego al Legado que permita finalizar la declaración del Centurión y después recapitulemos todo lo expresado.- dijo Marco mirando a los jueces.

En este caso fue el juez Metelo el que afirmó;

SÉNECA. Una visión del Imperio. Recuerdos de infancia.

-Por razones de claridad, que el testigo acabe sus manifestaciones antes de entrar a valorarlas. Continúa.-

-La tercera fase, una vez logrado el apaciguamiento y después la confianza, fue la de intentar generar un lazo positivo.

La propuesta por parte de Segimero era clara;

No atacar, si no era atacado, y procurar imponer este principio a todas las tribus.

El Legado, no tenía poder para comprometerse. Sólo podía formular una declaración de intenciones; trasmitir los buenos deseos de Segimero al Legado y defender la postura del pacto, no de la guerra.

Fuimos progresivamente mejor tratados y, al final, acompañados hasta territorio querusco y liberados.-

Marco le preguntó;

-Centurión, ¿consideras que fueron quebrantadas las órdenes recibidas por el Tribuno?-

Aurelio Fusco saltó y expuso;

-¡De ninguna manera es procedente pedir una opinión sobre lo juzgado a un testigo!-

El juez principal iba a hablar, pero Marco cortó;

-Retiro la pregunta. La sustituyo por; ¿Cambió las órdenes el Tribuno o, por el contrario, se vio obligado a adaptarse a las circunstancias sobrevenidas?-

Aurelio, temblaba y no pudo expresarse a tiempo.

-Las órdenes eran las mismas;

Primero; obtener información.

Mucha se logró;

El liderazgo, no sin opositores, de Segimero.

Su voluntad de paz y su deseo de mantener las relaciones con Roma. Incluso citó a sus hijos romanos...

Segundo; no contactar con el enemigo.

Desgraciadamente no contactamos. Fueron ellos los que nos apresaron. Las conversaciones venían impuestas.-

SÉNECA. Una visión del Imperio. *Recuerdos de infancia.*

-Otras dos preguntas.- dijo Marco;

-Primera. ¿Para ti, fue un buen jefe el Tribuno Cayo Claudio Galo?-

-Así lo considero. ¡Un gran jefe!

Cumplió su misión, logró un periodo de paz, y nos salvó la vida a los prisioneros.

Tengo que repetir que la primera postura de Segimero y los otros jefes, era dejar con vida al Tribuno para que trasmitiese lo sucedido y matarnos a los demás. El Tribuno arriesgó esa vida, que se le daba, por salvarnos a todos.

Nunca abandonó a sus hombres y durante el cautiverio fue logrando mejoras en el trato y en el cuidado de los heridos.-

-Segunda pregunta. Al Legado le preocupa que el Tribuno desvelase información sobre nuestros ejércitos, su posición, sus fuerzas, o baja moral por la división. ¿Fue así?-

-En absoluto.

Nunca se habló de fuerzas o de posiciones. Solo las obvias; como el establecimiento de la Legio I en Moguntiacum.

No se trasmitieron ideas de división. Se dijo que había opiniones pero, también, que Roma discute y después aprueba posiciones que son seguidas por todos. Se contrapuso a la disensión entre las tribus germanas que pueden enfrentarse entre ellas en vez de llegar a un acuerdo.-

Cornelio inquirió si había más preguntas por alguna de las partes y tras la negativa se autorizó la retirada de Accio.

SÉNECA. Una visión del Imperio. *Recuerdos de infancia.*

Aurelio Fusco, tomó la palabra.

-No tenía duda de la gran capacidad retórica de Marco Anneo Seneca. No tenía duda de su capacidad para retorcer argumentos. No tenía duda de su capacidad para distraernos con cuestiones secundarias. No tenía dudas de que era capaz de arrastrarnos para que no veamos el meollo de la cuestión.

Pero... se ha superado.

Marco, volvamos al principio. Tu defendido manifestó repetidamente ante el Legado, y ante otros oficiales, su opinión favorable al pacto con el enemigo.

¿Vas a negarlo?-

-No lo vamos a negar, ni lo hemos negado.- aclaró Marco. - En una salutatio previa a su destino, el mismo Augusto le manifestó su deseo de paz. Esa era la postura que expresaba, como era su obligación.-

-¿No es cierto que esas instrucciones, Augusto, las sometía al criterio del Legado, por estar este más próximo al limes y a los hechos que allí se desarrollaban y, por lo tanto, con información más actualizada?- Insistió Aurelio.

-Si, por eso Cayo, expresaba su opinión, pero la sometía al criterio del Legado. En todo momento obedeció las órdenes como ha quedado demostrado.-

Marco apostilló;

-Otra cosa era su opinión, coincidente con la de Augusto, que debía mantener.-

-¡Ningún buen soldado mantiene opiniones contrarias a la de su superior en público, ante otros mandos! -

Gritó Lucio Emilio Félix, dando un gran golpe sobre la tabula auxiliar, que se desplazó y a punto estuvo de volcar.

Cornelio puesto en pie gritó al Legado.

-¡Otra falta de respeto como ésta y será expulsado!-

Aurelio Fusco, apuntilló;

SÉNECA. Una visión del Imperio. *Recuerdos de infancia.*

-Ruego que los jueces disculpen esta manifestación del Legado, pero su indignación ante acciones que se pretenden calificar de positivas, cuando son cercanas a la traición, alteran al más templado.-

Marco, antes de continuar, hizo una señal convenida a Galion. Éste se levantó y salió de la sala.

-¿Consideran el Legado y el advocatus incorrecto o ¡incluso traición! manifestar una opinión de manera respetuosa, pero no coincidente con la del mando?

¿Consideran que esta simple manifestación es inadmisible, y eso que en este caso había sido inspirada por el Prínceps?

¿Consideran quizás, que sus opiniones son ciertas e infalibles aun cuando no coincidan en el fondo con las del Prínceps?

¿Considera esa parte que la opinión del Tribuno es causa de lesa maiestas por contradecir la del Legado, pero no lo es la del Legado contradiciendo la del Prínceps?

Debemos creer que la actitud del Legado, buscando resquicios para desencadenar una invasión bélica de los territorios germanos, se debía a la necesidad del momento, no a sus ansias agresivas.

Debemos creer que, aun sabiendo el deseo del Prínceps de mantener la estabilidad del limes, su deseo de ataque no es una desobediencia y un caso de lesa maiestas.

Aunque sabemos que el Tribuno no desobedeció,

¿Debemos considerar menos grave que un Legado desobedezca al Prínceps?-

Marco, ahora, paseó por delante del tribunal. Parecía que estaba esperando algo. Galion llegó a una de las puertas. Marco lo vio y lanzó su ataque definitivo:

-¡Dejémonos de encubrir la verdad! -tronó- Todo este juicio se basa en un informe que es un caso claro de prevaricación. Es falso y tendencioso de principio a fin.

El Legado mantenía en su interior una incontenible sed de venganza contra un superior que siendo él, Tribuno Lacticlavio, tuvo que

SÉNECA. Una visión del Imperio. Recuerdos de infancia.

reconvenirle por su insolente actitud. Lo ha vinculado con Cayo Claudio Galo, y ha querido emplearlo como chivo expiatorio.-

Tanto los jueces como los asistentes mostraron su sorpresa con claros gestos de incomprensión.

-Lucio Emilio Félix, siendo tribuno, no sólo mantenía sus opiniones contra los superiores, sino que una vez reprendido y recibiendo órdenes de callar mantenía una actitud arrogante. No sólo eso, se jactaba de que impondría su criterio y de que actuaría conforme a él.

Esto le granjeó un claro contratiempo en su cursus honorum del que nunca se recuperó. La misma actitud quiso imponer ahora desobedeciendo los deseos del Prínceps-

Lucio Emilio Félix se precipitó hacia Marco con una actitud desafiante.

Su corpachón, con menos de cuarenta años, no podía compararse físicamente con el de Marco, de mucha más edad que él. Los asistentes se pusieron en pie.

En ese momento se produjo un estruendo y entraron ocho pretorianos, escoltando a Tiberio.

Aquello enfrió la situación, en medio de la máxima expectación de los asistentes.

Silano se dirigió en bajo a los otros jueces;

"¿Con qué autoridad, Tiberio hace uso de la guardia pretoriana?"

No fue discreto. Se oyó hasta por los asistentes de alto rango que ocupaban las primeras filas.

Pero... nadie preguntó. Todos hicieron que no oían.

El Legado volvió a su sitio. Aurelio con voz muy baja le preguntó;

-¿De qué hablan?

¿Quién era el superior al que te enfrentaste?

¿Por qué entra Tiberio con los pretorianos?-

Pese a que se hacían las mismas preguntas, todos los presentes iban llegando a la conclusión correcta.

Lucio Emilio Félix, todavía en pie, se dirigió a los jueces.

SÉNECA. Una visión del Imperio. *Recuerdos de infancia.*

-He tenido durante este juicio algún momento en que no he sabido contenerme. Ruego se me disculpe.

Creo que mi temperamento me ha llevado a exagerar las posibles faltas del Tribuno y deseo retirar mi acusación de lesa maiestas.-

Marco junto a él le dijo;

-Creo que es muy poco proporcionado para el ataque realizado, el retirar sólo la acusación de maiestas.

¿No sería más correcto, además de retirar la acusación de maiestas, retirar el informe emitido?

 ¿No debería redactarse otro, donde se destaque el fiel cumplimiento de las órdenes recibidas, así como su heroico comportamiento ante el enemigo?

¿No debería resaltarse también que logró salvar a los hombres que sobrevivieron al ataque?

Creo que si esto se produce, esta parte en nombre de la que hablo, no presentaría una acusación de delito de maiestas contra el Legado, ni tampoco de prevaricación.-

Fusco hacía gestos de aceptación. El Legado lentamente se sentó a su lado y bajó la cabeza. Su gesto era de resignación, de derrota y por supuesto de asunción de las condiciones.

Marco volvió a hablar;

-Partiendo de que la otra parte parece aceptar lo recabado, solicito que los honorables jueces reclamen al Legado un nuevo informe en que se deje sin efecto el presentado anteriormente, se destaque el comportamiento heroico del Tribuno, la valentía mostrada al salvar a sus hombres y el estricto cumplimiento de las órdenes recibidas.

Tras ello, esta parte renunciaría a otras exigencias, así como a emprender ninguna acusación contra el Legado por hechos sucedidos con anterioridad.-

SÉNECA. Una visión del Imperio. Recuerdos de infancia.

45.-Roma. 23 enero. Año 3. Explicaciones; Marulo y Accio.

Aunque ya era la hora décima, y el cansancio y la tensión acumulada hacían mella en ellos, no dudaron en celebrarlo con una buena cena.

Marco exigió que fuera en su domus;

-Sino vamos y le explico todo a Helvia, tendré un problema familiar- rio estruendosamente.

Helvia salió a recibirlo;

-Por tu cara veo que todo ha ido bien.- Dijo con un fuerte abrazo.-

-Así es. ¡No preguntes! Ahora oirás todo. Pero en primer lugar vamos a decirle a Calino que preparen una buena cena, tenemos que reponernos. ¡Ah! Y algo de música de fondo.-

Así fue. El frío obligó a que se realizase en el triclinum que contaba con una gran chimenea.

-Con tantos amigos, se me queda la domus pequeña.- bromeó Marco.

Aunque la estancia era espaciosa, entre los invitados, los esclavos que los atendían y los tres músicos que con cítaras y arpa amenizaban la cena, la sensación era de lleno absoluto.

Por ello, Marco indicó a Calino que una vez servidos los platos principales, sólo él quedara en la estancia para pedir lo que se fuese necesitando. Asimismo redujo los instrumentos a una cítara, que acompañaba con suaves acordes de fondo las conversaciones de los comensales.

Marco resumió para Helvia lo acontecido en el juicio. Y después dijo;

-Ahora toca aclarar los puntos que pueden quedar oscuros. Pero, antes de entrar en materia, tengo que deciros que fue un gran acierto el pedir ayuda al profesor Marulus. Ya, antes de la sesión de hoy, se lo agradecí y mañana lo visitaré personalmente para ofrecer una gratificación a los dos discípulos que nos ayudaron.

Les pedí que buscaran casos en nuestra historia, en los que las órdenes recibidas fueron desobedecidas o reinterpretadas por cambiar las situaciones. Naturalmente les indiqué que, en esos casos, la desobediencia hubiera salido bien...

SÉNECA. Una visión del Imperio. *Recuerdos de infancia.*

Me prepararon infinidad de casos, pero ya sabéis que sólo utilicé dos; el de Escipión y el de César. Fueron suficientes, pero el tener una batería de casos preparada da mucha confianza.-

Galion apuntó;

-Con ello dejaste clara la procedencia de reinterpretar una orden cuando cambian las situaciones.-

-Sí, pero el citar el caso de César y sobre todo -rio Marco- recordarlo como tío abuelo y padre adoptivo del Príceps, fue decisivo.-

Volvió a intervenir Galion.

-Para defender que el informe del Legado era procedente, se basaban principalmente en tres puntos;

Primero; delito por crítica pública de las órdenes.

Segundo; incumplimiento de órdenes por el Tribuno.

Tercero; inaceptable el incumplimiento de órdenes en cualquier caso.

Los casos de Escipión y sobre todo César, bastaron para desactivar el punto tercero. Hay que reinterpretar las órdenes cuando cambian las circunstancias que las han provocado.-

-Sí. Al empezar por el punto tercero y desmontarlo, el punto segundo quedaba alterado. Había que demostrar que el Tribuno había partido con el propósito de cumplir lo ordenado, independientemente de sus opiniones, y que sólo cuando las circunstancias cambiaron tras la emboscada, se vio obligado a actuar de manera distinta.-

Ahora fue Cayo el que habló;

-El Legado estaba muy confiado, y así se lo debió trasmitir a Aurelio Fusco. Daba por hecho que no disponíamos de nadie que pudiera corroborarlo. Su informe reflejaba que yo no tuve intención de cumplir las órdenes.

Era sólo una opinión, pero esa opinión sería válida para ser expresada en un informe. El informe del Legado, como es lógico, debe expresar su opinión.

Rebatir opiniones es muy complicado.

SÉNECA. Una visión del Imperio. *Recuerdos de infancia.*

Y ahora soy yo el que se quedó asombrado. ¿Cómo lograste contactar con Accio?-

Dijo mirando al antiguo centurión.

La misma sorpresa manifestó Galion. —Si nadie sabía nada de él ¿cómo demonios, tú, sí?-

-¡Por Júpiter!

- exclamó Marco levantándose del triclinio.-

En esta ocasión sí es cierto que los dioses nos ayudaron. Veréis, aunque todo mi tiempo se me iba en la preparación del juicio, hace diez días me reuní con Turo. Estaba en Roma siguiendo con la organización de la empresa de trasportes. Estaba muy satisfecho con los progresos en la empresa con Publio Pompeyo en Arelate.

Me dijo que estaban haciendo alguna incorporación de gente que se necesitaba en la nueva estructura y...

Ahora viene lo más sorprendente. Me dijo que la principal incorporación era la de un centurión retirado. Él todavía no había tenido ocasión de conocerlo, pero pronto vendría a Roma y me lo presentaría.

Me acordé de que tú, Cayo, habías dicho que no habías vuelto a tener noticias del centurión que te había acompañado. Además no sabías dónde estaría.

Relacioné y me acordé que habías mencionado su fuerte acento de la zona de Massilia.

Y Accio tenía por nomen Pompeyo...

¡No podía ser!, pero, ¿y si se estaba produciendo un milagro?

Le pedí a Turo que mandara a alguien de la máxima confianza en el barco que salía ese mismo día para Massilia. Tenía que enterarse de si ese centurión era Accio Pompeyo. En ese caso tenía que venir de forma inmediata.

En cualquier caso, era imposible que llegara a tiempo del juicio y me puse a pensar inmediatamente en cómo retrasar o alargar el juicio para que diese tiempo a su presencia.

SÉNECA. Una visión del Imperio. *Recuerdos de infancia.*

Pero, y por eso digo que, los dioses estaban con nosotros, al día siguiente se presentaron Turo y Accio en esta domus.-

Tanto Helvia, como Galion y Cayo estaban asombrados y miraban sin hacer ni un gesto.

Marco se sentó, -Accio, sigue tú que estoy cansado de tanto hablar.-

-Cuando Cayo marchó de la Legio I, le manifesté que iba a producirse un cambio en el mando de la legión.

Aunque yo estaba ya en situación de retirarme, no quería hacerlo mientras estuviese al mando Lucio Emilio Félix. Habiendo sido miembro de la partida podía verme envuelto en sus maquinaciones.

El relevo se produjo pronto y fue para mí una alegría. El nuevo legado era un viejo conocido mío pues habíamos coincidido cuando era tribuno y habíamos mantenido la amistad.

Le expresé mi deseo de retirarme y no puso ningún inconveniente. No obstante le pedí hacerlo discretamente y que no revelara mi destino. Yo seguía preocupado con las posibles intenciones de Félix. Quedamos en que diría que había pedido retirarme y que no sabía nada más.

En Arelate reside toda mi familia y dentro de ella Publio. Conozco todos los medios de acceder a las tierras destinadas a los veteranos. Un documento del legado confirmando que me retiraba en la Legio I, permitió que se me adjudicasen las tierras correspondientes.

Me fui a Arelate y pronto saludé a Publio. Me habló de las empresas que estabais montando y me invitó a participar. Lo demás lo sabéis.-

-No, Accio.- dijo Helvia. - Marco ha dicho que al día siguiente de hablar con Turo, os presentasteis aquí. ¿Te trajo Mercurio en sus brazos?-

-Claro, falta eso por contar. Veréis, fue casi tan rápido como si Mercurio interviniera. Como dijo Marco, tenía intención de venir a Roma y presentarme a él. Pero coincidió que uno de nuestros barcos, siete días antes, paró en Massilia y venía a Roma. En esta época no es habitual la comunicación frecuente, aproveché y lo tomé.

SÉNECA. Una visión del Imperio. *Recuerdos de infancia.*

En resumen, el mismo día que Marco y Turo hablaron, llegué yo a Roma. Me enteré del lío en el que estaba Cayo y, sin perder tiempo, al día siguiente estaba aquí.-

Cayo se levantó, -Amigo dame un abrazo.-

-Bueno dejaros de efusiones- dijo Marco –con la declaración de Accio se eliminó la afirmación de que Cayo había salido con el propósito de desobedecer las órdenes. Había actuado así cuando las condiciones lo propiciaron.

Ya estaban dos de los motivos controlados.-

Accio Pompeyo. Es un personaje ficticio. No obstante ya se ha indicado la vinculación histórica de la Legio I con la zona de Arelate. Es normal que procedentes de allí, formen parte de dicha legión. Había sido fundada para retiro de miembros de la Legio I y en ella se adjudicaban tierras al llegar a dicha situación.

***Religión. Mercurio.** O su equivalente griego Hermes. Era el dios del comercio, de la comunicación, de los viajes...*

46.-Roma. 23 enero. Año 3. Explicaciones; Tiberio.

-Con todo esto, nos queda la acusación que menos credibilidad podía tener. Que la manifestación de una opinión contraria a la del mando, aún con respeto, sea un delito.- Dijo Helvia.

-Sí, puede parecer absurdo, pero ten en cuenta que logra ser una forma de introducir razones políticas. Dada la situación como dije estos días, la política es muy peligrosa.

¿Es discutible la opinión del mando?

O traduciendo; El Príinceps debe imponer sus razones sin discusión, o como en la República ¿debe discutirse todo y para eso está el poder total del Senado?

¿República o Principado?

Sé que es un disparate, que es sacar las cosas de quicio... pero estamos en estos tiempos extraños.-

-Pero entonces... ¿cuál es la línea a seguir?, si se defiende la posición de que una opinión no es discutible, Cayo pierde.- reflexionó Helvia. - Si se defiende que una opinión superior puede debatirse, alguien puede aprovecharlo para insinuar que se está menoscabando la autoridad absoluta y conectarlo con la contraposición Príinceps - Senado.-

-Solo había una manera- aclaró Marco —por una parte recalcar que Augusto había mostrado su deseo de pacto, y por otra que Lucio en su etapa de Tribuno había discutido órdenes. A quien se lo había discutido era a un procónsul, pero además a un miembro destacado de la familia del Príinceps.-

Intervino Galion;

—Cuando sucedieron los hechos, Lucio, en su deseo de venganza contra Tiberio, quiso atacarlo en mi persona y la de Cayo. En el pasado verano Tiberio seguía en su exilio de Rodas y no contaba para Augusto. Ante esta situación, Lucio consideró que podía permitirse atacarlo. La posición de Tiberio fue mejorando pero ya era tarde para retroceder.

SÉNECA. Una visión del Imperio. *Recuerdos de infancia.*

Además seguían considerando tanto Lucio como Fusco que su posición distaba de ser importante.-

-Nosotros tampoco estábamos seguros de su posición, todavía inestable. Acordaos que le pedí a Galion que se enterase de los últimos movimientos. Amigo Galion, sigue tú con el relato de lo sucedido.- le animó Marco-

-Como dice Marco, me dirigí al palacio de Tiberio. Me recibió sobre la marcha y lo vi eufórico.

"Pasa, pasa, amigo Galion".

Te veo satisfecho.- le dije-

"Las cosas van aclarándose y la actitud de Augusto es más positiva hacia mí."

Me alegro de corazón, por ti y por un asunto que me concierne.

"Pues pasa y me lo cuentas"

Le resumí la situación y me dijo que estaba a nuestra disposición, dentro de lo que fuese aceptable.

Quedé en regresar al día siguiente. Tras hablarlo con Marco y preparar nuestra acción, volví a ver a Tiberio.

Me dijo que le siguiese.

Lo hice y me llevó a una estancia donde estaban tres damas. Me sorprendió ver a la todopoderosa Livia Drusila Julia Augusta, su madre y esposa de Augusto.

Tras realizar yo, un saludo con la máxima reverencia, Livia sin responderlo y sin ninguna introducción, me espetó;

"Me alegra verte Galion, porque eres hombre bien informado.

¿Qué se dice en Roma sobre la situación de tu amigo Tiberio?"

Aquel inicio me pareció que me daba la oportunidad de implicarla, aunque todavía no sabía cómo, en todo este asunto.

Y la tanteé diciendo;

Precisamente me trae una cuestión en la que Tiberio puede implicarse de forma indirecta.

Livia hizo salir a sus acompañantes y me invitó a hablar.

SÉNECA. Una visión del Imperio. *Recuerdos de infancia.*

Me di cuenta de que no sería necesario buscar la forma de lograr su colaboración, ella estaba interesada. Tiberio ya le había hablado de todo, pero yo puntualicé algunos aspectos.

Tiberio dijo;

"Siempre he tenido una mala opinión de Lucio Emilio Félix, arrogante, no sabía contenerse ni en palabra ni en hechos. No es que mostrase opiniones discordantes, es que hacía gala ante iguales y superiores de que impondría sus opiniones y que actuaría conforme a ellas. Tuve que reconvenirle."

Livia que se había mantenido en silencio, preguntó;

"¿Cómo habéis pensado que puede colaborar?"

Le dije que con su simple presencia. A Lucio se le diría que su forma de actuar no fue no igual que la de Cayo, el cual estuvo dentro de los límites correctos, sino que fue contraria al respeto y a una mínima disciplina.

No podría protestar si estaba ante la presencia de Tiberio.

Además si se insinuaba que su acción fue contra un miembro de la casa del Prínceps, y por tanto podría ser considerada como maiestas, el caso finalizaría.

No nos interesa que se sepa que se presentará. Debería llegar justo en el momento de la acusación a Lucio. –Aclaré– Así no podrán buscar otra salida, ni intentar usarlo contra Tiberio.

"Pues así se hará"- dijo Tiberio.

-Livia interrumpió; "¿Y cómo lo harás? ¿Vas a presentarte como un cualquiera?"

"No te entiendo." Repuso Tiberio.

"Irás, pero entrarás con una escolta de la guardia pretoriana. ¡Tiene que estar claro quién eres y que no es discutible tu poder!"

Me di cuenta que Livia deseaba emplear aquel juicio para hacer la presentación oficial en Roma de Tiberio como miembro de la casa del Prínceps. Daría fin a su alejamiento y se incorporaría con todos los honores.

SÉNECA. Una visión del Imperio. *Recuerdos de infancia.*

"Además, ten en cuenta que uno de los jueces es Silano. Todo el mundo conoce su amistad con tu sobrino Nerón Claudio Druso.

Tiberio desconcertado dijo;

"Madre, ¿qué tiene ahora que ver Druso? y ¿cómo voy a presentarme con una escolta de pretorianos sino tengo derecho a ello?"

Livia, se levantó y paseó por la estancia. "Hijo; has demostrado ser un gran general, pero ¡de política no sabes nada! Yo aprecio a Druso, no en vano es mi nieto. Pero ahora hay que centrarse en que tú seas el heredero. Algunos hablan de la opción de Druso, pero es muy joven y tendría más posibilidades Cayo César que él. Nuestra opción eres tú, precisamente porque tu edad se adecúa más que las de los otros dos posibles aspirantes.

Silano intentará hacerte de menos. No podrá si te presentas de forma que no se pueda dudar de tu poder."

Tiberio insistió "¿Y la escolta?"

"Ya sé que no te corresponde, pero yo si tengo derecho a ella.

Puedo encargar que nos acompañen. En el último momento diré que no puedo ir, pero que de acuerdo a lo previsto sigan contigo.

¡A ver quién se niega!" Dijo Lidia subiendo la voz.

Tiberio estuvo presente en todo el juicio. Se situó en la primera planta fuera de miradas indiscretas. Cuando me lo indicó Marco, subí a decirle que era el momento de hacer su entrada.

Los pretorianos esperaban en una dependencia anexa y se dirigieron a la sala dándole escolta.

Yo me adelanté, y al asomarme a la entrada, Marco supo que era el momento de lanzar el ataque final. Hizo coincidir la reacción de Lucio con la entrada de Tiberio.-

–Así fue. – dijo Marco

–Pero no estoy satisfecho. Cada vez es más clara la toma de las instituciones por parte del Prínceps. Los vestigios de la República se disuelven y nos llevan otro estadio de la historia de Roma.

SÉNECA. Una visión del Imperio. *Recuerdos de infancia.*

Ahora bien, no tenemos más remedio que luchar con las mismas armas que nuestros contrincantes, sino estamos perdidos.-

Galion le dijo;

-Sabes que confío en que si Tiberio llega al poder, mantendrá en todo lo posible la vigencia del Senado y de todas las instituciones que han hecho grande a Roma.

Tengo que repetir, Marco. Muchos somos los que te pedimos que entres en política. No has querido nunca, pero eres necesario.-

-Esa no es ya mi función.- insistió Marco- pero cada vez veo más claro que mis hijos intervendrán.

Helvia, nuestra misión es proporcionarle los medios para ello.-

Galion completó;

-También sabes que somos muchos los que te respaldamos, y tendrás nuestro apoyo.-

---

Livia Drusila Julia Augusta. (58 a.C. - 29). Ver lámina 11. Genealogía de Augusto y sucesores. Hija de Marco Livio Druso Claudiano, que se suicidó tras la batalla de Filipos luchando contra Octavio (Augusto). Casada con Tiberio Claudio Nerón, tuvo dos hijos; Tiberio y Druso.

Se divorció y fue la tercera esposa de Augusto (39 a.C.). Druso nació poco después de su matrimonio con Augusto y se especuló sobre si era hijo de éste. A Tiberio y Druso, los adoptó Augusto.

Augusto, de su segunda esposa; Escribonia, tenía una hija; Julia Mayor. Del matrimonio de Julia con Agripa tenía varios nietos. Adoptó a dos de ellos; Cayo César y Lucio César.

La muerte prematura de Druso y después de Cayo César, dejó a dos aspirantes a la sucesión; Lucio César y Tiberio.

Livia tuvo un gran poder. Tuvo gran influencia en las decisiones de Augusto y montó su propia red de clientes con total autonomía.

Distintos autores se hacen eco de rumores de todo tipo de acciones, incluso asesinatos, protagonizadas por Livia en la protección de sus intereses. Uno de ellos era lograr la sucesión para su hijo Tiberio.

SÉNECA. Una visión del Imperio. *Recuerdos de infancia.*

47.-Roma. 8 de abril. Año 3. Visita de Cayo.

Aquel día, Helvia había ido a realizar unas compras. Hacia la hora quinta, Marco se dirigió a los baños cercanos.

Aunque disfrutaba de los que disponía en su propia domus, de vez en cuando, iba a los públicos con objeto de comentar la actualidad con los asistentes habituales. Aquel día no había mucha gente.

Hizo el recorrido normal;

Tras dejar sus vestimentas en el vestuario (apodyterium), pasó a la sala de ejercicios (palaestrae). Allí aconsejado por uno de los empleados, realizó ejercicios adaptados a su edad y condición física.

Completó los ejercicios con algo de natación. El día era agradable y se notaba la primavera. Después se dirigió a la sauna seca (lacónica) y a la húmeda (sudatoria). Continuó por la sala caliente (calidarium), aunque no utilizó la piscina de agua templada.

Había empezado a entrarle prisa, por si ya había vuelto Helvia. Quería estar en casa cuando volviera. La vuelta a Corduba estaba prevista para junio y quería aprovechar los días con ella.

Pasó después por las salas templadas (tepidarium) y fría (frigidarium), sin usar tampoco las piscinas. Esta última estaba más concurrida. Entre los asistentes estaba Cayo Claudio Galo.

-Marco, qué alegría. ¡Qué casualidad!

Pensaba pasar por tu casa con mi padre, pues desea conocerte. ¿Te vendría bien hoy?-

-Encantado siempre de verte. Sé que me presentaron a tu padre, pero hace mucho tiempo. Cuando queráis.-

-Sobre la octava hora estaremos allí.-

Hablaron algo más y Marco se disculpó, porque quería regresar ya a su casa.

A la hora prevista, el atriense anunció la visita.

El padre de Cayo agradeció la actuación de Marco en el juicio de su hijo.

-Me han contado, y no sólo mi hijo, tu gran trabajo.

SÉNECA. Una visión del Imperio. *Recuerdos de infancia.*

Independientemente de la carga política que tuvo con la aparición de Tiberio, toda Roma habla de la brillantez de tus argumentos.

Si ya antes, eras el advocatus más valorado de Roma, no se ahora que decirte.

Solo lo siento por el bueno de Aurelio Fusco, que recibió un buen revolcón.-

-Yo también aprecio mucho a Aurelio. —aclaró Marco. — Pero un abogado poco puede hacer, si su defendido le oculta datos trascendentales. Y eso es lo que le pasó.-

-En cualquier caso, gracias y enhorabuena.

Por cierto... me dijo Cayo que la cena que le ofreciste a él y a los otros participantes fue magnífica.-

-Estás invitado cuando desees.- contestó Marco.

-Pues como sigas aumentando los comensales te hará falta más sitio.- Rio Cayo.

-Cierto. Estábamos apretados- aceptó Marco.

-¡Eso se acabó!- exclamó el padre de Cayo. -Te traigo estos documentos.-

-¿Más trabajo?- dijo Marco- mientras los examinaba.

-¡Pero... ¿esto qué es?!-

-Es una pequeña compensación por tu gran labor. La domus de al lado de ésta, pertenece a mi familia desde hace tiempo. Mi primo, que vivía en ella, se traslada fuera de Roma. No se me ocurre mejor destino que servir para ampliar tu domus, y... puedas invitarme a cenar.-

-De ninguna manera puedo aceptar tal regalo- se opuso Marco — Serían unos honorarios desproporcionados.-

-No nos insultes Marco. La vida de mi hijo vale mucho más que la domus.

Además, no te preocupes. Con el informe que le hiciste firmar a Lucio, y la fama que le proporcionó el juicio, el cursus honorum de mi hijo se ve acelerado al máximo. Pronto recuperará el valor de este presente.-

---

SÉNECA. Una visión del Imperio. *Recuerdos de infancia.*

Abogados. Honorarios. *Durante la República, los abogados no cobraban por su trabajo. La Lex Cincia del año 204 a.C. lo prohibía. Defender era un servicio a Roma. Era un honor.*

Como consecuencia, al no cobrarse, hacía falta una gran riqueza para actuar como abogado. Tenía que ser una labor desinteresada y financiada por el propio advocatus. Quedaba reservada la profesión a quienes disponían de una gran fortuna.

Ahora bien, no se permitía el cobro, pero sí admitir regalos. Se convirtió en costumbre y la profesión se hizo incluso muy rentable.

Claudio (41-54) autorizó formalmente el pago de honorarios, honor por la defensa, y cuantificó los importes.

48.-Roma. 20 de abril. Año 3. Helvia da noticias.

Aquel periodo de tres meses, desde que Helvia llegó a Roma y tras la agitación del juicio, había trascurrido de manera placentera para el matrimonio.

No es que no tuvieran que preocuparse de los negocios, pero no hubo ningún motivo de especial sobresalto.

Aquel día se encontraban visitando la casa regalada por la familia de Cayo.

-La parte delantera, puede servir para oficinas de nuestras empresas. Están precisando cada vez más sitio en Roma y puede ser el centro de todas ellas.

La zona del peristilo, se puede unir a nuestra domus y poder hacer estancias más grandes; un buen triclinum para cenas de negocios o celebraciones, tu biblioteca que cada vez se queda más pequeña...

Podemos dejar los cubiculi de los esclavos en la domus antigua y traer los nuestros aquí.-

Helvia hizo un gesto de dolor y se sentó.

Marco corrió hacia ella preocupado. -¿Qué te pasa?-

-Nada que no se solucione en cinco o seis meses.-

-¿Qué?-

-Creo que viene otro niño- dijo Helvia, levantándose de nuevo.

Adelantaron el viaje de vuelta a Corduba. Helvia aseguró que estaba en condiciones de realizar el viaje y que cuanto antes lo hiciera mejor.

No podía prolongar su estancia hasta el final del embarazo y dejar a Novato y Seneca tanto tiempo con Marcia.

SÉNECA. Una visión del Imperio. *Recuerdos de infancia.*

49.-Corduba. 15 de octubre. Año 3. Nace Mela.

A finales de agosto, Marco llegó a Corduba. El aspecto de Helvia mostraba la cercanía al parto y todo se preparó... Sin embargo, no todas las noticias fueron positivas. Marcia, esperaba su primer hijo, lo tuvo, y murió a las pocas horas de nacer. Aquel triste suceso afectó mucho a Helvia. Marco tuvo que esforzarse para animarla, y que no llegase al extremo de perjudicar la gestación del niño que esperaban. No hubo dificultades y el niño nació sano y fuerte, en los idus de octubre. Novato y Seneca, contaban con seis y cuatro años y, ya con más conciencia de las cosas, hubo que mimarlos para que los celos no se disparasen.

Días antes de la ceremonia de acogida, Marcia y su esposo Cayo Galerio se presentaron en la domus de los Anneo. No quisieron en ningún modo que el fallecimiento de su recién nacido agriase la celebración. Marcia les dijo;

-Los dioses dispusieron que nuestro hijo se fuese. Pero también que llegase el vuestro. Vuestros hijos son nuestros, y es una gran alegría el venir por este motivo.-

La conversación siguió y Marco preguntó;

-Cayo, ¿cómo van las cosas? Sé que sigues como mantenedor de la Vía Augusta por esta zona. ¿Te ocupa mucho?-

-Demasiado. Es interesante. Nos conviene mucho a todos los que tenemos intereses por aquí, pero... Es algo que Augusto se ha tomado con especial interés y tengo que desplazarme con demasiada frecuencia a Roma, abandonando mis negocios.-

-En Roma se decide todo.- apuntó Marco-

-Sí, pero son viajes que me ocupan entre ida y vuelta más de un mes y allí despacho uno o dos días. Mucho empleo de tiempo para poco aprovechamiento.-

-Estoy seguro que tu cercanía al Prínceps será beneficiosa, en más o menos tiempo, y ello te compensará.- siguió Marco.

SÉNECA. Una visión del Imperio. *Recuerdos de infancia.*

-No tengo duda. Eso sí, con cuidado. Tú conoces mejor que nadie la situación. Augusto introduce con frecuencia a Cayo César en cualquier reunión, como su favorito para todo. Por el contrario, en cuanto tiene ocasión, y son muchas, Livia introduce a Tiberio. Cualquier indiscreción que se tenga, comentando a uno de ellos algo que el otro no conoce, supone un riesgo de que te tengan por enemigo.
Y son enemigos peligrosos...- Reflexionaba Galerio con preocupación.
-Así es Cayo. Pero es mejor estar cerca del poder, aun con riesgo, que estar alejado.- Sentenció Marco.

Religión. Idus. *Los idus eran días de buenos augurios que tenían lugar los días 15 de marzo, mayo, julio y octubre y los 13 del resto de meses.*

SÉNECA. Una visión del Imperio. *Recuerdos de infancia.*

50.-Roma. 6 de junio. Año 4. La nueva domus.

Había trascurrido algo más de un año desde que Marco había recibido sus honorarios por el juicio de Cayo, materializados en la domus vecina. La había trasformado y anexionado siguiendo los consejos de Helvia. Y aunque había sufrido distintos retrasos, porque no podía dedicarle el tiempo preciso, el resultado era espectacular.

A modo de inauguración, había invitado a cenar a diversos amigos. Estaban;

Cayo Claudio Galo. El joven no podía faltar. La domus había sido de su familia y tras la cesión a Marco, debía ver las modificaciones.

Lucio Junio Galion. Nexo entre Marco y Cayo, ya que le solicitó la defensa de Cayo al primero.

Publio Pompeyo. El socio de Marco. Estaba en Roma, ya que había venido de Arelate para comentar la marcha de los negocios y visitar las instalaciones de las empresas en la capital.

Cayo Asinio Polion. El amigo del padre de Marco y su preceptor. De avanzada edad mantenía una gran amistad con Marco e intercambiaban opiniones siempre que podían.

Aulo Cremucio Cordo. El padre adoptivo de Marcia. No lo veía con frecuencia. Tenía su tiempo ocupado entre sus labores de Senador y su pasión como historiador. Marco siempre insistía en verlo, no era sencillo, y esta fue una oportunidad.

Cayo Galerio. Esposo de Marcia. Estaba en una de sus obligadas visitas a Roma para informar sobre la vía Augusta.

Marco los recibió en el atrium. Era la zona que menos había modificado en cuanto a aspecto. La distribución si había cambiado. Había aumentado el tamaño dc los cubiculi de los esclavos a costa de los de la familia que ya no se encontraban allí. Las únicas dependencias de las que ellos harían uso serían la cocina y el tablinium que ya despojado totalmente de su uso como dormitorio, quedaba como un despacho al exterior.

Asinio exclamó - ¡Con estos cubiculi, ¿me aceptas de esclavo?!-

SÉNECA. Una visión del Imperio. *Recuerdos de infancia*.

Marco rio; -Cayo, sé que tú también consideras que los esclavos deben ser tratados correctamente. Ocurren dos cosas; por una parte la domus es mayor y necesita más servicio, por otra dispongo de espacio para que estén más cómodos ¿Por qué no hacerlo?-

-Y de paso has añadido magníficas esculturas, entiendo que de antepasados ¿no?-

-Efectivamente- dijo Marco – corresponden a mi padre; Marco Anneo Mela, y a dos antepasados más antiguos; Lucios Cnaeus Julius y Annio Escapula. Como buen historiador, que eres, los conocerás.-

-Por supuesto- afirmó Polion- a tu padre y gran amigo lo había reconocido. Cnaeus fue el primero que acuñó moneda en Corduba y el segundo, realizó una valiente defensa de la misma contra los ejércitos de César.-

-Todos merecen estar ahí.- acabó Marco.

Cuando ya iban a pasar hacia la zona del perystilum, les dijo;

-Esperar, antes voy a enseñaros algo que le gustará a mi amigo y socio Publio. Quizás le recuerde a su querido Arelate.-

Descendieron por una escalera al sótano situado bajo parte del atrium. A la luz de las distintas antorchas que estaban fijadas a las columnas, pudieron ver en primer lugar unas estanterías que soportaban gran cantidad de ánforas puestas en pie.

Marco, explicó;

-Las que veis a vuestra derecha contienen vino de la Bética. Más adelante, las hay con vinos del resto de Hispania. A la izquierda tenéis de la Galia y de Germania y al fondo, griegos.-

La cantidad y variedad de vinos y la cuidada concepción de la bodega maravilló a los visitantes. Sobre muros de la propia roca caliza del terreno, se apoyaban bóvedas de ladrillo que soportaban el techo.

-Este espacio no es nuevo. Debe existir hace mucho tiempo, pero estaba abandonado. Sacamos escombros y limpiamos piedra y cerámica. A medida que veía el aspecto me fue gustando cada vez más.

SÉNECA. Una visión del Imperio. *Recuerdos de infancia.*

El resto es fácil, un buen carpintero para las estanterías de las ánforas y unos soportes para las antorchas.-

Publio Pompeyo le dijo admirado;

-Tenemos lugares para el vino mayores, pero la belleza de esta bodega no es comparable con ninguna otra.-

-Fijaros, como ya sabéis, no me dedico sólo al vino. Pasar por este arco y veréis que el aceite también es importante.-

Señaló una zona de ánforas de mayor tamaño, llenas del aceite más selecto.

Galion expresó el sentir de los demás;

-Marco, nos has impresionado. Ahora bien, además de la belleza, supongo que podremos catar estos vinos y acompañar las viandas con este aceite, cuando nos ofrezcas la cena.-

Todos se sumaron a la demanda y Marco asintió riendo.

Subieron y pasaron al antiguo perystilum. Aquí los cambios eran notorios. Todo el suelo se había cambiado y el mármol blanco que predominaba, combinaba con uno de color verde que rodeaba una gran piscina y un estanque. Marco lo describió;

-Al liberar espacio para trasladar algunas estancias a la domus nueva, ocupamos parte del patio aumentando la piscina. Antes era una pila grande, ahora es realmente una piscina.

La parte de los baños la hemos modificado y además de zona de masajes contiene el calidarium (zona caliente) y el tepidarium (zona templada) con sus pequeñas piscinas. La de fuera queda como zona fría. –

Loa acompañantes mostraban admiración; -Marco, cuando Helvia vea todo esto va a quedar encantada y asombrada.- observó Cayo Galerio.

-No creo, estimado Cayo. Ten en cuenta que hemos estado en constante contacto mediante correo. Rara es la semana que uno de nuestros barcos no sale o llega con mercancías desde Corduba y los empleamos para comunicarnos de manera permanente. Muchas de las cosas que podáis ver son indicadas por ella.

SÉNECA. Una visión del Imperio. *Recuerdos de infancia.*

Además, sé que mañana vuelves a la Bética y Marcia, o tú directamente se lo contareis.

En fin, como podéis ver lo que se ha hecho aquí es concentrar los cubiculi de la familia y los servicios propios; zonas de estancia, jardines, baños, letrinas, triclinum privado... Los otros elementos; como biblioteca, triclinum para celebraciones, o estancias de estudio se han llevado a la zona ampliada que despúes veréis.

Eso sí, aquí ha quedado el lalarium (altar de los dioses de la casa), igual que estaba antes. Ahora bien, lo he ampliado añadiendo el espacio de la biblioteca.-

Entraron en la zona indicada. El altar antes exterior, daba ahora hacia el interior de la estancia, dejando dos pasos laterales.

-Pero Marco, ¡esto es un templo!-dijo Aulo- Bien está acordarse de los dioses, pero tú has montado algo que los dejará totalmente satisfechos.-

-Bien nos vendría.- Dijeron varios.

El suelo era un mosaico formado por elementos vegetales. Las paredes estaban cubiertas de frescos con distintas escenas mitológicas. El altar de unos tres metros de ancho, contenía varias estatuas de bronce, representando lares, manes, penates...

Una gran vasija de metal, contenía la llama permanente. También se veían distintos pebeteros para quemar los elementos aromáticos.

-Bueno, vamos a ir a la zona nueva... ¡No!, esperad. Algunos ya lo conocéis, pero es uno de los lugares que más me agradan.-

Se encaminaron a la torre situada en la esquina posterior del perystilum. Subieron.

-"No Marco, esto no lo conocíamos. La has cambiado totalmente."- puntualizó Galion.

-"Verás, es la misma. Es cuestión de acabado."-

Las paredes estaban estucadas en un color rojo oscuro que, junto con los escalones de ladrillo, formaban un conjunto muy acogedor. La terraza superior, con pavimento renovado, disponía de telas que podían extenderse para proteger del sol.

-"No os fijéis en la torre en sí. Mirad las vistas. Ved la salida del Tíber hacia el mar, me trae recuerdos de Corduba, y de mi familia. Me llena de alegría el espíritu."

"Y puedes ver el auge de los negocios, a través de las embarcaciones. ¡Mira!, se ven dos de las nuestras."- Señaló Publio.

"También hay que comer"- rio Marco.

---

*Personajes. **Lucios Cnaeus Julius y Annio Escapula**. Sobre los personajes aquí citados de la familia de los Anneo, se habla en el capítulo 4.*

__Domus.__ Ver la lámina 7. "Domus". En inicio recibía este nombre la casa tradicional de Roma. Cuando la ciudad fue aumentando y recibiendo población con menos recursos, la domus pasó a ser la vivienda de las clases acomodadas.

La mayor parte vivía en las llamadas insulae. Viviendas comunitarias de varias plantas. Dentro de estas también había categorías muy diferentes.

En la lámina 7 se describe una domus tradicional.

__Domus. Domus Anneo.__ Ver lámina 8. "Domus Anneo". En la novela se narra el cambio de la domus de los Anneo en Roma, desde una tradicional de clase alta a una superior, media entre domus y palacio. Por supuesto es ficción. No se sabe cuál pudo ser la vivienda de los Anneo en Roma, aunque tuvo que ser de nivel acorde con su riqueza.

Se adjunta un plano de esa posible domus en la lámina 7.1.

SÉNECA. Una visión del Imperio. *Recuerdos de infancia.*

51.-Roma. 6 de junio. Año 4. Continúa la visita a la domus.

Pasaron a la zona domus añadida. La zona descubierta del antiguo perystilum, había perdido tamaño para cedérselo a las estancias circundantes. Un estanque alargado ocupaba el centro y el agua circulaba por él a modo de riachuelo. El fondo del canal era un magnífico mosáico representando a la diosa Minerva. Todo el suelo del patio estaba pavimentado en mármol blanco y no había zona ajardinada.

-Esta parte está dedicada a biblioteca, reuniones, cenas y por lo tanto se entiende que el aio exterior se va a utilizar menos. He sacrificado el patio a favor del espacio en otros lugares.-

Pasaron por delante de una enorme cocina en la que se desarrollaba una gran actividad.

-La culina de la domus es la de siempre. Ésta que veis ahora es para cuando hay una cena con varios invitados. Se precisaba más espacio para elaborar las viandas.

Lo mismo pasa con el triclinum, está el de siempre y este otro.-

Entraron con Marco. El salón medía cerca de treinta metros por seis. Las vigas, de una sola pieza de roble, situadas cada cuatro metros resultaban imponentes. Estaban apoyadas en sus extremos en columnas estriadas de mármol oscuro con capiteles dóricos.

El suelo era de mármol blanco, verde y rojo. Las paredes decoradas con frescos con escenas de caza.

Las columnas soportaban grandes antorchas y en el centro de la pared exterior, una gran chimenea evitaba las bajas temperaturas. Salvo en esta zona, la mayor parte de esta pared podía abrirse para, en días de calor, asegurar la ventilación.

-Marco, si los comensales somos solo nosotros, te sobra sitio para seis veces más.- Comentó Asinio.

-Verás, está pensado para poder hacer grandes reuniones. No tienen que ser cenas formales. Además los biombos de madera permiten dividir la sala, quedando el tamaño que se desee- Aclaró Marco.

SÉNECA. Una visión del Imperio. *Recuerdos de infancia.*

-Lo que sé es que el conjunto es realmente agradable. No está recargado y las columnas y las grandes vigas al aire, le dan un aspecto serio y al tiempo acogedor.- Siguió Asinio.

-Ese diseño es en gran parte por indicación de Helvia. Tal como es ella; seria y acogedora. – dijo Marco.

A continuación y a la otra parte del estanque visitaron la sala de reuniones y la biblioteca.

Eran similares, en cuanto a su estructura, al triclinum. En la sala de reuniones, los frescos dejaban la caza para pasar a escenas relativas a los grandes pensadores griegos. En la biblioteca, todas las paredes estaban cubiertas por estanterías para soportar los distintos royos que contenía.

Por fin pasaron a la zona del atrium de la domus añadida. Alrededor del estanque porticado, diversas estancias similares, contenían abacus y sellae.

-Aquí es donde situaremos la parte de control de las distintas empresas-

Dijo Marco dirigiéndose a Publio. –Como ves son amplias pero austeras. Paredes y suelos lisos y muebles para trabajar.

Pero... ¡Ya está bien de hablar, vamos a tomar algo!-

52.-Roma. 6 de junio. Año 4. La cena.

Se dirigieron al triclinum de celebraciones. Estaban preparados dos conjuntos de los tradicionales grupos de tres triclinaris, enfrentados entre sí. Eran como dos "C" opuestas, pero sin tocarse. Uniendo las dos partes por uno de los lados había un triclinum más, sumando los siete necesarios para los asistentes. Este último lo reservó Marco para, como anfitrión, situarse en el centro.

Estaban en medio del salón, delante de la chimenea. Ésta, dada la época del año, actuaba exclusivamente como elemento decorativo. En cada uno de los dos fondos, se situaron dos músicos. La música llegaba suave, de fondo, no interrumpiendo la conversación.

A una señal de Marco a Calino, comenzaron a entrar una serie de sirvientes. Ellas portaban unos magníficos recipientes de cristal con bebidas. Ellos, todo tipo de delicados manjares que eran situados en pequeñas mensae, cercanas a los comensales. Durante un tiempo, escaseó la converdación mientras, los asistentes se deleitaban con los manjares ofrecidos. Pasado un tiempo, Cayo Asinio Polion se puso en pie;

-Marco, creo representar a todos cuando, te expreso nuestro agradecimiento por este banquete digno de los dioses.-

-Justo lo que merecen amigos como vosotros.- Repuso Marco, poniéndose en pie. Levantó su copa hacia los demás. -¡Por Júpiter!, no hay hombre más afortunado que Marco Anneo Seneca, por las amistades que posee.-

Todos puestos en pie brindaron por la amistad. Tras volver todos a sus puestos, Asinio continuó; -Sabes Marco, mi añoranza por los modos republicanos. Lejos de mí la ostentación. Sé que tú eres de la misma opinión y en nada critico este agasajo sino que lo agradezco. Lo grave es dejarse dominar por las riquezas no usarlas.

Sin embargo, y como también me gusta ser la conciencia de cargo, te pregunto; Creo haberte oído criticar el uso del vidrio. Lo considerabas una ostentación inútil y poco útil para sus fines. Sin embargo, nos ofreces bebidas en magníficas ánforas de este material. ¿Te he cogido en una contradicción?-

-Asinio, ¡no seas malo!- sonrió Marco.

-El vino o el aceite, deben trasportarse en ánforas de cerámica. Es el sistema más económico y seguro. También acepto el uso de barriles de madera. Lo usaban los germanos y otros pueblos, principalmente para cerveza. Tiene ventajas por su capacidad, que facilita el trasporte, si bien dificulta su manejo. Lo que siempre he criticado es la moda del trasporte en botella de vidrio. Es más cara y más frágil. Se ha puesto de moda justo por eso; porque es cara. Y eso lo rechazo. En la bodega, que antes os enseñé, no visteis ninguna botella.

Éste ha sido siempre mi parecer. Ahora bien, no discuto que pueden lograrse recipientes de gran belleza con este material, pero hay que saber que su utilidad es decorativa no de trasporte ni de almacenaje.

Por eso, como merecéis, he dispuesto que nos sirvan en estas ánforas de dos asas.

Las de cristal más claro, contienen vino blanco de la Bética. Las otras, que van oscureciendo, corresponden a; vino de la Tarraconensis, de Germania y Grecia. Las tres de vidrio oscuro, contienen vino tinto de la parte alta del Iber, de la Galia y también griego. Por último aquella, de color miel, contiene el italiano Falerno de 25 años, en su variedad dulce, que os ofrezco para el postre. ¡A vuestra disposición!-

La conversación, entre los vinos, la exquisita comida y la música se hizo muy intensa y agradable. No obstante se limitó a temas banales. Llegó un momento en que Marco hizo una señal a Calino que ordenó retirarse a todos los sirvientes. Sólo quedaron en el salón, los músicos en los extremos y Calino junto a una de las entradas.

-¡Ya está bien de charla! Comentemos la situación de nuestra amada Roma.- dijo Marco.

SÉNECA. Una visión del Imperio. *Recuerdos de infancia.*

<u>53.-Roma. 6 de junio. Año 4. Conversaciones.</u>

-Abriré la noche.- Dijo Asinio.

- Repito que añoro los tiempos de la República. De acuerdo que había degenerado y nos había llevado a una serie de guerras civiles, pero la solución era sanarla, no matarla.

Ahora estamos en una situación en que se insinúa una monarquía, pero se tiene reparo de decirlo.

Se mantiene la ficción de que el Senado es quien dispone. Eso sí a través de su Prínceps.

Para colmo de males, la única ventaja que puede justificar la monarquía, que es una estabilidad en el nombramiento del poder ya sea por sucesión o por elección, no se ha aclarado.

Hace poco más de cien días, murió el último favorito de Augusto; Cayo César.

Ya tenemos una nueva crisis. Si en este momento faltase Augusto habría un vacío de poder.

El Senado está adormecido, anulado...

Los comicios han desaparecido...

No hay heredero de Augusto señalado por el Prínceps...

No hay los partidos de antaño, ni sus líderes...-

Publio Pompeyo, aprovechó la pausa de Asinio, para apostillar;

-Sabéis que soy muy poco político. Yo me dedico a gestionar nuestros negocios y ya tengo bastante ocupación.

Pero a fin de cuentas, vivo en Arelate. Cuando murió en Massilia Lucio César, y aunque esté vetado mencionarlo, mucho se habló de... digamos la influencia de Livia.

Ahora, cuando fallece Cayo César, casualmente se vuelve a mencionar a Livia.

Queda otro hermano de sangre; Agripa Póstumo. Aunque parece que todos opinan que es inestable, irascible y cuantos más defectos se le quieran añadir, ¿qué parte ha tenido Livia en la decisión de Octavio de no adoptarlo como a sus hermanos?

SÉNECA. Una visión del Imperio. *Recuerdos de infancia.*

Como veis, al decir que no soy político, mis opiniones carecen de trascendencia. Puedo permitirme ser más claro que vosotros.-

-Es una buena forma de justificarse, Publio. No obstante yo he estado presente en reacciones de Agripa Póstumo, y te puedo asegurar que hay motivos para no pensar en él para nada serio.- Aclaró Galion.

Cayo Claudio Galo, que ya ejercía como cuestor en la Galia Cisalpina, y pasaba unos días en Roma visitando a su familia, pidió a Galión;

-De todas formas, y como quedó claro en mi juicio, eres un gran amigo y también partidario de Tiberio. Parece que queda él solo. Cuéntanos algún secreto.-

-Supongo que, además de por su amabilidad, Marco nos ha ofrecido estos magníficos vinos para que hablemos con mayor libertad. No obstante no lo haría sino tuviera total confianza en vosotros.

Seguiré, con vuestro compromiso de no realizar ningún comentario fuera de aquí sobre lo que os voy a contar.-

Todos realizaron gestos de asentimiento y se prepararon a escuchar a Galion.

-Como decís, y sin aceptar ninguna implicación de otro tipo, os puedo confirmar que la influencia de Livia es enorme.

Habéis hablado de Agripa Póstumo.

Livia siempre ha intentado que los hijos de Julia y Agripa no prosperasen.

Julio y Cayo fueron los favoritos del Prínceps, aunque Livia no dejó, cuando pudo, de poner trabas. Sin entrar en las causas, ambos han muerto.

Es cierto que Agripa Póstumo, como he dicho, es una persona muy difícil. Indigno de ocupar ningún puesto de responsabilidad. Aquí Livia lo tiene mucho más sencillo.

Primero, logró que Augusto no lo adoptase. La justificación era que el gran Agripa tenía que mantener una línea clara de descendencia. Debía quedar uno de sus hijos con su nomen.

SÉNECA. Una visión del Imperio. *Recuerdos de infancia.*

A medida que se hace mayor, tiene ahora dieciséis años, es necesario dejar claro que no tendrá ninguna opción de dirigir Roma.

Puedo deciros que Livia ya ha convencido a Augusto de que lo aparte de la familia.-

Intervino Aulo;

-Está claro que no contaba para ningún honor. Es un paso muy importante el que indicas, pero más a nivel teórico que real.

Cuéntanos lo que de verdad interesa. ¿Cómo queda Tiberio?-

-Ahora viene el núcleo de lo que os voy a contar. Y repito, sólo lo hago bajo vuestro compromiso de discreción.

Además de ser necesario clarificar las cosas, Livia se ha empleado a fondo.

Hizo que Tiberio volviese, y que cada vez vaya figurando más dentro de la familia del Prínceps.

El siguiente paso, y será inmediato sino se tuerce algo, se dará en los próximo días.

Cayo Octavio César Augusto va a adoptar a Tiberio Claudio Nerón, que pasará a llamarse Tiberio Julio César.-

Las miradas y gestos de todos oscilaban entre lo esperado y la sorpresa.

De nuevo siguió Aulo;

-Pero Galion, ¿qué ocurre con los descendientes de su hermano Druso, sus hijos Claudio y Germánico? Hablando claro, independientemente de los rumores que atribuyen su paternidad a Octavio, siempre fue preferido sobre Tiberio. Además son hijos también de Antonia Mayor, la sobrina de Augusto.-

-Es fácil- continuó Galion –Claudio está próximo a recibir la toga viril. Sin embargo, hasta este acto se mantiene con la mayor discreción. Tanto su abuela Livia, como Octavio lo consideran, sino tonto, muy poco inteligente. No tiene ninguna posibilidad.

Otra cosa es su hermano mayor; Germánico Julio César. Sólo tiene diecinueve años, pero todos lo califican de brillante.

SÉNECA. Una visión del Imperio. *Recuerdos de infancia.*

Es cierto que Augusto lo ve con toda la simpatía posible. Ahora bien, es demasiado joven y, precisa que haya un repuesto disponible. Por eso es necesario adoptar a Tiberio.-

-¿Queda fuera Germánico?- Volvió a preguntar Aulo.

-Esto es la clave de todo. La condición para la adopción de Tiberio es que éste lo haga a su vez con su sobrino Germánico.

Augusto cierra el círculo. Si se produce pronto su fallecimiento será Tiberio el señalado. Si se demora y Tiberio no llega en condiciones, será Germánico.-

-Tras todo lo oído, permitirme una maldad.-

Dijo Cayo Galerio.

-Si yo fuera Augusto no estaría muy tranquilo, sabiendo que según se produzca su muerte, antes o después, el sucesor cambia.

Eso sí, juega con ventaja. Livia estará satisfecha con su hijo o con su nieto y no tiene que inclinar la balanza.-

Dentro de la seriedad y preocupación, no pudieron evitar que las risas surgieran de todos ellos.

Para todas las referencias, ver lámina 11. "Genealogía simplificada, Augusto y descendientes.

Cayo César *(-20/4) Hijo de Marco Vipsanio Agripa y de su tercera esposa Julia la Mayor. Nieto e hijo adoptivo (-17) de Augusto, cónsul (-1) antes de la edad legal. Encargado del conflicto armenio (1) con el rey parto Fraataces. Llegó a un acuerdo con éste, aunque la posterior muerte del rey reavivó el conflicto. Cayo sufrió una herida que no curó bien y a consecuencia de la cual murió poco después. Se rumoreó entonces que Livia estaba detrás del suceso.*

Marco Vipsanio Agripa Póstumo. *(-12/14) Hijo de Marco Vipsanio Agripa y de su tercera esposa Julia la Mayor. No fue adoptado por Augusto, al igual que sus hermanos, para que Agripa, ya fallecido, tuviera descendencia legal.*

De extraño carácter y conflictivo.

SÉNECA. Una visión del Imperio. *Recuerdos de infancia.*

<u>Tiberio</u> Julio César. *(-42/37) De nacimiento Tiberio Claudio Nerón. Hijo de Tiberio Claudio Nerón y Livia Drusila, gens Claudia. Su madre se divorció de su padre y se casó con Augusto. A su vez, Tiberio se casó con la hija de Augusto, Julia la Mayor.*

Tiberio fue uno de los más grandes generales de Roma. Mediante sus campañas en Panonia, Ilírico, Recia y Germania, asentó la frontera norte.

Tiberio se enemistó con Augusto, y se autoexilió en Rodas. Tras la muerte de los nietos de Augusto, Cayo César y Lucio Julio César, y el descarte de Agripa Póstumo, vuelve y es adoptado formalmente por Augusto el 26 de junio del año 4. Ingresa en la gens Julia y dará lugar a la dinastía denominada Julia-Claudia.

Nerón Claudio <u>Druso</u> Germánico. *(-38/-9) Hijo de Tiberio Claudio Nerón y Livia Drusila, gens Claudia. Nació tres días antes del matrimonio de su madre con Octavio, tras su divorcio. Hubo comentarios que ponían la duda en la posible paternidad de Octavio. Hermano de Tiberio, casado con Antonia la Menor, hija de Marco Antonio y de la hermana de Augusto, Octavia. Padre de Germánico, de Claudio y de Livia la Joven.*

Augusto prefería a Druso sobre Tiberio y lo promocionó a cargos públicos cinco años antes de la edad permitida; cuestor 18 a. C., pretor en 11 a. C. Cónsul 9 a. C.

Con gran prestigio, luchó en los Alpes y Germania. Consolidó la frontera renana entre 12 y 9 a. C. En 12 a. C. realizó en los Países Bajos el canal fossa Drusiana, para eludir navegar el mar del Norte.

En la Galia, cayó de su caballo y como consecuencia contrajo grangena. Murió 9 de septiembre del 9 a. C.

Druso fue ancestro directo de tres emperadores: Claudio, su hijo menor, Calígula, su nieto, hijo de su hijo Germánico, y Nerón, su bisnieto.

***Germánico** Julio César.* *(-15/19) Hijo de Druso y de Antonia Menor, sobrina de Augusto. De nacimiento Nerón Claudio Druso. Adoptado por Tiberio (4). Casado con Agripina Mayor, nieta de Augusto.*
Nombrado antes de la edad correspondiente cuestor (-7).
__Tiberio Claudio César Augusto Germánico__. (-10/54) Hijo de Druso y de Antonia Menor. Apartado por deficiencias físicas; cojera y tartamudez. Sufrió complejo de inferioridad por burlas desde su niñez. Estigmatizado por su propia madre.

54.-Corduba. 12 de septiembre. Año 4. Tiempos tristes y alegres.

Marco se encontraba de nuevo en Corduba.

Había fallecido Lucio Juno Cato. Su hijo, Galion se había trasladado a Corduba ante la gravedad de su estado y había llegado a tiempo de ver a su padre por última vez.

Poco después, Marco, que tenía previsto el viaje, llegó también a la ciudad.

Al poco tiempo llegaron noticias de Roma. Ahora era Cayo Asinio Polion el que se encontraba muy grave. Dos días después llegó la noticia de su fallecimiento.

Dos grandes amigos, que le traían recuerdos de su padre, habían fallecido en un corto plazo.

No obstante, la vida seguía y Marco disfrutaba de unos días con Helvia y sus hijos. Aunque en Roma el calor era fuerte en verano, en Corduba era abrasador. Cierto que la domus, adaptada para ello, ofrecía un alivio no desdeñable, pero aun así hubo días muy duros.

Ahora, pese a notarse la disminución de las horas de sol, seguían las altas temperaturas, con la sensación de humedad propia de la época. Helvia le contaba que en otras épocas del año, Lucio seguía sufriendo problemas de respiración. Esta parte del año, el final del verano, era de las mejores para él.

Mela era pequeño, tenía un año. Pero Seneca, con cinco, y sobre todo Novato, con siete, recibían ya una cariñosa, pero exigente, educación por parte de Helvia.

Tenían un preceptor, de origen griego, que era el responsable, pero Helvia no perdía el control y la supervisión. Novato ya conocía las letras y empezaba a adentrarse en la lectura y la escritura. Seneca jugaba con las letras que le dibujaba el preceptor y mostraba una gran curiosidad por lo que su hermano empezaba a aprender.

Helvia solía hablar con ellos sobre la importancia que tenía el saber. Uno ya atendía interesado y el otro en los ratos en que no se distraía.

SÉNECA. Una visión del Imperio. *Recuerdos de infancia.*

Su principal interés era formar hábitos y consolidar valores y, de manera conforme a su edad, les hablaba largamente con este objetivo.

-Helvia, estás despertando su interés con mucha rapidez. Serías una magnífica magister.-

-Ya sabes que siempre he tenido curiosidad por todo y me gustaría que nuestros hijos la tuvieran. Creo que es lo principal para poder aprender.

Eso sí, me interesa más que sean personas responsables y honradas. Buenos romanos.-

-Sé que todo lo que te llega te interesa. Pero sabes que no está bien visto que una matrona romana dedique especial empeño en la cultura.- Dijo Marco.

-Marco, tus ideas son las tradicionales republicanas y sabes que yo pienso igual. Esto no me hace llegar a posiciones absurdas; ¿cómo va a ser negativo saber, conocer cosas? Siempre hemos reflexionado sobre todo en conjunto. ¿Cómo lo haré mejor, siendo culta o ignorante?-

-Helvia, no digo que no esté bien. Digo que no está bien visto y eso no depende de nosotros. No me importaría nada la opinión de los demás, sino fuera porque nos perjudicase para los negocios, para el futuro de los niños...

Nuestro matrimonio siempre ha sido "sine manu". Siempre has tenido capacidad legal para administrar. Aunque no lo fuese, sabes que siempre he respetado tus opiniones y hemos decidido conjuntamente. Es más, nunca he distinguido aquellos bienes que por origen son privativos míos, y los hemos administrado conjuntamente...-

-No te preocupes Marco.- interrumpió Helvia. –Siempre he sido discreta y siempre me mantendré así-

Los dos esposos que se entendían totalmente se abrazaron y besaron.

Matrona. Era la ciudadana romana que contraía matrimonio con un ciudadano romano. Fue cambiando la connotación y al final de la

SÉNECA. Una visión del Imperio. *Recuerdos de infancia.*

República era una denominación honorifica en las familias ilustres. Debía ser digna y respetable, observando las costumbres tradicionales.

Matrimonio romano. *Dos tipos; "Sine manu" bajo la tutela de su padre. "Cum manu" bajo la potestad de su marido. El segundo desapareció al final de la República. De esta forma, la matrona podía tener mayor libertad sobre el marido y podía disponer de sus propios bienes y tener sus propias decisiones. Podía considerarse compañera y cooperadora del marido, a su lado en los banquetes, y a la que se la podía consultar para tomar decisiones.*

Educación. Preceptores y maestros griegos. *En épocas muy pretéritas, Roma ya se vió fascinada por la cultura griega. Cuando se incorporó Grecia a Roma, aumentó esta admiración. Muchos griegos, en gran parte esclavizados, fueron llevados a Roma. Las familias destacadas los incorporaron a la educación de sus hijos. Se produjo una absorción de la cultura griega, incluso en aspectos tan significativos como los dioses. La educación fue bilingüe, e incluso, en gran parte, lo fue la sociedad en general. Esta incorporación no careció de momentos tensos. A modo de ejemplo, en el 154 a.C., Catón, defensor de la tradición, logró del Senado la expulsión de varios filósofos atenienses. Se apoyó, en gran parte, en las ideas sofistas que permitían la defensa de una postura y la contraria de forma simultánea. Entendían que el objeto de un discurso es convencer, no obtener la conclusión acertada.*

SÉNECA. Una visión del Imperio. *Recuerdos de infancia.*

55.-Roma. 16 de noviembre. Año 4. Sigue el Principado.

De nuevo en Roma.

El régimen dirigido por Augusto se consolidaba progresivamente, incluso parecía haber definido su continuidad para cuando su fundador no estuviese. El pasado verano, Tiberio había sido adoptado por Augusto. Se entendía como una designación como heredero.

Para mayor claridad, Augusto había dotado a Tiberio de poderes conjuntos con él mismo, durante diez años. La siguiente fase de la sucesión se completaba al adoptar Tiberio a su sobrino Germánico.

Por el contrario, Claudio, hermano de Germánico, permanecía ignorado y discretamente, o no tan discretamente, postergado dentro de la familia del Príceps.

Aquel día, Marco se encontraba en el foro por ocupaciones relacionadas con su labor de abogado. En la entrada de la Basílica Julia, se encontró con Tiberio que, desde el juicio de Cayo Claudio Galo, le mostraba especial afecto. Le saludó y se separaron.

El mando de la guardia pretoriana, que escoltaba a Tiberio, también lo saludó.

Marco no se acordaba de quién era, aunque le resultaba conocido. Le llamó la atención la manera despótica en que se dirigía a sus subordinados.

Después recordó; Lucio Elio Sejano.

Era hijo de un caballero, conocido de Marco y, cuya familia había estado muy próxima a Mecenas.

No sabía el porqué, pero la forma de saludar del joven, le había resultado desagradable e incluso perturbadora.

Guardia Pretoriana. *Guardia personal del Príceps organizada por Augusto. Fue Tiberio quien la convertiría en una unidad poderosa a través del que nombraría su Prefecto; Lucio Elio Sejano, en el año 14.*

SÉNECA. Una visión del Imperio. *Recuerdos de infancia.*

56.-Corduba. 2 de mayo. Año 5. Enseñanzas prácticas.

La alegría de volver a ver a Marco, no tapaba la inmensa tristeza de Helvia en aquellos días. Sabía que se acercaba el momento para el que se había intentado preparar, sin éxito, durante varios años.

Tanto Novato como Seneca, tenían ya edad para empezar su siguiente etapa de estudios. Hacía tiempo que había convenido con Marco que se desarrollase en Roma. Su futuro dependía en mucho de la formación, pero también de las relaciones que desde jóvenes fueran adquiriendo. Y..., para su disgusto, eso debía hacerse en la Capital del Imperio.

Marcia, su hermanastra, iba a trasladarse a Roma. Su marido, tras desarrollar su cometido en Urgavo, debía residir en Roma de forma permanente.

El acuerdo es que los niños irían a Roma y vivirían en casa de Marcia, quien tenía dos niñas de dos y cuatro años. Podía atenderlos de manera más completa que Marco, cuyas ocupaciones dejaban poca libertad a su tiempo.

Aunque Marcia era como una hermana para ella, Helvia soportaba unos sentimientos contradictorios sobre la situación. Pero estaba decidido...

Tenían previsto trasladarse a través de la Bética, hasta la casa de Marcia en Urgavo. Durante el viaje, los niños debían conocer los negocios de la familia. Conocer, desde el cultivo del olivo hasta la llegada del aceite a destino, era necesario, pues era la base de su opulencia económica. Cualquier carrera política en el Imperio tenía que venir apoyada por una capacidad financiera más que notable.

Helvia acompañaría a su familia en el viaje por la Bética hasta Urgavo. Después volverían, todos, a Corduba y desde allí emprenderían la marcha a Roma.

SÉNECA. Una visión del Imperio. *Recuerdos de infancia.*

57.-Corduba. 10 de mayo. Año 5. Hacia Uccubi.

Iban, en primer lugar, hacia Ucubi, donde se encontrarían con el esposo de Marcia; Cayo Galerio. Antes de partir hacia Roma, Cayo, revisaba las últimas obras realizadas bajo su responsabilidad en la Vía Augusta y sobre las que el Prínceps, sin duda, volvería a interesarse. La Vía Augusta era en realidad un concepto amplio. Unía Gades y Roma, pero, diversas modificaciones y vías complementarias hacían que, en algunas zonas se convirtiera en una malla de vías asociadas.

Cayo Galerio había sido el procurador que tenía a su cargo la Vía Augusta, en el tramo que corría por el Conventus Cordubensis. Tambien le correspondían las vías derivadas que recorrían la campiña hacia el sur, aunque penetraran en el Conventus Astigitanus.

La Vía salía de Corduba y a través de Obulco unía con Urgavo. Dada la riqueza agrícola, al sur de esta vía principal, gran cantidad de vías secundarias se extendían por la campiña. En esta zona estaba la mayor parte de las propiedades de los Anneo. Irían a Ategua, después a Ucubi, Ituci y volverían en Obulco a la vía principal.

La expedición se componía de varios carruajes;

Una esseda, de dos caballos, servía para que Helvia y Marco se desplazaran con agilidad e independencia.

Una rheda servía para que los tres hijos del matrimonio y sus cuidadoras viajaran con comodidad.

Dos carrucas, para equipajes y sirvientes, completaban el grupo.

Era una bonita mañana de primavera, cuando emprendieron el viaje.

Muy temprano, la caravana salió de la domus y dirigiéndose al cardo máximo tomó dirección sur.

Pronto alcanzaron la Puerta del Puente y cruzaron éste. Marco nunca dejaba de admirarse de esta gran obra, que junto a las demás realizadas en los últimos tiempos, engrandecía la ciudad.

Marcharon por el norte del río Salsum, aunque en general a cierta distancia. La vía seguía el ondulante terreno conformado por suaves lomas. La población era dispersa y habitaba villas empleadas para los

SÉNECA. Una visión del Imperio. Recuerdos de infancia.

trabajos del campo. Hacia la hora sexta, se detuvieron en una arboleda cercana al río y se tomaron un pequeño descanso. También aprovecharon para tomar un rápido pradium; principalmente carne seca y tortas de farro. A Mela no le faltó una ración de leche de cabra. Siguieron y, a la puesta de sol, poco antes de llegar a Ategua, vieron de frente un jinete que se les acercaba. Hacía gestos de saludo.

- ¡Es Cayo! - Exclamó Helvia con afecto.

Pronto llegó, y al pie del carruaje se abrazaron.

- ¿Y los niños? -

-Vienen en la rheda siguiente. –

Novato y Seneca saludaron desde el carruaje que se aproximaba.

- ¡Qué barbaridad, vaya cambio desde la última vez que los vi! -

Tras diversos comentarios triviales, Gayo, les indicó que, dentro de sus trabajos, estaban repasando el puente sobre el Salsum, y otro sobre el siguiente arroyo en el tramo entre Ategua y Ucubi.

-Quedaros en Ategua. En dos días habremos acabado el trabajo e iréis mucho mejor a Ucubi, estrenando las obras.-

El grupo subió a Ategua. Situada en un cerro, dominaba una amplia zona próxima al Salsum. Aunque su labor como atalaya defensiva ya no era necesaria, mantenía una pequeña guarnición, resto de su importante papel en las guerras civiles. Gayo, como procurador, se alojaba en la antigua fortificación, y hasta allí se dirigieron.

Convento Jurídico. Cordubensis, Astigitanus. *El límite entre los conventus de Corduba y Astigi, se disponía a unos veinte kilómetros en paralelo al sur del Betis.*

El Cordubensis se extendía hacia el norte, llegando cerca del rio Ana (Guadiana). Hacia el este seguía al Betis dentro de la actual provincia de Jaen.

El Astigitanus se disponía en su mayor parte hacia el este y sur de Astigi. Gran parte de las actuales campiña cordobesa y jienense, estaban incluidas en él. Se extendía hasta la Cordillera Penibética.

SÉNECA. Una visión del Imperio. *Recuerdos de infancia.*

Obulco. *Actual Porcuna.*

Apoyó a César y fue su base en la lucha con Pompeyo. La potenció y dio provilegios.

Urgavo. *Actual Arjona. Apoyó a César y fue su base en la lucha con Pompeyo. La potenció y dio provilegios. Municipium Albium Urgabonense fue su nombre tras la concesión de la ciudadanía romana.*

Lugar de nacimiento de Helvia Albina, madre de Lucio Anneo Séneca.

Ategua. *(Cerca de la actual Santa Cruz). Situada, en las cercanías de la actual Santa Cruz, en un cerro sobre el río Guadajoz. Su origen es un poblado ibero muy antiguo que tomó importancia con la guerra civil entre César y los hijos de Pompeyo. Las excavaciones muestran un recinto amurallado ibero, mantenido y reforzado en época romana.*

Uccubi. *Actual Espejo. Reseña en capítulo sesenta.*

Ituci. *Yacimiento arqueológico de Torreparedones.*

Se sitúa en la provincia de Córdoba, entre Baena y Castro. Se han descubierto grandes restos de época romana y anterior.

Se considera la antigua Ituci de la que se desconocía la ubicación exacta.

SÉNECA. Una visión del Imperio. *Recuerdos de infancia.*

58.-Ategua. 11 de mayo. Año 5. Ingeniería romana - calzadas.

Gayo había invitado a sus familiares a visitar las obras que se realizaban bajo su responsabilidad. Helvia declinó el ofrecimiento y prefirió quedarse en la población con el pequeño Mela. Lo acompañó Marco, junto a Novato y Seneca. Gayo iba a caballo, Marco, con sus dos hijos mayores, lo seguía en la esseda.

Acompañar a Gayo, además de por amistad y formación de los niños, también formaba parte del conocimiento del negocio. Los Anneo, invertían capital colaborando en las construcciones que se realizaban en la zona y consideraban de su interés. Parte se recuperaba realizando las obras, no directamente pero sí, a través de clientes que les realizaban a ellos otras construcciones particulares en interesantes condiciones. Bajaron de Ategua hacia el Salsum. Antes de llegar al río, pararon en una zona en la que habían desviado provisionalmente la calzada.

-Hubo un corrimiento de tierra y la vía quedó en mal estado. Estamos reconstruyéndola. - Aclaró Gayo.

La vía estaba trazada a media ladera en tierras arcillosas. Tras las lluvias del invierno, que las habían empapado y aumentado su peso, se formó un semicírculo que osciló hacia la parte baja desplazando parte del trazado. Ahora habían elegido trasladarla hacia abajo, a zona más llana, aunque, aumentando ligeramente la longitud. Pese a todo, y por mayor prevención, habían dispuesto un murete en el borde exterior para contener el terreno y colaborar en el drenaje.

Gayo saludó al praefecti fabrum responsable de las obras entre Ategua y Ucubi. - ¿Cómo vamos? ¿Alguna incidencia? –

-Todo bien. Lo único, que estamos añadiendo, es un pequeño encauzamiento para las aguas de la ladera, para que no incidan en la calzada. La cuneta normal no es suficiente. -

- ¿Nos retrasará? -

-Creo que no. Estará acabado el nuevo trazado en una semana. Poco después de la finalización de los puentes-

SÉNECA. Una visión del Imperio. Recuerdos de infancia.

Estaban finalizando la excavación en la última parte; la zona más baja de la ladera desplazada.

-Mientras que en la parte superior hemos retirado del orden de un metro de tierra, aquí estamos bajando un metro y medio. Es donde se acumula la parte más arcillosa y, además al deslizar, se ha acumulado más. -

Comenzaban a poner, en la caja realizada, un material formado por cascotes de piedra y algo de arena.

-Tío Gayo, ¿por qué es mejor eso que estáis poniendo que lo que había antes? – inquirió Novato.

-Verás; la arcilla retiene agua y aumenta el peso de la tierra, esto hace que tienda a deslizarse ladera abajo. Aunque nos hemos desplazado, y estamos en una zona con una pendiente inferior, es mejor así. Por otra parte, y es lo principal, al humedecerse, se deforma ante el peso de los carruajes. Sin embargo, esta piedra y arena que ponemos no se empapa, deja pasar el agua y es más estable. -

Mientras, Séneca se acercó a tocar las piedras preparadas y dijo;

- ¿Qué diferencia hace que una cosa sea piedra y otra arcilla? -

- ¡Vaya pregunta! - río Cayo - Así lo quisieron los dioses. –

Séneca no se quedó muy conforme y murmuró; -pero, por algo será. –

Marco le comentó a su cuñado; - Hace con frecuencia este tipo de preguntas. No sé si preocuparme o alegrarme, por pensar de esta forma extraña. –

Colocaron un metro de espesor de cascotes, recogidos contra el murete. Después dispusieron en los dos laterales unos bordillos de piedra tallada para contener lateralmente las nuevas capas. La siguiente era de guijarros pequeños. Antes de disponerlos en su lugar, eran mezclados con cal y tras su colocación regados.

- Esta capa evita que lo que vamos disponiendo encima, y que es cada vez más fino, se escape entre los cascotes hacia abajo. – explicó Cayo.

- Las piedras son trabadas por la cal que hace que se mantengan estables en su posición. -

SÉNECA. Una visión del Imperio. *Recuerdos de infancia.*

Séneca pensó; - ¿y por qué la cal traba? – pero ya no dijo nada.

-Allí podéis ver el siguiente material que se colocará; grava más pequeña también con cal. Así logramos una superficie lisa y, por fin, encima pondremos la piedra tallada. – dijo Cayo, señalando un grupo de hombres que trabajaban la piedra bajo unos árboles cercanos.

-Si, la piedra viene de tus tierras de Igabrum. Estamos desmontando la colina de roca que te molesta y, además de obtener esta buena piedra caliza, te quedará perfecta para el cultivo. – contestó Gayo ante un gesto interrogante de Marco.

Novato dudó; -Pero… las calzadas son de tierra. -

-No sobrino, son como estás viendo. Lo que pasa es que, cuando todo esto se ha realizado, se le echa una pequeña capa de tierra para que ocupe las juntas de las piedras y sea más suave para las ruedas. Eso es lo que ves cuando están bien cuidadas. –

-Y entonces ¿por qué no se hacen sólo de tierra? –

-Se deformarían con el paso de los vehículos y los caballos. En poco tiempo no tendrías nada. Todo lo que has visto hacer ofrece la resistencia necesaria. La pequeña capa de tierra es sólo para comodidad del viajero y para que sufran menos los carros. -

---

Calzadas. Ver lámina 12. Calzadas.
Prefecti Fabrum. Técnico responsable del proyecto y la construcción.
Igabrum. Actual Cabra. Su origen parece ser griego y tuvo gran importancia antes de la llegada de Roma. Se explotaba caliza y mármol rojo. Como todas las poblaciones de la zona se vió implicada en las luchas de cesarianos y pompeyanos. No se encuentra lejos de Munda. Hubo templos dedicados a Venus y Apolo. Es de destacar el acueducto de cinco millas de que estaba dotada.

SÉNECA. Una visión del Imperio. *Recuerdos de infancia.*

Siguieron su recorrido y llegaron al Salsum.

- ¿Qué hacéis aquí? Parece que el puente está en buenas condiciones.
– preguntó Marco.

-Lo está. – repuso Gayo. - tú sabes que este rio tiene un caudal bastante estable, pero, cuando viene una temporada muy lluviosa y larga, llega un momento en el que el suelo no puede contener más agua y se forman grandes cárcavas. En ellas se arrastra mucha tierra de las zonas de labor. Cuando llegan al puente mezcladas con ramas y otros arrastres, van tapando el arco y al final el rio salta sobre la calzada. Entonces los daños son muy grandes. Un buen mantenimiento obliga, en esta época del año, a realizar una buena limpieza y así evitar taponamientos en el primer temporal que venga. –

-Estáis haciendo algo en los apoyos de los arcos ¿no? –

-A fin de cuentas, es también mantenimiento. Cuando la corriente aumenta, tiende a socavar junto a los apoyos. Ahora estamos protegiendo esa zona con grandes piedras que no sean alteradas por la corriente. Empleamos esta época en que el nivel ya ha bajado y podemos trabajar con más comodidad.

Hay que situarlas bajo el fondo para que protejan sin disminuir la capacidad de paso por el arco. –

Cuatro hombres estaban dentro del cauce. Desde la parte superior del puente otros dos, mediante un artilugio con poleas, bajaban un bloque de piedra para situarlo pegado al apoyo que habían preparado.

El puente era de un solo arco y estrecho. Suficiente para el modesto tamaño del Salsum en aquella zona. La calzada se estrechaba en el paso, pero, el que no permitiera el cruce de dos carros en aquel punto, no significaba mayor problema.

Séneca preguntó sobre ello. – ¿Por qué no se hace del mismo ancho que el resto? Podrían cruzarse los carros. -

-Es cierto, pero ten en cuenta que un puente cuesta una cantidad importante. Hay que medir lo que gastamos en cada caso. Si

SÉNECA. Una visión del Imperio. *Recuerdos de infancia.*

dedicamos más al puente, dispondríamos de menos para otras zonas. Siempre hay que elegir y aunque este cruce pueda suponer alguna molestia no es grave. –

Insistió; - entonces podría hacerse lo mismo en toda la calzada, dejando sitios de cruce. –

-Cierto, pero el aumento de las dificultades sería mayor que el ahorro logrado. Cuando llegas al rio, ves si viene alguien en dirección contraria y, te dispones para adaptarte. Si fuera a lo largo del camino, las detenciones serían frecuentes y si no hay muchos puntos de cruce, sería un verdadero problema. –

-Gastáis en lo que más os interesa. –

-Así es sobrino. - confirmó Gayo.

- Lo que te ha dicho tu tío lo tendrás que aplicar no solo a las obras. En todos los negocios te pasará lo mismo. - intervino Marco.

-Y también a otras cosas. Cuando estoy con el magister, le dedico más tiempo a repasar lo que más me interesa y menos a lo demás. -

Marco y Gayo se miraron y asintieron con aprobación.

Un poco más adelante estamos haciendo un puente nuevo sobre un arroyo. Pero si os parece es mejor volver ya a Ategua. El nuevo lo veréis cuando sigamos hacia Uccubi.

60.-Ategua. 13 de mayo. Año 5. Ingeniería romana - puentes.

Aunque Gayo insistió en que esperaran unos días para ver finalizado el puente que estaban construyendo, Marco no quiso demorar más el viaje.

Salieron hacia la que había sido su primera parada prevista; Uccubi. Uccubi se encontraba muy cerca de Ategua. Un arroyo cruzaba la calzada a media distancia. Hasta entonces, se salvaba mediante un vado, que era suficiente la mayor parte del año, pero creaba dificultades cuando aumentaba el caudal del arroyo. Estaban acabando de construir un pequeño puente que resolvería el problema. Cuando llegaron al arroyo, la construcción estaba avanzada.

-Hay que aprovechar esta época con poco riesgo de tormentas para apartar el arroyo y construir. Como veis, hemos hecho una pequeña presa para elevar el nivel del agua y desviarlo.

Así hemos podido excavar para lograr una cimentación segura. Sobre el lecho hemos realizado una armazón de madera, para mantener las dovelas que vamos colocando. Son de un tamaño importante que nos darán más estabilidad.

Vamos construyendo los distintos arcos en paralelo y acabándolos, colocando la clave antes de pasar al siguiente. Sino sería un peso excesivo sobre la madera. - explicó Cayo.

- ¿Qué son la clave y las dovelas? - dijo Novato.

-Verás, las dovelas son las distintas piezas que forman el arco. Las tallamos para que todo el lado de una esté en contacto con la de la siguiente. Se van colocando apoyadas sobre el soporte de madera que ves. Son muy pesadas y el soporte es quien las mantiene en su sitio. La clave es una dovela más, pero es la última, la que cierra el arco. Cuando se coloca, y se quita el soporte de madera, cada dovela fuerza a la que tiene al lado. Su peso se distribuye entre las dos compañeras, así hasta llegar al cimiento. -

-Hasta que no se quita la madera, siguen apoyándose en ella. - dijo Séneca.

SÉNECA. Una visión del Imperio. *Recuerdos de infancia.*

-Así es. -

-Entonces no quitas peso cuando colocas la clave. –

-Tienes razón, pero es algo intermedio. La madera va cediendo bajo el peso. Esto hace que poco a poco las dovelas empiecen a comportarse como un arco. En parte se apoyan y en parte actúan unas contra otras. Por eso no quitamos el soporte, aunque vamos acabando los arcos. Cuando están todos, es cuando retiramos la madera. -

Novato miró a su tío y le preguntó; -Pero queda en curva, por ahí no pueden pasar los carros-

-Ahora sobre las dovelas se sitúan otras piedras laterales. En medio se rellena con cascotes, igual que vistes en la calzada que estábamos desviando, y queda una pendiente por la que sí pueden pasar los carros. –

- ¿Y aquella construcción que se ve arriba? - inquirió Séneca.

-Esa no la hice yo. - bromeó Gayo -Es muy antigua, de antes de llegar Roma a estos parajes. Es una torre cuadrada, lo suficientemente fuerte para que César la utilizase en sus luchas con los hijos de Pompeyo. -

-No te preocupes - dijo Marco- pienso llevarlos a ver un lugar de la zona. Allí hubo grandes batallas.-

-Tienes un trabajo muy interesante. – le dijo Helvia, que había dejado a Mela en el carro de sus cuidadoras y participaba en la conversación.

-Lo es - dijo Gayo -pero ha sido agotador, sobre todo por el especial interés que ha tenido Augusto en la marcha de estos trabajos. -

-Te lo compensará. -

-Espero que sí, pero por el momento soy llamado a Roma, sin tener muy claro cuál será mi cometido. – contestó Gayo con cierto tono de preocupación.

Gayo quedó en Ategua unos días más, mientras los Anneo seguían hasta el cercano Uccubi.

***Uccubi.** Actual Espejo. Importante emplazamiento estratégico en época prerromana (ibero-turdetana). Tras su apoyo, César le otorga el título de Colonia Claritas Iulia Uccubi.*

***Uccubi. La Pontanilla.** En este arroyo actual, entre Santa Cruz (Ategua) y Espejo (Uccubi), pueden observarse las ruinas de este puente romano. Es de un arco de medio punto, situado en la antigua vía Ategua - Spalis (Monturque). La luz, o distancia entre apoyos, es de 3 m. La anchura de la vía de 5. El arco está formado por dovelas de piedra caliza de 60 por 50 cm.*

Muy cerca se encuentran los vestigios de otra fortificación ibera. En época romana, se utilizó en las guerras civiles, principalmente por César.

<u>61.-Uccubi. 14 de mayo. Año 5. La Villa de los Anneo, cerca de Uccubi.</u>

Ucubi era una de las bases del negocio agrícola de los Anneo.

En sus inmediaciones disponían de una villa con todas las instalaciones necesarias para el trabajo. No obstante, aunque ese era su cometido, disponían de una zona para residencia, que utilizaban cuando visitaban aquella zona. Sin ser lujosa, era más que suficiente para una estancia confortable.

Al acercarse desde Ategua, podían divisar el cerro desde el que Ucubi dominaba la zona. En su parte superior se veía la zona defensiva, de origen turdetano, y reforzada por Roma.

- ¡Mirad Uccubi! -dijo Marco, señalando aquel punto. - Fue el gran amigo de mi padre, mi tutor, y mi amparo en Roma; Cayo Asinio Polion quien la convirtió en colonia romana hace cincuenta años.-

Marco se emocionó al recordar a su amigo Asinio, fallecido el año anterior, y que tan decisiva importancia tuvo en el desarrollo de Uccubi y de otras muchas poblaciones de la Bética.

A medida que se acercaban, el día avanzaba y el calor demostraba que se preparaba la primera racha de altas temperaturas del año.

Al verlos llegar, avisaron a Publio Anneo, que corrió a recibirlos.

-Dominus, ¡bien venido a casa! Espero que toda la familia haya tenido un buen viaje. –

-Así ha sido, Publio. ¿Todo en orden por aquí? –

-Sin ningún problema especial. La residencia se ha puesto en orden, se ha limpiado y todo está dispuesto para recibiros.

En cuanto a los trabajos normales, estamos en época de mantenimiento. Se están ajustando los molinos, limpiando, reparando arados…

En el campo, hemos acabado las podas y estamos reparando caminos. También limpiando forraje.

Además parece que viene una buena cosecha. Este año ha llovido bien y con calma. No ha habido daños y el suelo se ha cargado. –

SÉNECA. Una visión del Imperio. *Recuerdos de infancia.*

-Muy bien Publio. Nos enseñarás todo eso, quiero que mis hijos se vayan a Roma teniendo una idea de los trabajos que hay que desarrollar aquí. –

-Cuando quiera el Dominus, empezamos…-

-Tranquilo Publio. Hoy nos instalaremos y mañana con calma empezamos. ¿Tienes algo urgente o puedes dedicarnos tu tiempo? –

-Sabiendo que vendríais, he adelantado instrucciones para que todo funcione. Salvo algún imprevisto, no debe haber ningún impedimento. –

Los Anneo se instalaron en la zona residencial. Tenía la forma de una domus, de considerable tamaño y todas las comodidades, si bien con acabados más rústicos que los que se usaban en las primeras residencias.

Helvia originaria de Urgavo, estaba feliz entre los campos de olivar.

- ¡Que tranquilidad! En el campo me encuentro feliz. No sabes como me ha gustado ver las gallinas, las vacas, cabras… la herrería reparando herramientas… ¡Todo! –

-Pues Helvia, tendrás tiempo de disfrutarlo. Mi intención es estar una semana y pasear bien a los niños. Aunque sean pequeños, sobre todo Séneca, creo que se llevarán una idea de los negocios iniciales de la familia. No quiero que en Roma se vean absorbidos por aquella vida menos apegada a la realidad y no sean conscientes de dónde está el origen de todo. –

-Creo que así será. - Estaban en la parte exterior de la residencia y señaló hacia Novato y Séneca que, acompañados por sus cuidadoras, perseguían un grupo de gallinas.

Al poco se acercaron a ellos, y Marco les dijo; - ¡venid con nosotros! -. Se dirigieron hacia una esquina de la villa, dentro del muro de protección.

-Vamos a donde se produce el aceite. Como habéis visto, hay muchos olivos que cuidamos en la zona. La aceituna se recoge desde noviembre hasta final de enero. Del campo la traemos a la villa. En

SÉNECA. Una visión del Imperio. *Recuerdos de infancia.*

otras villas se trata también el cereal y el vino. Nosotros, esta, solo la dedicamos al aceite.

Bien, como os digo, se trae la aceituna y se almacena en este lugar que llamamos tabulatum. Para que cumpla con su objeto, antes, se ha tratado el suelo. Así, el aceite y el barro, que va soltando la aceituna, no se introduce en el suelo. También se le da un poco de pendiente para poder retirarlo.

Este líquido suele ir muy sucio, no es solo aceite, y a veces lo usamos en zonas en las que no queremos que salgan hierbajos. Forma una capa y no brotan. –

Dijo Novato. -Si eso lleva aceite, ¿por qué no se aprovecha? –

Le contestó Helvia; -A ti te gusta el aceite bueno. A veces, si lo tomamos fuera de casa, notas la diferencia. Este líquido, que te dice tu padre, lleva trozos de hojas, palitos, barro… aunque lo quieras limpiar nunca lograrás que te guste. -

-Este es el primer paso. Salimos y vamos por aquel portón. - los guio Marco hacia una larga estancia que incluía tres mecanismos.

-Mirad, aquí tenemos tres trapetum. – dijo señalando tres grandes molinos.

-Tienen una parte fija; el mortarium. - Señaló a una especie de estanque de piedra. - y sobre ella se desplazan las orbis - ahora señalaba unas piedras semiesféricas unidas con un eje de madera - que mueven unos esclavos.

Así se aplasta la aceituna.

Producimos una especie de pasta de aceitunas aplastadas. Se recoge y se lleva a aquella otra zona.-

Cruzaron otro portalón y entraron a otra zona donde había otros tres artilugios.

Señaló uno de ellos,

- Este es un torcularium. Como no está funcionando, tiene ahí fuera esos redondeles de esparto. Se pone uno dentro de la prensa, se cubre con la pasta que hemos conseguido, se tapa con otro igual y sobre él más pasta. Así hasta colocar seis.

Después se presiona.

Para ello se gira esta polea que tira hacia abajo de la parte superior y que aplasta la pasta. Sale por este canalillo y va a esas vasijas. Son muy grandes y se utilizan para decantarlo. También se saca la parte superior si está sucia, algún palito... Después se recoge el aceite limpio y se envasa en las ánforas.-

- Papa, ¿qué significa decantar? –

- Tienes razón Novato, no lo he dicho. Decantar es separar las cosas por peso. Si en el líquido se ha metido un granito de piedra, cae al fondo de la vasija y se separa del aceite. -

- Y por qué cae un granito de piedra y no cae un palo, que pesa más. - dijo Seneca. –

-Eso todavía no te lo puedo contar. Lo estudiarás pues ya lo hizo un griego llamado Arquímedes y lo dejó bien explicado. Depende de la densidad, es decir lo que pesa en proporción a lo que ocupa. –

Marco dirigió una mirada cómplice a Helvia. Ya estaba Seneca queriendo avanzar por encima de su edad.

-Habéis visto una parte muy importante de nuestro negocio. Aquí, y en otras villas, fabricamos el aceite desde las aceitunas que cultivamos.

Otra parte y muy importante es el trasporte y la venta. Ya hablaremos de ello. -

---

__Publio Anneo (padre).__ Personaje ficticio. Antiguo esclavo de Marco, liberto encargado de los olivares centrados en Ucubi.

__Cayo Asinio Polion.__ (aprox. -75/4) Amigo del padre de Marco Anneo Seneca. Fue tribuno de la Plebe (47 a.C.), legado en Hispania y gobernador (44 a.C.).

SÉNECA. Una visión del Imperio. *Recuerdos de infancia.*

Amigo de César, y pese a ello relacionado con Cicerón. Amigo de Marco Antonio y Octavio, fue el enlace necesario para el segundo triunvirato formado por los dos anteriores y Lépido.

Creó la primera biblioteca pública en Roma. También el Círculo de Asinio Polion, de carácter cultural. Severo crítico literario, lo hizo con; Cicerón, Cesar, Salustio y Tito. Le gustaba la literatura antigua. No se conservan obras, pero se tiene noticia entre otras muchas de; "Historia de las Guerras Civiles".

Gran posición en la vida política y cultural de Roma, republicano radical, mantenía una relación distante con Augusto.

Villas. *Las villas eran edificaciones dedicadas al trabajo del campo. Incluían las instalaciones necesarias para el trabajo agrícola y para la transformación de los productos. En la Bética eran frecuente las dedicadas al olivar y que por lo tanto incluían almazaras. También las dedicadas al vino, disponían de bodegas de crianza y conservación. Pueden, también, considerarse las costeras dedicadas a la sal y al garum. Daban cobijo a los esclavos vinculados a aquellos trabajos que se realizaban en las cercanías y en las instalaciones de la propia villa. Con el tiempo, se les dotó de una parte residencial para los propietarios. En aquellas cercanas a las ciudades o a zonas costeras, fue en muchos casos predominando el aspecto residencial, convirtiéndose en lujosos lugares de descanso.*

SÉNECA. Una visión del Imperio. *Recuerdos de infancia.*

62.-Uccubi. 15 de mayo. Año 5. Hacia el sur de Uccubi.

Era muy temprano, cuando Séneca y sus dos hijos mayores salieron de la villa en una esseda. Por si fueran necesarios, un par de esclavos los seguían en otro carruaje similar.

La villa se situaba en el noroeste de la población. Bordearon y salieron hacia el sur.

- Toda esta zona es muy buena para el olivar. - contaba Marco.

Pararon en diversos puntos donde se estaban realizando labores de limpieza, de arado, reparando caminos o desviando cárcavas… Marco fue explicando diversas labores y los niños se mostraron interesados.

- ¿Para qué sirve arar? – decía Novato –

 - Primero sacamos la vegetación que va saliendo y que le quita humedad y alimento al olivo. Después, al levantar el suelo, se aprovechará mucho mejor la lluvia que caiga, que penetrará en el suelo, en vez de escurrir por la superficie. –

- ¿Qué come el olivo? - dijo Lucio.

- No es que coma, pero se comprueba que cuanta menos competencia tenga una planta, crece mejor. –

- Ah. - aceptó sin mucho convencimiento.

Hacia el mediodía, alcanzaron una zona llana que finalizaba en una elevación. Marco se puso serio y contó; - Estáis en un lugar en el que, hace unos cincuenta años, muchos hombres murieron decidiendo el futuro de Roma. -

Bajó del carruaje y cogió tierra del suelo. En ella se incluían unos trozos metálicos.

-Mirad, estos clavos son de las cáligas de los legionarios que participaron en la batalla. –

- ¿Qué batalla fue esa, papá?-

- Aquel año, César asediaba Corduba en la que se había refugiado Sexto Pompeyo, hijo del gran Pompeyo. Mientras, su hermano Cneo, ocupaba Ulia. Viendo lo infructuoso del ataque, César se dirigió a

Ategua y la tomó, estableciendo su base. Allí habéis estado hace unos días y sabéis que aún se aprovecha la antigua fortaleza.

El enfrentamiento definitivo se dio aquí, donde estamos, cerca de Munda. Fue una tremenda batalla, muy igualada, y que, al término, una rápida maniobra de la caballería de César la decidió a su favor.

-Papá, cuéntanos más de la batalla.-

____

Caliga. Calzado habitual del legionario, al menos hasta el siglo II. Sandalia con correas para la fijación. Generalmente, estaban dotadas de unos clavos en la suela. Permitían aumentar su agarre y también utilizarlas para patear.

63.-Munda. 15 de mayo. Año 5. En la meseta de Munda.

Lámina 1. La Batalla de Munda. Disposición previa de los ejércitos.

-Durante varios días los ejércitos de César siguieron a los pompeyanos. Ni unos ni otros se veían con una superioridad que les asegurase la victoria en campo abierto. Se producían pequeñas escaramuzas pero nunca un enfrentamiento significativo.

Con Cneo Pompeyo se encontraba Tito Labieno. Había sido el gran compañero y colaborador de César durante muchos años. Ahora militaba con los optimates.-

-¡Era un traidor!- exclamó Novato.

-No es fácil juzgar a las personas y en este caso menos.- Enseñó Marco.

-Labieno fue el gran apoyo de César en su lucha por las ideas populares; mayor participación del pueblo, menos privilegios de los patricios, dar voz a los pueblos extranjeros que ahora formaban parte de Roma...

Cuando César se hizo fuerte, no es que renunciara a esos ideales, pero sí se consolidó como único poder.

Desde su mando, podía favorecer esos principios, pero no tenía intención de respetar las decisiones del Senado, que formaba parte de su programa inicial.

Labieno consideró que había cambiado y que ponía por encima de todo su persona, su mando. Consideró que, ahora, Pompeyo representaba más los ideales de libertad que César. Pompeyo defendía el poder senatorial conformado sólo por los patricios.

¿Qué preferir; poder dictatorial para hacer política para el pueblo o poder repartido aunque favorecedor de una clase?

El caso es que ahora, como segundo de Pompeyo pero, gran conocedor de César y sus capacidades militares, insistía en rehuir un combate directo.

Pese a ello, el seis de marzo del 45 a.C., Pompeyo intenta situarse en una colina cercana al campamento de César. Es rechazado y se retira a Uccubi.

Las tropas de Pompeyo estaban formadas en gran parte por reclutas locales, sin experiencia de combate. Además de su inexperiencia, la guerra civil romana no era algo que les motivase. Como consecuencia, se producen deserciones que van en aumento.

Pompeyo se encuentra entre el deseo de no combatir de forma directa y la disminución progresiva de fuerzas. Las deserciones hacen que pierda capacidad cuanto más retrasa la batalla. Mientras se retira hacia el sur, seguido por César.

El 15 de marzo emplaza su campamento en una zona alta junto a Munda, donde ahora estamos.

¿Veis aquel arroyo que recorre la llanura? Detrás de él, a no mucha distancia César estableció su campamento. Esta ligeramente a más cota que el arroyo.-

-Allí tenía ventaja Pompeyo.- dijo Novato.

-Sí, así es. Se encontraba a más altura y con una pendiente importante hacia el arroyo. Por eso situó allí su campamento a la espera de la llegada de César.

Además, ahora ves el arroyo con poca agua y el terreno seco a su alrededor. Sin embargo, la batalla fue en marzo de un año muy lluvioso. Los alrededores del arroyo estaban encharcados, lo cual tampoco favorecía un avance rápido. -

-¿Eran muy grandes los ejércitos?- preguntó Lucio.

-Verás; César disponía de unos cincuenta mil hombres, Pompeyo entre diez y veinte mil más.-

-Lo tenía fácil.- dijo Lucio.

-Lucio, no solo cuenta la cantidad.

César disponía de dos legiones formadas casi totalmente de veteranos. Eran la V y la X.

SÉNECA. Una visión del Imperio. *Recuerdos de infancia.*

Pompeyo también disponía de veteranos. Eran restos de legiones que habían servido con César y se habían pasado al bando optimate. De todas formas, el grueso de ellas estaba formado por reclutas recién incorporados, sin experiencia en combate y poco motivados.

En resumen, César disponía de dos legiones plenamente operativas, el resto con poca o ninguna experiencia. Pompeyo tenía algunos veteranos en varias legiones, pero la mayor parte de los efectivos eran noveles.

Otra cuestión a tener en cuenta eran las tropas auxiliares y de caballería. La mayor parte eran ibéricas, pero también númidas y mauritanas.

Fueron muy importantes los mauritanos. Dirigidos por los príncipes hermanos y rivales; Boco II por los optimates y Bogud por los populares.-

---

Munda. Antecedentes y consecuencias de la Batalla de Munda. (17 de marzo de 45 a.C.)

Año 49 a.C. Siguen las luchas entre las dos facciones predominantes en el Senado; optimates y populares. El Senado, controlado por los primeros, ordena a César que abandone las Galias y sus poderosas legiones. A esto, añade el entregar poderes especiales a Cneo Pompeyo, al que ratifica como cónsul en Hispania. La tensión se convierte en guerra abierta. 10 de enero. César atraviesa el Rubicón ("alea jacta est"). Este era el límite de cercanía autorizado a las legiones. Se produce la desbandada en Roma de los optimates. El grueso de los ejércitos optimates está en Hispania, y César en 27 días se desplaza allí. Febrero. Vence en Ilerda (Lérida) a Lucio Afranio y Marco Petreyo, legados de Pompeyo con cinco legiones. 27 de agosto, derrota a Marco Terencio Varrón al frente de la Legio II, tomando Corduba.

SÉNECA. Una visión del Imperio. *Recuerdos de infancia.*

Año 48 a.C. 9 de agosto. Se libra la Batalla de Farsalia, en el centro de Grecia, con gran triunfo de los populares. Cneo Pompeyo Magno huye a Egipto donde muere.

César deja en Corduba, como gobernador, a Quinto Casio Longino. Se comporta tiránicamente y se produce un intento de asesinato. La consecuencia es una dura represión, que hace volverse a muchas poblaciones de la Bética hacia el bando de los optimates.

Año 47 a.C. Longino, por orden de César, prepara cinco legiones para cruzar a África, en persecución de los ejércitos optimates. La tensa situación entre la población, conlleva la sublevación de la Legio Vernácula, la Legio II y parte de la Legio V, todas en apoyo de Cneo Pompeyo (hijo). Longino destruye la parte de Corduba situada al sur del Betis.

Siguen los combates en las cercanías de Ulia (Montemayor). César destituye a Longino y deja a Trebonio al frente de la Hispania Ulterior y a Lepido al mando de la Citerior.

Se logra la pacificación.

Año 46 a.C. Los hijos de Pompeyo (Cneo y Sexto), junto con elites provinciales, expulsan a Trebonio.

César vuelve a Hispania y se establece en Obulco (Porcuna). Reinicio de los combates.

Año 45 a.C. Sexto Pompeyo permanece en la defensa de Corduba, mientras Cneo ataca Ulia, única plaza popular del centro de la Hispania Ulterior.

César envía seis cohortes de infantería y seis de caballería a Ulia.

Él se dirige a Corduba con el resto de las fuerzas. Construye un puente provisional y cruza el Betis. Sitúa su campamento entre Corduba y el río.

Cneo tiene que abandonar Ulia, mientras Sexto combate en Corduba por el control del puente provisional.

César se retira de Corduba hacia Ategua, a la que conquista. Establece allí su base.

17 de marzo. Batalla de Munda. Triunfo de César sobre Cneo.

SÉNECA. Una visión del Imperio. _Recuerdos de infancia._

Sexto abandona Corduba, que queda al mando de Annio Escapula, equite cordobés que ante la imposibilidad de defensa se da muerte.
Finaliza la Guerra Civil. Se considera la conclusión de la República y el inicio del Imperio.
Tras Munda se produce el asedio y destrucción de Corduba, así como la muerte de 22.000 habitantes. Ruina de la ciudad, seguida del inmediato comienzo de la reconstrucción.
<u>Año 44 a.C.</u> Cayo Asinio Polión, gobernador en Corduba. Funda colonias con veteranos y fieles a César en Hispania Ulterior; Colonia Patricia Corduba, Urso, Hispalis, Uccubi.

SÉNECA. Una visión del Imperio. *Recuerdos de infancia.*

64.-Munda. 17 de marzo. Año 45 a.C. En los pretorios.

<u>Pretorio cesarista.</u>

César, desde el pretorio situado a unos trescientos metros del arroyo que corría por el valle, observaba la zona. El día era nublado, aunque por el momento sin lluvia. Era la hora prima. Desde su posición, el terreno descendía en una ligera pendiente. El arroyo estaba rodeado de zonas encharcadas.

Sus ocho legiones estaban formadas en orden de combate. A su derecha la experimentada Legio X y en el otro extremo la no menos confiable Legio V.

En los laterales, las tropas auxiliares que poca confianza le ofrecían. La caballería ibera formaba a la derecha. Y Bogud, que con sus jinetes mauritanos había partido antes del amanecer y, se alejaba, cumpliendo la misión que le había encomendado.

Al frente, en lo alto, veía la fortificación de Munda. El ejército de Pompeyo había establecido el campamento a corta distancia. Tenía desplegadas sus legiones y, en los laterales, las tropas auxiliares y la caballería.

Munda se encontraba sobre una especie de meseta alargada, paralela al arroyo y que cerraba el valle por el sur. En su parte este, la zona alta giraba estrechando la llanura. Esta zona, arbolada, llegaba casi al arroyo.

La pendiente, en la zona de Munda, era muy superior a la que ocupaban los ejércitos de César.

No era el escenario ideal que le habría gustado, pero era así y no podía cambiarlo. Junto a él, sus legados esperaban instrucciones. No tenía clara la decisión que debía tomar y se hizo esperar.

<u>Pretorio pompeyano.</u>

Desde la altura, Cneo Pompeyo, Tito Labieno, Publio Atilio Varo, Arabión de los númidas y Boco de los mauritanos, contemplaban el valle.

SÉNECA. Una visión del Imperio. *Recuerdos de infancia.*

-No creo que César inicie el ataque.- manifestó Cneo –la posición le es desfavorable.

-Espera de él la sorpresa.- matizó Labieno –siempre ha actuado de esa manera.-

-Sé que lo conoces mejor que nadie, pero esta vez creo que te equivocas.

En cualquier caso, y según lo previsto, te encargarás de las cinco legiones del ala derecha. Tú Varo de las cinco de la izquierda. Arabión, coordinarás tus fuerzas y las auxiliares iberas. Boco, en reserva, con tu caballería en las dos alas.-

Pretorio cesarista.

-No nos encontramos en una posición favorable. El terreno les favorece. ¡Quiero oír opiniones! – gritó César, soltando la tensión que soportaba y fijando su mirada en quien más confiaba.

-La moral de los hombres, es alta.- afirmó Cayo Lauso, legado de la Legio X.

-Lo sé, pero ¿eso nos dará la victoria?-

-Nuestros veteranos están convencidos de ello. Otra cosa son los nuevos y sobre todo los iberos recién reclutados para las auxiliares.-

-Eso es lo que me dice que debemos atacar. Ellos tienen más reclutas recientes y es posible que un pronto ataque los ponga en peor situación. A medida que pasa el tiempo, aún sin combatir, los reclutas se van endureciendo.-

Tras unos momentos, César dio la orden.

-¡Avanzad, todas las fuerzas! ¡Por Júpiter!- Los cincuenta mil hombres iniciaron el progreso hacia el arroyo.

Pretorio pompeyano.

Varo gritó; -Inician el avance.-

-Te saliste con la tuya, Tito. Avanzan ya. Tenemos que aprovechar nuestra mejor posición. Esperemos a que se acerquen y tendremos mucha más pendiente a favor.- dijo Cneo.

SÉNECA. Una visión del Imperio. *Recuerdos de infancia.*

-Así es. No sé qué habrá pensado César, pero tenemos clara ventaja. Cuando superen el arroyo y avancen unos doscientos metros más, tendrán dificultades para subir con toda la impedimenta. ¡Será el momento!- describió Labieno.

-Ya se acercan al arroyo.- confirmó Varo.

Pretorio cesarista.

Desde el pretorio se vio que el barro ralentizaba el avance de las tropas.

-¡Cuidado! El barro parece más profundo al otro lado del arroyo y puede dejarnos parados ante el enemigo.- advirtió Lauso que todavía permanecía junto a César.- El paso de miles de hombres puede convertirlo en una trampa.-

-¡Detened el avance!- César no las tenía todas consigo y contra su costumbre de dudar, iniciada una batalla, prefirió reflexionar.

Pretorio pompeyano.

-Se detienen.- exclamó Varo.

-Nunca he visto a César actuar así.- aseguró Labieno. —Además su ala izquierda está desguarnecida de caballería. La poca de que disponen está en el ala derecha.-

Un gran griterío llegó desde sus filas.

-Los nuestros interpretan la parada como miedo del enemigo. Los ha enardecido. La moral está al máximo, es el momento de atacar. ¡Avanzad!- Ordenó Cneo.

-Cuidado, no entiendo la maniobra.- insistió Labieno.

-Sea como sea, es el momento.-

Pretorio cesarista.

César tomó pronto una decisión;

-No podemos quedarnos junto al arroyo y menos retroceder. Hay que avanzar. ¡Adelante!.-

Sus tropas iniciaron el avance, justo cuando lo hacían los pompeyanos.

SÉNECA. Una visión del Imperio. *Recuerdos de infancia.*

-Bajan. Están perdiendo parte de su ventaja por la altura. Id todos al frente de vuestras legiones y separaros rápido de la parte enfangada. Hay que luchar en terreno limpio.-

<u>Pretorio pompeyano.</u>

-Detener el avance, no perdamos altura.-

Las órdenes de Cneo partieron con rapidez pero, sus hombres habían avanzado unos cincuenta metros desde su punto de partida y lo que es peor, habían perdido unos diez en altura, fundamentales en su ventaja.

-Empleemos pila, ahora que todavía ganamos en altura.- aconsejó Labieno.

-Concentrar el lanzamiento sobre los auxiliares y sobre los grupos que se mantengan atascados en el barro. Id todos al frente de vuestros hombres y venced. ¡Por Júpiter!

Tito; intenta progresar al máximo en tu ala. Sino tienen caballería en esa parte, podemos intentar una maniobra envolvente.-

-Concentraré mi ataque en un punto para intentar romper las líneas.- Labieno saltó a su caballo y, espoleándolo partió hacia el centro del ala derecha.

Pretorio. En origen era la denominación del puesto de mando (tienda) del jefe militar de un campamento.

El nombre fue aplicado posteriormente a la residencia del gobernador de una provincia y, por fin generalizado, a cualquier cuartel general (incluso imperial).

Armas. Pilum (plural pila). Tuvo su origen en la jabalina etrusca, adaptada por los romanos. A lo largo del tiempo fue cambiando su forma y su utilización.

El pilum estaba formado por una parte metálica y una prolongación de madera. La primera estaba dotada de una punta más gruesa que el resto de la vara. Esto permitía su fácil entrada, una vez que la punta perforaba, facilitando alcanzar al portador.

Existieron varios tipos que se pueden agrupar en ligeros y pesados.

Los primeros se podían lanzar a mayor distancia. Los segundos a menor pero causando un mayor daño.

Cuando el enemigo se acercaba a menos de cuarenta metros, se utilizaban los ligeros. Al clavarse en los escudos, los pila no podían retirarse impidiendo su utilización defensiva.

Cuando la distancia bajaba de los veinte, los pesados atravesaban los escudos. Herían al portador o inutilizaban escudos de forma muy eficaz, dejándolo disminuido para la lucha cuerpo a cuerpo.

Cayo Lauso. *Personaje ficticio. Legado de la Legio X del ejército de César.*

Lámina 2. La Batalla de Munda. Lanzamiento de pila.
Lámina 3. La Batalla de Munda 3. Lucha total.

Se produjo el primer lanzamiento sobre las tropas de César. Los auxiliares, con menos experiencia, se encontraban todavía atravesando la parte más fangosa. Además los iberos, con su equipamiento ligero y, dentro del mismo, su escudo alargado y poco consistente, ofrecían un apetitoso objetivo.

Cada Pilum, que volaba hacia ellos, tenía gran probabilidad de alcanzar a un guerrero y, si no, se clavaba e inutilizaba el escudo.

Cayo Lauso al mando de la X, de experimentados legionarios, veía el desastre entre las filas de auxiliares situadas a su derecha.

-¡Cubrid con los escudos y avanzad rápido! ¡Salid de la zona de barro!- Sus gritos eran innecesarios para la X, que ya lo hacía antes de sus órdenes, e inútil para los sorprendidos auxiliares, sin recuerdo de anteriores combates.

En el ala izquierda de los cesarianos, la situación era mejor. Era la parte más estrecha del valle, y tenía menos zona húmeda. La Legio V, también de veteranos, avanzó con rapidez saliendo del barrizal.

Los auxiliares a su izquierda, atemorizados, siguieron su ejemplo. Tanto siguieron su ejemplo que avanzaron más y se adelantaron.

-Sobre los auxiliares, todos los pila, ¡rápido!-

Gritó Labieno a un miembro de su escolta. Éste hizo saltar a su caballo para trasmitir las órdenes al ala derecha.

Al poco tiempo comenzó a cundir el temor y el desconcierto entre las tropas auxiliares.

-¿Cómo nos defendemos de esto? ¡Los escudos no sirven! ¡Huyamos!- La deserción se hizo casi desbandada.

Llegó la segunda lluvia de pila. De más peso y lanzados desde más cerca, perforaban escudos y herían al portador en muchas ocasiones.

SÉNECA. Una visión del Imperio. *Recuerdos de infancia.*

Cayo Lauso ordenó;

-¡Testudo! Formación en testudo.-

Los veteranos de Lauso formaron la coraza, mediante los escudos frontales en vertical y el resto sobre las cabezas. Los demás mandos fueron ordenando igual disposición.

Los pila pesados, perforaban los escudos, pero no obstante el sistema de testudo disminuía su efectividad. Fueron momentos de enorme daño en las filas cesarianas, que no obstante se aproximaban a sus rivales.

Pese a las bajas, las legiones de César, encabezadas por la V y la X de experimentados soldados, alcanzaron al enemigo y se produjo el choque.

Era el momento de las gladii.

Las cortas espadas surgían lateralmente detras de los escudos y herían al rival. Habían demostrado su enorme eficacia en las batallas contra los bárbaros. Éstos con espadas de mayor longitud no podían manejarlas con igual agilidad en la lucha cuerpo a cuerpo, sobre todo teniendo en cuenta el tamaño de los escudos romanos.

Aquí, sin embargo, eran legiones romanas las que se enfrentaban y la ventaja desaparecía al mantener iguales armas.

Labieno, tal como tenía previsto, concentró su furia sobre la IV. Si lograba hacerla retroceder y a la postre partirla, quedaría aislada la V de veteranos. Una vez aislada, su mayor potencia, resultaría compensada al luchar en dos frentes.

Se desplazó muy cerca del combate. Dispuso el avance en cuña y poco a poco logró hacer retroceder a la IV.

César, desde su punto de observación, se percató de la maniobra.

-¡Rápido, la II que se desplace por detrás para apoyar el ala izquierda! ¡La VI que se pegue a la IV y pare el avance del enemigo!-

-Es Tito quien dirige la maniobra.- pensó César —Habrá que tener mucho cuidado. ¡Qué gran general!- pensó César, cuidándose de

SÉNECA. Una visión del Imperio. *Recuerdos de infancia.*

manifestar su prevención ante la capacidad de su antiguo amigo y camarada.

Armas. Gladius – Spatha. Plural gladii – spathae.

La espada era un arma básica del legionario.

En origen se utilizaba el xifos de origen griego. Hoja amplia de ancho variable, doble filo y menor de cincuenta centímetros.

Entre el siglo III a.C. y III, se usó principalmente el gladius. Era una espada corta de unos cincuenta centímetros. Su hoja era recta ancha y de doble filo. Tenía ventaja en las distancias cortas sobre otras de mayor longitud, al ser más manejable. Origen en las espadas celtibéricas; gladius hispaniensis. Tomadas por Roma desde la Segunda Guerra Púnica.

La spatha (germánica), de mayor longitud (de orden de 75 cm), se impuso hacia el siglo IV por el predominio de la caballería.

Su uso se completaba con el scutum (escudo). Mientras el enemigo golpeaba la defensa, se producía la estocada.

Armas. Scutum – Testudo. Plural scuta.

En tiempos de la República era ovalado, evolucionando al rectangular, y al semicilíndrico, a comienzos del Imperio.

Construido con tiras de madera cruzadas, cubiertas de cuero. Resistente y ligero; sobre siete kilos.

Se completaba con un revestimiento lateral y una protuberancia central ambos metálicos que permitía usarlo de manera ofensiva.

En los ataques a defensas (asedios) se disponía una primera fila vertical y los siguientes cubriendo en horizontal. Formación en testudo, o tortuga.

SÉNECA. Una visión del Imperio. *Recuerdos de infancia.*

66.-Munda. 17 de marzo. Año 45 a.C. Estabilización.

Los movimientos de fuerzas indicados, supusieron un embotellamiento en el avance de los pompeyanos. El avance se hizo muy lento. El arroyo y los barrizales ya estaban rojos de sangre. La carnicería seguía sin ofrecer ventaja decisiva a ninguno de los bandos. No obstante, la IV había sido empujada y ya estaba entre el riachuelo y los enemigos. Además los veteranos de la V, que se multiplicaban apoyándolos, se veían forzados a retroceder lentamente. El ala izquierda del ejército de César precía próxima al colapso.

César, desde el pretorio, veía acercarse el desastre. Tito podía lograr cortar sus legiones y el resultado podía ser decisivo. Sin escuchar a su guardia, montó y lanzó a su caballo a la zona más en peligro. Llegó al frente y descabalgando, tomó un escudo y corrió por primera línea.

-¡Por todos los dioses, luchad! ¡No retrocedáis! ¡No permitiré que los cobardes nos lleven a la derrota!-

Los gritos y las exhortaciones de César reavivaron el ardor de sus hombres.

-¡Vais a ocasionar el final de mi vida y de mi servicio militar! ¡Luchad!-

Labieno, viendo la acción de César, siguió su ejemplo y se arrojó entre sus legionarios exhortando, amenazando, implorando y... luchando.

Solo por un momento, en medio del combate, Cayo Julio César y Tito Labieno se encontraron a muy poca distancia.

Los sentimientos fueron muy parecidos y recíprocos en ambos.

-¡Qué gran hombre! ¿Por qué ha cambiado y ahora es mi enemigo?-

Los esfuerzos de los líderes fueron efectivos, sus tropas se cargaron de moral y lucharon encarnizadamente. Sin embargo, todo fue en vano y, las fuerzas se igualaron estabilizando el frente.

Llevaban luchando desde el amanecer y, con el agotamiento, parecía que la batalla no tendría vencedor.

SÉNECA. Una visión del Imperio. *Recuerdos de infancia.*

67.-Munda. 17 de marzo. Año 45 a.C. Ataca la X.

Lámina 4. La Batalla de Munda 4. Decisión.

Lámina 5. La Batalla de Munda 5. Ataque al campamento pompeyano.

César pidió su caballo y, siguiendo el arroyo, recorrió todo el frente. Después subió hacia el pretorio para desde la altura examinar la situación.

Comprobó que la unidad que mantenía más potencial era la X, la fiable unidad de veteranos al mando de Cayo Lauso.

Cabalgó de nuevo a su ala derecha y ordenó a Lauso el avance rápido de la X bordeando a las fuerzas enemigas. La poca caballería con la que contaba sería la primera en avanzar para ocasionar el movimiento del contrario.

Desde el pretorio, Cneo Pompeyo observó el movimiento. Su ala izquierda al mando de Varo era ahora la que sufría. Los hombres de Labieno tenían cierta ventaja.

Advirtió a Labieno de la situación y le pidió que corriera en apoyo de Varo, aunque así debilitase el fructífero ataque por su zona. Labieno mandó adelantarse a la caballería y tras ella una legión, para evitar el movimiento envolvente de la X.

Labieno corría al frente de la caballería adelantándose a los legionarios.

¡Rápido, hay que interponerse antes de que logren situarse a la espalda de nuestras fuerzas!

Pero los planes de César, eran otros.

Había dispuesto que Bogud, con su caballería mauritana, se situara en la cabecera del arroyo, más allá del ala izquierda de su ataque.

Al amanecer, había realizado el desplazamiento. Tras unas colinas y unos bosquecillos que lo ocultaban de la vista de los pompeyanos, esperaba pacientemente las instrucciones.

Y esas instrucciones llegaron. Nada más iniciar Labieno su movimiento, César mandó la orden de avance a Bogud.

SÉNECA. Una visión del Imperio. *Recuerdos de infancia.*

-Por fin, ¡ahora nos toca!-

Bogud, inició una loca carrera. La rapidez era fundamental. Lo planeado era que cuando se produjese un debilitamiento del ala derecha pompeyana, la rápida caballería mauritana se dirigiese hacia el campamento enemigo.

Así fue. Un destacamento lo envío hacia la parte posterior de las legiones pompeyanas para crear confusión. El grueso de los mauritanos, dirigidos por Bogud, asaltó el campamento prácticamente sin defensas.

El asalto de las tropas descansadas de Bogud fue fulminante. La empalizada del lado norte cedió y la caballería entró como un torrente. Cneo Pompeyo con su pequeña guardia personal se vio rodeado.

Labieno se percató de lo que sucedía.

-¡Rápido, dar la vuelta hacia el campamento!-

En una maniobra desesperada dirigió su caballería hacia el campamento, y ordenó a los legionarios que le siguiesen.

Pero la valiente acción de Labieno fue contemplada por las legiones que combatían cerca del arroyo como una fuga. No podían observar el ataque de los mauritanos, que justificaba la acción.

-¡Huye el legado! Si Labieno se retira es que no tenemos salida. ¡Huyamos!.

César contemplaba las dudas generadas en el enemigo y no las desaprovechó.

Cabalgando entre sus tropas gritaba.

-¡El enemigo huye!

¡La victoria es nuestra!

¡Perseguidlos!-

Los gritos de César suponían una confirmación para las dudas de los pompeyanos. Se produjo el desorden y la desbandada.

Tito Labieno.

SÉNECA. Una visión del Imperio. *Recuerdos de infancia.*

98 a.C. Nació en Piceno, en el seno de una familia de clase ecuestre. Era una zona propicia a Pompeyo.

63 a. C. Tribuno de la plebe por influencia de Cneo Pompeyo Magno, en aquel tiempo aliado de César. Conoce a César y surge gran amistad y colaboración. Como tribuno promulgó una ley que permite al pueblo votar al Pontifex Maximus y logra que el elegido sea César.

59 a.C. Al expirar su cargo pasa a ser legado de César, segundo en el mando y primero en su ausencia, en las campañas de la Galia. Grandes actuaciones militares, opacadas por ser segundo de César.

51 a.C. Gobernador de la Galia Cisalpina (nombrado por César).

48 a.C. César entra en Roma y Labieno pasa al bando de Pompeyo contra él. Según los historiadores hay dos opiniones;

Traición a César por no tener más reconocimiento de sus méritos.

Defensa de sus ideas ante un cónsul que toma el poder absoluto.

Se produce la derrota de los pompeyanos en Farsalia. Labieno huye a Córcega.

47 a.C. Asesinato de Pompeyo en Egipto.

46 a.C. Labieno pasa a África. Victoria sobre César en Ruspina, pero con pocos resultados prácticos. Por el contrario gran triunfo de César en la Batalla de Tapso. Labieno pasa a Hispania y se une a Cneo Pompeyo el joven.

45 a.C. Batalla de Munda. Bogud (Príncipe de Mauritania, aliado de César) manda a su caballería ejecutar un movimiento envolvente. Labieno lo observa y retrocede para interponerse con su caballería y reorganizar las filas. Sus legiones lo interpretan como una retirada. Se produce la rotura de filas y la desbandada. Bajas masivas en la retirada. Derrota y final de la Guerra Civil.   Labieno se cree murió en esta última fase. Hay versiones contradictorias; unas sobre exequias fúnebres, otras sobre presentación de su cabeza a César.

SÉNECA. Una visión del Imperio. *Recuerdos de infancia.*

<u>**68.-Munda. 17 de marzo. Año 45 a.C. Final de la Batalla.**</u>

Lámina 6. Batalla de Munda 6. Final.

La caballería de Bogud entró como una riada en el campamento pompeyano. Los legionarios que se encontraban en el recinto se vieron asaltados por una fuerza muy superior e inesperada.

Junto al pretorio, Cneo Pompeyo luchaba al frente de su guardia.

-¡Ahh, me han herido!-

Un gran tajo hacía sangrar profusamente al general. El jefe de la guardia gritó;

-¡Tú arrástralo fuera del campamento!- Y se dispuso con el resto de sus hombres a propiciar una salida.

Los hombres de Bogud se lanzaron al saqueo del pretorio y demás dependencias. Esto los retrasó algo, hasta que Bogud logró dominarlos y volverse hacia Labieno que se acercaba.

El choque fue intenso, pero los agotados hombres de Labieno no podían resistir a los descansados mauritanos.

-¡Luchad! Hay que impedir que nos superen. Rodearían a todos los nuestros.-

Fue lo último que pudo decir Tito Labieno pues una lanza lo atravesó.

Al tiempo, Publio Atio Varo, rodeado por el enemigo, moría ante varios legionarios.

Era el fin. Sin mandos, el final fue rápido y la desbandada completa. Un enorme número de pompeyanos cayeron, se dice que del orden de treinta mil. Las bajas cesaristas fueron muy inferiores.

César se encontraba en el pretorio con sus mandos.

-Otras veces he luchado para vencer, esta vez lo he hecho para no morir-

Resumía la angustia sufrida en la batalla.

Un mauritano se aproximó y le presentó la cabeza de Labieno.

César se horrorizó.

SÉNECA. Una visión del Imperio. *Recuerdos de infancia.*

-Ese hombre merece todos los respetos. Depositar la cabeza junto a su cuerpo. Se le hará el funeral que merece.-

---

Munda. Batalla de Munda. *(17 de marzo de 45 a.C.)*

Lugar.

Hay muchas hipótesis. En general se sitúa en una zona limitada por las actuales; Montilla, Écija, Osuna y Herrera.

Ejército pompeyano.

De 50,000 a 70,000 hombres. Superiores en número pero no en capacidad. Estaba formado por trece legiones, además de unidades de caballería y auxiliares. Cuatro de las legiones habían sido del bando de César y ahora luchaban con Pompeyo; tenían experiencia y temor al castigo. Las nueve restantes, habían sido reclutadas precipitadamente en Hispania Citerior, con mucha menos capacidad combativa, e inferior armamento. En cuanto a las tropas auxiliares, eran en su mayoría ibéricas, también númidas (príncipe Arabión). Por su parte, la caballería era principalmente mauritana (Boco II).

Ejército cesarista.

Unos 50,000 hombres, conformando ocho legiones; II, III, IV, V, VI, IX, X y la XIII. Solo en la V y la X predominaban los veteranos, cada una con 3.000, completados por 2.000 reclutas. El resto de las legiones estaban formadas por 5.000 reclutas. Todas bien armadas.

A añadir 8.000 jinetes mauritanos de Bogud y otro tanto de infantes ligeros.

Posición.

El 15 de marzo, Pompeyo acampa a lado de la colonia romana de Munda, fortificada sobre una colina, con pendiente hacia el este. César establece su campamento en la llanura, al otro lado de un arroyo con zonas húmedas alrededor.

Batalla.

El 17 de marzo, de noche, César, tras dirigirse a los dioses y ante la alta moral de su ejército, decide el ataque, pese a la ventaja posicional del enemigo.

<u>*Orden de combate*</u> *(según De bello Hispaniensi)*

Populares. Derecha; Legio X. Izquierda; Legio V. Alas extremas; auxiliares y caballería (la caballería izquierda oculta tras colinas). Centro; resto.

Optimates. Tito Labieno al mando de la parte derecha. Al no observar caballería enemiga en la izquierda del enemigo, concentra en centro y derecha su caballería. Varo al mando de la parte izquierda.

<u>*Desarrollo de la Batalla.*</u>

Avance de César hasta el arroyo. Detención y reunión de oficiales. Deciden continuar ataque pese a la pendiente contraria. Cneo interpreta la parada como inseguridad y avanza, pierde parte de su ventaja por la altura.

Los optimates, aprovechando su posición más alta, lanzan pila. Dion Casio menciona la deserción de muchos auxiliares de ambos lados.

Los pila hacen mella en los reclutas novatos. Ante la amenaza de la ruptura de las fuerzas, César interviene en primera línea para animar y restablecer el orden.

Labieno concentra su ataque sobre la IV. César mandó a la VI a contenerlo, y a la II girar y atacar a Labieno por la derecha. La IV es empujada de vuelta al riachuelo. Los veteranos (V) empezaron a retroceder.

César intervino, agarró a los que huían, animó, exhortó, oró y reprendió. Se quitó el casco, tomó un escudo y corrió entre sus filas. «Este será el final de mi vida y su servicio militar». Según Casio; ambos comandantes se unieron a la lucha. Ambos bandos muy motivados. Parecía que la batalla terminaría en tablas al anochecer.

<u>*Maniobra decisiva.*</u> *César mandó a la veterana X cargar por el flanco derecho y hacen retroceder a los pompeyanos. Cneo ordenó a Labieno, que parecía no correr riesgo, enviar refuerzos a su izquierda. Esto*

SÉNECA. Una visión del Imperio. *Recuerdos de infancia.*

debilita el ala derecha por el desplazamiento de las fuerzas de Labieno. La caballería de Bogud, oculta fuera de la línea de combate, ataca el flanco, lo rodea y asalta el campamento pompeyano.

Labieno tomó cinco cohortes para defender su base. El resto de sus fuerzas creyeron que se retiraba. Se produce la huida y el colapso de la línea. César animó a sus soldados. "El enemigo huye".

Final. Cneo huyó herido hacia Corduba con su guardia personal. Bogud, saquea el campamento. Contacta con la X y ataca al enemigo por la retaguardia. La izquierda cesariana avanza y rodea al enemigo. Los defensores del campamento resistieron hasta que fueron totalmente masacrados. Algunos vencidos huyeron a Munda. Rodeada hasta la rendición. César; "He luchado a menudo por la victoria, hoy lo he hecho por defender la vida".

Boco I, Boco II, Bogud. *Boco I, fue rey bereber de Mauritania hacia el 100 a.C. y suegro de Yugurta, rey de Numidia, que sostuvo una larga guerra con Roma en tiempos de la República. Se aliaron y fueron derrotados por Mario. Tras ello, Boco I, traicionó a Yugurta y le hizo caer prisionero de Sila (entonces segundo de Mario) en el 108 a.C. Como pago obtuvo parte de Numidia. Tras su muerte (49 a.C.), el reino se dividió entre sus hijos, oriente para Boco II y occidente para Bogud. En la Guerra Civil entre César y Pompeyo, los dos hermanos se decantaron por el primero.*

Bogud tuvo un importante papel en la Batalla de Munda. Al frente de su caballería, realizó una importante acción que desestabilizó el frente pompeyano. Sin embargo comenzaba la disensión entre los hermanos, combatiendo tropas mauritanas dirigidas por los hijos de Boco II en Munda, en el bando pompeyano. En la nueva guerra civil, Boco II apoyó a Augusto y Bogud a Marco Antonio.

Tras la victoria, Augusto concedió el reino a Boco II.

SÉNECA. Una visión del Imperio. *Recuerdos de infancia.*

69.-Uccubi. 15 de mayo. Año 5. Vuelta a Uccubi.

Marco explicaba; -Munda fue el final de guerra, ya que, aunque siguieron los desafíos, acabó llevando a César al poder definitivo. Supuso el final de la República, como se conocía hasta entonces. Empezó a formarse la situación actual, donde Augusto tiene en realidad el mando de Roma-

- ¿Por qué dices "en realidad"? – preguntó Novato.

- Pues porque el Senado sigue existiendo y legalmente es el que toma las decisiones. Sin embargo, Augusto se declara "Príinceps" que significa algo así como el primero de los senadores. Además, se impone como cónsul cuando quiere y, si no, elige a otros cónsules por su gran poder sobre los demás senadores. También tiene el poder sobre las legiones, que le son totalmente fieles.

Con todo eso, nadie discute lo que él decide. -

-No lo entiendo muy bien. - Murmuraron los dos hermanos casi al tiempo-

- No os preocupéis, - sonrió el padre - a muchos nos pasa lo mismo. Ya lo iréis comprendiendo. -

-Hay que volver a Uccubi. Se nos va a hacer muy tarde. –

Iniciaron el regreso. El calor era muy intenso. Gran parte del camino lo hicieron a través de olivares que aún mantenían gran parte de la flor. Aquel año, rico en lluvias y de tiempo fresco, había atrasado la floración de las plantas. Cuando ya faltaba poco para llegar a la villa y la noche comenzaba, Seneca apurado dijo a su padre;

-Papá, no puedo respirar bien. -

Marco no había presenciado ninguna de las crisis respiratorias fuertes de su hijo y le contestó;

-Eso no es nada, te habrás acatarrado un poco. Ya llegamos.-

Cuando ya divisaban la villa, Lucio respiraba agitadamente.

- ¿Qué te pasa hijo? - se apuró Marco.

-Le pasa a veces. - dijo Novato-

Los esclavos, que los acompañaban, se acercaron a la esseda.

SÉNECA. Una visión del Imperio. *Recuerdos de infancia.*

-Dominus, le pasa todos los años varias veces. Las más fuertes suelen ser más a principio de año. Creíamos que este año ya no tendría. Esta parece fuerte. Conviene llevarlo rápido y que descanse. -

-Id a buscar el medicus a Uccubi, nosotros vamos directamente a la villa. ¡Rápido!-

Estaban en el cubiculum de los niños. Helvia le decía preocupada a Marco, -paree más fuerte que otras veces. -

Seneca respiraba con gran esfuerzo, tosía, producía ruidos al intentar respirar… Llegó el medicus. Coincidió con un gran acceso de tos. Lucio estaba congestionado y tosía al tiempo que lloraba. El medicus mandó incorporarlo ligeramente.

-Traed agua muy caliente.- mandó a un esclavo. Sacó una pequeña bolsa donde traía unas hojas secas. Cuando dispuso del agua, pulverizó las hojas dentro de la misma y la removió muy cerca de la cara del niño.

-El ataque es muy fuerte. Estos humos le ayudarán a respirar. Deben ponérselos con frecuencia. –

- ¿Sanará? – preguntó angustiada Helvia.

-Es muy niño y eso está a su favor. No quiero decir que sane, eso es muy difícil, pero debe superar la crisis, aunque vuelva a presentarse en otras ocasiones. Esta dolencia se da a veces en los niños y no suele tener consecuencias graves. Cuando aparece en una persona de edad avanzada que antes no ha tenido, si puede llegar a ser fatal.

Rogad a los dioses por su recuperación. Yo no puedo hacer más. -

---

Séneca. La enfermedad. Aunque no sepamos con certeza cuál era la dolencia que desde niño aquejó a Séneca, todos los datos nos dirigen hacia lo que hoy denominamos asma. Sabemos que, toda su vida, tuvo episodios de tos, sonidos en el pecho, y en ocasiones gran dificultad para respirar. Parece que la enfermedad fue intensa en muchas ocasiones, haciendo temer por su vida.

SÉNECA. Una visión del Imperio. *Recuerdos de infancia.*

<u>**70.-Uccubi. 16 de mayo. Año 5. Recuperación.**</u>

La noche fue muy tensa. Hacia el amanecer, parecía remitir la angustia que Lucio tenía para respirar.

Poco a poco, fue tranquilizándose, normalizando la respiración. No obstante, permanecían ruidos dentro de su pecho.

-He tenido mucho miedo, Marco- decía Helvia- ha tenido varias crisis, muy fuertes, pero esta ha sido la peor.-

Dejaron bien atendido al enfermo en su cubiculum y salieron al atrio. Pasaron el día, atentos a la evolución del pequeño. Conversaron mucho sobre el futuro de los niños, en Roma, alejados de su madre.

Hacia la hora décima, se comenzó a ver la formación de grandes nubes en la distancia. Rápidamente el que había sido un día despejado con un brillante sol, se volvió gris y con nubes amenazantes.

Publio Anneo se acercó. -Amenaza tormenta y las plantas están en flor. Puede hacer mucho daño.-

-Esperemos que aguante.-

No fue así y, al poco, una gran tromba cayó sobre la villa.

Al poco tiempo, Publio volvió a acercarse; -Ha sido muy fuerte sobre la villa, pero en los alrededores ha llovido sin hacer daño. Ha habido suerte.-

Tras la nueva noche, Lucio se encontró mucho mejor, y por la mañana parecía haber superado totalmente sus problemas.

No obstante Helvia y Marco, consideraron que era mejor que descansase y no proseguir el viaje hacia Urgavo. Esperaron dos días más, la llegada de Cayo Galerio.

-Cayo, es preferible que Lucio descanse, y se reponga de todo, antes del viaje a Roma. Volveremos a Corduba y allí os esperamos.-

-Lo importante es que esté bien. De todas formas, Marcia lo sentirá. Hace mucho que no venís por Urgavo.- asintió Cayo.

SÉNECA. Una visión del Imperio. *Recuerdos de infancia.*

71.-Corduba. 2 de julio. Año 5. Adiós a Corduba.

Lucio vivió como una liberación la marcha a Roma. Por una parte sentía un inmenso desasosiego por dejar Corduba y dejar a su madre. Por otro, además del ansia de conocer la Capital, dejaba el férreo descanso al que sus padres le habían obligado desde su dolencia.

Marco quiso limitar el dolor de Helvia y no permitió que los acompañara al puerto. En la domus se realizó la despedida. La madre no pudo contenerse y las lágrimas surgieron abundantemente mientras abrazaba a sus dos hijos mayores.

Subieron a las carrucas. En una iban Marco y Cayo Galerio. En otra Marcia y sus hijas de sólo tres y un año, junto a sus sobrinos. Las niñas quedaron en manos de sus cuidadoras y Marcia dedicó sus atenciones a los niños. Cogió a Lucio en brazos. Lloraba inconsolable.

Aunque en otras ocasiones habían embarcado por el Betis, tanto Novato como Séneca, se admiraron de la codiciare a la que accedieron en Corduba.

Mucho más lo harían cuando, ya en Hispalis, se acomodaron en una corbitae de gran tamaño.

Aunque en un principio la intención de Marco era visitar a los familiares y socios de la zona de Arelate, la enfermedad de Lucio había cambiado sus intenciones. Simplemente ordenó al capitán que hiciese el viaje más rápido cómodo y seguro que considerase oportuno.

-Seguiremos la costa y, según los vientos que encontremos, cruzaremos el Mar Internum o seguiremos más al norte.-

Llegados a Cartago Nova, los vientos eran de levante y, el capitán optó por costear hacia el norte. Bordearon la costa hasta Tarraco. El viento había disminuido. La práctica hacía esperar su giro a poniente y decidieron tomar dos días como descanso.

Desde Corduba habían invertido una semana en la navegación.

Séneca. Helvia. Marcia. Consolación a Helvia. *Consolación a Helvia, es una obra de Séneca, dedicada a su madre Helvia, con ocasión del fallecimiento de su esposo Marco, padre del autor.*

En ella refiriéndose a Marcia, afirma; "En sus brazos fui a Roma; en su maternal seno convalecí de larga enfermedad..."

Durante toda su vida, fue muy importante la figura de Marcia.

Cartago Nova. *Actual Cartagena. Su origen es posiblemente tartésico, ¿Mastia?, que comercializaba con fenicios desde antiguo.*

Fue fundada hacia 227 a.C. como Qart Hadast o Ciudad Nueva por el cartaginés Asdrúbal, yerno de Amilcar Barca y padre de Anibal.

Tras la Primera Guerra Púnica contra Roma, Asdrúbal la sitúa como centro de los Bárcidas, con cierta autonomía respecto a Cartago.

Aníbal inicia la Segunda Guerra Púnica partiendo de Qart Hadast hacia Roma. En la misma, Escipión el Africano la toma en el 209 a.C., pasando a ser Cartago Nova, como ciudad tributaria.

No es hasta el 44 a.C. cuando pasa a tener el título de colonia y situándose como importante ciudad romana; Colonia Vrbs Iulia Nova Carthago.

En el 27 a.C., con la nueva división territorial de Augusto, se incorporó a la Hispania Tarraconensis. Con Augusto tuvo grandes mejoras, añadiendo al anfiteatro existente; un gran teatro y un foro de gran tamaño.

Posteriormente sería capital cel Conventus Cartaginensis.

SÉNECA. Una visión del Imperio. *Recuerdos de infancia.*

72.-Tarraco. 10 de julio. Año 5. Conociendo la ciudad.

Marco explicaba a sus hijos.

-Cuando los escipiones derrotaron a Cartago, la principal ciudad romana en Hispania era Cartago Nova. Había sido la capital cartaginesa con el nombre de Qart Hadasht, que significa ciudad nueva, y mantuvo su importancia. Es romana desde hace más de doscientos años.

No obstante, Tarraco estaba más cerca de Roma. En la población ibera que existía, se apoyó Escipión el Africano en su lucha contra Cartago. Por todo ello, fue tomando progresiva importancia. Cuando Augusto dividió el territorio, las capitales pasaron a ser Tarraco, Corduba y Emérita Augusta.-

Estaban situados en una de las grandes puertas de la muralla.

-Es muy antigua, aunque ha ido cambiando. Fijaos, aquí tiene más de cuatro metros de ancho.-

Después se dirigieron al foro de la colonia.

-César designó a la ciudad, como "Colonia Iulia Urbs Triumphalis Tarraco". Fue poco después de la batalla de Munda, de la que ya os hablé bastante.-

Se encontraban en una amplia plaza porticada de más de cincuenta por diez metros. Los niños corrieron hacia las columnas perimetrales.

-¡Mira papá, son enormes!- exclamó asombrado Novato.

-Sí, tienen más de seis metros.-

-Allí hay unos edificios distintos.-

-Aquella es la basílica. – dijo Marco dirigiéndose a ella.

-¿Para qué sirven las basílicas?- interrogó Lucio.

-Entre otras cosas para que trabaje tu padre.- rio Marco.

-Verás, son edificios pensados para reuniones. Puede ser para que el pueblo discuta alguna cuestión, para que los políticos manifiesten sus intenciones, y también para realizar gestiones administrativas. Bromeaba con mi trabajo, porque también son los lugares donde se celebran los juicios y los abogados deben defender sus posturas.-

SÉNECA. Una visión del Imperio. *Recuerdos de infancia.*

-Pero por aquí hay mucha gente. Así no se pueden discutir muchas cosas.-

-Hoy no hay ninguna sesión y la entrada es libre. Dependiendo del acto que se realice, se puede entrar o no, según la función o el cargo de cada uno.-

Ya dentro, se situaron en la nave central, de doble anchura que las laterales. En un lateral, había unas pequeñas estancias donde se resolvían trámites administrativos, como el reparto de agua de los acueductos.

-¿Veis, en medio de las divisiones laterales, aquella sala grande? Es la curia. En ella se reúne el Senado Local.-

De nuevo fuera, se dirigieron al Capitolio, -Este templo está dedicado a Júpiter, Juno y Minerva.-

Los niños se interesaron más por otra construcción; -Mira papá, allí hay una taberna.-, dijo Novato.

-Y es una taberna muy buena. Está permitida, aquí en el foro, porque se utiliza para los pradium de los funcionarios cuando tienen sesión larga. Es famosa por su buena comida.-

Yo tengo hambre.- siguió Novato.

Los niños no estaban acostumbrados a comer fuera de casa, salvo en los viajes, y menos a entrar en una taberna. -Es muy bonita y muy agradable.- dijo Novato el entrar.

-No os hagáis una idea equivocada. Esta es especial, como os dije. Lo normal es que sean sucias, malolientes y con un pésimo ambiente.- Se sentaron y al poco tiempo se acercó el tabernero. Saludó y depositó sobre la mesa un pan recién horneado, un plato de aceitunas, una jarra de agua y unos vasos de cerámica.

-¿Qué tienes para tomar?- interrogó Marco.

-Tengo pescado fresco y guiso de cerdo y patatas.-

-Papá, prefiero carne.- dijo Séneca, poco acostumbrado al pescado fresco. El del Betis se utilizaba poco.

SÉNECA. Una visión del Imperio. *Recuerdos de infancia.*

-Cuando conozcas más el pescado, te gustará. –

Y dirigiéndose al tabernero; -Bueno, trae carne para todos.-

Los niños se conformaron con el agua y Marco pidió vino. Era de la zona; blanco y no muy diluido en agua.

Tarraco. Colonia Iulia Urbs Triumphalis Tarraco.

Sus orígenes son iberos. Con la Segunda Guerra Púnica se hace permanente la presencia romana. Toda la vinculación inicial a Roma está ligada a los Escipiones.

Es hacia el 210 a.C. cuando llega Escipión el Africano. La utiliza como conventus para las tribus iberas de la zona. Su población permanece aliada de Roma. Tito Livio la llama; socii et amici populi Romani.

En el 197 a.C. ejerce como capital de la Hispania Citerior, mientras que Cartago Nova lo hace de la Ulterior.

Hacia finales del siglo I a.C. se construye el primer anfiteatro.

Tras la Guerra Civil y el triunfo de César, hacia el 45 a.C., obtuvo el rango de colonia.

Se produce la presencia Augusto por Guerras Cántabras hacia el año 27 a.C. Se produce la división de Hispania en tres regiones y pasa a ser Capital de la Tarraconensis. Se produce un gran desarrollo.

Tras la muerte de Augusto, hacia el 14, se le construye un templo.

73.-Mare Internum. 13 de julio. Año 5. Navegando hacia Roma.

El viento, como estaba previsto, soplaba de tierra, cuando pusieron proa hacia Italia. Pasarían entre las islas de Córcega y Cerdeña. Avanzada la semana de navegación, ya entre las dos islas, Séneca dirigía su mirada hacia babor. Las abruptas costas de Córcega le resultaban agresivas. No podía intuir que pasaría parte de su vida en aquellas tierras.

Dos días después, al frente, a la proa, se divisó tierra. Era la hora undécima y el sol, ya muy inclinado, doraba la costa italiana. -Hijos, estamos llegando a Ostia. El puerto no está a la altura de Roma, no os forméis una mala impresión. Roma os asombrará.- les previno Marco. -Mucho se habla de la necesidad de mejorarlo, pero hasta el momento se mantiene el puerto y el cauce. Eso sí en mejores condiciones que antes, pero sin cambios importantes.-

Realmente no era gran cosa y los barcos que llegaban por mar tenían que fondear sin tomar tierra. Eso sí, era espectacular el movimiento de pequeñas embarcaciones que, desde el puerto, se acercaban a las naves mayores para proceder a su carga y descarga.

-¡Papá, parece un hormiguero!- exclamó Lucio.

-Sí, y además gran parte de las hormigas que ves, son nuestras. Preparaos que vamos a ir a tierra.-

Marco aprovechó el paso por Ostia para visitar sus oficinas y además enseñársela a sus hijos. Cada vez que las visitaba, notaba la gran gestión que estaba realizando Aniceto, al frente de los transportes.

Además de haber convertido la pequeña instalación portuaria en una gran oficina con almacenes anexos, Aniceto había dispuesto, además de su propia domus para él y su familia, otra con todas las comodidades a disposición de Marco, pese a lo excepcional de sus visitas. El día siguiente lo dedicó Marco a despachar con Aniceto. Los negocios iban muy bien y las perspectivas eran aún mejores. Los niños acompañados por dos esclavos de la domus se divirtieron con el ajetreo portuario.

SÉNECA. Una visión del Imperio. *Recuerdos de infancia.*

297

74.-Roma. 22 de julio. Año 5. ¡Roma!

Tras dos días en Ostia, se dispusieron para desplazarse a la Capital del Imperio. -¿Os habéis divertido en Ostia?- inquirió Marco.

-Hay mucho movimiento todo el día.- dijo Novato —además se ven cosas muy raras descargándolas.-

-Tened en cuenta que a Roma llegan las mercancías más exóticas que podáis concebir. La Ciudad demanda todo tipo de bienes e incluso aquellos que no debía.-

-¿Qué quieres decir con "los que no debía"?- preguntó Lucio.

-Roma se ha hecho muy poderosa. Eso significa también que se ha hecho muy rica. Suele ocurrir que el que no está acostumbrado a poder permitirse lujos, cuando puede, lo hace sin medida. Se ponen de moda bienes que no son en absoluto necesarios. No se puja por el bien, sino por tener lo que no tiene tu vecino. Es más, lo que se quiere es que lo vean los demás, no disfrutarlo.-

-No entiendo muy bien lo que dices, papá.- confesó Novato.

-Sí Novato.- dijo Lucio a su hermano. -Acuérdate de tu amigo Cayo. Durante dos días trajo aquella fruta rara y nos decía si queríamos. Yo vi que después, cuando no lo veías, la tiraba. No le gustaba.-

-Eso es, Lucio. Tristemente es lo que le pasa a muchos habitantes de Roma. Lo que ocurre es que en vez de frutas, lo hacen con mercancías de mucho mas precio. De todas formas, no te creas que a nosotros nos viene mal. Aunque nuestro principal negocio es el aceite y también el vino, no dejamos pasar la oportunidad de traer alguna mercancía exótica. Tienen la ventaja de que nadie sabe lo que vale y no tiene competencia. El precio lo ponemos nosotros.-

Marco estaba muy satisfecho de la capacidad de sus hijos. Incluso le asustaban, en algunos casos, las reflexiones de Lucio. Con seis años de edad mostraba no quedarse en lo superficial de lo que oía y pretendía llegar más allá.

SÉNECA. Una visión del Imperio. *Recuerdos de infancia.*

Llegaron a Roma por el Trans Tiberim, y se encaminaron hacia el Foro Boario. Los ojos de los niños iban mostrando asombro progresivo por el tamaño de la ciudad que se habría ante ellos.

SÉNECA. Una visión del Imperio. *Recuerdos de infancia*.

<u>**EPÍLOGO**</u>

Una nueva vida se iniciaba para Séneca. La capital del Imperio lo recibía y ello significaba que enormes oportunidades le esperaban. También enormes riesgos. Todo lo positivo y lo negativo que el mundo podía contener lo tenía ante sí.

Durante este volumen, "Recuerdos de Infancia", se ha descrito el mundo que acogió a Séneca.

Cuando nació, se consolidaba un nuevo sistema de gobierno que sustituiría hasta la entonces tradicional República; El Imperio.

Era un sistema nuevo que, como todos, incluía ventajas e inconvenientes, justicias y atropellos, oportunidades y desasosiegos...

La expansión de Roma continuaba imparable y con ella los cambios y la unidad en el mundo mediterráneo.

Tambien nacía la figura que cambiaría la moral y la religión de Roma. El cristianismo transformaría el destino del Imperio y de todo Occidente, tanto en la religión y la moral como en la cultura en general. Junto a él, mantenía su vigencia y desarrollo la filosofía estóica, con la que interrelacionó en ocasiones.

Como se dijo al principio, es una época de grandes cambios. A diferencia de otras épocas, esos cambios se mantendrían en el tiempo y conformarían, en gran parte, no solo a Europa sino a todo el mundo. La vida de Séneca se verá sumergida en las realidades de esta época y como consecuencia influida. Al tiempo será él, su obra, la que también marcará a su tiempo. Tras su llegada a Roma, será su educación la que absorba mayor parte de sus esfuerzos.

Será la siguiente etapa de su vida.

SÉNECA. Una visión del Imperio. *Recuerdos de infancia.*

ANEXOS

- ***REFERENCIAS HISTÓRICAS***
- ***LÁMINAS***
- ***BIBLIOGRAFÍA***

<u>**ÍNDICE DE REFERENCIAS HISTÓRICAS.**</u>

Al final de cada capítulo se realizan una serie de comentarios, en los que se ofrecen datos históricos o se indican aquellos que no lo son.

Otros comentarios amplían información sobre personajes, costumbres o cualquier otra cuestión relacionada con los hechos que se narran.

Con el índice que se aporta, se pretende que sea posible localizar la información correspondiente a cada asunto y que puede estar dispersa en distintas partes del texto.

En columna se relacionan distintos temas y en la cuadrícula se señala el capítulo al final del que se comentan.

Núm.   **TÍTULO**

1   *Personajes. Familia de los Anneo y otras vinculadas.*
2   *Personajes. Familia Imperial.*
3   *Personajes. Políticos y militares.*
4   *Personajes. Cultura y otros.*
5   *Poblaciones. Hispania.*
6   *Poblaciones. Fuera de Hipania.*
7   *Lugares. Regiones, mares, ríos, lagos, parte de la ciudad.*
8   *Sociedad. Familia, clases, normas.*
9   *Estado. Ejército, seguridad, política, administración.*
10   *Bienes. Mobiliario, transportes, vestidos, alimentación.*

SÉNECA. Una visión del Imperio. *Recuerdos de infancia.*

ÍNDICE DE REFERENCIAS HISTÓRICAS 1; FAMILIA ANNEOS Y VINCULADAS

VOLUMEN 1 CAPÍTULO	1 a 10	11 a 20	21 a 30	31 a 40	41 a 50	51 a 60	61 a 70	71 a 7

PERSONAJES ANNEOS

- Anneos
- Marco Anneo Séneca
- Helvia
- Lucio Anneo **Séneca**
- Pompeya Paulina

FAMILIA DE URGAVO

- Marcia
- Gayo Galerio
- Aulo Cremucio Cordo

FAMILIA DE ARLES

- Publio Pompeyo
- Accio Pompeyo

ANTEPASADOS ANNEOS

- Lucius Cnaes Iulius
- Annio Escapula

CLIENTES / ESCLAVOS

- Turo Anneo
- Publio Anneo (padre e hijo)
- Aniceto Anneo
- Estacio Anneo
- Besadio
- Calino

ÍNDICE DE REFERENCIAS HISTÓRICAS 2; FAMILIA IMPERIAL

VOLUMEN 1 CAPÍTULO

	1 a 10	11 a 20	21 a 30	31 a 40	41 a 50	51 a 60	61 a 70	71 a 7
Cayo Julio **César**								
Cayo J.C. **Octavio** Augusto								
Livia Drusila Julia Augusta								
Cayo César								
Lucio César								
Marco Vipsanio **Agripa**								
Marco Vipsanio Agripa Póstumo								
Tiberio Claudio Neron								
Neron Claudio **Druso** Germánico								
Germánico Julio César								
Julia la Mayor								
Tiberio **Claudio** C.A.Germánico								
Nerón Claudio César Augusto Germánico								
Marco Ulpio **Trajano**								

infancia.

ÍNDICE DE REFERENCIAS HISTÓRICAS 3; POLÍTICOS-MILITARES (ROMANOS Y BÁRBAROS)

The table lists, for each figure, the chapters of VOLUMEN 1 in which they are referenced (highlighted cells). Chapter ranges run 1–74. The numbers below indicate the highlighted chapters within each range.

VOLUMEN 1 CAPÍTULO	1 a 10	11 a 20	21 a 30	31 a 40	41 a 50	51 a 60	61 a 70	71 a 74
Gneo Cornelio Cinna Magno				36				
Publio Cornelio Escipión "Africano"	9			40				
Marco Claudio Marcelo	4, 7							
Lucio Junio Galión	2							
Marco Tulio **Cicerón**		12, 17						
Lucio Elio **Sejano**							68	
Tito Labieno								
Cayo Mario		13						
Lucio Cornelio Sila Félix		14						
Gneo **Pompeyo** Magno		12						
Marco Antonio		14						
Cayo Lauso							64	
Cayo Asinio **Polión**	3	14				52		
Cayo Claudio Galo			27					
Lucio Emilio Félix			27					
Segimero			30					
Boco I							68	
Boco II							69	
Bogud							70	
Los Barcas	8							
Artaxias II		17						

ÍNDICE DE REFERENCIAS HISTÓRICAS 4; OTROS PERSONAJES DESTACADOS

VOLUMEN 1 CAPÍTULO	1 a 10	11 a 20	21 a 30	31 a 40	41 a 50	51 a 60	61 a 70	71 a 7
CULTURA								
Aurelio Fusco								
Marco Porcio Latrón								
Marco Valerio **Mesala** Corvino								
Sextilio Ena								
Publio **Ovidio** Nason								
Marullus								
Cayo **Mecenas**								
OTROS PERSONAJES								
Agrario Turis								
Lucio Juno Cato								
Marco Emilio Lépido								
Emilio Cecilio Metelo Crético Silano								

uerdos de infancia.

ÍNDICE DE REFERENCIAS HISTÓRICAS 5; POBLACIONES EN HISPANIA

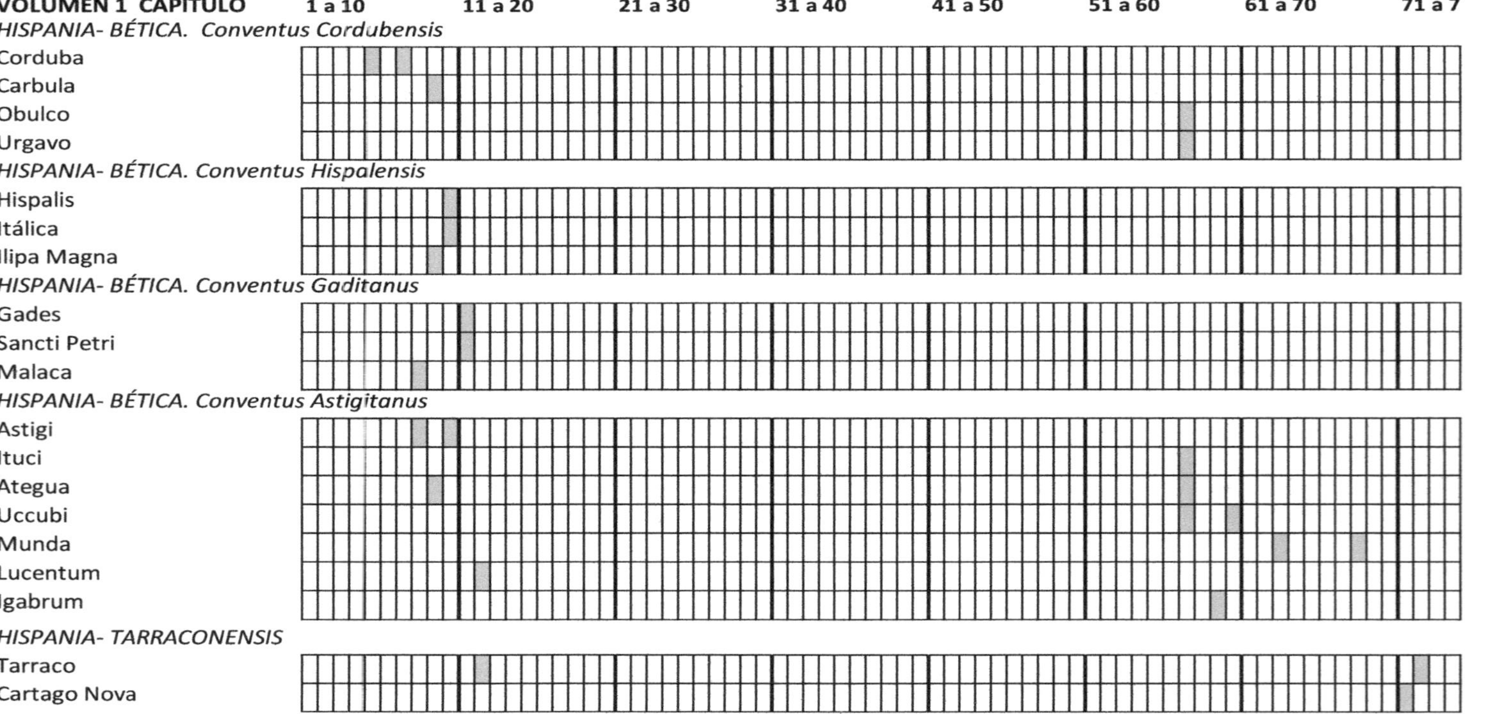

ÍNDICE DE REFERENCIAS HISTÓRICAS 6; POBLACIONES

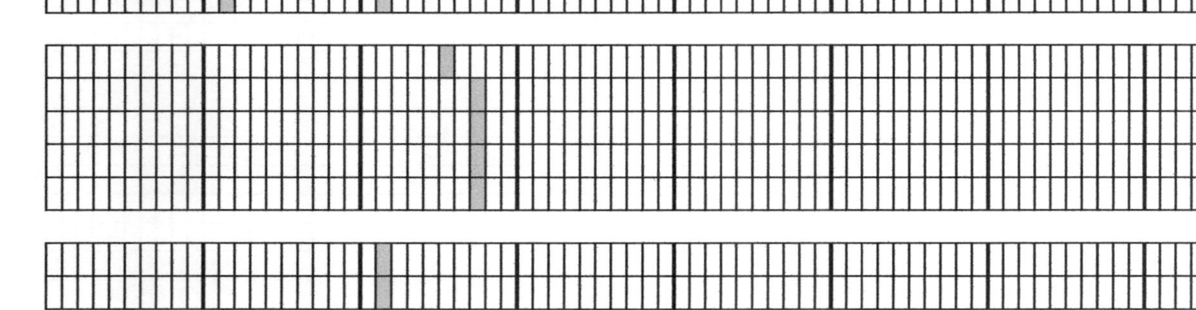

Recuerdos de infancia.

ÍNDICE DE REFERENCIAS HISTÓRICAS 7; LUGARES

VOLUMEN 1 CAPÍTULO — 1 a 10 — 11 a 20 — 21 a 30 — 31 a 40 — 41 a 50 — 51 a 60 — 61 a 70 — 71 a 7

REGIONES - ZONAS

Germania
Marcomanos
Colunnas de Hércules
Ebussus
Sardinia
Corsica

MARES-RÍOS-LAGOS

Mare Nostrum. Mare Internum.
Lacus Ligustinus
Tíber
Rin
Dussel
Salsum
Singilis

PARTES DE LA CIUDAD

Foro
Cardo. Documano
Pretorio
Domus
Ostium
Insulae
Tabernae
Exedra
Villas
Basílica

ÍNDICE DE REFERENCIAS HISTÓRICAS 8; SOCIEDAD

VOLUMEN 1 CAPÍTULO	1 a 10	11 a 20	21 a 30	31 a 40	41 a 50	51 a 60	61 a 70	71 a 7
FAMILIA								
Acojimiento de hijo								
Pater Familias								
Matrona								
Matrimonio								
Nombres								
CLASES SOCIALES								
Patricios								
Ecuestres								
Senador/Caballero								
Dominus / a								
Atriense								
Cliente								
Salutatio								
INSTITUCIONES - NORMAS								
Religión								
Círculos								
Educación								
Condecoraciones								
Tiempo. Horario								
Idus								
Iugera								

ÍNDICE DE REFERENCIAS HISTÓRICAS 9; ESTADO

VOLUMEN 1 CAPÍTULO 1 a 10 · 11 a 20 · 21 a 30 · 31 a 40 · 41 a 50 · 51 a 60 · 61 a 70 · 71 a 7

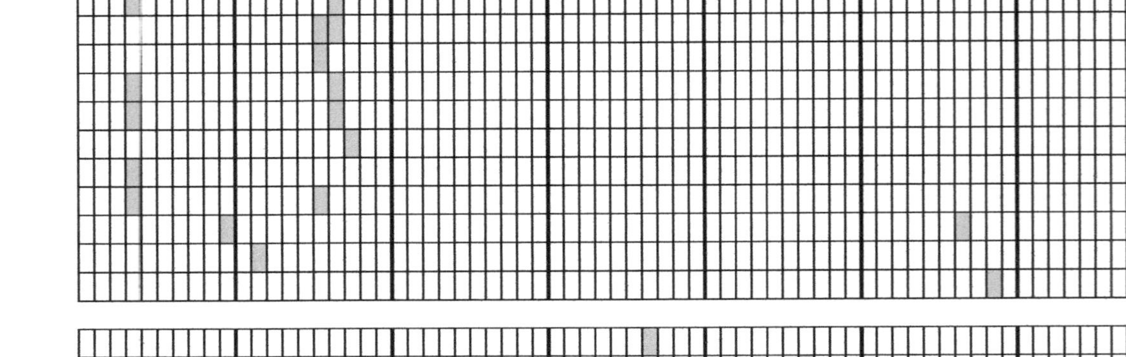

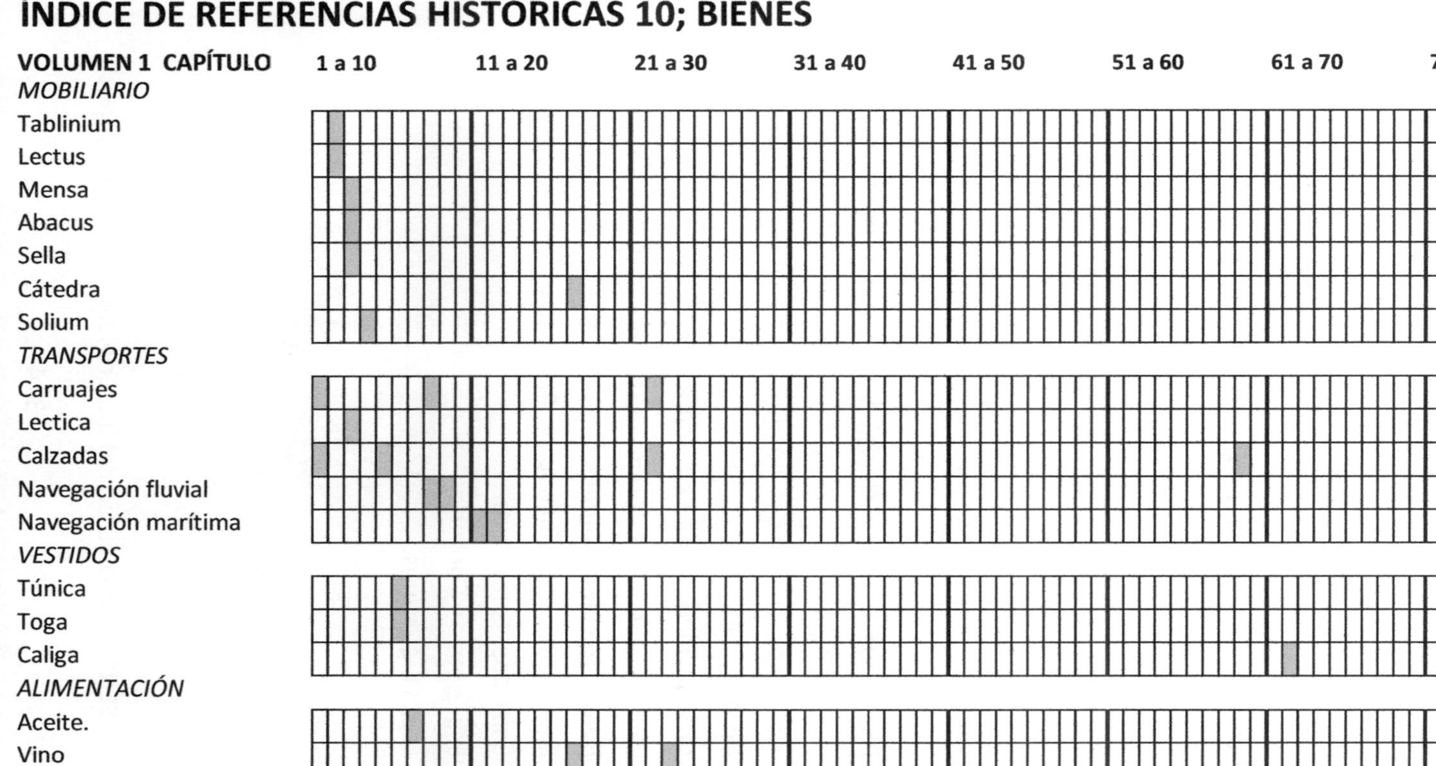

ÍNDICE DE REFERENCIAS HISTÓRICAS 10; BIENES
VOLUMEN 1 CAPÍTULO
1 a 10
11 a 20
21 a 30
31 a 40
41 a 50
51 a 60
61 a 70
71 a 7
MOBILIARIO
Tablinium
Lectus
Mensa
Abacus
Sella
Cátedra
Solium
TRANSPORTES
Carruajes
Lectica
Calzadas
Navegación fluvial
Navegación marítima
VESTIDOS
Túnica
Toga
Caliga
ALIMENTACIÓN
Aceite.
Vino

<u>**ÍNDICE DE LÁMINAS.**</u>

Hay temas de los tratados en la novela que, para mejor comprensión, precisan de apoyo gráfico.

Se realiza mediante las láminas que se adjuntan y cuyo índice se aporta a continuación.

SÉNECA. Una visión del Imperio. *Recuerdos de infancia.*

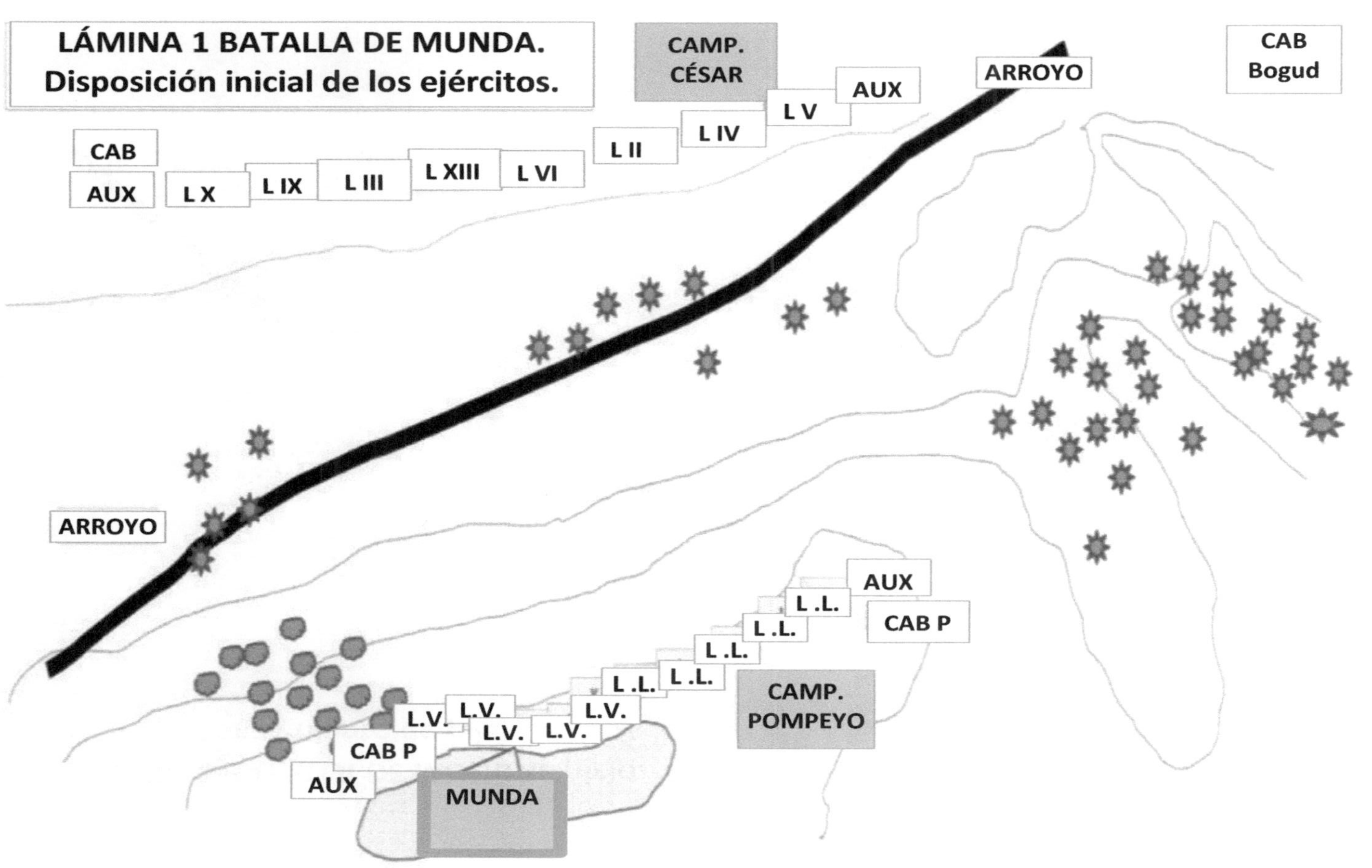

LÁMINA 1 BATALLA DE MUNDA.
Disposición inicial de los ejércitos.
CAMP. CÉSAR
ARROYO
CAB
Bogud
AUX
L V
L IV
L II
CAB
AUX
L X
L IX
L III
L XIII
L VI
ARROYO
AUX
L .L.
L .L.
L .L.
L .L.
L .L.
CAB P
CAMP. POMPEYO
L.V.
L.V.
L.V.
L.V.
L.V.
L.V.
CAB P
AUX
MUNDA

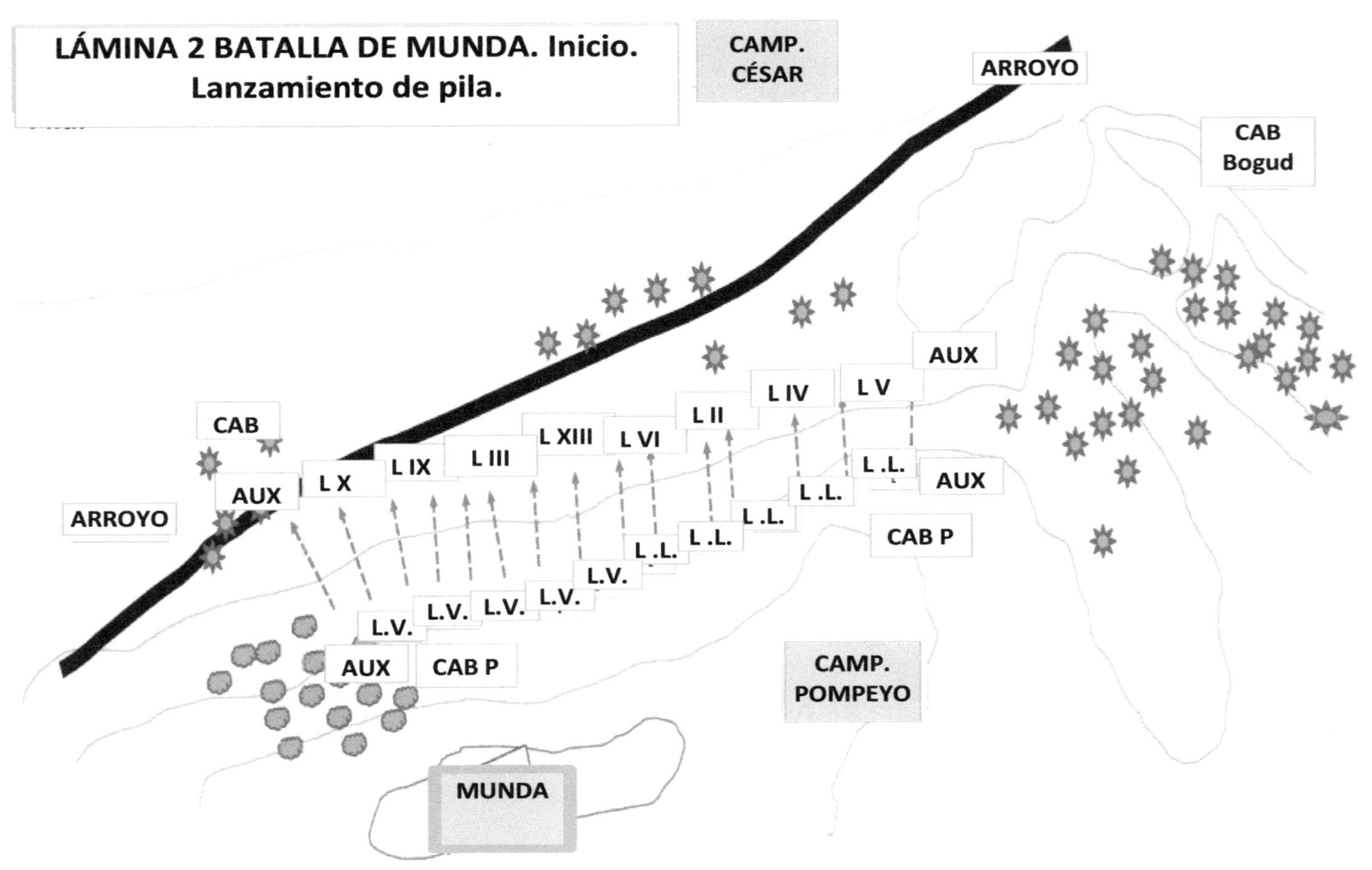

LÁMINA 2 BATALLA DE MUNDA. Inicio.
Lanzamiento de pila.
CAMP. CÉSAR
ARROYO
CAB Bogud
CAB
ARROYO
AUX
LX
LIX
LIII
LXIII
LVI
LII
LIV
LV
L.L.
L.L.
AUX
AUX
CAB P
L.V.
L.V.
L.V.
L.V.
AUX
CAB P
CAMP. POMPEYO
MUNDA

LÁMINA 3 BATALLA DE MUNDA. Lucha total. Avance Labieno. Cambio L II y L VI.

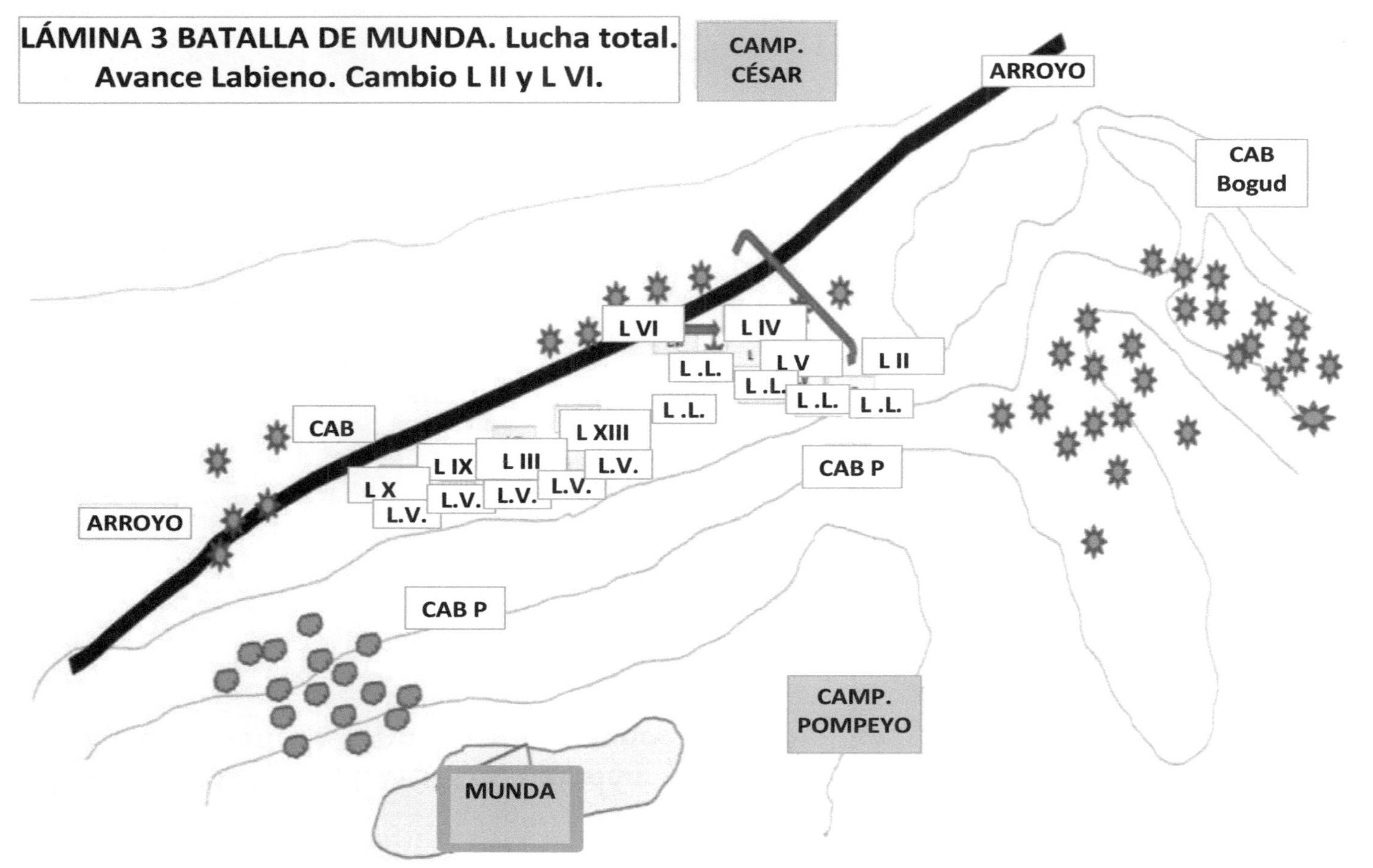

LÁMINA 4 BATALLA DE MUNDA. Decisión. Lucha total. Avance L X. Apoyo por Labieno.

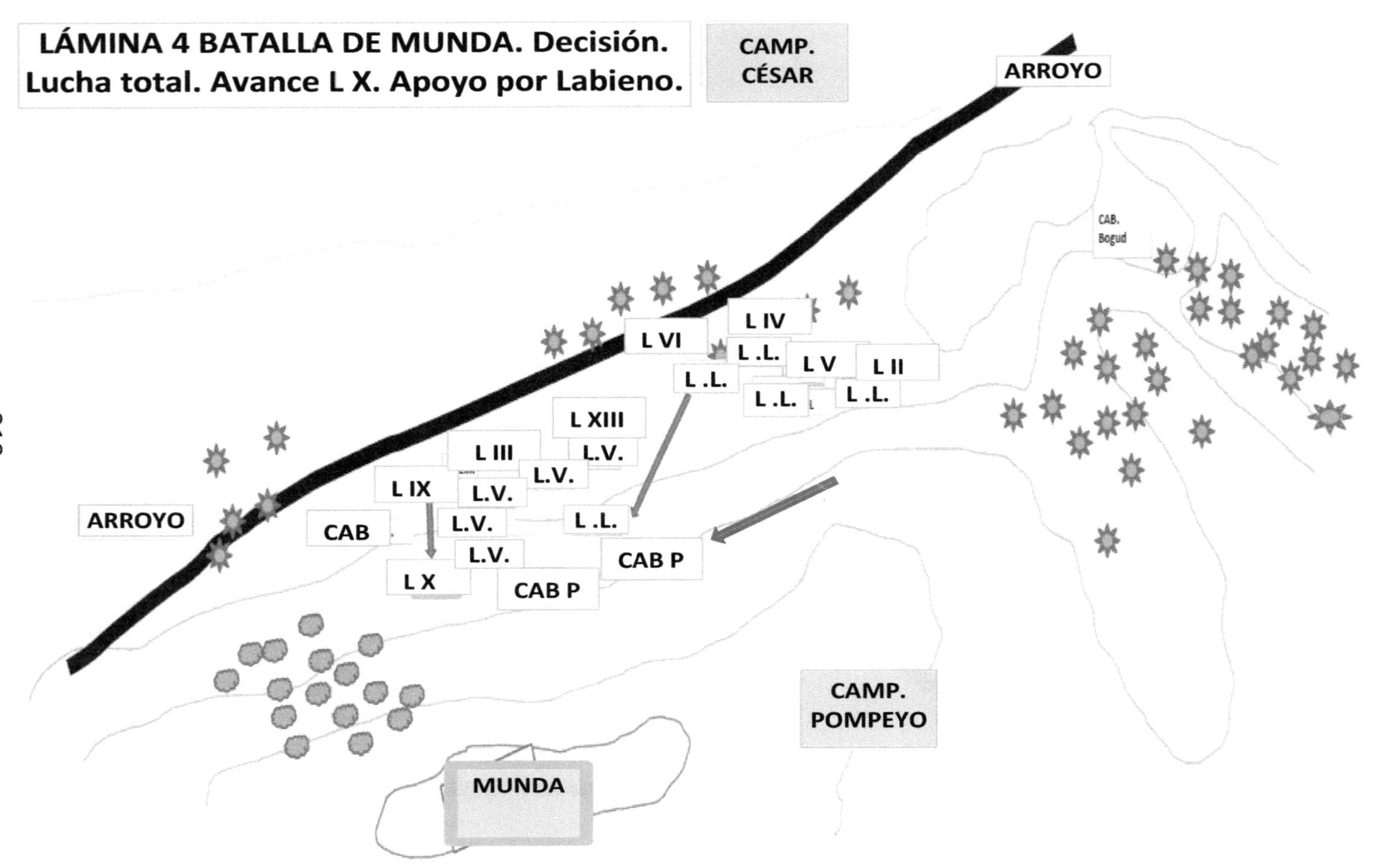

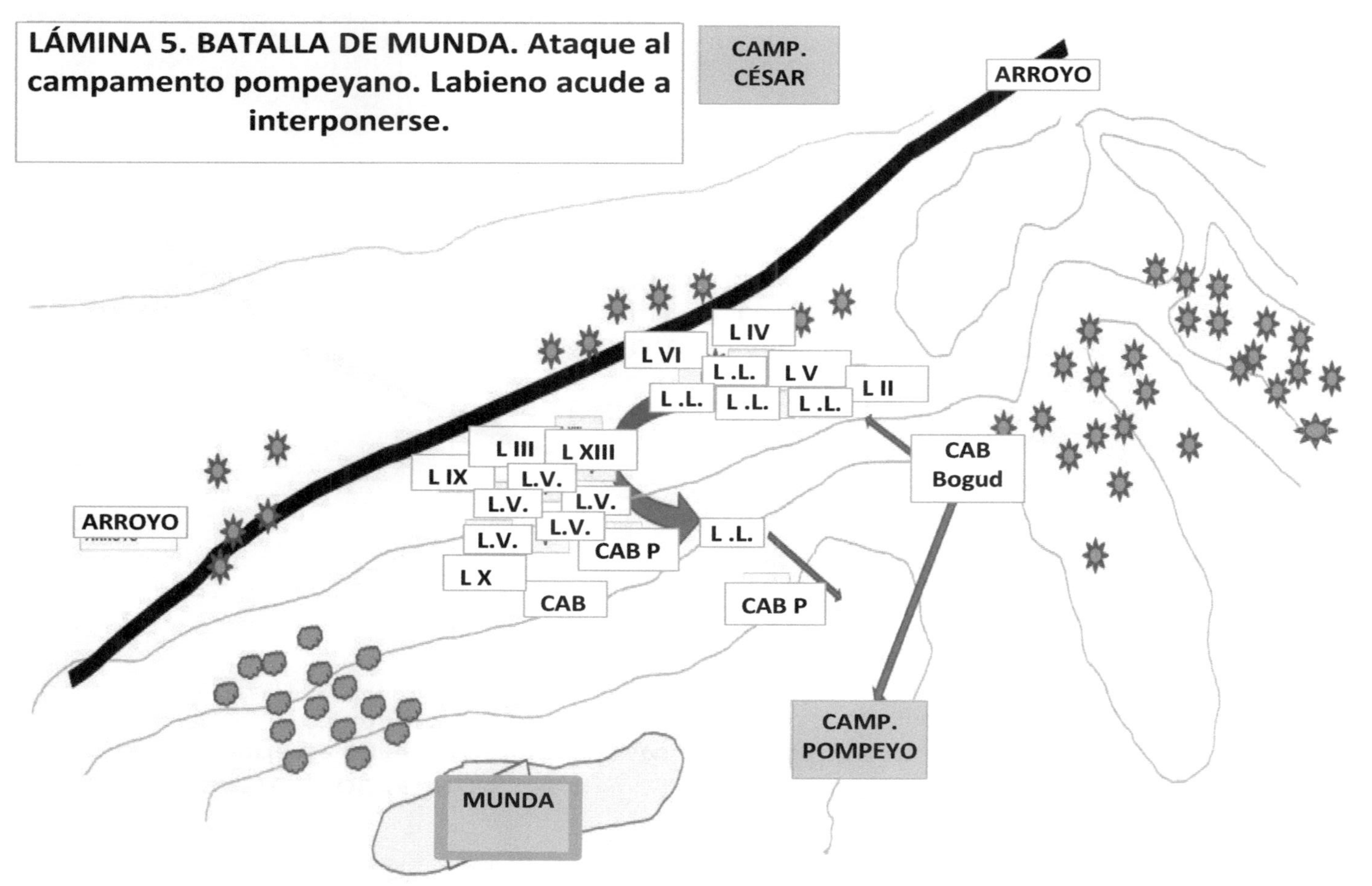

LÁMINA 5. BATALLA DE MUNDA. Ataque al campamento pompeyano. Labieno acude a interponerse.

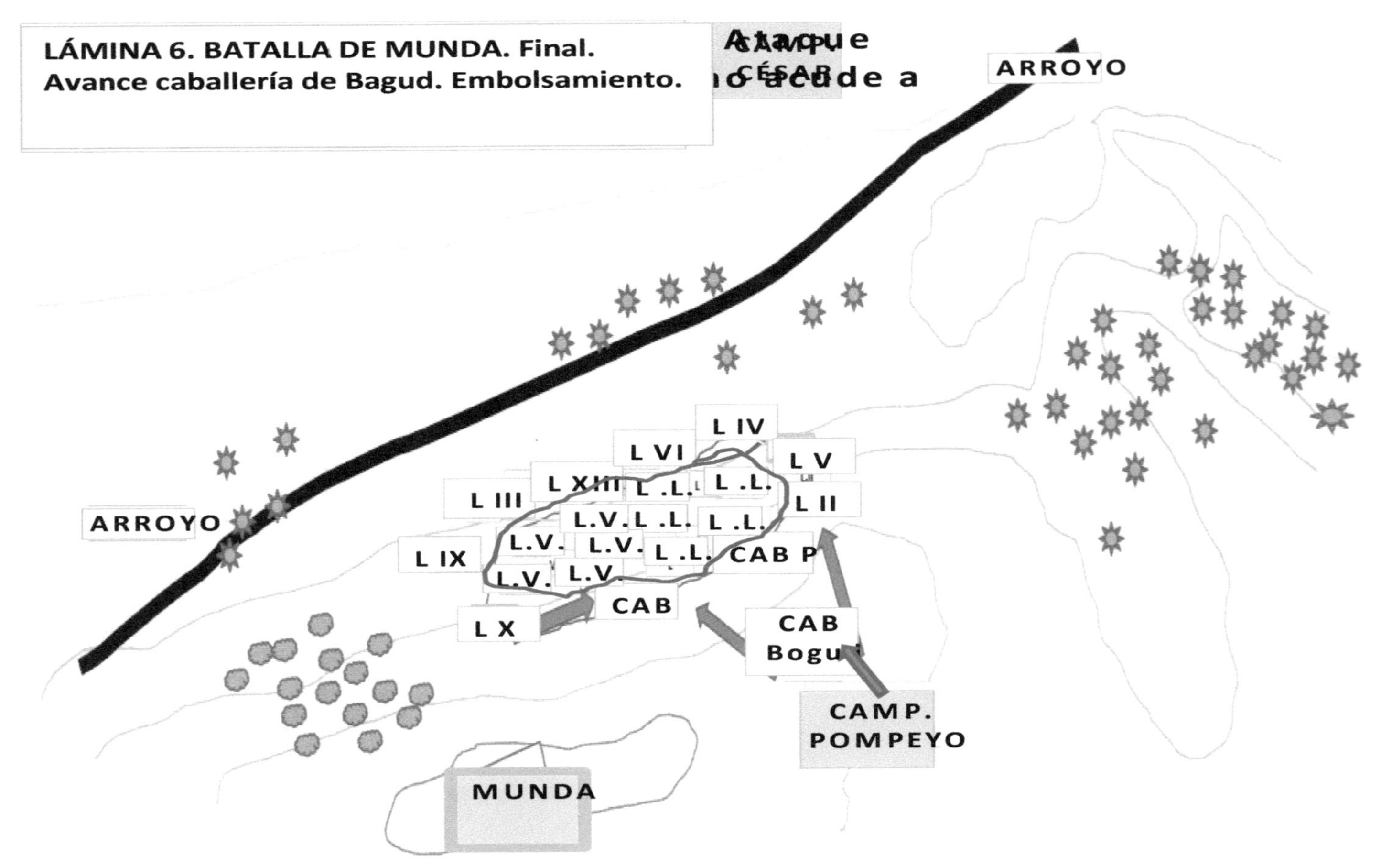

LÁMINA 6. BATALLA DE MUNDA. Final.
Avance caballería de Bagud. Embolsamiento.

LÁMINA 7. Domus tipo.

__Zona inicial.__

Era la casa típica romana de una familia acomodada. Constaba de un atrio (5) como zona central, alrededor de la que se organizaba el resto. Era un patio porticado con la cubierta vertiendo hacia el estanque (7) (impluvium) que comunicaba con la cisterna para recogida de lluvia. Este sistema perdió importancia con la construcción de acueductos. El atrio estaba rodeado de dormitorios (11) (cubiculum). Uno de ellos era el principal (8) (tablinum), aunque fue cambiando su función a la de despacho del pater familia. También hay que citar el comedor (9) (triclinum), la cocina (12) (culina), la entrada cubierta (1) (ostium), el vestíbulo (2) (vestibulum), separando a ambos la puerta (janua) que solía contener al dios Jano y de la que se encargaba el esclavo portero (ianitor). Las estancias colindantes con la calle (4), podían tener uso externo como comercios (tabernae), aunque a medida que aumentaba la categoría de la domus, pasaban a servicios internos dando al atrio. El atrio solía contener estatuas de los antepasados. En él se realizaban distintos actos sociales como la salutatio matutina.

__Zona añadida.__

Hacia el S II a.C., las domus aumentaron en general su categoría asimilándose a residencia de las clases altas. Añadieron una parte posterior de inspiración griega basada en un patio ajardinado (14) (perystilum) en detrimento de la importancia del atrio. Contenía una piscina (15) y se completaba con letrinas (12), baños y termas (18), zonas ajardinadas (20) y zonas de conversación (16) (exedra). Otras estancias eran; biblioteca (21) y comedor para reuniones. El altar a los dioses del hogar (23) (lalarium), se situaba en un lugar preminente del atrio o del perystilum. Solía establecerse una segunda entrada (13) (esclavos, mercancías...) (posticum) que daba a una calle secundaria. En muchas domus se añadió sótano (22).

SÉNECA. Una visión del Imperio. *Recuerdos de infancia.*

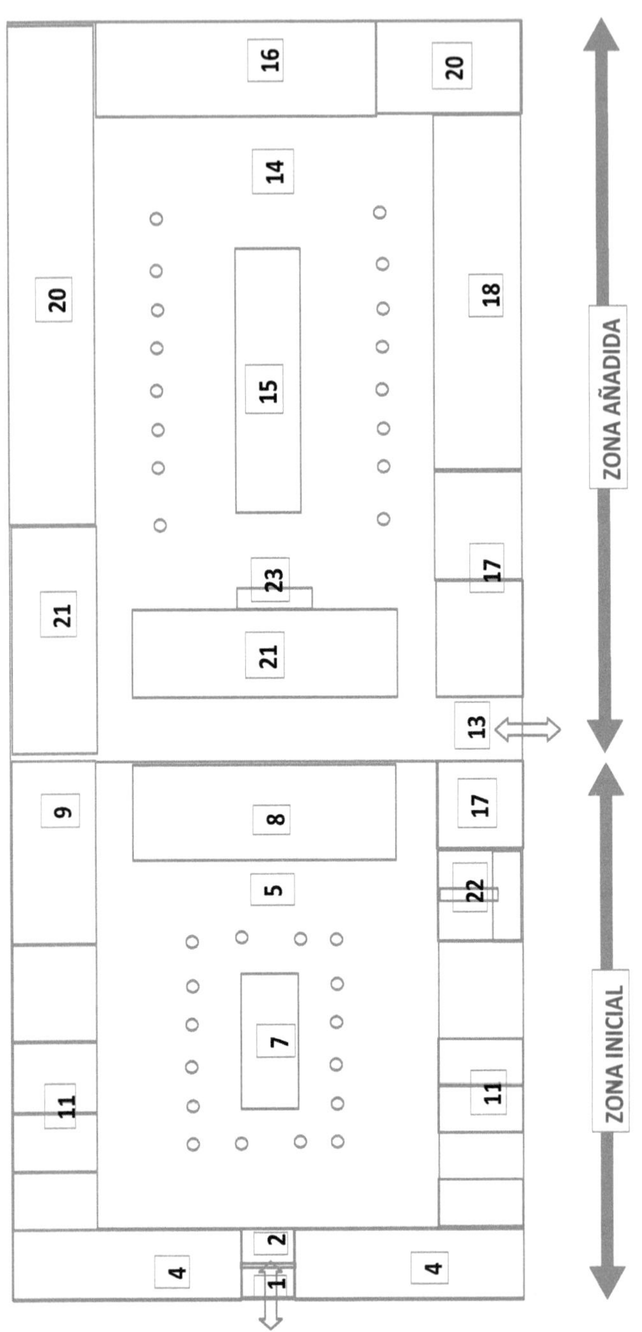

SÉNECA. Una visión del Imperio. *Recuerdos de infancia.*

DISTRIBUCIÓN DOMUS ANNEOS EN ROMA

A.- **Entrada principal.**
B.- **Entrada zona negocios.**
C.- **Posticum. Salida a calle secundaria. Esclavos, mnercancías...**
01.- **Ostium.** Entrada cubierta.
02.- **Vestibulum.** Vestíbulo.
03.- **Janua.** Puerta. Normalmente con dios Jano (entre 1 y 2).
04.- **Almacenes.** En origen tabernae. Al aumentar nivel, uso interior.
05.- **Atrio.** Patio central. Porticado. Estatuas antepasados.
06.- **Sótano.** Escaleras de bajada.
07.- **Estanque Impluvium.** Recogida agua de lluvia a cisterna.
08.- **Tablinum.** Despacho.
08b- Despacho secundario de negocios.
09.- **Triclinum.** Comedor.
09b-Comedor banquetes, invitados.
10.- **Culina.** Cocina.
10b- Preparación banquetes de mayor tamaño.
11.- **Cuviculi.** Dormitorios familia, invitados.
11b.-Cuvili. Dormitorios esclavos.
12.- **Letrinas**
13.- **Lalarium.** Altar dioses del hogar.
14.- **Perystilum.** Patio ajerdinado de origen griego.
15.- **Piscina.**
16.- **Exedra.** Zona de conversación. Zona ajardinada.
17.- **Baños y Termas.**
18.-Torre. Observación del Tíber.
19.- **Estanques.** Zona jardín.
20.- **Biblioteca y zona de estudio.**
21.- **Salón de reuniones.**
22.- **Zonas trabajo.** Centro distintos negocios de la familia.

SÉNECA. Una visión del Imperio. *Recuerdos de infancia.*

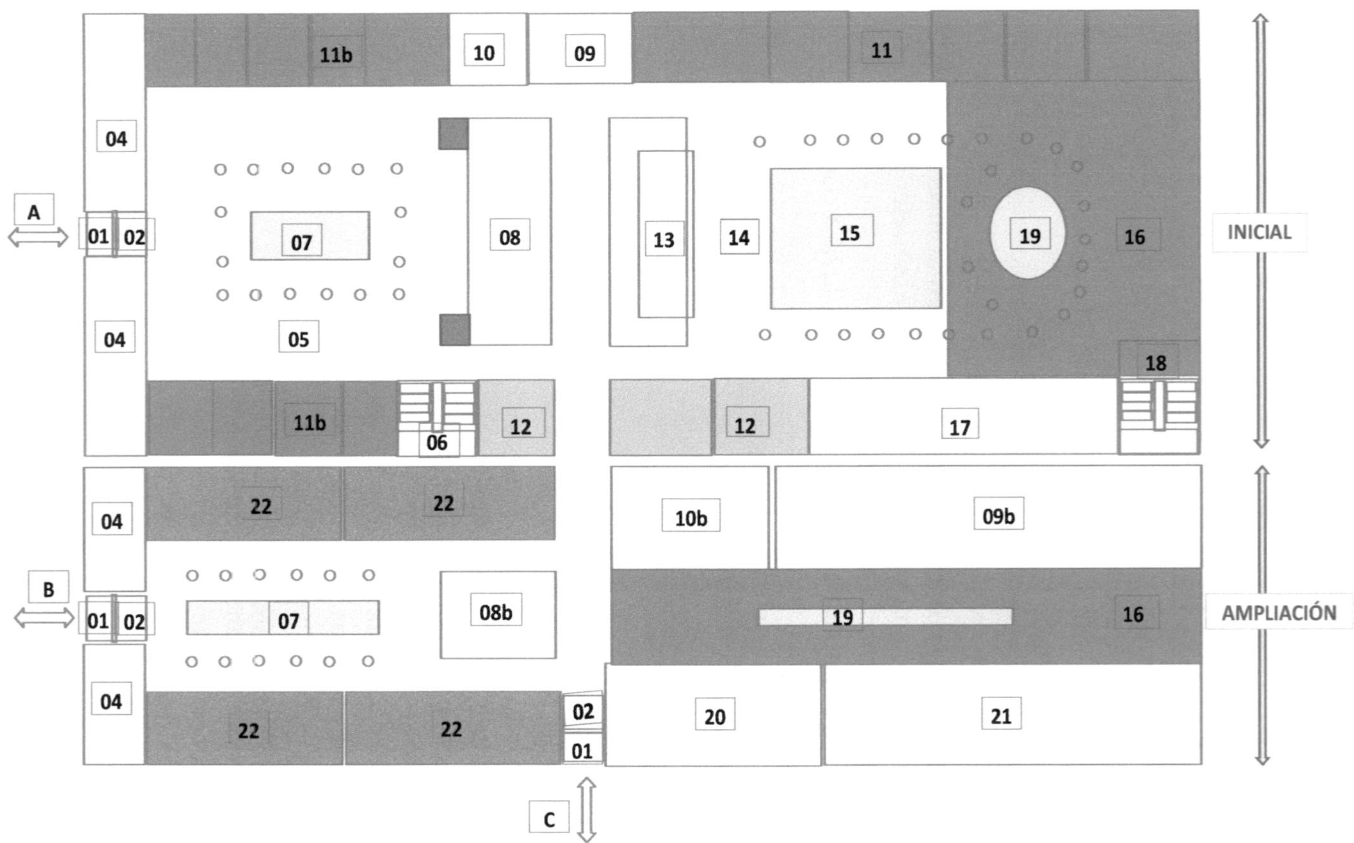

SÉNECA. Una visión del Imperio. *Recuerdos de infancia.*

Se presenta la genealogía de Séneca utilizada en el texto. Para poder realizar una narración coherente, ha sido necesario "rellenar" los huecos de la familia que no son conocidos.

Puede ser el personaje entero; por ejemplo el abuelo paterno de Séneca, o distintas fechas que no se conocen o no con exactitud. Aquellos datos no seguros se escriben en rojo.

Dentro de los datos, el que presenta mayores problemas es la relación entre Helvia y Marcia. En distintos documentos históricos se dice que son "hermanastras". Por otra parte se cita al padre de Marcia; Cremucio Cordo. Hacer coincidir todas las fechas y parentescos no es fácil. Aquí se ha representado una posible solución de fechas y relaciones que permiten cuadrar todos los datos existentes, pero son totalmente supuestos.

SÉNECA. Una visión del Imperio. *Recuerdos de infancia.*

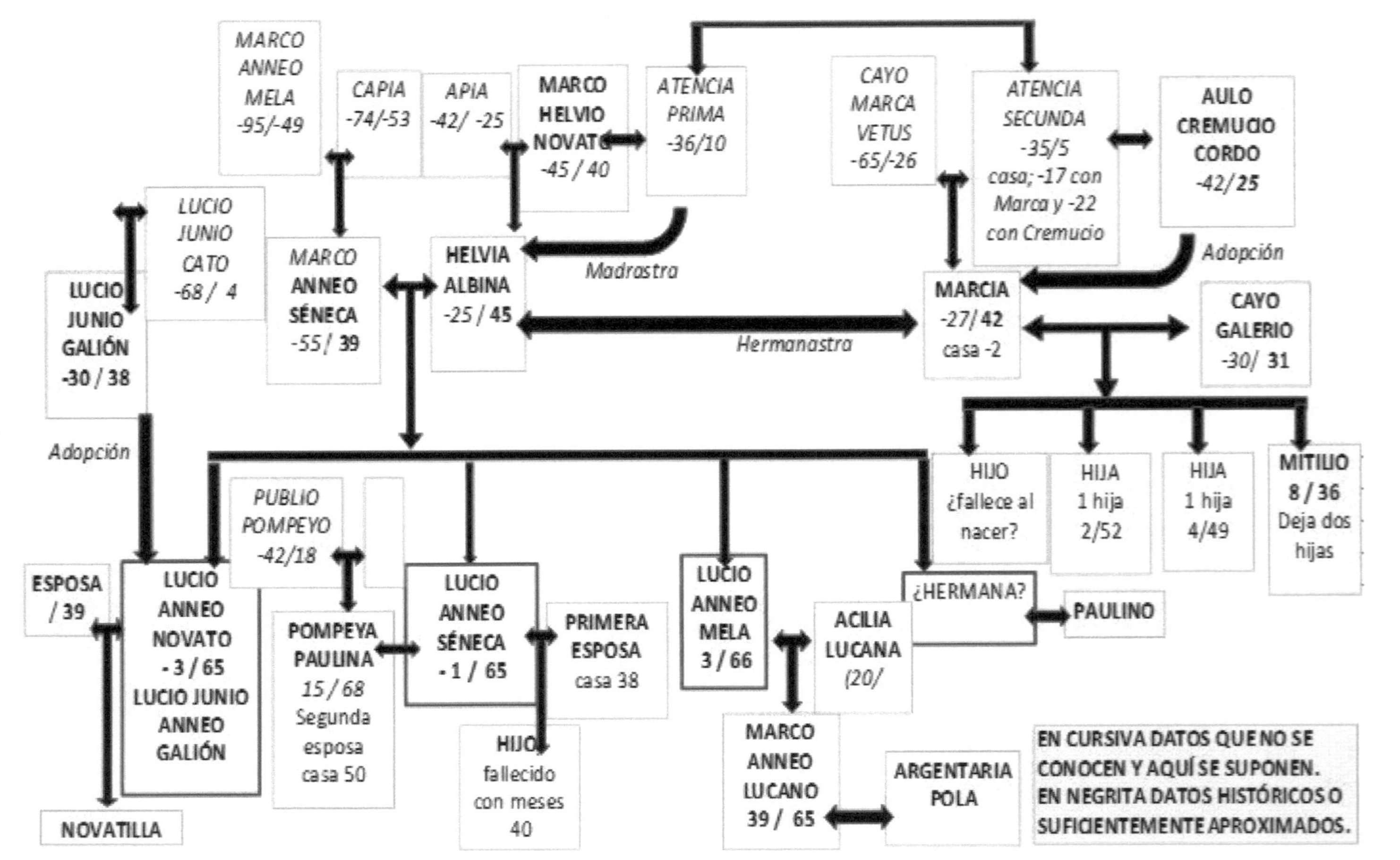

MARCO ANNEO MELA -95/-49
CAPIA -74/-53
APIA -42/ -25
MARCO HELVIO NOVATO -45 / 40
ATENCIA PRIMA -36/10
CAYO MARCA VETUS -65/-26
ATENCIA SECUNDA -35/5 casa; -17 con Marca y -22 con Cremucio
AULO CREMUCIO CORDO -42/25
Adopción
LUCIO JUNIO CATO -68 / 4
MARCO ANNEO SÉNECA -55/ 39
HELVIA ALBINA -25 / 45
Madrastra
MARCIA -27/42 casa -2
CAYO GALERIO -30/ 31
LUCIO JUNIO GALIÓN -30 / 38
Hermanastra
Adopción
HIJO ¿fallece al nacer?
HIJA 1 hija 2/52
HIJA 1 hija 4/49
MITILIO 8 / 36 Deja dos hijas
PUBLIO POMPEYO -42/18
ESPOSA / 39
LUCIO ANNEO NOVATO - 3 / 65 LUCIO JUNIO ANNEO GALIÓN
POMPEYA PAULINA 15 / 68 Segunda esposa casa 50
LUCIO ANNEO SÉNECA - 1 / 65
PRIMERA ESPOSA casa 38
LUCIO ANNEO MELA 3 / 66
ACILIA LUCANA (20/
¿HERMANA?
PAULINO
HIJO fallecido con meses 40
MARCO ANNEO LUCANO 39 / 65
ARGENTARIA POLA
EN CURSIVA DATOS QUE NO SE CONOCEN Y AQUÍ SE SUPONEN. EN NEGRITA DATOS HISTÓRICOS O SUFICIENTEMENTE APROXIMADOS.
NOVATILLA

Las siete colinas de Roma. *Situadas al este del Tíber. Las poblaciones de cada una, al unirse, dieron origen a la Ciudad. Aventino, Capitolino, Celio, Esquilino, Palatino, Quirinal y Viminal. Además de las históricas están; en Trastevere; Vaticano y Janículo. En el norte Pincius.*

SÉNECA. Una visión del Imperio. *Recuerdos de infancia.*

<u>**LÁMINA 11. AUGUSTO Y DESCENDIENTES.**</u> *Líneas de puntos.*
Corresponden a adopciones.

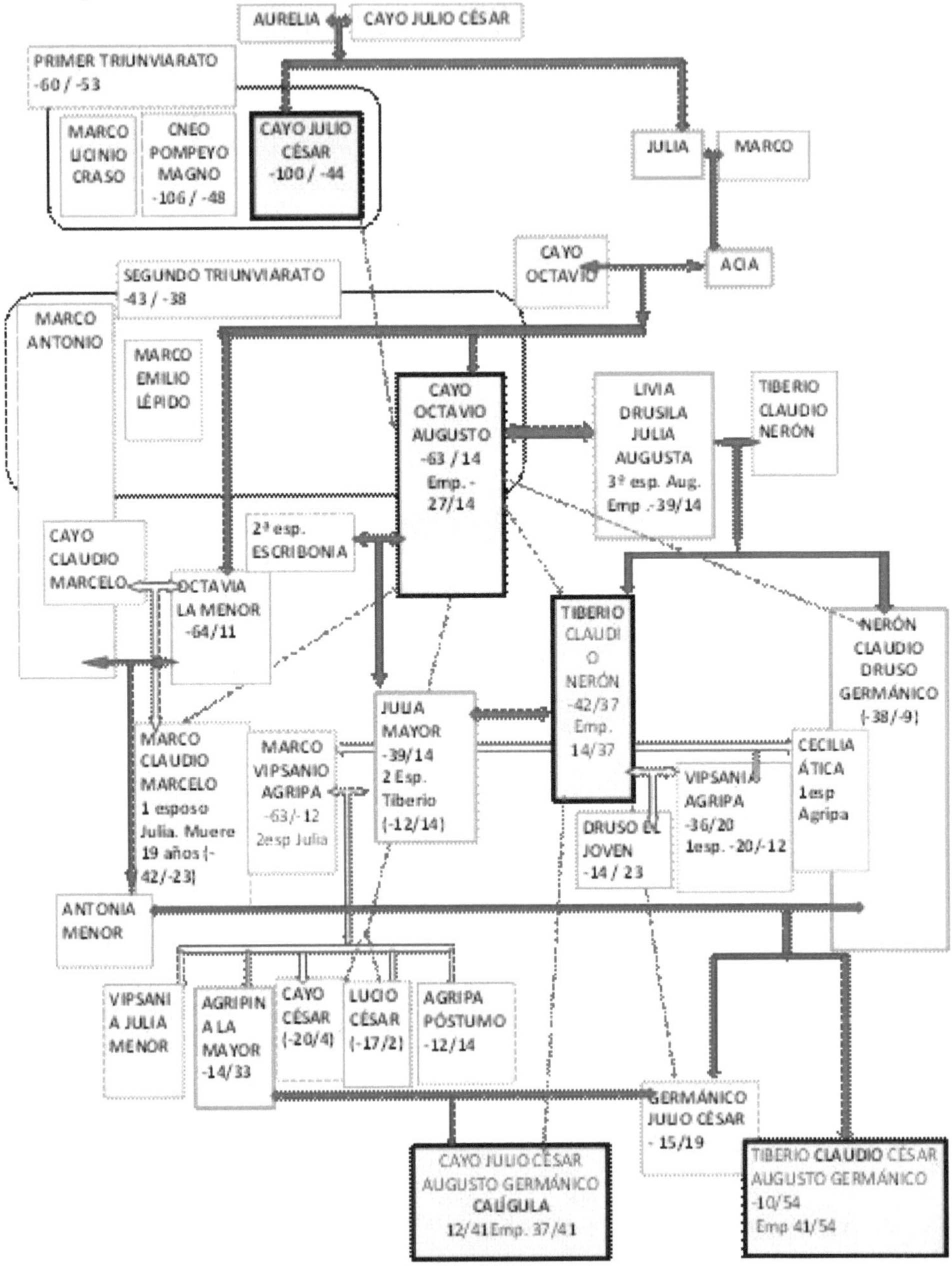

SÉNECA. Una visión del Imperio. *Recuerdos de infancia.*

<u>*LÁMINA 12. CALZADAS.*</u>

ESTRUCTURA CALZADA. Según Vitrubio.

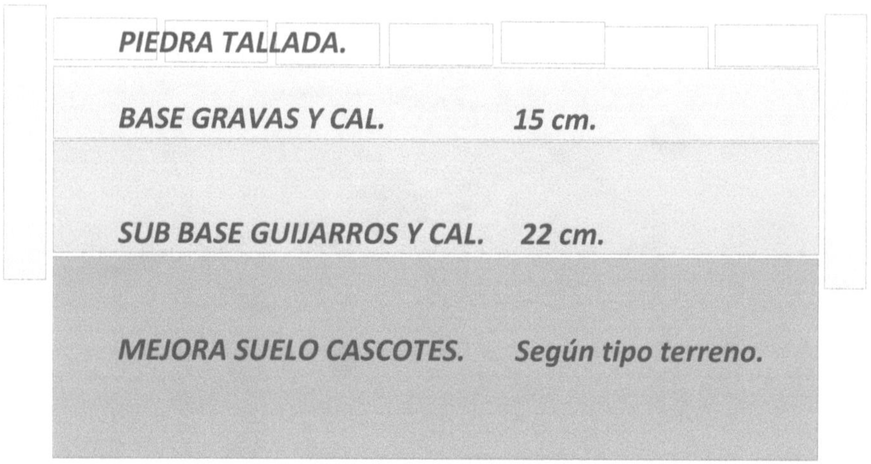

SÉNECA. Una visión del Imperio. *Recuerdos de infancia.*

Esquema de Corduba en el S I.

Se representa la muralla y con trazos la parte sur, derribada en su mayor parte para la ampliación de la ciudad en tiempos de Augusto.

En la parte antigua figuran el cardo y documano máximo que conformaban los ejes del campamento militar original. En su cruce, se situaba el foro.

Se muestra el lugar donde en la novela se sitúan la domus de los Anneo (derecha) y la de los Junio (izquierda).

Se marca la situación del teatro y la estimada de anfiteatro y circo.

En la zona del Betis; el puente y la zona portuaria.

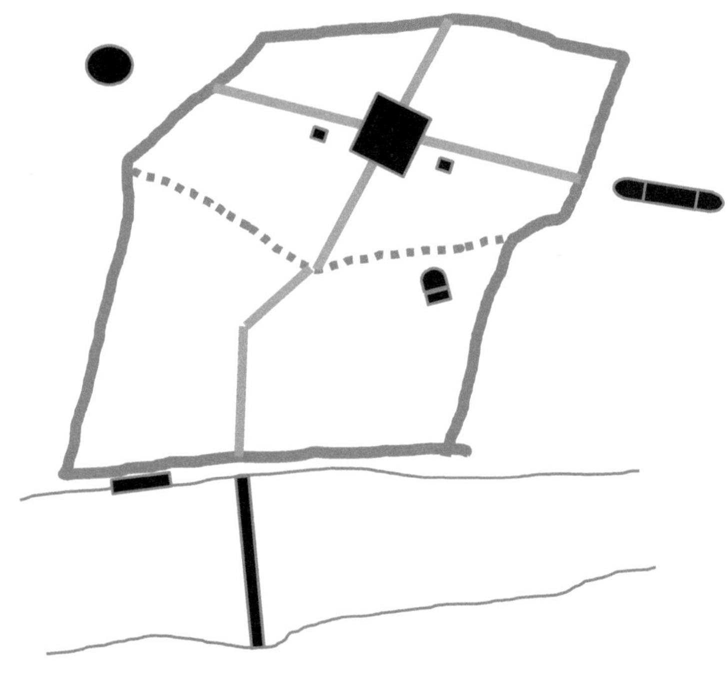

SÉNECA. Una visión del Imperio. *Recuerdos de infancia.*

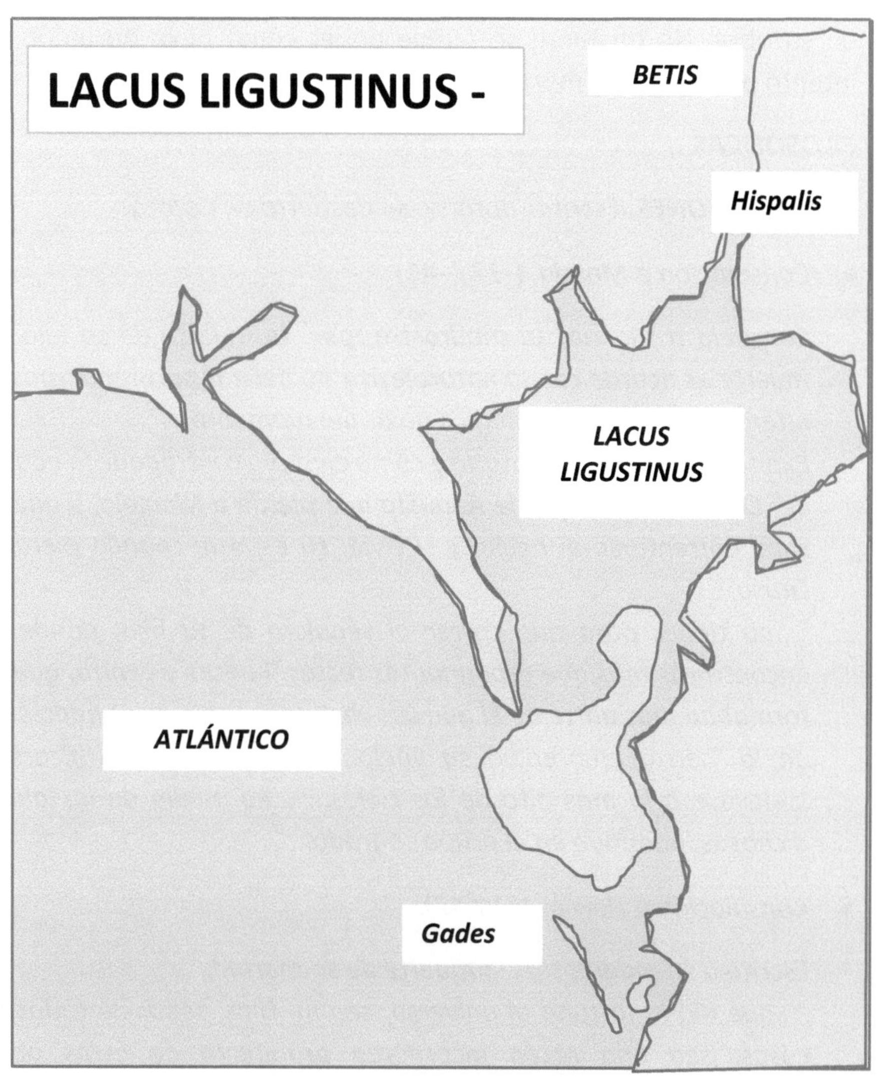

SÉNECA. Una visión del Imperio. _Recuerdos de infancia._

<u>**BIBLIOGRAFÍA. OBRAS DE LUCIO ANNEO SÉNECA**</u>

Séneca mostró interés por los temas más diversos, tal como se refleja en su obra. No obstante se puede poner como nexo de unión, su intento pedagógico y moralizante.

FILOSÓFICAS

CONSOLACIONES. *Escritas durante su destierro en Córcega.*

- *Consolación a Marcia. (-37 / -41).*

  Consuela a Marcia, su madrastra, por la muerte de su hijo. La muerte es acorde con la naturaleza y no debe ni sorprendernos, ni alterarnos más allá del lógico dolor del momento.
  Exalta su forma de aceptarlo y como ejemplo contrapone la actitud de; Octavia, hermana de Augusto que pierde a Marcelo, y que no sabe enfrentarse al hecho y sí Livia, su esposa, cuando pierde a Druso;
  "...no tienes para que correr al sepulcro de tu hijo, donde no encontrarás más que repugnantes restos, huesos y ceniza, que no formaban más parte de él que sus vestidos. ...sin dejar nada suyo en la Tierra, emprendió su vuelo... ...después de purificarse... ...elevose a lo más alto de los cielos... ...en medio de las almas dichosas, admitido en el grupo sagrado..."

- *Consolación a Helvia. (41 / 42).*

  Escrito a su madre, tras la muerte de su marido;
  "...que dió la fortuna al universo; sea un Dios, señor de todas las cosas, sea una razón incorpórea arquitecto de estas obras maravillosas, sea un espíritu divino repartido con igual energía en los cuerpos más grandes y en los más pequeños..."
  "Porque dejarse abatir por dolor infinito cuando se pierde una persona querida, es loco cariño; no experimentar ninguno, es

inhumana dureza. El equilibrio mejor entre el cariño y la razón es experimentar el dolor y dominarlo"

- *Consolación a Polibio. (42 / 43).*

A Polibio, liberto de Claudio (de su corte administrativa), por la muerte de su hijo. Puro estoicismo. Alaba a Claudio, ataca a Calígula.

DIÁLOGOS. *Los dos primeros escritos en su destierro en Córcega.*

- *La ira. (41).*

Dedicada a su hermano menor; Novato, que le pide consejos para mitigar la ira.

- *La brevedad de la vida. (48 / 49).*

La vida es breve sino sabe aprovecharse. Dedicada a Paulino ¿su cuñado?

- *La serenidad del alma. (53 / 54).*

Trata sobre la Ataraxia. Así se denomina la disminución de la intensidad pasión y deseos que de otra manera pueden alterar equilibrio mental. Dedicada a Anneo Sereno, prefecto de la guardia nocturna de Nerón. ¿Pariente o liberto de Séneca?

- *La firmeza del sabio. (55 / 56).*
- *La clemencia. (55 / 56).*

Dedicado a Nerón.

- *La felicidad - Vida bienaventurada. (58 / 59).*

   Escrito a Galión, Marco Anneo Novato (hermano mayor de Séneca, adoptado por Lucio Junio Galión).

   - *Los beneficios. (59 / 62).*
   SÉNECA. Una visión del Imperio. *Recuerdos de infancia.*

- *La vida retirada – El ocio. (62).*

  Escrita coincidiendo con su alejamiento de Nerón.

- *La providencia. (63).*

  Escrita a Lucilio. "Para mí, decía, ninguno me parece más infeliz que aquel a quien jamás sucedió cosa adversa"

SOBRE LA NATURALEZA. Siempre se mostró interesado sobre los temas naturales; geografía, etnografía... sin dejar nunca de aplicar en su estudio su concepción filosófica y en especial estóica.

- *De situ et sacris aegyptorum. (25 / 31).*

  Escrita durante su época de vida en Egipto, no se conserva. Vincula etnografía y filosofía. Reflexiona sobre el lugar del hombre en naturaleza.
  Estudia otras culturas. Compara, critica, incorpora. Renueva el estoicismo. El estoicismo tradicional lleva a la ética y después a la política. Séneca propone enfocarlo a la construcción del estado y la sociedad mundial.

- *De situ indiae. (25 / 31).*

  Similar a la referida a Egipto. Probablemente se refiere a la zona de la actual Etiopía, no a la India.

- *Cuestiones naturales. (62 / 63)*

  Escrita en su retiro final. Recopilación de temas sobre naturaleza. Incluye lo que es una ética de la naturaleza.

TRAGEDIAS. Se conservan diez. Ocho propias y dos atribuídas. Son mitos con intención didáctica. La ira, la pasión y la venganza llevan a la tragedia. En general se basan en las suasorias escritas por su padre

SÉNECA. Una visión del Imperio. *Recuerdos de infancia.*

Marco. Sobre ella fija una visión filosófica en vez de retórica como las originales. Son lecciones de sabiduría. Títulos; Hércules delirante, Las troyanas, Las fenicias, Medea, Fedra, Edipo, Agamenón, Tiestes y Hércules en el Eta.

- *Las troyanas. (53).*

  Agamenón es el rey justo. Aborrece los sacrificios humanos. Odia al tirano y acepta al rey justo que controla sus impulsos; "Un imperio basado en la fuerza tiene los días contados, el moderado perdura".

- *Agamenón. (55).*

  Versa sobre si debe sacrificar a su hija, según indica el oráculo, para vencer en Troya. Trata el asesinato de Agamenón por su mujer Clitemnestra, y su amante Egisto, que no perdona que anteponga la ambición a la familia. El todopoderoso y endiosado puede caer; aviso a Nerón.

SÁTIRA

- *La deificación de la estupidez. (54).*

  Claudio tras su apoteosis asciende al Olimpo y acaba de esclavo al rechazarse su deidificación.

VARIOS

- *De superstitione. (30).*

  Obra perdida. Se conoce a través de San Agustín. Critica las manifestaciones de fevor religioso irracional (muerte y resurrección de Osiris en fiestas de Isis).

EPÍSTOLAS.

- *Cartas a Lucilio.*

  Esta obra está constituida por un conjunto de 124 cartas. Lucilio nació en Pompeya hacia 10 d.C. donde coincidió con Séneca. De
SÉNECA. Una visión del Imperio. *Recuerdos de infancia.*

linaje humilde alcanzó categoría equite. Cargos en Alpes, Macedonia y Cirenáica. Procurador en Sicillia, nombrado por Nerón ¿aconsejado por Séneca? Ejercitó filosofía y poesía. En principio seguidor de Epicuro, después deriva hacia el estoicismo de la mano de Séneca. Buen funcionario. Comportamiento ejemplar. Buen padre y esposo. Vida frugal en su casa de Siracusa. Componía poemas y tratados filosóficos.

Las cartas hay que entenderlas en el concepto clásico de epístola. Son cartas dirigidas no sólo al destinatario, sino a un público amplio. En lenguaje moderno sería "carta abierta". Su objetivo es conducir a la vida virtuosa en la vida real. La filosofía se traiciona sino se encarna en una forma de vivir. El medio aconsejado es alcanzar la sabiduría que hace que esa vida real se mejore y se viva plenamente. Mantiene un pensamiento ecléctico; escuela estóica con apotaciones clásicas (Sócrates, Platón, Aristóteles) y epicúreas. Muchas se basan en sus diálogos y consolaciones.

Flaubert consideraba que en los S I y II, se produjo el ocaso de los dioses y hasta la implantación del cristianismo, los hombres estuvieron solos. Para ellos se escriben las Cartas a Lucilio.

Carta 47; esclavos/amigos humildes. "Acoge a tu esclavo con bondad, incluso afabilidad. Admítelo a tu conversación, a tu consejo, a tu intimidad. Vive con el inferior del modo como quieres que el superior viva contigo".

- *Correspondencia con Pablo de Tarso.*

Cartas cruzadas que se consideran por la mayoría una falsificación escrita en el año 370. Aunque así sea, manifiestan la sintonía y admiración que se producía en el cristianismo de los primeros tiempos hacia Séneca.

CARTA VII. Anneo Séneca a Pablo y Teófilo, salud. Reconozco haber leído con gusto tus cartas, que has enviado a los Gálatas, a los Corintios y a los Aqueos. Que podamos vivir el uno con el otro, como lo presentas en ellas, también con temor de Dios. De hecho, un santo espíritu expresa en ti mediante palabras sublimes pensamientos dignos de veneración, por encima de los más elevados.

Por tanto, ya que expones cosas eminentes, desearía que no faltara a su solemnidad la elegancia del lenguaje. Y para no esconderte nada, hermano, o tener alguna deuda con mi conciencia, confieso que Augusto ha sido fuertemente tocado por tus pensamientos. Cuando le hube leído de qué manera haya comenzado a residir en ti la virtud, dijo que se maravillaba que alguien que no ha sido educado según el iter regular de estudios alimente tales pensamientos.

Yo le respondí que los dioses hablan habitualmente por boca de los inocentes y no a través de quienes pueden alterar en algo su mensaje con la propia cultura. Y, cuando le hube aducido el ejemplo de Vatieno, un modesto campesino a quien se le aparecieron en el campo junto a Rieti dos hombres que revelaron después ser Cástor y Pólux, pareció bastante satisfecho con la explicación. Que me estés bien.

CARTA VIII. Pablo a Séneca, salud. Aunque no ignoro que nuestro César ama las cosas dignas de admiración, si bien pueda equivocarse alguna vez, permíteme no que te ofenda, sino que te exhorte. Considero que has hecho algo grave al querer darle a conocer lo que es contrario a su religión y a su educación. De hecho, ya que da culto a los dioses de los gentiles, no veo como te haya podido venir a la cabeza el deseo de que conozca esto, a no ser que lo hayas hecho a causa de tu excesivo amor hacia mí. Te ruego que no lo hagas más en el futuro.

Debes estar atento para que, al demostrar tu afecto hacia mí, no llegues a ofender a la Señora. De todos modos, su ofensa, aunque persevere, no nos dañará; y si no lo hace, tampoco nos servirá. Si

SÉNECA. Una visión del Imperio. *Recuerdos de infancia.*

prevalece en ella la reina, no se indignará; si prevalece la mujer, se ofenderá.

SÉNECA. Una visión del Imperio. *Recuerdos de infancia.*

BIBLIOGRAFÍA. OBRAS DE MARCO ANNEO SÉNECA

La obra de Séneca el rethor, o Séneca el viejo, se encuantra en cierta forma tapada por la de su hijo. Además no son muchas las obras que se conservan.

No era su oficio el de escritor y su inicio en la actividad parece que fue tardía y a solicitud de sus hijos, con el objetivo de que sus enseñanzas quedaran plasmadas en escritos.

SUASORIAS Y CONTROVERSIAS. (36).

Su título original completo es el de "Enfoques, estructura y sentencias de oradores y profesores de retórica", "Oratorum et rhetorum, sententias, divisiones, colores".

Trata de la enseñanza de la elocuencia y la oratoria. Tambien contiene anécdotas de grandes oradores y opiniones políticas, sociales y literarias.

A una edad avanzada y a petición de sus hijos preparó de memoria una colección de distintos temas escolares y su tratamiento por oradores griegos y romanos.

Atacó la quema de libros (Labieno, Severo, Cordo), situándo en equilibrio crítica y adulación para evitar la censura. Trasmitió esta idea a su hijo Lucio que logró salvar obras y sobrevivir a Tiberio, Calígula, Claudio y un tiempo a Nerón.

Su ideal siempre fue la República. Recuerda a Cordo; "Bruto, ha sido el último romano merecedor del nombre".

- **Controversias.**

Se trata de casos legales imaginarios. Los alumnos deben defender distintas posturas. Se ofrecen opiniones diferentes desde distintas formas de ver el caso.

SÉNECA. Una visión del Imperio. *Recuerdos de infancia.*

El proceso se simplifica en preguntas concretas, después se tratan los sitemas de hacer parecer los mismos hechos correctos e incorrectos o también en una posición intermedia, mediante aspectos atenuantes o perjudiciales.

No están completas, pero se pueden entender mediante los escritos realizados en los siglos IV y V, en los que seguía su uso en la enseñanza. Además de la enseñanza, muestra su crítica a Augusto por el desvío de los ideales republicanos e inicio del Imperio.

- **Suasorias.**

Completan a las controversias. Aquí se trata de que un alumno convenza a los asistentes de una postura en un caso concreto.

SÉNECA. Una visión del Imperio. *Recuerdos de infancia.*

<u>**BIBLIOGRAFÍA. OBRAS DE DIVERSOS AUTORES.**</u>

Se indican a continuación una serie de textos de distintos tipos y autores relacionados con la materia y que se han utilizado en la elaboración del texto.

No se puede dejar de mencionar a Wikipedia, denostada por muchos pero de gran utilidad. Si en los escritos de cohetaneos de los hechos, existen serias discrepancias ¿cómo podemos pedir que no las haya aquí, redactada libremente por innumerables personas?

HISTÓRICOS	AUTOR	AÑO	TEMA
Historia Mundo. Augusto.	Pijoan, José.	1926	Comienzo del Imperio.
Historia Mundo. Los Primeros Emperadores.	Pijoan, José.	1926	Dinastía Julia-Claudia.
Séneca. La sabiduría del Imperio.	Monterroso, Alberto.	2018	Biografía de Séneca.
Séneca.	Grimal, Pierre.	1972	Biografía de Séneca.
Grandes civilizaciones. Roma.	Ada Gabucci.	2005	Personajes, vida pública, religión, vida cotidiana, muertos,
San Pablo	Tresmontant,	1956	Biografía Pablo de
Historia de las religiones.	E.O. James.	1956	Orígenes, descripción de varias, estudio.
Historia de Roma.	S.I.Kovalov.	1920	Historia de Roma desde un punto de
Emperador de Roma.	Beard, Mary.	2022	Descripción del gobierno del Imperio
España en mapas. Historia.	Instituto Geográfico	2023	Historia de España con gran contenido de
Crueldad y civilización: los juegos romanos.	Auguet, Roland.	1970	Origen y motivosde los juegos romanos..
Julio César.	Oppermann, Hans.	1968	Biografía de César.

SÉNECA. Una visión del Imperio. *Recuerdos de infancia.*

ENSAYOS	AUTOR	AÑO	TEMA
Los sistemas de transporte romanos y la configuración territorial n.o. peninsular.	Soto, Pau de.	2023	Transporte romano n.o. peninsular.
Viaje por la historia de nuestros caminos. Cap.1 De la antigüedad a Hispania romana.	Blázquez Martínez, José María.	1997	Caminos en la Península.
La navegación por el Guadalquivir en Época Antigua y Medieval.	Melchor Gil, Enrique.	2002	Navegación Guadalquivir.
El Baetis y la organización viaria del sur peninsular.	Melchor Gil, Enrique.	2008	Interconexión vías terrestres y
La red viaria romana en la Campiña de Córdoba.	Melchor Gil, Enrique.	1994	Red viaria romana en la
El Camino de Corduba a Ategua.	Melchor Gil, Enrique y otros.	1997	Destalles constructivos,
Cominicaciones entre Astigi y la Campiña de Córdoba.	Melchor Gil, Enrique.	1990	Descripción de esta zona de la Vía Augusta y
Junio Galión, orador y político de la Bética.	Monterroso, Alberto.	2008	Datos biográficos.
Historia de la Córdoba romana desde su fundación hasta Principado.	Melchor Gil, Enrique.	2017	Córdoba romana hasta Octavio.
Navegación romana.	Peris Foscá, Vicente.	2007	Rutas, embarcaciones comerciales,

SÉNECA. Una visión del Imperio. *Recuerdos de infancia.*

HISTÓRICOS CLÁSICOS	AUTOR	AÑO	TEMA
Anales del Imperio Romano.	Cayo Cornelio Tácito.	100	Dinastía Julia-Claudia. Faltan libros, por ejemplo
Comentario de la Guerra de las Galias y la Guerra Civil.	Cayo Julio César.	-44	Guerra de las Galias y Guerra César-
La Guerra de Yugurta y La Conjuración de Catilina.	Cayo Crispio Salustio.	-40	Sucesión en Numidia y Conjura
Los doce Césares.	Cayo Suetonio	130	De César a
Nuevo Testamento.	Varios.	60	Evangelios, Hechos de los Apóstoles, Epístolas,

NOVELAS HISTÓRICAS	AUTOR	AÑO	TEMA
SPQR. El Senador de Roma.	Waltari, Mika.	1979	Vida del Senador Minuto en tiempos de Calígula, Claudio
La Boca del Nilo.	Arsenal, León.	2005	Expedición Meroe y Fuentes del Nilo. Ordenada por Nerón. Citada por
Ben Hur	Wallace, Lewis.	1880	Noble judio en el primer tercio del S I.
Teutoburgo.	Manfredi, Valerio Massimo.	2016	Historia del caudillo germánico Arminio y su victoria em Teotoburgo en
Los idus de marzo.	Manfredi, Valerio	2007	Últimas horas de César.
Yo, Claudio.	Graves, Robert.	1934	Claudio escribe su autobiografía.
Roma soy yo. (Julio César I).	Posteguillo, Santiago.	2022	Primera parte de la novela sobre César.
Maldita Roma. (Julio César II).	Posteguillo, Santiago.	2023	Segunda parte de la novela sobre César.

RESEÑAS	AUTOR	AÑO	TEMA
Marco Porcio Latron	Mayer Olive,	2022	Datos biográficos

SÉNECA. Una visión del Imperio. *Recuerdos de infancia.*

INDICE GENERAL

Séneca; Una visión del Imperio. Historia y novela -1.   Recuerdos de infancia.

SÉNECA. Una visión del Imperio. *Recuerdos de infancia.*

INDICE GENERAL

Séneca; Una visión del Imperio. Historia y novela -1.   Recuerdos de in

INDICE GENERAL

Séneca; Una visión del Imperio. Historia y novela -1.   Recuerdos

SÉNECA. Una visión del Imperio. *Recuerdos de infancia.*